# A CHAMA DE EMBER

# A CHAMA DE EMBER

COLLEEN HOUCK

ARQUEIRO

Título original: *The Lantern's Ember*



*tradução:* Ana Ban

*preparo de originais:* Natália Klussmann

*revisão:* Flávia Midori e Juliana Souza

*projeto gráfico e diagramação:* Valéria Teixeira

*capa:* Angela Carlino

*imagem de capa:* Billelis

*adaptação de capa:* Gustavo Cardozo

*impressão e acabamento:* Geográfica e Editora Ltda.

CIP-BRASIL. CATALOGAÇÃO NA PUBLICAÇÃO
SINDICATO NACIONAL DOS EDITORES DE LIVROS, RJ

---

H831c Houck, Colleen
A chama de Ember/ Colleen Houck; tradução de Ana Ban.
São Paulo: Arqueiro, 2019.
336 p.; 16 x 23 cm.

Tradução de: The lantern's Ember
ISBN 978-85-306-0006-8

1. Ficção americana. I. Ban, Ana. II. Título.

CDD: 813
19-57491 CDU: 82-3(73)

---


Rua Funchal, 538 – conjuntos 52 e 54 – Vila Olímpia
04551-060 – São Paulo – SP
Tel.: (11) 3868-4492 – Fax: (11) 3862-5818
E-mail: atendimento@editoraarqueiro.com.br
www.editoraarqueiro.com.br

Para Daniel e Mitchell, que,
apesar de terem pesadelos com
os monstros, continuam adorando
meus desenhos do Scooby-Doo.

Eu avisto as colinas
Com bolas amarelas no outono.
Eu ilumino as plantações de milho da pradaria
Aglomerados cor de laranja e amarelo-acastanhado
E sou chamado de abóboras.
No fim de outubro
Quando a noite cai
Crianças se dão as mãos
E fazem roda em volta de mim
Entoando canções de fantasmas
E o amor pela lua da colheita;
Eu sou o Jack da lanterna
Com dentes horrorosos
E as crianças sabem
Que eu estou brincando.

– “Tema em amarelo”, de Carl Sandburg

# 1

# ENCRUZILHADA

Jack estava sentado no alto da ponte coberta, em seu lugar preferido, abraçado à abóbora entalhada. Abrigar a brasa de sua imortalidade naquele fruto não fora sua primeira opção, mas, a bem da verdade, nunca tinham lhe dado opção alguma.

Não era a primeira vez que ele ouvia falar de homens tolos que haviam feito pacto com o diabo. Quando era criança, cada vez que lhe contavam uma história assustadora em alguma longa noite de inverno, ele segurava as cobertas com força, puxando-as até o pescoço, imaginando fantasmas assustadores, demônios vermelhos ou monstros com garras afiadas que apareciam em meio a sombras dançantes, prontos para agarrar crianças distraídas e enganá-las com palavras sedutoras. Sua imaginação nunca chegara nem perto da verdade. E, definitivamente, ele jamais imaginaria que aqueles demônios caminhavam pela terra como meros homens, vestidos de piratas, guardando um estoque de almas roubadas dentro de frutas e legumes.

O demônio que tinha alistado Jack quinhentos anos antes se chamava Rune. Jack mal se lembrava da cidadezinha que estava tentando salvar ao negociar com Rune, nem do garoto que era naquela época. Já fazia muito tempo que os moradores da cidadezinha tinham morrido. Mas não Jack. Ele não tinha tanta sorte assim. Estava preso a um trabalho monótono, o mesmo que Rune realizava antes. E Jack tinha o prazer de ansiar por mais quinhentos anos fazendo exatamente a mesma coisa, entra dia, sai dia.

Não que o trabalho fosse muito difícil. Na maior parte do tempo, era tranquilo, mas, quando não era, ele fazia de tudo: de exportação de rebanhos inteiros de gremlins a esvaziamento de cavernas lotadas de lobisomens, passando por captura de um bando de morcegos do Outro Mundo. Jack só nunca tinha executado o serviço altamente perigoso de expulsar vampiros degenerados de seu ninho em uma necrópole subterrânea.

Ele reconhecia que o pirata Rune e seu andar gingado tinham vindo em seu socorro uma ou duas vezes, ajudando a evitar coisas que poderiam ter sido desastrosas. Mas Jack logo percebeu que não gostava de como Rune lidava com os mortais. Nas mãos dele, muitos morriam ou enlouqueciam.

Até que Jack acabou nesse posto atual, uma cidadezinha tranquila da Nova Inglaterra chamada Hallowell que ficava em uma das encruzilhadas mais entediantes e pacatas de todo o Outro Mundo. Rune devia ter achado que Jack reclamaria de ter sido alocado ali, mas a cidadezinha era bonita, apesar de pequena. Havia muitos carvalhos e bordos grandes, olmos e cornisos para oferecer sombra durante o dia. E no outono as cores eram lindas. Aquela vida tranquila tinha lá suas vantagens.

Era uma vida solitária, mas Jack estava acostumado a ficar sozinho.

Ele estava prestes a chamar seu cavalo para dar uma volta pela floresta, em meio às folhas vermelhas, alaranjadas e amarelas que caíam feito chuva sobre sua cabeça, quando ouviu um barulho.

– Você tem mesmo que ficar sentado aí, tão no alto assim? – resmungou Rune, saindo de sob a ponte coberta e erguendo os olhos para ele.

Um rastro de fumaça seguia aquele homem grande, empoçando-se ao redor das botas reluzentes e com os dedos longos acariciando os calcanhares dele. Rune deu um passo à frente, tirou as luvas de couro preto e passou a mão na barba curta bem desenhada, aparada em linhas e curvas finas.

– Assim alguém pode passar por você antes que dê para intervir. Além disso, eu detesto ter que esticar o pescoço para conversar.

– Gosto de deixar minha abóbora bem longe da estrada, para não correr o risco de ela ser pisoteada. – Jack deu de ombros. – Além do mais, eu escutaria alguém chegando muito antes que a pessoa se aproximasse.

A abóbora de Jack nunca envelhecia nem se decompunha, mas podia quebrar, o que deixaria sua alma vulnerável.

– É verdade.

Rune tocou no brinco em forma de vaga-lume, que era um recipiente bem melhor que uma abóbora gorda, em termos de lanterna para esconder sua brasa. Ele sorriu para Jack. O cabelo desgrenhado que escapava da trança malfeita batia nos ombros; era preto a não ser pela mecha branca que caía sobre os olhos.

– Suponho, então, que seja uma boa escolha.

– O que você quer, Rune? – perguntou Jack.

– Ouvi um boato.

– Sobre o quê?

– Sobre a sua cidade. Parece que tem um vento de bruxaria soprando, e está vindo da sua encruzilhada.

– Da *minha* encruzilhada? – indagou Jack, e saltou de onde estava (com a abóbora), pousando com suavidade ao lado de Rune. Sentiu-se magro e pálido ao lado de Rune, com sua pele bronzeada e sua camisa de seda com um comprido decote em V. – Tem certeza?

Todos os lanternas eram notificados quando um vento de bruxaria soprava. O Senhor do Outro Mundo juntava ventos do mundo mortal em um enorme funil. Na maior parte do tempo, os ventos que sopravam pela encruzilhada eram normais, porém de vez em quando surgia um vento especial para indicar que uma bruxa tinha adquirido força suficiente não apenas para penetrar no Outro Mundo, mas para destruí-lo por completo. A menos que a bruxa ou o bruxo fosse capturado e sua energia fosse contida, o Outro Mundo em sua atual forma poderia ser destruído. Só havia uma bruxa que tinha permissão para estar no Outro Mundo. Além de ter a tarefa de evitar sua destruição, ela também era encarregada de administrá-lo. Era a bruxa superior, a esposa do Senhor e aquela que fornecia toda a energia mágica do reino. Todas as outras representavam um perigo temível.

– Há rumores – insistiu Rune. – No vento há rumores sobre a existência de uma bruxa poderosa. Muito mais habilidosa do que qualquer outra que já enfrentamos.

A luz que Rune emanava brilhou mais forte, o brinco dele piscou e a pele bronzeada se acendeu, mostrando o esqueleto que havia por baixo.

– Você deve estar enganado. – Jack suspirou. – Eu dei uma olhada embaixo da pele de cada morador desta cidadezinha. Não tem nem um pingo de sangue de bruxa entre eles.

Estava aliviado de poder dizer a verdade absoluta para Rune, pelo menos desta vez. Hallowell era cheia de mortais muito contentes e felizes.

– Não é que eu esteja duvidando da sua capacidade, Jack – explicou Rune, lançando a Jack um olhar que o fez estremecer. – Eu só preciso verificar pessoalmente. Você entende, né?

Jack fez um aceno resignado e Rune lançou seu vaga-lume acima da cidade. Ele se moveu em alta velocidade de um lado para outro, fazendo uma pausa de vez em quando enquanto o lanterna olhava para o nada, enxergando através do olho de sua luz. Uma luz prateada brilhou em seus olhos até, enfim, se apagar.

– Eu falei – disse Jack. – Será que ela não se enganou sobre a localização? Poderia pedir para a bruxa superior procurar de novo.

– Se um vento de bruxaria está soprando, pode ter certeza de que tem uma bruxa ou um feiticeiro por aí. Olha, eu só estou pedindo que preste atenção. Fique de prontidão. E, se vir algo, me avise. – Ele deu um tapa nas costas de Jack. – Não se preocupe, garoto. Se não der conta do serviço, eu sempre estarei aqui para ajudar.

Jack franziu a testa, irritado com a indireta.

– Certo. Mando avisar se eu encontrar qualquer vestígio de bruxa.

– Muito bem.

Rune foi embora e Jack desistiu de seu passeio matutino a cavalo, pois estava se sentindo muito disperso. Ficou lá, pensando em como era estranho um vento de bruxaria ter soprado no território dele três vezes. A maior parte dos lanternas nunca tinha visto isso acontecer, mas ele testemunhou quando bruxas foram detectadas tanto em Roanoke quanto em Salém. Não fazia sentido. Talvez ele simplesmente fosse muito azarado.

Passou o dia inteiro pensando nisso, enquanto percorria os arredores da cidade e também depois, quando se acomodou no alto de sua ponte para passar a noite. A luz tremeluzia em sua abóbora e ele a virou para poder traçar o contorno dos olhos com a ponta do dedo. Fazia muito tempo que tinha retirado a polpa do globo cor de laranja e entalhado uma boca sorridente. Sua única companhia em dias longos e noites mais longas ainda. Ele achava reconfortante ver sua brasa brilhando na expressão da abóbora. A luz o aquecia, dando-lhe a esperança de que, de algum modo, em algum lugar, havia uma fagulha de liberdade à sua espera, mesmo que fosse no final de uma estrada muito longa e cansativa.

Jack tinha acabado de cair no sono quando ouviu o ribombar de cascos batendo na estrada que levava à cidade. Chamou seu garanhão negro e saltou, deixando a ponte e aterrissando no lombo do cavalo enorme quando ele se materializou, vindo do Outro Mundo, com vapor saindo pelas narinas e os olhos brilhando com fogo. O cavalo empinou e Jack, com a abóbora embaixo do braço, golpeou-lhe os flancos com os pés. Os dois saíram galopando na direção da estrada.

Parou na colina e viu uma carruagem reluzente e nova, puxada por uma bela parelha de cavalos e que avançava com rapidez pelo caminho. Jack preferiu não se revelar, mas enviou um vento lamurioso que assustou o cocheiro. O homem olhou de um lado para outro e estalou o chicote para fazer os cavalos galoparem mais rápido.

Jack, o lanterna, ficou ali sentado, só observando enquanto a carruagem se dirigia à cidadezinha. Bem quando o veículo passou por ele, a cortina foi puxada e um rosto pequeno e pálido foi iluminado por um raio de luar. Era uma menininha de olhos arregalados, o cabelo castanho caindo em cachinhos. Ela colocou as mãos no vidro e sua boca cor-de-rosa se abriu em um círculo quando ela o encarou.

# 2

## ROANOKE

Claro que era uma jovem bruxa. A bruxa superior tinha razão, no final das contas.

Ember O'Dare era a única bruxa da cidadezinha e, sem ninguém para ensiná-la, cometia muitos erros. Uma vez, ela transformou os três gatinhos de sua tia-avó em leitões e só conseguiu fazer dois voltarem a ser gatos. Quando a tia-avó perguntou sobre a ninhada, Ember simplesmente lhe entregou o mesmo gatinho duas vezes, e a senhora nem percebeu.

Outra vez, ela chamuscou as próprias sobrancelhas na tentativa de cortar o cabelo com magia. Jack, que decidira ficar de olho na pequena bruxa em vez de delatá-la, tinha se disfarçado com folhas; ele deu risada, empoleirado em uma árvore, quando viu a fumaça subir, e ela gritou para o céu que não tinha graça nenhuma.

Ela logo adquiriu o hábito de usar pequenos feitiços, como estalar os dedos para terminar suas tarefas domésticas, mexer o nariz para que espigas de milho recém-colhidas se debulhassem sozinhas ou soprar um beijo para convencer meninos a carregarem seus livros na ida e na volta da escola.

Jack a seguia, sempre escondido – disfarçado de vento, de névoa pairando sobre o solo ou de raio de sol –, observando-a com atenção.

Ele não a entregou a Rune ou ao Senhor do Outro Mundo nem quando Ember se transformou em uma moça adorável e bruxa poderosa. Jack já tinha visto com os próprios olhos o que eles eram capazes de fazer.

A primeira vez que um vento de bruxaria soprou em seu território foi quando Jack estava de vigia em Roanoke, em 1587. Ele cuidava da pequena colônia que tinha erguido seu vilarejo um pouco perto demais de sua encruzilhada. O nome da bruxa local era Eleanor Dare. Ela era poderosa, Jack sabia, mas também era boa. Eleanor caminhava pela floresta em busca de ervas e plantas, sempre cantarolando. Enquanto ele olhava para ela cheio de desconfiança, a bruxa se dirigia a Jack com educação, acenando para ele, mas o deixando em paz.

Às vezes, ele lhe indicava a localização correta de diversas plantas e, em troca, aceitava suas oferendas de pães frescos ou cestinhas de frutas silvestres. Jack não precisava comer, mas apreciava os pequenos gestos e a gentileza que ela lhe dispensava. Uma vez, Eleanor perguntou a respeito do Outro Mundo, dizendo que tinha ouvido falar que o Senhor do Outro Mundo caçava bruxas.

– Só as perigosas – respondeu Jack, irrequieto.

Ninguém tinha dito a Jack que ele não podia fazer amizade com uma bruxa, pelo menos não diretamente. Três meses se passaram sem qualquer indício de que o Senhor do Outro Mundo estivesse caçando uma bruxa. Eleanor deu à luz uma menininha muito fofa que chorava bem alto e tinha cabelo escuro. Jack se acomodou em uma rotina confortável e até passou a observar Eleanor às vezes, quando ela ia colher suas plantas.

Um dia, tudo estava bem. Então veio o chamado. O vento de bruxaria estava soprando. Eleanor e sua filha desapareceram. Uma semana depois, coisas estranhas começaram a acontecer.

Homens urravam e arrancavam o próprio cabelo ao se transformarem em monstros com jeito de lobo à luz do luar. Outros ficavam paralisados de tal modo que pareciam mortos e eram enterrados, mas se levantavam à noite para perseguir os vizinhos e beber seu sangue. Alguns se transformavam em animais minúsculos com as costas arqueadas e o rosto coberto de verrugas. Corriam para dentro de árvores e viviam em troncos ocos. Todos os mortais se transformaram em criaturas do Outro Mundo.

Jack sabia o que estava acontecendo: os dois reinos estavam se fundindo. Isso só acontecia quando uma bruxa passava para o outro lado, mas tinha certeza de que Eleanor não usara sua encruzilhada para passar para o outro reino. Ele teria sentido se isso houvesse acontecido. Mesmo assim, Jack chamou Rune para ajudar, mas era tarde demais. O vilarejo inteiro ou tinha sido consumido ou desaparecera na floresta, transformando-se em algo totalmente desumano, e teria que ser destruído.

Os dois reuniram os monstros que ainda se esgueiravam pela região, mataram os que se recusaram a ajudar e enviaram de volta para o Outro Mundo os que cooperaram.

Antes de irem embora, Jack foi até a choupana da bruxa para conferir se havia algum sinal de Eleanor ou de sua filha, mas elas tinham partido.

Tristonho, Jack ficou lá, murmurando palavras ao vento. A luz na abóbora de Jack tremeluziu e uma rajada forte de vento desmantelou o vilarejo.

Enquanto voltava para ir se encontrar com Rune depois de colocar o vilarejo abaixo, ele avistou um feitiço de bruxa. Ergueu a lanterna e iluminou o local. Escondidos atrás do feitiço estavam um esqueleto e uma árvore morta, com letras entalhadas na madeira. Era uma palavra estranha que não significava nada em nenhuma das línguas que ele conhecia. Dizia *CROATOAN*.

Jack achou que talvez fosse melhor contar a Rune o que tinha visto, mas, depois de os dois lanternas terem passado pela barreira e atravessado a encruzilhada com segurança, ele se concentrou em se preparar para o que tinha certeza de que estava por vir: sua morte final. Uma brasa teria que se extinguir para fechar a rota.

– Existe outro jeito – disse Rune, baixinho.

– Outro jeito? – perguntou Jack. – Por que não fomos informados?

– Sinceramente, acho que a maior parte dos lanternas tem culpa das falhas em sua encruzilhada e merece que sua vida termine. Mas, neste caso, dá para ver que a culpa não foi sua. A bruxa atravessou sem o seu conhecimento.

Rune tirou do bolso uma bolinha equipada com rodas dentadas e molas e abriu a tampa do objeto. Jack aceitou a bolinha quando Rune a ofereceu.

– Agora, jogue na abertura – pediu Rune.

Jack deu uma olhada dentro do recipiente e prendeu a respiração quando viu uma brasinha minúscula que soltava fumaça e dançava.

– De quem é? – perguntou, curioso.

– Não importa – respondeu Rune. – Fique feliz por eu ter uma luz extra, assim a sua não precisa ser extinta.

Jack chegou à conclusão de que era melhor viver com perguntas na cabeça do que morrer e conhecer as respostas, por isso jogou a bolinha além da barreira, causando um estrondo que sacudiu a terra com tanta força que Jack cambaleou e quase caiu. A luz explodiu e logo desapareceu, levando a encruzilhada consigo. Ficou um cheiro de ozônio e de enxofre no ar, e o perfume doce da magia tinha desaparecido. A encruzilhada estava fechada.

Quando Jack perguntou a Rune a respeito daquela tecnologia, a única resposta que recebeu foi que tinha sido inventada pelo benfeitor misterioso do Senhor do Outro Mundo. Só que Jack não conseguia parar de pensar em quem havia morrido para que ele pudesse viver.

Aquele foi seu primeiro vento de bruxaria.

Jack só viu seu chefe de novo quando foi chamado para ajudar Rune em 1692. O pirata diabólico tinha sido enviado a uma encruzilhada em uma cidadezinha chamada Salém, e mais uma vez o vento de bruxaria soprou. A única coisa que a ordem de serviço dizia era que Jack deveria ajudar Rune a "controlar a situação".

Quando Jack chegou lá, várias moradoras do vilarejo já haviam sido enforcadas por bruxaria. O lanterna local não foi localizado e Rune parecia estar se deleitando enormemente em agitar os piedosos reverendos e magistrados da localidade. Quando Jack chegou, toda a cidadezinha estava assombrada por visões de demônios e bruxas. Jack perguntou a Rune quem, entre os habitantes locais, era a bruxa, e Rune deu de ombros, como se aquilo não tivesse a menor importância.

Estranhamente, Jack nunca conseguiu encontrar uma bruxa sequer, e ficou se perguntando se Rune não estava escondendo alguma coisa. De qualquer modo, ele nunca se esqueceu da insensibilidade do chefe em ambas as situações. Jurou nunca mais pedir a ajuda do demônio, se possível.

Agora, lá estava ele em Hallowell, acompanhando Ember O'Dare crescer e torcendo para que ninguém mais descobrisse a trapaça dele.

# 3

## VALE SONOLENTO

Jack permaneceu vigilante no que dizia respeito a Ember e tomou conta dela desde que era menininha, a órfã que chegara à cidade e fora adotada pela tia-avó distante, uma mulher tão cega e surda que mal conseguia distinguir sua protegida do gato preto que sibilava para Jack toda vez que ele se aproximava.

Quando Ember descobriu a barreira mágica da encruzilhada de Jack, não tentou passar pela abertura. Em vez disso, rondou-a com as mãos na cintura e ficou olhando bem para o lugar onde Jack estava escondido, como se pudesse enxergá-lo em sua forma de árvore. Depois de uma hora, ela desistiu e voltou para a cidade.

Jack colocou avisos na entrada de paralelepípedos da ponte, mas não fazia diferença para Ember. Cheia de coragem, ela ia até o lugar pelo menos uma vez por mês e ficava escutando com atenção enquanto Jack disparava todos os artifícios em que podia pensar para espantá-la. Primeiro, tentara os truques de praxe: gemidos fantasmagóricos, madeira rangendo, eco de cascos batendo, corujas arrulhando e uma névoa gelada que envolvia o corpo dos mortais, mas nada funcionou.

A cada visita dela, ele acrescentava mais truques, bramidos e assovios. Depois de alguns anos, a estrada que levava à ponte abrigava um cemitério com gárgulas de pedra arrepiantes, árvores mortas que estalavam, gemiam e se quebravam, corvos que grasnavam e teias de aranha tão grossas que poderiam segurar um cavalo.

Como estava ficando sem ideias, resolveu usar seu cavalo, o garanhão negro gigantesco de olhos afogueados que ele tinha batizado de Sombra, para assustar a menina.

O cavalo enorme surgiu galopando da abertura. O vapor que saía de suas narinas cobria o solo e seus cascos abriam sulcos fundos na terra preta e fofa. Jack pediu a Sombra que corresse atrás da menina, mas avisou que não era para lhe fazer mal. O garanhão agitou as patas no ar, deu meia-volta e saiu correndo pela estrada em uma nuvem de crina e cauda.

Horas depois, contente porque fazia algum tempo que não via Ember, Jack ouviu uma risadinha e o relincho inconfundível de sua montaria assustadora. Estarrecido, seguiu o som e encontrou o cavalo trotando atrás da menina de 17 anos, passando o focinho no ombro dela e estalando os lábios quando ela lhe estendeu uma maçã. Ember era encantadora, e parecia tão inocente e pura quanto uma manhã fria de outono: um pouco desgrenhada pelo vento e os lábios castanho-avermelhados. Então Jack ficou boquiaberto quando Sombra se abaixou para que ela o montasse. Ember se acomodou no lombo dele (vestia culotes por baixo da saia) e cutucou com suas botas pretas os flancos de Sombra, sorrindo enquanto o cavalo gigantesco se erguia de maneira delicada e saía trotando na direção da pradaria.

Quando finalmente apeou e se dirigiu de volta ao vilarejo, Ember gritou para a floresta escura, jogando os cabelos em um gesto expansivo e um tanto quanto vitorioso:

– Obrigada por me deixar montar o seu cavalo!

Jack voltou para a ponte pisando firme, furioso. A luz em sua abóbora estalava e chiava. Quando Sombra se aproximou, de cabeça baixa e com ar de culpa, Jack disse:

– Essa deve ter sido a coisa mais ridícula que eu já vi. Você devia ter vergonha de se considerar um grande e temido garanhão do Outro Mundo. Vá para casa e pense no que fez. – E deu um tapa na traseira do cavalo.

Sombra recuou e balançou a cabeça, então retornou à abertura e desapareceu, enquanto Jack continuava a gritar:

– E não vai ter jantar hoje à noite! Já comeu demais!

Ember lançou seu feitiço mais uma vez, pedindo às folhas murmurantes que lhe revelassem o nome de quem a observava, mas a única resposta que ouvia no vento era "Vale Sonolento". Ela não sabia o que aquilo queria dizer nem por que era importante, mas começou a entalhar a expressão na velha árvore caída mesmo assim e, para conseguir terminar o serviço, acendeu uma grossa vela de sebo quando a noite escureceu os campos.

Ember nunca sentia medo no bosque do oeste. Mesmo à noite, de vez em quando dormia sozinha na clareira, enrolada em sua capa. Não havia nada de nefasto nas pessoas do vilarejo, por isso ela nunca se preocupava em ser pega desprevenida ali. Já tinha desenvolvido a habilidade de ler mentes havia bastante tempo. Na maior parte dos casos, os moradores da cidadezinha não tinham nada a esconder, a não ser um marido que de vez em quando se embriagava em segredo para evitar sermões da esposa ou alguém que cometia um leve exagero em relação à qualidade das mercadorias vendidas ou trocadas. Os habitantes tinham bom coração.

Já em relação aos animais selvagens, Ember sabia que lobos vagavam pela mata, mas ela não tinha medo deles. Todas as criaturas da floresta com que cruzava demonstravam um interesse estranho por ela, mas não por desejarem devorá-la. Até os cavalos mais agitados se acalmavam sob suas mãos.

Além do mais, as ovelhas, as vacas, os gansos e as galinhas, inúmeros por ali, seriam uma refeição bem mais tentadora para uma matilha de lobos do que uma humana.

Desconhecidos que andassem pelos arredores normalmente representariam ameaça, ela reconhecia, mas Ember nem chegava perto das estradas que levavam à cidadezinha e sabia que nunca estava de fato sozinha. Seu protetor invisível estava sempre por perto.

Ela só o tinha visto uma vez.

Quando era pequena, o avistara muito rapidamente quando ele passou montado em seu cavalo. Só se lembrava de um cabelo solto e revolto tão branco quanto um raio de luar, um casaco escuro que se apertava em volta de um contorno longo e esbelto e olhos prateados que penetravam a escuridão. Nem naquela ocasião tinha ficado com medo dele. Sentira apenas curiosidade.

Desde então, sentia sua presença com regularidade. Às vezes sonhava com ele. Quando criança, ela o considerava um irmão mais velho. Um guardião e amigo. Alguém que sabia o que ela era, que compreendia seu poder. Sentia quando ele a observava, e aprimorava suas habilidades com a magia na esperança de que aprovasse e ficasse impressionado.

Quando Ember cresceu e os homens do vilarejo começaram a correr atrás dela na esperança de conquistar seu amor, os sonhos com seu protetor invisível se transformaram. Sua respiração acelerava quando ela sentia que ele estava por perto, e procurava mais oportunidades para vagar pelos caminhos que ele vigiava.

Não se interessava por nenhum dos garotos do vilarejo. Eles eram tão fáceis de decifrar quanto folhas de chá no fundo de uma xícara ou o gosto promissor de chuva no ar. Ember não queria nada fácil. Queria mistério.

O que ela mais queria mesmo era que ele se revelasse. Que lhe dissesse por que passara toda a sua vida a observá-la das sombras. Ao notar que nada do que falava em voz alta o fazia responder, voltou-se para os feitiços, mas nenhuma magia era capaz de lhe mostrar o que ela mais queria ver.

Exausta depois de tentar mais uma vez, ela se deitou na grama perto da árvore caída em que acabara de entalhar as palavras. Remexeu-se desconfortável por um instante, as botas roçando na barra da saia, que puxara para cobrir as pernas, e girou os dedos no ar para soltar os cordões do corselete, um truque que tinha aprendido bem rápido quando alcançara a idade de ter que vestir essa peça de roupa, caindo então em um sono profundo.

Quando acordou com esquilos tagarelando, percebeu que estava coberta e aquecida, apesar de saber que tinha esquecido a capa. Ember respirou fundo e sentiu um cheiro de couro, madeira e algo espesso e escuro, como temperos macerados. Levantou-se, desvencilhou-se do sobretudo que, sem dúvida, pertencia a um homem e examinou a peça de roupa.

Pelo comprimento, ela deduziu que ele era mais alto do que ela, coisa que a maioria dos homens que ela conhecia também era. O casaco era escuro, meio azulado, largo nos ombros e reto até a cintura, abrindo-se um pouco na parte de baixo. Os botões eram de marfim ou osso esculpido, elaborados com primor e pintados para parecer que exibiam sorrisos maliciosos e olhos fundos. Ela tirou as folhas presas ao tecido e deslizou a mão pelo forro, apreciando a textura sedosa.

Aguçando seus sentidos, ela não o detectou por perto no momento. Enquanto Ember mordia o lábio, seu estômago roncou de fome. Ela se lembrou de que o Samhain começava naquela noite. Isso significava que a celebração da colheita logo estaria a todo vapor e que ela tinha muito o que fazer, já que sua escola supervisionava as festividades. A tia estaria sentindo sua falta.

Ember cortou caminho pelo pomar de macieiras e acenou para os homens que tinham acordado cedo para colher as frutas maduras, lembrando-os de separar um caixote para ela, para suas provisões de inverno. Ember ficou com água na boca ao pensar na famosa torta de maçã da tia servida com uma caneca de leite morno, espumante e com creme por cima. Ela gostava de derramar o leite bem em cima da torta fervilhante para que a massa doce absorvesse todo o creme e o líquido espesso preenchesse todas as rachaduras da torta.

Quando chegou ao já conhecido caminho calçado com paralelepípedos, Ember se abaixou por entre os arbustos, que precisavam de uma poda, e foi avançando com rapidez, ignorando os corvos que grasnavam, o vento que gemia e as luzes que tremeluziam no intuito de espantá-la.

Quando alcançou a ponte, pigarreou e falou bem alto:

– Obrigada por me emprestar seu casaco, meu bom senhor. Estou muito grata por isso.

Ela dobrou a peça de roupa com cuidado e a colocou em uma mureta de pedra. Em seguida, chutou a terra com a ponta da bota e continuou:

– Então, hoje à noite o vilarejo vai celebrar o Samhain e a colheita. Se for de seu gosto, eu ficaria contente de lhe oferecer uma caneca de sidra e uma refeição em agradecimento pelo casaco. Ouvi dizer que a velha Viúva Mead vai fazer pudim de pão de groselha com calda de caramelo.

Não houve qualquer resposta além das folhas que se agitaram a seus pés, mas Ember sabia que ele estava perto, escutando.

– Bom, faça como quiser, mas quero que saiba que será bem-vindo.

Ao dizer isso, Ember fez uma mesura sem jeito, deu meia-volta e saiu marchando a passos rígidos pelo caminho, na direção de casa.

# 4

## SAMHAIN

Vestiu-se com esmero naquela noite. Em vez dos culotes confortáveis e das botas até os joelhos salpicadas de lama, colocou um vestido com estampa azul e detalhes de renda nos cotovelos e na gola. Combinou com uma meia-calça branca de seda macia e sapatilhas pretas. A cintura estava bem apertada, acentuando as curvas singelas de seu corpo tanto acima quanto abaixo do corselete. Passou a mão pelo quadril rechonchudo e suspirou.

Ela preferiria ser magra e ter peito pequeno, como várias garotas de sua classe. Peito grande não servia para nada além de ser uma distração. Quantas vezes estava conversando com um colega de sala sobre alguma coisa séria e percebia que os olhos dele tinham baixado a certo ângulo, pousando em algum ponto entre o queixo e o umbigo dela e ali permanecendo?

O cabelo castanho-escuro descia pelas costas em cachos delicados; nas laterais, um par de presilhas enfeitadas que pertenciam a sua tia-avó. Um único cacho caía sobre o ombro, a ponta mal tocando a gola do vestido e fazendo com que a pele exposta reluzisse com o contraste. Ela passou um pouco do perfume que produzira com as dicas que sua tia tinha lhe passado, combinando com um pequeno feitiço, na intenção de atrair o olhar daquele que ela queria conhecer.

Quando Ember estava pronta, deu o braço para sua tia-avó, Florence, que enfiou um lencinho delicado na manga da garota. Então a menina conduziu a senhora até as festividades. A noite estava quente. Ember acomodou a tia em uma cadeira perto das amigas e se virou para observar os rapazes. Eles se esforçavam para abocanhar maçãs em barris, jogando para trás o cabelo ensopado e gritando sua conquista para a multidão enquanto tentavam convencer donzelas descomprometidas a dar a primeira mordida na fruta.

Mulheres mais velhas descascavam maçãs em longas tiras, que davam para as filhas e netas solteiras jogarem por cima do ombro. Depois de fazer isso, as moças se viravam com um gritinho para examinar os desenhos que as cascas formavam, na esperança de visualizar a primeira letra do nome de seu futuro marido. A tia de Ember lhe entregou uma tira.

– Você sabe que isso não significa nada. – Ember suspirou, falando alto o suficiente para que a tia ouvisse. – É só uma brincadeira boba. Não tem magia alguma nisso.

De acordo com Florence, a tatataravó de Ember tinha sido bruxa, por isso as habilidades da garota não a assustavam nem um pouco. Várias vezes, Ember tinha se oferecido para tentar descobrir um feitiço que pudesse devolver à tia a visão ou a audição, ou ambas, mas Florence preferira não tentar. "Há um preço a se pagar por qualquer magia", dissera ela. "E não sei se quero pagar um preço tão alto."

Então Florence respondeu, dando tapinhas na mão de Ember:

– Eu sei, querida. Eu sei. Mas faça um favor a uma velha senhora. Existe um pouco de magia na esperança, e eu gostaria de alimentar a ideia de que você não vai passar seus últimos dias sozinha como eu.

– Tudo bem. Eu jogo a casca de maçã. Mas só porque amo a senhora – concedeu Ember, apertando a mão da tia.

– O quê? – perguntou a idosa.

– Eu disse que vou jogar! – repetiu Ember, pertinho do ouvido dela.

Em seguida, fechou os olhos e jogou a casca, que pousou como uma linha comprida com uma voltinha na ponta.

– Pronto, está vendo? Não formou letra nenhuma – constatou a menina.

– Não faz a menor diferença – respondeu Florence. – É tudo parte da diversão.

– Certo. Diversão – resmungou Ember.

– Parece um "I" – comentou, dentro do cone de audição da tia, um homem de sobrancelhas grossas sentado perto da velha senhora.

– Ah, Ignatius – disse Florence, jogando a casca na direção dele. – Ember é jovem demais para um velho como você.

Ignatius, o magistrado da cidadezinha, ergueu as sobrancelhas repetidas vezes para Ember, em um gesto insinuante, enquanto ajustava a peruca que escorregava e afrouxava a gravata.

– A senhora quer dizer que ele é bonito demais para mim, né? – respondeu Ember, dando uma piscadela. – Além do mais, o que a esposa dele diria?

Enquanto Ignatius gargalhava, Florence perguntou bem alto:

– Onde está sua esposa? Ela veio?

Ember aproveitou para ir pegar comida.

O ar cheirava a maçãs, fumaça, abóboras e canela. Jovens se aglomeravam em volta da fogueira e enchiam o prato com a comida que as mulheres da cidade tinham disposto sobre mesas compridas. Casais de noivos atiravam avelãs ao fogo, esperando para ver se iam se abrir e se separar ou se queimariam juntas, o que simbolizaria harmonia e paz em sua futura união. Ember ignorava a todos e enchia o prato com milho assado, torta de pomba, frango e bolinhos fumegantes, canjica frita, uma fatia de torta de fruta, picles e um pãozinho recém-assado generosamente coberto com manteiga cremosa e geleia.

Quando começou a comer, Ember reparou na abundância de lanternas com velas acesas dentro. Elas enfeitavam varandas e janelas na tentativa de afastar os maus espíritos que, acreditava-se, vagavam pelas estradas escuras no dia do Samhain. De acordo com a tradição, algumas pessoas também achavam que as lanternas serviam para dar as boas-vindas ao espírito dos entes falecidos.

Ember não sabia se fantasmas existiam. Nunca tinha visto um, apesar de ter procurado. Sabia que havia coisas que ela não podia ver e que eram perfeitamente reais, mas disse à tia que, em sua opinião, os fantasmas e os espíritos provavelmente tinham coisas muito mais interessantes a fazer do que assombrar os vivos. A tia concordou. Mesmo assim, a velha senhora postou a mesa com um lugar a mais para seu marido falecido. A garota supôs que isso trouxesse conforto aos vivos e que, se os mortos pudessem dar uma olhada, provavelmente gostariam de saber que alguém ainda se lembrava deles.

Com o canto do olho, ela notou um movimento. Pensou por um momento que uma das lanternas estava dançando no escuro, mas então, quando piscou, a coisa não estava mais lá. Ouviu um miado lamentoso e se abaixou para dar a torta a um gato de rua. Quando voltou a se levantar, aguçou a percepção e sentiu a presença reconfortante de seu observador secreto. Recolheu o prato limpo, fez um carinho na cabeça do gato e se afastou do brilho do fogo.

Quando alguém tocou seu ombro, ela sentiu todo o corpo se paralisar.

– Acho que deixou cair isto aqui – disse uma voz masculina esganiçada.

Ember franziu a testa. De todas as muitas vezes que imaginara seu guardião, a voz dele jamais fora esganiçada. Ela se virou.

– Ah, Finney. Obrigada – falou, aceitando o lenço que ele lhe estendia.

O rapaz corou quando ela enfiou o lenço no decote do vestido. O gesto fora apressado e a ponta do lenço estava para fora da gola.

– É, hmm... bom... de nada, Ember – respondeu ele, sem jeito, coçando a cabeça.

Então respirou fundo e ofereceu o braço a ela.

– Quer dar uma volta até o celeiro comigo?

– Por que não?

Ember presenteou o amigo com um sorriso, que, no entanto, se desfez quando ela deu uma olhada para trás e avistou o caminho escuro iluminado por lanternas.

Mais tarde, depois do jantar, ela participou de uma brincadeira com as garotas só para deixar todo mundo feliz. Elas se revezavam colocando claras de ovos em uma vasilha com água para ver se alguma letra se formava. Mais uma vez, a letra deveria dar uma pista sobre o nome do futuro marido. Apesar de ela não estar nem um pouco interessada, pegou a vasilha com água que lhe ofereceram e derramou o ovo batido. Claro que o dela fez um movimento bem diferente de todos os outros. No começo, a clara rodopiou e rodopiou e enfim se assentou em uma linha comprida com um gancho na ponta, da mesma forma que a casca de maçã. Alguém sugeriu que fosse um "J" e alguém mais gritou "I", o que resultou em uma comemoração da parte de Ignatius.

Depois que as festividades da noite terminaram, a fogueira se apagou e as sobras foram guardadas, Ember colocou a tia na cama e soprou todas as velas, menos uma. Pegou uma caneca de sidra e um pratinho cheio de coisas gostosas, foi até seu quarto e colocou as oferendas no parapeito da janela, cobrindo a comida com o lenço que tirou do corpete do vestido.

– Isto é para você – disse baixinho.

O ar da noite esfriara e a lua cheia banhou seu rosto de luz quando ela olhou para o mato que rodeava sua casa. Então acrescentou:

– Que pena que você não se sentiu à vontade para ir à festa. Mas eu lhe trouxe um pedacinho de bolo.

O ar parecia leve, mas cheio de vida. Ember sempre achava que, no Samhain, o mundo respirava fundo e prendia o ar, esperando a batida da meia-noite, e então expirava devagar, soprando todas as coisas que não enxergava para muito, muito longe do mundo dos vivos.

Ela sentia isso agora. O mundo se preparando para inspirar, deixando o verão para trás e mergulhando de cabeça no inverno. Ember virou as costas para a janela e se sentou na pequena cadeira ao lado da escrivaninha. Olhou no espelho para tirar as presilhas do cabelo e sentiu os cachos caindo nos ombros. Pegou uma escova e começou a passar pelas mechas compridas. A vela solitária em seu quarto tremeluziu, como se fosse se apagar, e então a chama ficou de um azul-gelo. A respiração dela embaçou o espelho e, quando ergueu os olhos, um garoto de cabelos cor de luar, com duros olhos prateados, estava por trás dos ombros de Ember, olhando para ela no espelho.

Ember deu um gritinho de susto, deixou a escova cair e sentiu uma brisa leve na bochecha quando a vela se apagou.

# 5

## PRESSÁGIO

Mesmo sem a ajuda da luz, ela o enxergava no espelho atrás de si. A pele dele brilhava, como se algo o iluminasse por dentro. O mundo se encontrava em expectativa pelo momento da mudança das estações, quando a meia-noite lança seu feitiço. Nervosa, Ember estendeu a mão para o jarro de água e encheu um copo. A água se derramou pelos lados quando ela levou o copo aos lábios.

– Eu tinha esperança que você viesse – disse ela.

O rapaz franziu a testa e começou a caminhar na direção da janela, erguendo uma abóbora acesa na mão. Ember se virou para trás e se pôs de pé em um gesto abrupto.

– Não vá embora! – exclamou ela.

A cadeira virou e ela tentou segurá-la, mas não conseguiu. A impressionante aparição com olhos de raios de luar pegou a cadeira a meio caminho do chão e a colocou de volta em pé.

– Por favor – pediu ela. – Não vá ainda. Eu quis... Eu queria tanto conhecer você!

Ela torceu as mãos, e seu guardião baixou os olhos para elas, depois olhou mais uma vez para seu rosto; então pegou sua mão, a abriu e colocou o lenço dobrado na palma. Os dedos de Ember se apertaram ao redor do pedacinho de tecido e seguraram os dedos dele nos dela, e a jovem engoliu em seco.

– As suas mãos – continuou ela. – São quentes. Eu não esperava isso de um fantasma.

Ele soltou uma gargalhada e puxou as mãos para si.

– Para uma bruxa, você não sabe muito bem como funciona essa coisa de assombração.

A voz dele era encorpada e ressonante, com um timbre que se demorava no ar, acariciando a pele de Ember por muito tempo depois de ele terminar de falar. Com ousadia, ela avaliou a aparência dele. O guardião era exatamente como ela se lembrava, apesar de tê-lo visto quando era muito pequena. Era vários centímetros mais alto do que ela e, apesar de ela desconfiar que era mais velho, só parecia ter um ou dois anos a mais. O cabelo de luar do rapaz continuava solto e desgrenhado, emoldurando seu rosto feito um halo, e seus olhos prateados de lobo reluziam, cintilando no escuro.

– Qual é o seu nome? – perguntou Ember.

– Faz alguma diferença? – respondeu o rapaz, depois de dar de ombros.

– Claro que faz. Senão, como é que eu vou me dirigir a você? A educação manda que a gente se apresente de maneira apropriada.

Ele riu baixinho, levou os braços ao meio do corpo e fez uma mesura formal, sem nunca desgrudar os olhos dos dela.

– Nesse caso, já que a educação é tão importante, pode me chamar de Jack.

– Jack. – Ember estalou a língua, ponderando sobre o nome, e achou que combinava. – Muito bem, então. Olá, Sr. Jack. Eu sou Ember O'Dare.

– Não tem "senhor". Só Jack.

– Só Jack.

– Isso mesmo. E eu já sei quem você é. Você é a bruxa da cidade.

Ember colocou as mãos na cintura.

– Estou em desvantagem. Você sabe o que eu sou, mas eu ainda não faço ideia do que você é.

Um estrondo ecoou no céu e pingos de chuva bateram no parapeito da janela, que estava aberta. Ember foi até ali e olhou para fora. Sentindo o início da tempestade, fechou-a bem e também as cortinas. Então ficou paralisada ao se lembrar de que havia um homem em seu quarto. Virou a cabeça para olhar para ele por cima do ombro exatamente quando um raio caiu. O rosto de Jack foi iluminado pela luz, mas, em vez de um maxilar bem traçado, um nariz amplo e bochechas altas, ela viu um esqueleto sorridente.

A garota levou um susto e deixou escapar um gemidinho. Quando a luz sumiu, o rosto dele voltou a ser como antes. Ember nunca tinha visto uma coisa como aquela.

Jack observou-a e então passou o peso de um pé para o outro, erguendo a abóbora, aproximando-a do rosto.

– É um truque da luz – explicou ele. – A brasa dentro da abóbora também mostra minha verdadeira natureza.

Quando ele ergueu o globo cor de laranja, o esqueleto sob sua pele brilhou mais uma vez.

Ember engoliu em seco.

– Isso quer dizer que você... que você...

– Que eu estou morto? – completou ele, e balançou a cabeça. – Não. Eu não estou morto. Apesar de, tecnicamente, também não estar vivo. Estou no limite entre um e outro. É isso que significa ser um lanterna.

– Um lanterna? – repetiu Ember, pensando nas luzes que ainda tremulavam lá fora com a intenção de atrair ou espantar os mortos.

– Sim. Eu guardo as encruzilhadas entre o mundo mortal e o Outro Mundo.

– O Outro Mundo?

– É.

Ember inclinou a cabeça, curiosa.

– Quer se sentar um pouco?

Jack se enrijeceu e olhou para a cama dela.

– Não. Acho que não seria apropriado – respondeu ele. – Mas obrigado pelo... convite.

Morrendo de vergonha, Ember foi até a mesa, sentindo o sangue lhe corar as bochechas.

– Não, eu... Não. Claro que não. É só que esta é a primeira vez que você se revela e fala comigo, e eu tenho muitas perguntas.

– É, eu sei.

As sobrancelhas de Ember se uniram quando ela franziu a testa.

– Por que hoje? – perguntou ela.

– Como assim?

– Você veio porque eu o convidei?

– Sim e não.

– Bom, qual é a resposta?

– Eu... costumo seguir você.

– É, disso eu sei bem.

Jack deu um sorriso amarelo.

– Não era minha intenção que você me visse.

– Então você não pretendia se apresentar hoje à noite?

– Não. Os lanternas geralmente se escondem das bruxas que atingem a maioridade – explicou ele. – Mas o véu fica fino no Samhain. Os limites se confundem. Eu devia ter me lembrado disso e evitado vir à cidade.

– Por quê?

– Por que o véu fica fino?

– Não. Por que você se escondeu de mim todos esses anos?

Jack suspirou e pousou a abóbora na mesa. Jogou o sobretudo para trás e colocou as mãos nos quadris esbeltos. Ember percebeu que estava distraída pelo colete que se colava ao corpo dele e pela corrente de prata que o enfeitava, com as duas pontas desaparecendo em bolsos, um de cada lado. A corrente em si era linda, cada elo ornamentado com espirais e círculos intrincados, e havia um pendente embaixo do botão que prendia a corrente. Ela mal conseguiu distinguir um formato de chave.

– É um relógio de bolso, isso que você tem aí? – perguntou ela.

– É, sim.

– E qual é a serventia de um relógio de bolso para um fantasma?

– Eu não sou um fantasma. Eu sou um lanterna. E o uso que eu faço de um relógio de bolso é problema meu.

– Posso ver?

– Não.

Ember deu um passo, se aproximando dele.

– Por que você não enfia a corrente no bolso com o relógio?

A boca de Jack se abriu, como se ele estivesse estupefato.

– Porque a corrente iria arranhar o relógio. É uma antiguidade.

– Uma boa razão para mostrar para todo mundo, então. Talvez você devesse prender o relógio na lapela, em vez de guardá-lo no bolso.

– E correr o risco de molhar na chuva? Melhor não.

O interesse aguçado de Ember acabou com seu decoro, algo que acontecia muitas vezes, e ela tocou na corrente do relógio com a ponta dos dedos.

– Mas por que tem uma corrente dos dois lados? – perguntou ela.

– Porque eu carrego dois relógios. Um deles marca o tempo no reino mortal e o outro marca o tempo no... bem, no Outro Mundo.

O rosto de Ember foi tomado por uma expressão de pura admiração. Com audácia, ela percorreu uma das correntes com o dedo, mas, na mesma hora, Jack segurou as mãos dela e as juntou, então deu um passo para trás e as soltou.

– O Outro Mundo está cheio de fogo demoníaco, mocinha. Seria recomendável que você levasse em conta as consequências antes de correr atrás dele.

O vento brigava com as venezianas do lado de fora, fazendo-as baterem na casa. Jack puxou as cortinas para o lado. O céu tinha um tom esquisito de preto e roxo turvos. Seria uma longa noite para ele.

– Preciso ir andando – disse ele.

– Por quê?

Ember não estava gostando de toda hora fazer as mesmas perguntas simples quando sua mente transbordava de outros questionamentos, coisas mais complicadas e instigantes do que "por quê".

– A primeira razão é por ser extremamente inapropriado eu entrar no quarto de uma donzela, quanto mais me demorar nele.

Jack não se deu ao trabalho de mencionar que estivera naquele quarto diversas vezes ao longo dos anos sem que ela soubesse. E continuou:

– A segunda razão é que o véu está fino hoje à noite, como já falei. Preciso vigiar os caminhos, garantir que as criaturas do Outro Mundo não passem para cá.

– Está falando de fantasmas, gnomos e coisas assim? Eles podem passar?

– Os fantasmas, como você chama, não são exatamente algo com que você precise se preocupar. Mas eu tomaria cuidado com os gnomos. Eles gostam de comer magia.

Ember ficou pálida.

– Comer... magia?

– Ah, sim. – Jack deu um sorriso maroto. – Gostam especialmente de mordiscar os dedos dos pés de bruxas jovens e impertinentes.

Jack abriu a janela de supetão, pulou para o parapeito e jogou as pernas para o outro lado. Ember segurou o braço dele.

– Vou ver você de novo? – perguntou ela. – Diga que sim.

O lanterna olhou para fora e depois outra vez para a bruxa. Os olhos dele ficaram mais suaves e os cantos da boca se ergueram um pouco, em um leve sorriso. Ele a afastou com suavidade, mas ela não largou seu braço. Jack invocou a abóbora e ela se ergueu da mesa, flutuando até a mão dele, que estava estendida.

– Vai ser mais difícil me esconder agora que você já viu o meu rosto – respondeu ele.

Com isso, Jack estalou os dedos. Seu corpo se esfacelou, transformando-se em névoa, e ele se esgueirou para fora, desaparecendo na escuridão.

Ember ficou lá, parada, um tempão. Tempo suficiente para a chuva empapar a frente de seu vestido e para seu cabelo cair em mechas compridas e molhadas sobre o corpete. Ela enfim recuou, entrando de novo no quarto, fechou a janela e se enxugou. Quando foi para a cama naquela noite, não conseguiu dormir. Jack e a magia que o rodeava enchiam seus pensamentos.

Quando saiu da casa de Ember, Jack esbravejou. Onde estava com a cabeça? Ele não era um lanterna inexperiente e novato no Outro Mundo. Sabia muito bem o que podia acontecer e que, ao visitá-la, correra o risco de ser visto. E conversar com ela, então? Isso foi uma loucura.

Ele sabia como Rune tratava bruxas. Quanto mais Ember viesse procurá-lo, algo que ela faria, maior seria a probabilidade de Rune perceber sua presença.

Mas não era verdade que parte dele queria isso? Por que então teria usado seu casaco para cobri-la enquanto a menina dormia? Jack não sabia qual era seu problema.

A chuva caía sobre seus ombros enquanto ele avançava pelo caminho de paralelepípedos, mas Jack ficou imóvel quando sentiu um cheiro doce e pungente: um troll. Os trolls não eram nada fora do comum, nem no reino mortal, apesar de a maior parte dos humanos nem notar sua existência.

Jack conferiu a barreira para o Outro Mundo, mas não havia rastro algum, nenhum cheiro saindo de sua ponte. Isso significava que o troll chegara ao território de Jack pela floresta. O mais provável é que tivesse nascido e crescido no reino mortal.

Pelo cheiro, ele sabia que era macho, talvez abandonando a ninhada pela primeira vez para se virar sozinho e procurar uma companheira. Para conquistar o interesse de uma fêmea, ele teria que garantir uma área onde fazer seu ninho. Para o azar desse troll, ele escolhera a ponte coberta de Jack enquanto o lanterna estava na cidade.

Jack se agachou e deu uma olhada nas frestas deixadas pelas vigas abaixo dele. Um par de olhos reluzentes brilhou no escuro.

– Eu sairia daí se fosse você – alertou Jack.

Uma voz sibilou em resposta:

– Cai fora ou eu como você.

– Acho que você não vai me achar muito gostoso.

– Quem é você pra dizer o que eu acho gostoso?

– Eu sou o lanterna que vigia estas terras. Você entrou no meu território. E então, vai sair por vontade própria ou vou ter que arrastar você para fora pelo seu cabelo comprido?

– Não vou sair – desafiou o troll. – Nunca ouvi falar de lanterna nenhuma. Vai vigiar outro lugar. Essa ponte aqui é minha. É melhor ir saindo agora antes que eu mude de ideia e roa os seus ossos na janta.

*Nunca ouviu falar de lanterna nenhuma?* Isso era novidade. A maior parte das criaturas do Outro Mundo que viviam no reino mortal tentava ficar bem longe dos lanternas. Qualquer criatura que fosse vista fraternizando com humanos ou se aproximando de um vilarejo era mandada para as casas de detenção do Outro Mundo.

Jack suspirou.

– Muito bem.

Ele ergueu a abóbora, e a luz dentro dela se intensificou. O troll embaixo da ponte berrou.

– Tá doendo! Apaga a luz! Por favor! – choramingou ele.

– Vai sair daí? – perguntou Jack.

– Vou. Vou, sim – respondeu o troll, as lágrimas escorrendo.

Bem rapidinho, ele se arrastou de baixo da ponte, enfiando os dedos compridos na lama e agarrando-se a pedras para se erguer.

Jack examinou a criatura trêmula. A cabeça careca e enrugada tinha só alguns fios de cabelo compridos e ouriçados, e seu corpo magricelo era o de um jovem. As costas arqueadas do troll estavam cobertas de liquens e cogumelos brotando, as poucas peças de roupa que tinha sobre o corpo eram emboloradas e meio apodrecidas. Os pés largos estavam descalços e cobertos de lama, com unhas compridas, quebradas e escurecidas por fungos. Mas seus braços eram fortes e alongados, dando a ele a habilidade de ficar pendurado na parte de baixo da ponte durante um período extenso.

Jack sabia que, quanto mais longos fossem os braços do troll, maior chance ele tinha de sufocar seus rivais para garantir sua ponte ou de agarrar e segurar uma fêmea com bastante firmeza durante o acasalamento. Jack franziu o nariz. O cheiro do troll devia estar atraindo metade das trolls fêmeas do território.

– Sinto muito, mas você não pode ficar aqui – disse Jack.

– Eu sei. Eu sei. Vou embora.

– Isso não é o suficiente agora – continuou Jack. – Vou ter que mandar você de volta.

– De volta? – Os olhos brilhantes do troll se arregalaram de medo. – De volta? Não! Por favor. Não posso ir praquele outro lugar!

– O nome é Outro Mundo. Não é um lugar ruim, só é diferente.

– Meus bisavós fugiram de lá. Eles contaram histórias horríveis pra mim. Os trolls não são livres lá.

– Claro que são – retrucou Jack, apesar de não saber se eram mesmo.

Ele só tinha passado uns poucos dias no Outro Mundo, tempo suficiente para aprender suas obrigações, e depois disso foi designado para o reino mortal, onde permanecera desde então. Pelo que ele se lembrava, as cidades do Outro Mundo eram notáveis. Cheias de invenções que os humanos ainda nem tinham imaginado. Ainda assim, um garoto criado no interior, como Jack, se sentia muito mais à vontade em cidadezinhas pacatas como a de Ember. As cidades do Outro Mundo eram loucas e caóticas demais.

– Por favor! – exclamou o troll, puxando o casaco de Jack. – Eu vou pra bem longe. Você nunca mais vai ver nem um fio de cabelo da minha cabeça, nem sentir o meu cheiro.

– Eu gostaria de poder deixar você ir embora. De verdade. Só que você já deixou a sua marca na minha ponte. Se eu deixá-lo ir, você vai atrair muitos outros: tanto machos, que vão querer brigar, quanto fêmeas, que vão querer... hum... se atracar com você de outro jeito. Vou ficar até o pescoço de trolls.

A boca de Jack se contorceu enquanto ele avaliava as orelhas cônicas e compridas do troll, que traziam tufos de pelo no centro e eram cobertas de verrugas na parte de trás.

O troll inchou o peito com a ideia de fêmeas à procura dele, mas Jack continuava enxergando medo em seu rosto largo.

– Tô dizendo... – disse o troll. – Vai me mandar pra minha morte. Aquele outro lugar não serve prum troll morar. As pontes são de metal. Não dão vida pros trolls. O céu é tão cheio de fuligem que o musgo das minhas costas vai murchar. E daí, que fêmea vai me querer?

– Eu realmente não sei dizer – respondeu Jack, piscando estupefato ao se perguntar o que poderia atrair uma troll fêmea. – Mas tenho certeza de que vai ficar tudo bem. Se tiver algum problema, entre em contato com o meu superior, Rune. Ele vai ajudar você a encontrar uma ponte para chamar de lar. Agora, feche os olhos. Dói menos assim.

Jack ergueu a abóbora bem alto e o rosto sorridente que tinha esculpido nela lançou sua luz sobre o troll. A criatura se sacudiu com violência, vapor saiu de seu corpo, então viu-se um clarão e o troll sumiu. Jack pousou a abóbora, tirou a poeira das mãos e espirrou.

O homem – se é que poderia ser chamado assim – ficou olhando fixo para o globo, observando enquanto Jack bania o troll. Passou a mão pelo espelho para interromper a preciosa luz de bruxaria, e a imagem desapareceu. A menina estava quase madura para poder ser colhida. E ele quase era capaz de sentir seu sabor. O poder que ela possuía o alimentaria por quinhentos anos, talvez mais. A última não fora assim tão poderosa. Ele só tinha conseguido um pouco mais de duzentos anos ao exauri-la. Mas essa... ele tinha certeza de que era exatamente a que estava procurando.

Quando chegasse a hora, ele a atrairia para si. Iria conectá-la a ele com uma canção de bruxa. Algo a que nenhuma bruxa era capaz de resistir ou evitar. E então, quando ela entrasse por sua porta, ele faria o papel de benfeitor no início, cobriria a bruxa de riquezas, daria a ela uma posição de poder, todo o conforto que pudesse desejar, em troca de apenas um gostinho. Ela não precisava saber que, uma vez que a porta para sua alma estivesse aberta, ele poderia lhe tirar tudo.

Claro que a garota poderia dizer não. Lutar contra ele serviria para oferecer um tipo diferente de prazer, mas, infelizmente, danificaria seu prêmio. Desse jeito, ele perderia alguns anos, mas podia se dar a esse luxo. Afinal de contas, fazia isso havia uma eternidade, e o demônio sempre recebia sua parte. Deu uma risadinha e esfregou as mãos, cheio de expectativa.

Ouviu alguém batendo à porta. A bruxa superior fez uma mesura e perguntou se ele estava pronto para se juntar à comemoração.

– Certamente – respondeu ele, oferecendo um sorriso afetado à velha megera, que maquiara o rosto com um feitiço. – Eu não perderia por nada nesse mundo.

Quando ele riu, ela riu também, mas a risada dela soou como um cacarejo.

# 6

## GRAVES CONSEQUÊNCIAS

Jack acordou com alguém o chamando.

– Jack? Jack! Cadê você?

Meio tonto, ele se sentou e passou a mão pelo cabelo, deixando-o todo arrepiado.

– O que foi? – perguntou ele com os olhos ainda fechados.

– O que você está fazendo aí em cima? Estava dormindo no alto da ponte? Já é fim de tarde. Achei que já ia estar acordado e ocupado a esta hora. Eu mal dormi ontem à noite, por sua causa.

– Srta. Ember? – disse Jack, esfregando os olhos.

– Claro que sou eu. Quem mais poderia ser? O bicho-papão?

Jack levantou-se de um salto na mesma hora e pousou de leve na frente dela.

– Shhh – sibilou ele, apertando a ponta dos dedos nos lábios dela.

Olhou de um lado para outro, como se estivesse à espera de algo. A respiração dela era quente e úmida contra seus dedos e os lábios eram macios como pétalas de rosa. Ele avisou:

– Não chame pelo nome.

– Quem? O bi...

Jack fez um barulho e usou a palma da mão para cobrir toda a boca da menina.

– Estou falando sério.

– As éssó ua istória – engrolou Ember por baixo da mão dele.

– O quê? – perguntou ele, afastando a mão.

– É só uma história – repetiu ela, baixinho.

– Existe um motivo para a maior parte das histórias – explicou ele. – Até os lanternas têm medo do... você sabe quem.

– Então ele é real?

– Tão real quanto eu.

– Humpf – resmungou Ember.

– Olha, há muito tempo, o Senhor do Outro Mundo baniu o... aquele de quem estamos falando. É parte do motivo pelo qual os habitantes do Outro Mundo vêm mantendo o Senhor no poder há tanto tempo.

– Como ele foi derrotado?

– Ninguém sabe muito bem, mas dizem que uma de suas fraquezas é o ônix. Isso provavelmente não passa de boato, mas, quando eu era menino, há muito, muito tempo, as histórias já existiam. Quando ele foi embora, o Outro Mundo mudou para melhor, na opinião da maior parte das pessoas. Agora chega disso. O que você veio fazer aqui? – quis saber Jack.

– Eu resolvi que quero conhecer este tal de Outro Mundo – declarou Ember, a expressão impassível.

Jack ficou sem palavras por um momento. Só saiu um chiado. Então ele pegou nos ombros de Ember e a empurrou até suas costas baterem em uma árvore, afastando-a da encruzilhada.

– Não – disse ele, agigantando-se diante dela, em um tom que não permitia discussão. – Aliás, eu não quero que você venha aqui nunca mais.

– Por que não? – perguntou ela.

– Você não precisa saber por quê. Só precisa obedecer.

– Obedecer? – repetiu ela, horrorizada.

Ember colocou as mãos na cintura e continuou:

– Eu não sou o seu cachorro nem o seu cavalo. E você também não é o meu senhor.

Jack se encolheu. As palavras que ele havia acabado de dizer tinham sido um eco da maneira como o pai dele falava com sua mãe muitos séculos antes. Com a lembrança ainda viva na mente, ele tirou as mãos dos ombros dela e disse:

– Não quero controlar você, estou tentando proteger você.

– Me proteger de quê?

– Quer uma lista?

– Seria um bom começo.

– Certo. – Ele ergueu uma das mãos. – Trolls, gnomos, lobisomens, vampiros, gremlins. – Ergueu a outra e continuou: – Cadáveres reanimados, almas penadas, golems, súcubos, íncubos.

Quando tinha usado todos os dedos, baixou as mãos e, ao ver que o queixo dela ainda estava empinado em posição de desafio, continuou. Ele precisava fazê-la entender. O pânico tomou conta dele e sua voz aumentou de volume, como se ele tentasse se comunicar com a tia dela, praticamente surda:

– Bruxas nefastas, fantasmas, espectros, assombrações, demônios, um exército de espíritos de animais e criaturas escravizadas para servir a seus senhores, aquele que você mencionou e cujo nome a gente não fala e, ah, sim, principalmente lanternas como eu!

Quando terminou, ele arfava, mas, apesar de sua agitação, Ember continuava impassível.

– Só isso? – perguntou ela, baixinho, tentando cruzar os braços sobre o peito farto, sem conseguir.

– Não é o bastante? – gritou Jack, apesar de sua determinação em permanecer calmo. – Qualquer uma dessas criaturas devoraria uma criança como você no café da manhã e ainda ia precisar fazer um lanchinho antes do almoço!

A irritação queimava nos olhos de Ember, como se a brasa contida no significado de seu nome alimentasse toda a força dentro dela.

– Eu *não* sou uma criança – retrucou ela, enunciando cada palavra.

Jack percebeu que o rosto da garota estava corado. Um cor-de-rosa atraente tingia suas bochechas e seu pescoço, mas ele resmungou, jogou uma das mãos para o alto e deu as costas para ela.

– Não faz diferença – concluiu ele, sem alterar a voz. – Você não vai.

– Vou achar um jeito.

– Eu não vou deixar.

– Eu não vou desistir.

– Ember, por favor. – Jack pegou as mãos dela e as apertou entre as suas. – Você não sabe o que fariam com você lá. Aquele pessoal não confia em bruxas. Aliás, quando uma bruxa é descoberta, ela é transportada para a capital, e nunca mais se ouve falar dela. E eu acho que algumas... algumas foram destruídas. Quando você chegou aqui, um vento de bruxaria soprou. Isso significa que você já é de grande interesse para o Outro Mundo. Se eles souberem que você está aqui, vão levá-la embora e... eu nunca mais a verei. Nem eu sei exatamente o que acontece com essas bruxas especiais. Você precisa entender como isto é perigoso. Eu não contei a eles sobre você justamente por isso. Não contei para ninguém. Nem o meu superior sabe que você existe. Tomei muito cuidado para não deixá-lo chegar perto do vilarejo, muito menos de você.

– Mas por quê? – perguntou ela. – Por que detestam tanto as bruxas?

– Eles não detestam as bruxas. É mais medo, na verdade. Pelo menos foi o que me disseram. Vai saber quanto disso é verdade.

Com um suspiro, Jack se sentou na mureta de pedra e cruzou as pernas na altura das canelas.

– Por favor, Jack – insistiu Ember, e tocou o braço dele.

Ele quase não conseguiu se segurar. Começou a falar:

– Há muito tempo, as bruxas mandavam no Outro Mundo. Então a bruxa superior se casou com um homem e lhe deu o poder de governar. Ele se autointitulou o Senhor do Outro Mundo. Outras bruxas protestaram, questionando o direito dele de governar, mas depois pararam, apesar de estarem preocupadas por ele ter conseguido autonomia tão rápido. Agora, o reino todo opera por poder de bruxa.

– Poder de bruxa?

– É. Em vez de velas, os habitantes do Outro Mundo usam lâmpadas de bruxa, que se acendem com o toque de um botão. Há construções altas, algumas com cinco andares, com caixas movidas a vapor que carregam as pessoas até o topo. E existem máquinas que fazem de tudo, desde a colheita até o controle do clima, passando por produção de tecidos. A luz de bruxaria aquece as casas e o vapor do caldeirão serve de combustível para transportes aéreos, barcos e vagões de aço tão grandes que carregam uma dúzia de pessoas ou mais sobre trilhos que conectam cidades.

Ember sentou-se bem devagar ao lado dele.

– A gente é capaz de fazer isso? – perguntou ela, estupefata.

– O poder de vocês, sim. Sua luz de bruxaria inata, em particular, é muito poderosa, sobretudo para alguém tão jovem e praticamente sem instrução. – Ele fez uma pausa para organizar os pensamentos. – Mas o fato de o Outro Mundo ter avançado tão além dos humanos desequilibrou os reinos. O reino mortal e o Outro Mundo repousam em uma camada fina e precária, separados apenas por encruzilhadas em locais fixos, como o meu. Elas oscilam um pouco para lá e para cá, naturalmente, mas as bruxas acreditavam que se uma dessas encruzilhadas alterasse muito o equilíbrio, os reinos iriam se fundir e cidades inteiras desapareceriam dos dois lados, evaporando no éter. Então, as bruxas não ficaram nada contentes e reclamaram, protestando em defesa da expulsão do Senhor do Outro Mundo de sua posição superior. Até fizeram algo impensável. Chamaram aquele que nunca é invocado, o...

– O bicho-papão?

– Shhh! É, *ele*, para pedir ajuda. – Jack suspirou. – Não deu certo. Assim, as bruxas não tiveram escolha senão ir embora. Abandonaram o Outro Mundo, levando seu poder consigo, esgueirando-se para o reino mortal e indo morar em lugares tranquilos.

Um gato se enroscou nas pernas de Jack. Ele o cutucou com a bota até que se afastasse e prosseguiu, ainda mais determinado:

– Sem a luz de bruxaria para alimentar o Outro Mundo, a energia foi racionada. Só a bruxa superior, a esposa do Senhor do Outro Mundo, permaneceu. Muitas das máquinas pararam de funcionar. O dia a dia das pessoas se tornou... difícil. Alguns habitantes do Outro Mundo se esgueiraram pela divisa em busca de uma vida melhor.

– Que bom para eles – comentou Ember, assentindo.

– Calma! Muitas criaturas estavam indo embora, e o Outro Mundo não podia funcionar sem trabalhadores. Uma nova lei foi aprovada para criminalizar os fugitivos. Então agora nós, os lanternas, mandamos os habitantes do Outro Mundo de volta para casa quando os encontramos, e quando eles se recusam a voltar, são destruídos.

– Está dizendo que... você...

As palavras de Ember foram sumindo. Ela engoliu em seco e seu coração disparou quando Jack assentiu.

– É. Eu. As bruxas são a exceção – completou ele, com relutância. – Temos que denunciar qualquer bruxa, mas nunca destruí-las por conta própria.

– Entendi – disse Ember, baixinho. – Mas... você não me denunciou?

– Não.

– Por que não? Esse é o seu trabalho, não é?

– É, sim. Mas você está só começando a explorar seu poder. Você era só uma criança quando o vento de bruxaria soprou, e, depois que a conheci, simplesmente não consegui colocar seu destino nas mãos deles. Eu trabalho para eles, mas não confio neles.

– Ah.

Ember cruzou as mãos no colo, e Jack sentiu um forte desejo de entrelaçar os dedos nos dela.

– Agora você entende por que é perigoso para você ficar aqui, tão perto da encruzilhada? – disse ele. – Por que até mesmo pensar na possibilidade de ir ao Outro Mundo é uma imprudência?

– É, eu entendi o seu ponto de vista – respondeu Ember.

– Que bom.

Ele pulou do muro, cruzou as mãos nas costas, empertigou-se e esticou o pescoço com um estalo alto.

– Mesmo assim, eu quero ir.

Jack se virou para ela de supetão.

– Você não escutou nada do que eu disse? – perguntou ele, incrédulo.

– Escutei, sim. É só que eu sinto... eu sinto uma atração. Não consigo explicar muito bem. Não exatamente. É como se estivesse sendo chamada.

Ember abaixou a mão em um gesto automático quando sentiu o rabo roçando sua perna, e fez um carinho na cabeça do gato, que miava. Não sabia bem como eles sempre a encontravam, mas gatos tinham ido atrás dela durante a maior parte de sua vida.

– Você tem que entender que estou desperdiçando a minha vida aqui, Jack. Eu preciso explorar, ver o mundo. As pessoas do meu vilarejo são boas, mas só querem que eu arrume um marido e tenha filhos. Eu sei que não estou pronta para isso. Nem sei se é isso o que eu quero para mim. Tem tanta coisa que eu quero ver e fazer, estou praticamente explodindo com esta tensão toda!

– Então... – Jack retesou os músculos do maxilar. – Então faça uma viagem. Migre para o sul com os pássaros. Vá visitar uma cidade grande com a sua tia. Visite até a cidade vizinha, mas conhecer o Outro Mundo não pode ser o seu objetivo. É perigoso demais.

– Talvez... talvez se você fosse comigo... – Os olhos dela imploravam para que ele pensasse no assunto. – Por favor. Tenho certeza de que a vontade vai passar se eu puder ver o Outro Mundo uma vezinha só. Você vai me proteger. Sei que vai.

Era estranho, mas ele se deu conta de que queria ir com ela. Não para o Outro Mundo necessariamente, mas para algum lugar, qualquer lugar. Teria orgulho de acompanhar uma moça como Ember. Depois de um piscar de olhos, ele respondeu:

– Não posso. Não tenho permissão de abandonar meu posto.

– Tudo bem. – Ela ergueu o queixo em um gesto de teimosia. – Vou com o Finney, então.

– Não, não vai com o Finney. – Jack se incomodou com a ideia de ela levar seu amigo ruivo e bobalhão em vez dele. – Você não pode passar para o outro lado, Ember. Não vou deixar – concluiu ele, e baixou a mão, em um gesto que significava a discussão acabava ali.

– Tem uma coisa que você precisa saber sobre mim – falou Ember, saltitando para mais perto dele e cutucando seu peito. – Ninguém, nem mesmo um lanterna bonito que carrega uma abóbora, me diz o que eu posso fazer.

Ember ficou na ponta dos pés, mas mesmo assim só alcançava o nariz de Jack. Só que estava perto o suficiente para que ele sentisse o perfume de seu cabelo. Ember tinha cheiro de maçã assada com canela. Jack colocou as mãos nos ombros dela mais uma vez e se abaixou, ignorando o chiado de advertência do gato. Jack ouviu quando Ember prendeu a respiração. Quando a boca dele estava a alguns centímetros da dela, demorou-se ali por um instante e então levou seus lábios ao ouvido dela.

– Você nunca vai passar por mim – declarou ele.

Enrijecendo o corpo, Ember deu um passo para trás com os olhos faiscando.

– Isso é o que veremos.

# 7

## JOGUEI UM FEITIÇO EM VOCÊ

Jack teve que reconhecer: Ember era determinada. Nunca em sua longa vida ele precisara vigiar a encruzilhada com tanta atenção. Ela experimentou todos os truques possíveis para passar por ele. Algumas de suas ideias beiravam o ridículo, como quando ela tentou enganá-lo com uma faca fincada no chão de cabeça para baixo. Algo assim poderia funcionar com um simples espírito perdido, que ficaria fascinado com o próprio reflexo, mas Jack não era um simples espírito perdido.

Então ela tentou pegá-lo desprevenido vestindo todas as roupas do avesso. Ele riu tanto que ela gritou com ele por uma boa meia hora antes de voltar para casa furiosa. Muitos humanos tinham perdido a vida tentando enganar mortos-vivos ou lobisomens assim. De todo modo, aquelas criaturas dependiam do olfato para se guiar, não davam a mínima para o que os humanos vestiam.

Ela tentou um punhado de feitiços e poções, mas o resultado foi apenas irritante. Em uma das vezes, cobriu a ponte de Jack com neblina durante uma semana inteira, mas ele era um lanterna, e viu a alma conhecida dela no momento em que colocou os pés no caminho dele. Conseguiu deter Ember com facilidade e a fez voltar para casa sob veementes protestos. Se não estivesse tão preocupado com a possibilidade de Ember ser descoberta, não teria se incomodado com suas tentativas de enganá-lo.

Quando o inverno chegou e o ar frio parecia mais cortante do que os dentes de um vampiro recém-nascido, os esforços de Ember para passar por ele diminuíram. Ao perceber que estava sentindo a falta dela e, mais importante, ao desconfiar que ela estava aprontando algo, ele se transformou em névoa e flutuou até a casa da menina, batendo de leve na janela.

Era uma noite fria e enluarada, ela abriu a cortina e ficou encarando Jack com um silêncio glacial antes de finalmente permitir que ele entrasse. Jack passou para dentro da casa dela em um manto de névoa gelada e permitiu que seu corpo recobrasse a forma devagar. À luz de sua abóbora bruxuleante ao lado dele, viu que a escrivaninha estava coberta de frascos e poções e que um livro grosso jazia aberto na página da receita de um feitiço.

Com um gesto da mão dele, a abóbora flutuou pelo quarto revelando todos os cantinhos escuros escondidos. Havia um pequeno caldeirão preto pendurado acima do fogo da lareira, seu vapor grosso enchia o quarto com um aroma enjoativo. Mechas úmidas de cabelo ondulado se colavam à testa e às bochechas de Ember, e, quando ela se virou para o outro lado, ele sentiu um forte impulso de tocar com os lábios a nuca quente e o arco da curva do ombro dela. Claro que ele não fez isso, e repreendeu a si mesmo por ter sequer pensando em uma coisa dessas sobre a garota de quem deveria estar cuidando. Ele se corrigiu: *vigiando.*

Ele deu uma olhada no livro e perguntou:

– Onde você arrumou isso?

– Estava no meio das coisas da minha mãe. Pelo menos, foi o que a minha tia disse. Andei experimentando um pouco as receitas.

Ember abaixou a mão e acariciou as costas do gato que se esfregava em suas pernas. Os olhos verdes do animal a encaravam e Ember poderia jurar que sentia um par de braços fantasmagóricos em volta de si. Seja lá o que ou quem tivesse sido sua mãe, Ember gostava da ideia de ter sido amada no passado.

Jack franziu a testa, passou o dedo pela borda quente do caldeirão e torceu o nariz.

– Parece que sim – balbuciou ele. – O que é isto aqui? – Jack fez uma careta com o cheiro enquanto mexia a mistura. – Se a sua intenção é me expulsar da cidade com este fedor, talvez você alcance mesmo seu objetivo.

– Fique quieto – reclamou Ember. – Flossie acabou de ir para a cama.

– Flossie? É o nome do seu gatinho novo?

– Não. Eu acabei de descobrir que o meu falecido tio-avô costumava chamar minha tia-avó de Flossie em vez de Florence, o nome real dela. Era um apelido, e eu gosto de como ela sorri quando eu falo assim.

– Flossie – repetiu Jack.

Ele ficou se perguntando se deveria chamar Ember de outra coisa que não o nome dela. Por mais que ele tentasse pensar em algo diferente, apenas "Brasa" lhe vinha à mente.

– Você ainda não respondeu à minha pergunta – retomou ele, dessa vez mais baixo. – O que está fazendo assim tão ocupada?

– Não é da sua conta.

Jack se inclinou, chegando mais perto de Ember, o suficiente para que ela prendesse a respiração, o que ele esperava que fosse uma boa reação à sua proximidade. Então, pegou o cinto de couro na mesa atrás dela. Era comprido demais para ficar justo na cintura fina de Ember. Pode-se dizer, considerando o número de compartimentos do cinto, que se parecia mais com uma cartucheira, apesar de ele não saber que tipo de projétil caberia naqueles bolsinhos.

Então, ele deu mais uma olhada no caldeirão e viu uma fileira de garrafinhas de vidro, cada uma do tamanho de seu polegar, todas fechadas com rolha. Algumas estavam cheias de líquidos de cores variadas, extratos e tinturas, outras continham somente uma substância gasosa, enquanto havia aquelas que pareciam vazias. Mas, com seus olhos de lanterna, ele viu um brilho ou um leve toque de cor em cada uma delas. Jack levou o cinto até a lareira, ajoelhou-se, pegou uma garrafinha e enfiou-a certinho em um dos compartimentos: ela se acomodou ali como se fosse uma bala.

Pegou uma segunda garrafinha e deixou que a luz de sua abóbora recaísse sobre ela.

– Um feitiço sonífero? – perguntou ele. – Ember, eu detesto ter que informar, mas um vampiro ou um lobisomem acabariam com você muito antes que conseguisse jogar esses líquidos neles. Eu admiro a sua criatividade, mas...

– Eu não preciso chegar perto – rebateu Ember.

Jack pousou o frasquinho de vidro com cuidado.

– Como assim? – perguntou ele.

Como ela não respondeu, mas se moveu de leve para esconder uma gaveta com a saia, ele a afastou para o lado e abriu a gaveta. Lá dentro, embaladas em um pano de veludo vermelho, havia duas pistolas de cano curto com a boca larga. Eram pesadas, com os canos e os gatilhos feitos de latão polido. Ele nunca tinha visto pistolas assim.

– Onde você arrumou isso? – quis saber ele.

– Finney fez para mim.

– Finney – repetiu Jack.

– É.

– E por acaso o Finney sabe o que você é? O que pretende fazer?

– Ele sabe que eu sou uma bruxa – respondeu com orgulho. – Fora isso, não sabe mais nada.

– Certo. Então, o que vai acontecer quando você carregar esta arma com uma das suas garrafinhas de vidro e o feitiço explodir em cima de você em vez de no seu inimigo?

– As garrafinhas não são enfiadas no cano. Elas vão aqui e aqui – explicou ela.

Pegando as armas, colocou não uma, mas duas garrafinhas dentro de cada boca larga e encurtada. O vidro ficava para fora na parte de baixo, perto do gatilho. E, enfim, continuou:

– Você pode escolher o feitiço que quer usar virando esta alavanca para a direita ou para a esquerda.

– Em uma luta corpo a corpo, o vidro ainda assim pode quebrar – argumentou Jack.

– Aconteceu uma vez – admitiu Ember. – Por sorte, só estávamos usando bombas de fedor. Elas, supostamente, espantam os vampiros. Finney teve que tomar cinco banhos para se livrar do cheiro.

Pelo menos essa notícia fez Jack se sentir melhor.

– Depois disso, eu coloquei um encanto no vidro. Não vai quebrar. Nem se você bater com uma pedra na garrafinha.

Ember abriu outra gaveta e pegou um cinto de couro. Este tinha dois coldres e ela o vestiu. Coube certinho ao redor de seu quadril curvilíneo.

Quando ela enfiou uma das pistolas no coldre, Jack reparou no detalhe em couro feito à mão na lateral. Era um cavalo empinando. A cabeça do cavaleiro era uma abóbora sorridente. Ele ergueu uma sobrancelha.

– Ember – disse Jack, segurando a mão dela, que tentava arrancar a outra pistola dele. – Acho que você não pensou muito bem sobre isso. No Outro Mundo, até os cidadãos que não querem acabar com você delatariam sua presença. Se chegar lá atirando, não vai durar cinco minutos.

– Acho que vou durar mais do que isso. Em primeiro lugar, não tenho a intenção de sair atirando nem anunciando ao mundo que sou uma bruxa.

– É mesmo? – retrucou Jack, cruzando os braços.

– É. De verdade. Eu sei que tem um jeito de esconder a minha presença. Ao longo dos anos, você de algum jeito conseguiu me proteger das partes interessadas. Eu vi todos os seus círculos de sal e tenho certeza de que você tem alguns truques na manga que ainda não compartilhou. Mas, como não vai me ajudar, eu vi como você se cobre com a sua capa, e Finney acha que faltam poucas semanas para ele conseguir criar algo parecido que vai funcionar para mim.

Jack engoliu em seco. Seu pomo de adão, que subia e descia, era o único indício de que estava preocupado que as coisas estivessem saindo do controle.

Ember prosseguiu:

– No que diz respeito às minhas pistolas, o que você não sabe é que a minha munição vai durar muito mais tempo do que você pensa. Sabe – continuou ela, apontando para as garrafinhas –, cada vez que eu atiro sai apenas a quantidade de poção necessária para derrubar uma vítima. Cada garrafinha contém o suficiente para seis a oito tiros, dependendo do feitiço. Tenho a minha cartucheira com mais garrafinhas, além de uma capa com bolsos para carregar munição extra. Se por acaso eu ficar sem, posso fazer mais com meus pacotes de ingredientes secos. Também posso colher mais ingredientes, se eles existirem no Outro Mundo.

Com um floreio, ela soltou um nó e desenrolou um pacotinho bem-feito, cheio de bolsos. Estavam estufados com garrafinhas vazias, um pilão pequeno, bisturis de vários tamanhos, pacotes de ervas secas, saquinhos molengas e fragrantes, colheres dosadoras, um cinzel, um martelinho, pipetas, pinças, facas, tesouras, tenazes, pincéis e pós. Tudo estava meticulosamente organizado.

– Você andou ocupada. – Jack ergueu uma pistola para examiná-la. – Então, como faz para atirar? – perguntou.

Seu interesse encobria o instinto de passar um sermão nela a respeito dos perigos do Outro Mundo. Além do mais, ele sempre teria tempo para isso. O lanterna virou a pistola um pouco, olhou dentro do cano e abriu o compartimento de munição. Ele não via qualquer câmara de bala, pólvora, pederneira ou soquete. Só uma placa brilhante no lugar onde o gatilho encostaria.

– Essa é a beleza desta pistola. Só uma bruxa pode usar esta arma. Eu disparo usando o poder de bruxa ou a luz de bruxaria, ou seja lá como você chama.

Jack ficou paralisado.

– Como assim?

– Sabe como é, poder de bruxa. Foi você que me contou que é isso que move tudo no Outro Mundo. Eu só descobri como funciona. Em vez de pederneira ou fogo, encosto o polegar na placa, e quando puxo o gatilho para acionar o tiro, bum! – Ember viu a expressão boquiaberta de Jack e suspirou. – É muito fácil mesmo. Venha. Eu mostro.

Ember pegou a capa e algumas garrafinhas de poção, ergueu a saia e passou a perna por cima do parapeito da janela. A lua estava escondida atrás das nuvens quando ela foi se esgueirando por uma trilha em meio às árvores cerradas. Jack foi atrás, imaginando o que poderia ter feito ou dito de diferente para colocá-la em um caminho mais seguro. Ela o levou até o antigo cemitério. Não o que ele tinha criado para manter as pessoas longe, mas o outro, o verdadeiro, perto das plantações de milho.

Ember se ajoelhou atrás de uma lápide, apoiou o braço por cima da pedra e então posicionou a arma. Com cuidado, mirou com o cano, usando um velho espantalho como alvo, e passou a alavanca para a direita. Jack olhou para baixo e viu que a garrafinha continha um gás verde nebuloso.

– O que tem aí dentro? – perguntou Jack.

A voz dele rangia de nervosismo, como se fosse uma cadeira de balanço velha que tivesse sido deixada na chuva.

– Um tipo de nuvem ácida – foi a resposta dela.

– Ácido? – sibilou Jack. – Acho que a gente devia escolher algo menos tóxico.

– Tarde demais – disse Ember, com um sorriso.

Ela estava tocando a tira de metal com o polegar, que ficou vermelha de tão quente. Então o gatilho disparou com um clique e se ouviu um *pomp!*, como uma rolha que tivesse sido tirada de uma garrafa de vinho. Um jato verde sobrevoou o campo e, quando acertou o espantalho, explodiu em uma nuvem. Não se passou nem um momento e se ouviu um chiado enquanto a cabeça de abóbora derretia em uma pilha de meleca e caía no chão, ao lado de uma pilha de roupa descartada, palha fumegante e uma estrutura de madeira escurecida.

Jack engoliu em seco e ajeitou o colarinho, que de repente parecia muito apertado em volta do pescoço. Deu uma olhada para a própria abóbora sorridente, todo atrapalhado com as palavras:

– Isso... isso é...

– Incrível? Fantástico? – completou Ember, toda orgulhosa.

– Terrível! – exclamou Jack.

– Hm, não. Acho que a palavra que você está buscando é "genial".

Jack ia dizer a Ember como este exercício de criar armas de bruxaria era, no mínimo, imprudente, mas deixou a cabeça pender para o lado. Um cheiro conhecido tinha aguçado seu olfato.

– Vampiros – balbuciou ele, mal abrindo a boca.

– É mesmo?

Ember retesou o corpo e olhou ao redor, destemida.

– Abaixe-se! – berrou Jack, e pegou a mão dela, puxando-a até que estivesse encolhida ao lado dele. – Você quer morrer?

– Talvez eu precise conhecer mais um habitante do Outro Mundo para ouvir uma segunda opinião – argumentou ela. – Além do mais, não era para ele ter mais medo de você do que você tem dele?

– Atrair um vampiro é tolice – respondeu Jack, ignorando a pergunta de Ember.

Ela não estava errada, e aquilo o incomodava.

– Fique aqui. Vou resolver isso e aí a gente pode terminar esta conversa – afirmou o lanterna.

– Jack, você não entende. Está doendo. – Ela piscou e seus olhos ficaram marejados enquanto ela esfregava a barriga. – Eu preciso... Eu...

Jack segurou o rosto de Ember e tocou as curvas delicadas das bochechas da garota com os polegares, percorrendo-as com delicadeza.

– Por favor, Ember. Você me espera aqui?

O coração de Ember bateu mais rápido e ela assentiu em um gesto rígido, ainda sentindo o toque dele nas bochechas, mesmo depois de ele se afastar, algo que fez a atração incessante que ela sentia em relação à ponte diminuir a um nível tolerável. A silhueta enevoada de Jack e de sua abóbora desapareceram no meio das árvores.

Encostada na lápide, ela fez um buraco no chão com o pé, frustrada por ter permitido que ele a distraísse com tanta facilidade. Ouviu um barulho e se virou para trás. Da maneira mais silenciosa que pôde, ergueu a cabeça o bastante apenas para poder espiar por cima da pedra e então engoliu em seco.

Um homem descansava ali perto. Estava sentado em um banco de pedra com o braço estendido de forma desleixada por cima da lápide mais próxima e uma das pernas pendurada por cima da lateral do banco. Enquanto ele a balançava em um gesto preguiçoso, observava-a com olhos brilhantes. Ela não tinha escutado quando ele se aproximou e, ao olhar para baixo, não viu nenhuma pegada além das suas e de Jack.

Os lábios do homem se contorceram em um sorrisinho leve que foi aumentando até se transformar quase em um sorriso malicioso. Aquilo deixou Ember muito incomodada.

– Oi para você – disse o homem.

– Oi – respondeu Ember, apoiando-se na lápide para ficar de pé.

Ela ergueu a pistola e preparou o gatilho. Para sua consternação, o homem pareceu completamente despreocupado com o fato de ter uma arma apontada para ele.

– Ah. Que decepção – disse ele. – Eu estava esperando que você fosse uma boa anfitriã e me oferecesse algo para beber.

# 8

## ALGO RUIM ESTÁ POR VIR

Deverell Christopher Blackbourne examinou o fiapo de menina que o encarava por cima do cano de uma pequena pistola enquanto batia de leve com a bengala preta polida na bota preta mais polida ainda. Se ele ainda não tivesse sido seduzido pelo perfume forte de flores de maçã e canela, certamente se sentiria atraído pelo brio dela. O tamanho da pistola combinava com o da pequena bruxa, e ele achou que a arma era quase tão bonita quanto ela. Sua vontade era colocar aquele fiapo de menina no colo e enfiar os dentes em seu pescocinho adorável.

Enquanto refletia sobre as possibilidades, a garota puxou o gatilho. O mundo de Deverell explodiu em dor.

A pele dele chiou quando o feitiço o atingiu. Ele não esperava que a pistola, tão delicada, contivesse algo mais do que chumbinho ou balas, coisas que não afetavam um vampiro de maneira alguma. Em vez disso, ela enchera a arma com uma poção que, apesar de improvisada e amadora, foi bastante eficiente para uma bruxa que acabara de alcançar a maturidade.

Ele não era nenhum vampiro inexperiente e, de modo geral, era poderoso o bastante para conseguir se recuperar do ataque da garota petulante em um ou dois dias.

Mas não tinha tempo para isso. Tinha, porém, um amuleto de proteção da própria bruxa superior. Fechando os olhos, ele invocou o poder de cura acelerada do amuleto e sentiu seu sangue mágico se deslocar dos ossos para os pontos prejudicados do corpo. Os tecidos danificados se refizeram com rapidez, criando uma pele nova e fresca.

Quando a cura terminou, o sangue retornou a seus ossos ocos. O sangue preenchia sua estrutura dos pés às costelas, mas deixava o resto de seu esqueleto (e, o mais importante, seu crânio) tão vazio e destituído quanto o túmulo de um vampiro recém-transformado. O estoque baixo acionava seu impulso de caça e suas presas pulsavam de anseio.

Infelizmente, a camisa branca e a calça preta, ainda fumegantes, agora eram farrapos pendendo em seu corpo. A gravata e o paletó estavam destruídos e seu par mais confortável de botas de couro se encontrava esburacado. Uma das mangas da camisa tinha sido arrancada, mas o punho permanecia perfeitamente intacto. Até a abotoadura de diamante continuava lá.

Dev procurou e encontrou o chapéu preto de pele de castor que estava intocado atrás do banco de pedra.

– Graças ao Criador! – exclamou ele, abaixando a mão e segurando o objeto com os dedos longos.

Enfiou atrás da orelha a mecha que tinha se soltado da trança, levantou-se e soprou a poeira da aba, examinando o topo e a faixa de asa de morcego para ver se não haviam sido danificados. Por fim, passou os dedos nas penas de corvo da sorte e no amuleto da bruxa superior que ele mesmo tinha costurado na faixa. Pareciam intactos.

Virou-se para a bruxa e passou a língua nos dentes agora afiados. Ela soltou um gritinho ao ver sua rápida recuperação e se preparou para atirar mais uma vez.

– Acho que não – disse o vampiro, e olhou bem fundo nos olhos dela.

Ele sabia que seus olhos azuis agora estavam tão brilhantes quanto estrelas, um efeito colateral de usar seu poder vampírico para hipnotizar. Dev viu a luz azul fraca nas bochechas dela enquanto exercia sua magia. A pistola tremeu na mão dela e ela piscou, como se estivesse confusa.

– Baixe a arma! – ordenou Deverell, com a voz firme e imponente. Ela obedeceu. – Muito bem. Agora, você vai me acompanhar.

Ele se virou, colocou o chapéu e recolheu a bengala, trincando os dentes para controlar a fome. A vontade era bem grande antes, mas, agora que os estoques dele tinham esvaziado, estava desesperado para se alimentar dela. Fora um tolo de adiar a refeição.

Sangue de bruxa era considerado o sangue mais potente, mais delicioso, mais procurado e também, infelizmente, o mais raro. Por causa disso, quase todos os vampiros tinham abandonado o Outro Mundo quando as bruxas foram embora, milênios antes. Os vampiros tiveram esperança de que, ao se aliarem às bruxas, seriam acolhidos e alimentados por elas. Só alguns poucos relacionamentos se tornaram realidade.

Muito tempo antes, tanto tempo que quase ninguém mais lembrava, ele tinha sido um dos primeiros a abandonar o Outro Mundo, esgueirando-se para fora com uma jovem bruxa que havia enfeitiçado. Ela dividiu o próprio sangue com ele sem restrições até sua morte prematura.

Dev não a amara, não como ela o amara, mas ficou sentido com sua morte. Sobretudo porque ficaria sozinho. Ainda assim, ele tinha absorvido muito poder da bruxa, o suficiente para se sustentar por um bom tempo – um milênio, na verdade.

Dev suspirou ao alisar para trás o cabelo castanho-acinzentado e posicionar o chapéu na cabeça. Pensou na companheira bruxa que tinha passado tanto tempo com ele. Sentia uma falta imensa do tempo que tiveram juntos. Ele não teve escolha além de retornar para o Outro Mundo. Seria possível voltar a cair nas boas graças dos poderosos que governavam a cidade. Dev, em particular, fizera exatamente isso, tornando-se indispensável à bruxa superior.

Ele conseguiu ser bem-sucedido em quase tudo que ela precisou que fosse executado. Com um misto de malandragem e zombaria na voz, Deverell atraía os outros a si. Os homens confiavam nele. As mulheres o desejavam. Com fascínio, ele examinava aqueles poucos que resistiam. E ou os seduzia até que caíssem em seus braços ou roubava seus segredos feito um larápio e os chantageava até se sentir satisfeito, então seguia adiante.

Pensando que gostaria muito de passar um tempinho seduzindo aquela pequena bruxa, virou-se para ela mais uma vez, mas encontrou-a em plena fuga. Xingando, correu atrás dela, calçado com botas, mal tocando a superfície do solo. Antes mesmo de ela chegar ao bosque, ele já estava à sua frente, bloqueando seu caminho.

O fato de ela não fazer barulho o deixou surpreso. Ele deveria ter escutado, ou pelo menos deveria ter sentido que seu poder hipnótico falhara.

– Como você se libertou? – perguntou ele, sem rodeios.

– Isso não é da sua conta, seu bruto diabólico!

Dev sorriu.

– Até que esse título soou bem. – Uma rajada de vento soprou atrás dele, fazendo os farrapos de sua camisa esvoaçarem. – Acredito que tenho mais motivos para estar irritado do que você. Olhe só o que fez com as minhas botas preferidas.

Ele virou o pé de um lado para outro e ergueu uma sobrancelha em sinal de satisfação quando Ember desviou os olhos do rosto para a bota dele. Apenas uma garota solidária olharia. Ele poderia usar isso a seu favor.

A jovem bruxa apertou os lábios, mas não baixou a arma.

– O que você está fazendo aqui? – perguntou ela. – Quer destruir a minha cidade?

– Destruir a sua... – Dev deu uma risada. – De jeito nenhum. Fui enviado para buscar você.

– Me buscar? Quem o mandou?

– Ah, essa é a questão, não é? – Ele deu uma piscadela conspiratória. – Talvez possamos começar outra vez. – O vampiro levou a mão ao peito e alisou a camisa por cima dos músculos. – Deverell Christopher Blackbourne, a seu dispor. – Ele fez uma mesura, sem deixar de fitar os olhos dela. Indiferente à arma apontada para ele, ergueu-se e disse: – E posso perguntar qual é o seu nome?

– Meu nome é Ember.

– Ember. Um nome adorável para uma bruxa ainda mais adorável.

– Talvez você devesse parar de tentar me seduzir e me contar logo qual é o seu objetivo.

– Em resumo, preciso encontrar você e levá-la até o Outro Mundo.

O queixo de Ember caiu. Deverell ficou animado de ouvir o coração dela disparar e ver a pulsação acelerar em seu pescoço delicado. Ele tiraria proveito de se dar ao trabalho de seduzi-la. Se ela era poderosa o suficiente para se livrar do efeito hipnótico dele com tanta rapidez, então a jovem Ember definitivamente era uma garota que ele queria conhecer.

– Posso supor que já tenha ouvido falar sobre o lugar? – perguntou Dev.

Ember ergueu o queixo e endireitou a coluna. Provavelmente se esforçou para parecer intimidadora, mas sua estatura era quase tão intimidadora quanto a de um gatinho.

– Ouvi, sim – respondeu ela.

– E está interessada em conhecer?

– Estou, sim – respondeu ela com sinceridade, na medida em que a atração à ponte de Jack se intensificava mais uma vez. – Só não sei muito bem se você é um bom acompanhante.

Deverell enfiou a bengala na terra e a girou de um lado para o outro, como quem não quer nada, enfim deixando de olhar para a menina.

– Reconheço que não estou vestido com tanto refinamento quanto de costume, mas devo lembrá-la que a atual situação de minhas vestes é inteiramente culpa sua. Será que posso perguntar quem você acha que deve ser seu acompanhante?

– Jack – respondeu ela no mesmo instante.

– Jack – repetiu Dev, franzindo a testa. – Está falando do Jack que é um lanterna?

Ela hesitou.

– Sim – respondeu finalmente.

Dev deu uma risadinha e cobriu a boca com a mão, como se estivesse envergonhado, mas logo pediu desculpas.

– O que tem de tão engraçado nisso? – perguntou Ember.

– É que é divertido saber que você se sentiria mais segura com o Jack Impiedoso do que com um dos vampiros mais poderosos do Outro Mundo.

– Por que você o chama assim?

Ela baixou um pouco a pistola e Deverell lhe lançou um sorriso caloroso. Foi desconcertante perceber que a bruxinha já tinha um relacionamento com o lanterna. O fato de Jack não tê-la denunciado significava que a garota era importante para ele por algum motivo. Dev sabia que não havia como o lanterna, que cercara o vilarejo todo com sal, ter falhado em suas obrigações a tal ponto de nunca ter notado uma bruxa crescendo praticamente embaixo do seu nariz. Para a sorte de Dev, chovera na noite anterior, então passar pelo sal, apesar de doloroso, não foi mortífero.

Ele tinha conseguido distrair o lanterna com um rolo de vapor que soltava uma grande variedade de odores, sons e sinais ao mesmo tempo que deixava um número desconcertante de rastros em várias direções. O fato de Jack ainda não ter se dado conta de que estava correndo atrás de nada surpreendeu Dev, ainda mais porque o vampiro sabia que o rapaz fora treinado pelo próprio Rune.

Naquele momento, o lanterna provavelmente estava confuso, imaginando como um gnomo, um casaco de couro, um gatuno, um vampiro e uma colônia de morcegos reforçados de metal vindos do Outro Mundo tinham ido parar na floresta dele. Ainda assim, logo estaria de volta. Dev precisava fazer com que a bruxa atravessasse a barreira o mais rápido possível. Ele não podia correr qualquer risco e sem dúvida não queria encarar o lanterna. Provavelmente venceria, mas isso teria um preço.

Dev estalou a língua.

– Eu contaria a história dele para você, querida, mas acredito que Jack Impiedoso pode voltar a qualquer momento e acabar rapidinho com nosso encontro encantador. – Ele se inclinou para a frente e disse: – Sabe o que ele vai fazer comigo se me encontrar?

Ember engoliu em seco e baixou a pistola ainda mais.

– O que... o que ele vai fazer? – perguntou ela.

– Vai lançar a luz dele para cima de mim. Isso dói um bocado. O poder do lanterna vai me debilitar por um bom tempo. E vai me banir para o Outro Mundo, sabe? Eu só conseguiria voltar para buscar você depois de muito tempo, se é que algum dia voltaria. Imagino que ele ficaria ainda mais cauteloso depois disso. – O vampiro coçou o queixo. – Aquele lá é muito poderoso. Não tem muita coisa que passe por ele.

– É verdade – concordou Ember.

Quando enxergou o olhar de desejo no rosto dela, Dev percebeu que tinha vencido.

– Mas primeiro preciso ir até minha casa pegar minhas coisas – concluiu ela, enfim.

– É claro. Posso ajudar?

Ember mordeu o lábio, examinou o vampiro de cima a baixo e então fez que não com a cabeça.

– Prefiro encontrar com você na encruzilhada, se não se importar.

– Não me importo nem um pouco – respondeu o vampiro sedutor. – Esperar uma mulher bonita faz a ansiedade aumentar, de modo que o homem pode apreciar sua chegada ainda mais. Até logo.

Enquanto Dev esperava na encruzilhada, tirou do bolso da capa uma corujinha com um mecanismo de rodas dentadas e engrenagens e uma carta, e leu a mensagem da bruxa superior mais uma vez...

*Estou confiando a você uma tarefa muito perigosa, que necessita ser executada com o máximo de discrição e segredo.*

*Há uma jovem bruxa que eu detectei e que precisa ser acompanhada ao Outro Mundo.*

*Use de qualquer meio para trazê-la aqui, mas não a machuque.*

*Incluí um amuleto para a sua proteção, além de metade do seu pagamento.*

*Já foi depositado pelo seu método de preferência.*

*O pagamento final será feito após a tarefa estar concluída.*

Depois de tirar de dentro da capa um pedaço novo de pergaminho e uma pena, ele mesmo começou a escrever uma mensagem...

*Localizei a bruxa e vou levá-la comigo imediatamente.*

*Partindo do princípio de que tudo correrá bem, devemos chegar em uma semana.*

*O lanterna está... envolvido na história, por isso serão necessárias medidas para evitar que ele perceba.*

*Esta pode ser minha última mensagem até eu chegar.*

Quando terminou, Dev prendeu o pergaminho ao bico da coruja. Satisfeito, deu corda nela e então ligou a luz de bruxaria para alimentar o aparelho. A coruja se ergueu no ar, batendo as asas, disparou pela ponte e desapareceu na névoa.

# 9

## FUNCIONANDO IGUAL A UM RELOGINHO

Ela ficou paralisada no meio da floresta durante um momento, se perguntando se estava fazendo a coisa certa. Então, sentindo uma pontada dolorosa na barriga que a puxava para o Outro Mundo, resolveu não pensar demais e correu para a janela do quarto, a respiração formando vapor à sua frente.

Quando voltou para o quarto, vestiu as roupas de viagem mais quentes e mais práticas que tinha. Colocou a calça de couro e jogou mais dois vestidos na mala. Encheu o restante do espaço com garrafinhas, livros, um caldeirão pequeno e seu pacote de suprimentos. Acrescentou duas garrafas de água e um pacote de frutas secas, carne-seca e biscoitos. O fogo na barriga ardeu ainda mais, sobretudo quando os gatos de Flossie se enroscaram em suas pernas, miando de maneira comovente.

Ember colocou as duas pistolas nos coldres e então vestiu a capa forrada de bolsos. Pronta, ela se esgueirou para fora de casa pela segunda vez naquela noite. Escreveu um bilhete para Finney e o escondeu bem no fundo da árvore do Vale Sonolento onde tinham treinado com as pistolas de cano curto, pedindo a ele que tomasse conta da tia dela e agradecendo por ter ajudado com os feitiços. Pediu que não se preocupasse com ela, apesar de saber que era em vão.

Enquanto Ember subia a colina a caminho da ponte de Jack, ficou se perguntando se não deveria deixar um bilhete para ele também, mas sabia que isso só serviria para que o lanterna fosse atrás dela para tentar trazê-la de volta. Desejou poder se despedir.

Já andando mais devagar por causa da mala que carregava, Ember arrastou-se pela neve e parou logo antes da ponte. Deverell a observava, com os olhos brilhando, e a examinou em silêncio por um momento, tentando determinar a melhor abordagem para conquistar a confiança da bruxa. Saiu do meio das árvores e surgiu atrás dela em um instante. Uma bruxa treinada já teria sentido sua presença. O fato confirmou sua suspeita de que não havia ninguém por ali para ensinar à garota a arte da bruxaria, e isso explicava por que ela havia lançado mão de fazer feitiços e poções.

– Então, está pronta? – perguntou Dev.

A garota se virou para trás, de supetão.

– Ah! Você me assustou.

– Peço desculpas. Não era minha intenção. Eu estava... me escondendo do seu lanterna – justificou ele, contando uma meia-verdade.

– Acho que ele não machucaria você – ponderou Ember, defendendo Jack. – Ele não é cruel.

O vampiro fez uma pausa, escolhendo as palavras com cuidado.

– Talvez você não saiba tudo sobre os lanternas. – Então ofereceu o braço a Ember. – Vamos? Estou bastante animado para mostrar a você as maravilhas do Outro Mundo.

Ember torceu as mãos em vez de aceitar o braço dele.

– Ainda não me contou quem mandou você aqui para me levar.

A atração que o Outro Mundo exercia sobre os seres era quase insuportável. Um gato passou correndo por eles, disparou pela ponte e desapareceu no escuro.

Dev piscou, analisando as ramificações, e então respondeu:

– A bruxa superior foi quem me enviou. Ela sentiu que existia uma nova bruxa com poder suficiente para passar para o outro lado e pediu que eu a encontrasse e então entrasse em contato com ela. Acredito que ela queira conhecer você.

– A própria bruxa superior?

Ela foi tomada pela suavidade e pela calma. Quando pensou na bruxa superior, toda a dúvida e hesitação caíram por terra feito folhas de outono sob um vento forte.

– É. Então, se não se importar, eu gostaria de sair daqui antes que o seu lanterna volte. Prometo responder a todas as suas perguntas do outro lado.

– Muito bem. Suponho que conhecer uma pessoa não possa fazer mal – disse Ember, quase que em transe. Ela enlaçou o braço no de Dev e declarou: – Estou pronta.

Dev ficou se perguntando se era verdade. A bruxa meiga era muito inocente. Quase fazia com que ele se sentisse culpado. Quase.

– Agora, segure firme – pediu ele. – Talvez doa um pouco.

O vampiro pisou na ponte e seguiu em frente. No começo, Ember não sentiu nada. Então sua pele ficou vermelha e quente e seu corpo todo se arrepiou. Ela tremeu e viu a pele pálida do vampiro também passar para um tom de vermelho sinistro.

Ember fez uma pausa, mas o vampiro puxou seu braço.

– Não pode parar! – berrou ele enquanto o vento quente se agitava ao redor. – Se parar, vai ser consumida pelo fogo dos infernos.

– Fogo dos infernos? – berrou Ember em resposta.

Ela não gostou nada de ouvir isso. A certa altura, sentiu as amarras de seu mundo perderem a força e algo novo começou a puxá-la para a frente. Seu coração vibrou de emoção quando pensou no que encontraria (o Outro Mundo era, com certeza, um lugar cheio de mistério e milagres), mas também sentiu uma espécie de melancolia ao pensar que seu guardião de tanto tempo havia ficado para trás.

Ao chegarem à outra extremidade da ponte, Ember reparou que a madeira que rangia tinha se transformado em suportes, vigas e reforços de ferro. O ar também tinha um cheiro diferente. Quase como fogo misturado com terra e minério. Deixava um gosto metálico na língua.

Continuaram caminhando na direção da encosta da colina, deixando a ponte para trás. À sua frente se estendia uma cidade ampla de prédios altos. Cada um deles tinha uma chaminé que soltava montes de nuvens negras que se juntavam e pairavam feito uma névoa cinzenta sobre a cidade. A atração persistente não a abandonara, mas tinha se acalmado um pouco. A sensação também diminuía quando ela estava perto de Jack, mas, agora que finalmente tinha ido ao Outro Mundo, ela se sentiu adequada, centrada, como se ali fosse seu lugar. O grande mundo aberto estava a seus pés e ela tinha vontade de abrir os braços e abraçar a sua totalidade.

– Bem-vinda a Pennyport, uma das cidades mais... interessantes do Outro Mundo. Vamos – chamou ele, puxando-a adiante.

A cabeça de Ember estava cheia de perguntas.

– Então a encruzilhada de Jack está conectada a Pennyport especificamente?

Deverell tinha pressa de levar Ember para longe da encruzilhada e do lanterna.

– Existem tantos oceanos, cidades e continentes no Outro Mundo quanto no seu mundo, mas são muito poucos os pontos de acesso entre eles. O seu lanterna é capaz de acessar qualquer uma de cinco cidades pela ponte dele. Esta foi a que eu escolhi. Só precisamos pensar na cidade aonde queremos ir. A ponte lê a sua intenção enquanto você atravessa.

– Então eu poderia ter ido parar em qualquer lugar se tivesse tentado vir sozinha.

– Se não tivesse uma cidade em mente, sim, a ponte selecionaria um lugar para você.

– Fantástico!

Ember escutou um ruído e engoliu em seco quando uma máquina grande começou a colher grãos em uma plantação próxima. Curiosa, perguntou:

– O que é aquilo?

– É uma colhedeira de engrenagem – respondeu ele.

– E onde estão os cavalos para puxar?

– Não precisamos de cavalos aqui, apesar de existirem criações deles. Nossas máquinas são movidas a luz de bruxaria.

– Como é que funciona?

– A máquina sentiu a sua luz de bruxaria e começou a funcionar.

Ember ficou olhando para ele, boquiaberta.

– Você está dizendo que eu estou fazendo aquele aparelho funcionar? Neste momento?

– Sim, minha cara.

Ember olhou para a extensão da vasta plantação e viu meia dúzia de pessoas circulando por entre os cereais que se agitavam com o vento.

– Tem certeza de que não são eles que estão movimentando o aparelho?

– Quem, os espectros?

– Espectros?

Quando Dev fez esse comentário, Ember percebeu que conseguia enxergar através das pessoas o cereal que estava por trás e que as pessoas que faziam a colheita não tinham nada nas mãos. Quase que ao mesmo tempo, viraram-se para ela e começaram a se aproximar, marchando lentamente.

– Eles viram você – disse ele, com a testa franzida. – É melhor irmos andando.

– Certo. Bom, eu não quero deixar a máquina funcionando. Então, como desliga?

Dev refletiu por um instante, ficou piscando meio desorientado, então murmurou quase que para si mesmo:

– É. Preciso ensinar você a fazer isso. Mas, primeiro, preciso arrumar um pouco de mão-de-homem-morto.

Ember engoliu em seco.

– O que é isso? Um ingrediente para um feitiço?

– Mais ou menos – respondeu ele, fazendo com que ela avançasse. – No seu mundo, dizem que quem carrega a mão de um homem que morreu na forca ganha poderes místicos, como os de incapacitar outros e abrir portas trancadas. Só que, aqui, mão-de-homem-morto é uma raiz que cresce em algumas regiões. Produz uma infusão que encobre a luz de uma bruxa.

Dev tinha decidido tomar o caminho mais longo para levar Ember até a capital, onde o Senhor do Outro Mundo morava com sua bruxa superior – não que o Senhor do Outro Mundo soubesse da existência de Ember. Não. A bruxa superior tinha sido muito clara em relação a como o vampiro deveria entregar a garota. Ainda assim, o Senhor do Outro Mundo tinha espiões em toda parte, e isso significava que Ember corria o risco de ser descoberta, mesmo ali, em um posto avançado. Dev teria que protegê-la.

– Não se preocupe – tranquilizou ele. – Eu escolhi esta cidade de propósito. Sei onde encontrar a infusão.

– Sabe?

– É uma taverna chamada Bússola de Latão. O proprietário me deve um favor. Tenho certeza de que ele vai preparar uma quantidade suficiente de infusão para que você tenha a liberdade de viajar durante vários dias sem ser notada.

– Perfeito. Então, vamos.

Dev pegou a mão de Ember e a puxou.

– No entanto, você não passará nada despercebida no caminho até a cidade. Cada luminária, cada campainha e cada apito, cada aparelho daqui até a taverna vai anunciar a sua presença, igualzinho àquela colhedeira lá atrás. E quando eu digo que uma bruxa é valiosa, quero dizer que ela é valiosa como prisioneira. Além de o seu sangue valer uma fortuna, seu poder também pode ser armazenado ou a bruxa pode ser vendida a quem pagar mais.

– Ah.

Ela ergueu os olhos. A máquina ainda estava funcionando, lançando nuvens de vapor do cano que ficava no alto da máquina à medida que ceifava fileira após fileira de milho maduro. Ember tentou sentir a força que a máquina puxava dela para se mover, mas, além de uma leve cócega no abdômen, minúscula em comparação com a atração que ela sentia pelo Outro Mundo em si, não sentia nada.

– Então, o que vamos fazer? Não quero virar prisioneira.

– Eu também não quero que isso aconteça – concordou o vampiro enquanto coçava o queixo e olhava para ela com muita atenção. – É bem fácil de resolver. Eu só preciso tirar mais ou menos metade do seu sangue.

# 10

## UM BEIJO DE VAMPIRO

– É o único jeito, Ember. Sem tirar o seu sangue, você vai chamar tanta atenção quanto um cavalo de chapéu. Não se preocupe com a dor. A mordida de um vampiro é tão prazerosa quanto um beijo. Bom, pelo menos os meus beijos.

Ember cruzou os braços.

– E se eu não quiser?

– Não posso tirar o sangue de uma bruxa sem o consentimento explícito dela.

– E se você estiver mentindo em relação ao motivo para querer o meu sangue?

– Sabe de uma coisa? Vou fazer uma promessa de vampiro.

Ele mordeu o próprio pulso, as presas furando a pele como se fosse papel de arroz. O sangue saiu nos dois pontos quando ele estendeu o pulso para ela.

– Sangue de vampiro não mente. Encoste a língua no meu pulso e você vai saber que as minhas palavras reverberam a verdade. Além do mais, os vampiros são forçados a honrar promessas com um juramento de sangue.

Ember olhou para ele, cética, mas encostou a ponta da língua em uma das gotas de sangue. Ela sentiu uma onda de doçura, como se tivesse lambido uma colher de açúcar.

– Pronto – disse o vampiro. – Agora, escute com atenção. Eu prometo que não vou matar você, nem vou transformar você em meia-vampira. Só quero ajudá-la a chegar à cidade sem que ninguém perceba.

Ember examinou o rosto dele enquanto ele proferia aquelas palavras e seu coração bateu rápido. Sentiu um tinido nas veias, uma onda quente que confirmava o que havia sido dito. Ela sabia que ele estava falando a verdade, da mesma maneira que sabia que o sol brilhava ou que a água era molhada. Mas a água tinha um tom um pouco turvo. Tinha algo que não estava correto, algo que ele não tinha revelado.

Dev poderia ter se amaldiçoado por adicionar aquela última parte. Era o "só" que causara problema. Certamente queria mais de Ember do que "só" ajudá-la a chegar à cidade. Ele percebeu no rosto dela que a garota tinha captado a distorção, mas ela ainda assim assentiu e falou que ele podia fazer como dissera.

– Venha comigo – chamou ele, e a guiou a um pequeno abrigo.

Uma luz fraca se acendeu no alto quando ela entrou. Ember olhou para cima e ficou maravilhada com a fileira de luzes pendentes. Os tubos tinham sido soprados de modo a ficarem mais largos na parte de baixo, como se fossem pequenas cabaças de pescoço comprido. Saiu vapor do alto de cada tubo, e os filamentos, que se assemelhavam a fios grossos de palha de milho, esquentaram e se tornaram mais brilhantes. Além disso, os canos começaram a assobiar e o aposento se encheu de vapor. Dev ficou preocupado que o sistema logo entrasse em colapso se ele não tirasse um pouco do poder da bruxa.

– Tente diminuir a força que você emana – pediu Dev.

– Como?

– Imagine que você está controlando um incêndio. Imagine que está apagando as chamas com água ou chutando uma camada de areia fria por cima de carvões quentes.

Ember fechou os olhos e se concentrou nas cócegas em sua barriga, tentando visualizar a si mesma bebendo um balde de água gelada.

– Assim está melhor – falou Dev quando o assobio parou e as luzes, cuja intensidade estava se aproximando à do sol, diminuíram para um nível normal. – Você aprende rápido. Agora, podemos começar?

Ele conduziu Ember, relutante, até uma mesa de madeira e envolveu a cintura dela com as mãos. Quando a colocou sobre o tampo da mesa, ela soltou um gritinho de susto e recuou para longe dele.

– Ember – disse ele, com gentileza –, preciso que você se aproxime um pouco mais, para que isto funcione.

Com a testa franzida e obviamente pouco confortável com a ideia, Ember moveu o corpo e estendeu o braço.

O canto da boca de Dev tremeu.

– Por mais agradável que deva ser apertar os meus lábios contra o seu pulso, os vampiros bebem sangue mais rápido quando acessam as veias do pescoço.

Ember levou os dedos ao pescoço e deslizou o cabelo para o lado com determinação. Ela assentiu, indicando que ele podia prosseguir, e cerrou os dentes, como se Dev fosse fazer uma cirurgia nela.

Com o cheiro estonteante da pele dela pairando a seu redor, Dev passou os lábios por cima do pescoço de Ember, mal tocando a língua na pele, até sentir a batida reveladora do pulso dela. Então, sempre com muita gentileza, perfurou a pele dela, e o sangue doce de bruxa jorrou em sua boca.

– Ah! – gemeu Ember, baixinho, prendendo a respiração enquanto o vampiro sugava o sangue de sua veia.

O cabelo de Dev fazia cócegas na bochecha de Ember e os cílios dela tremulavam, mas ela não abriu os olhos. Achou que mesmo de olhos fechados ainda conseguia enxergar o brilho amarelado das luzes que dançavam enquanto piscavam com a transfusão de poder. Ela ouviu Deverell gemer baixinho. Ele colocou uma das mãos no cabelo dela para ajeitar sua cabeça enquanto usava a outra, que envolvia sua cintura, para puxá-la mais para perto.

Os lábios dele correram pelo pescoço dela devagar, arrastando-se, puxando, sugando, mas não doía. Na verdade, uma quentura tomava conta do corpo de Ember, cozinhando-a de dentro para fora. Aquilo a fazia pensar em seus dias preguiçosos, quando se deitava sobre um cobertor na campina, cochilando sob o sol quente do verão. No começo, foi só gostoso. Depois ficou mais do que gostoso. Uma espécie de urgência tomou conta dela. O sol quente já não era mais suficiente. Ela queria ficar mais próxima dele. O sol queimava, mas ela não se incomodava. Queria mais.

Ela sentiu mais do que ouviu quando ele balbuciou algo contra seu pescoço, então seus braços se apertaram quando uma luz desabrochou ao redor dela em uma explosão tão brilhante que ela não conseguia enxergar, não conseguia escutar. A luz se dissipou lentamente e, conforme foi diminuindo, a mente de Ember foi libertada. Ela balançava de leve, deixando-se flutuar entre camadas macias e anuviadas de semiconsciência, aproveitando o espaço escuro entre dormir e acordar.

Era um bom lugar para estar. Agradável e livre de preocupações. Era como se todas as coisas de que ela gostava estivessem reunidas em uma sensação. Era sua manta preferida em uma noite de inverno, pétalas de rosa roçando sua mão, o sabor dos pãezinhos frescos da tia com manteiga, o estalo de um vestido recém-lavado antes de ser pendurado no varal e o corpo quente de um gato ronronando acomodado no espaço entre seu braço e seu travesseiro.

A sensação idílica se retraiu à medida que a consciência foi se recobrando. A cabeça dela latejava e ela gemeu por um motivo completamente diferente de antes. Estava enrolada em sua capa tão apertada quanto um bebê recém--nascido em uma manta. Havia estrelas no céu, e isso significava que ela tinha ficado fora de combate durante um período vergonhoso de tão longo. Demorou um momento para perceber que estava sendo carregada.

– Senhor... Deverell? – chamou ela.

– Estou aqui, Ember. E, por favor, pode me chamar de Dev.

– O que... O que aconteceu? Deu certo?

– Deu certo, sim. Certo demais. Seu poder é muito forte, eu nunca vi nada igual. Nem eu consegui absorver tudo. Suguei o máximo que meu corpo aguentou e ainda estou tendo espasmos feito um fio desencapado. Você também abriu um buraco na lateral da cabana e explodiu todas as luzes da cidade, além de provavelmente ter detonado a maior parte das máquinas ali. A boa notícia é que os moradores vão estar tão ocupados tentando entender o que aconteceu que nem vão perceber que há uma bruxa no meio deles. – Dev deu risada. – Suponho que essa seja uma das maneiras de andar por aí sem ser notada.

Ember se contorceu dentro da capa.

– Pode me colocar no chão agora. Acho que consigo andar.

– Tem certeza?

O sorriso de Dev era ainda mais visível no escuro, seus dentes brilhando ao luar.

Ember não conseguia mais enxergar as pontas afiadas das presas dele, agora recolhidas, e achou que isso provavelmente era bom.

– Você me deu energia suficiente para carregá-la ao redor do Outro Mundo oito vezes – completou ele.

– Isso... é bom, acho – disse Ember.

Ele a colocou no chão com cuidado, e os pés dela, calçados com botas, bateram nos paralelepípedos. A cidade tinha um cheiro frio e úmido, o ardido da fumaça fazia cócegas em seu nariz. Com cautela, Ember abriu a capa e conferiu os bolsos fundos para ter certeza de que ainda carregava todas as suas garrafinhas.

– Está tudo comigo, se é isso que quer saber – avisou Deverell, apontando para a bolsa que trazia pendurada no ombro. – Suas armas estão aqui dentro.

– Obrigada. Posso carregar agora.

– Não precisa – respondeu o vampiro. – Como eu disse, tenho energia suficiente para voar até a lua e voltar. O mínimo que posso fazer é me oferecer para carregar sua mala. Apesar da minha forma de... abordagem, eu de fato me considero algo como um cavalheiro.

*De onde saiu isso?*, pensou ele. Dev já tinha dito coisas assim antes, mas, com Ember, falava com sinceridade.

A bruxa ergueu uma sobrancelha. Se Deverell, o vampiro, era considerado um cavalheiro no Outro Mundo, então ela estava em uma enrascada. Ele parecia totalmente indiferente ao fato de que grande parte de seu peito estava exposto. Ainda vestia seu paletó destruído, mas o corte era propositalmente amplo, para revelar o lindo colete que ele usava antes. Ember ficou se perguntando onde estavam os restos da camisa dele e teve uma vaga lembrança de quando ela a rasgara com os dedos.

Um calor lhe subiu pelo pescoço e ela jogou a capa para ele.

– Pronto. Você precisa disto mais do que eu agora. Parece que alguém o atacou.

Dev sorriu.

– E fui atacado mesmo. Eu teria orgulho em contar a história da bruxa... ou, pensando melhor, eu talvez devesse falar "bruta"... que me deixou imóvel. Ela era um amor, mas implacável, brandiu seu mosquete com o cano serrado, depois me forçou a tirar a camisa engomada e a gravata para que pudesse fazer o que bem entendesse comigo.

O queixo de Ember caiu.

– Não foi nada disso que aconteceu.

– Talvez não – provocou Dev ao jogar a capa por cima dos ombros com mais floreios do que Ember jamais seria capaz de fazer. – Mas você precisa reconhecer que a minha versão é muito mais interessante.

Ember inclinou a cabeça para o lado.

– Você não é nem um pouco como eu achei que um vampiro seria.

– Obrigado, eu acho – agradeceu ele, enfiando uma mecha do cabelo castanho atrás da orelha. – E você é bem diferente das bruxas que eu conheço.

– Você conhece muitas? Bruxas, quero dizer.

– Conheci algumas – respondeu ele, enquanto percorriam o caminho de paralelepípedos. – Fique perto de mim agora. A maior parte dos habitantes do Outro Mundo evita vampiros, e provavelmente vai achar que você também é uma vampira.

Alguns aldeões se juntaram a eles na estrada e Ember não pôde deixar de ficar boquiaberta com a variedade de seres. Ela viu um homem tão alto e magro que praticamente conseguia enxergar através dele. Ele ergueu o chapéu-coco que usava e lançou um sorriso esquelético para ela. Um homem baixinho e corpulento veio na direção deles. Usava um avental manchado de vermelho e carregava uma bolsa de couro a tiracolo. Quando ele ergueu os olhos, ela viu que tinham um brilho vermelho. Ele avançou apressado, ignorando o olhar fixo de Ember.

Havia uma mulher gorda andando pelo caminho que cruzava com o deles. No começo, Ember só a enxergou de perfil. Ela tinha a forma de um barril e não dava para distinguir sua cintura. Seu vestido parecia um saco de batata e o cabelo dela caía em cordas longas e murchas. Quando ela se virou, Ember pôde dar uma boa olhada e estremeceu. O nariz da mulher era tão grande quanto uma das pesadas abobrinhas da tia e, o pior, todo coberto de verrugas de tamanhos e formatos variados. Os dedos das mãos dela mais pareciam linguiças com pelos encaracolados brotando entre as articulações. Seus olhos eram pequenos e apertados e, quando ela encarou Ember e Dev e apertou o passo, tudo que a jovem bruxa conseguiu enxergar foram tocos escuros onde os dentes deveriam estar. "Feia" era uma palavra muito bondosa para ela.

E, além de tudo, tinha o cheiro. A mulher fedia a água salobra de pântano e mofo.

Trazia uma bolsa pendurada no braço e uma cabecinha verde se projetava para fora dela. A coisa chiou para Ember e mostrou os dentes.

– O quê... o quê...?

Ember não sabia como perguntar com educação o que queria saber.

Dev se inclinou para perto dela e sussurrou:

– Ela é um troll. A criatura na bolsa dela é um gremlin de estimação.

Depois que a mulher se virou, descendo outra rua, quatro garotos em um beco escuro vaiaram para os dois e depois gritaram quando eles passaram. Dev mostrou os dentes. Os olhos dele brilharam azuis e ela ouviu os gracejos dos garotos se transformarem em choramingos. Quando ela olhou além de Dev, viu olhos amarelos brilhantes e ouviu um uivo.

– Lobisomens? – perguntou ela.

Dev assentiu.

Ember passou a língua pelos lábios.

– Jack disse que eu devia ter medo de gnomos. Tem algum aqui?

– Gnomos existem em todas as cidades do Outro Mundo. Costumam ser os funileiros. São eles que criam todas as máquinas e os aparelhos que você vê. Eles têm dedos longos e habilidosos, visão poderosa e jeito para entender onde cada peça se encaixa e fazer as coisas funcionarem. Fazem parte da classe trabalhadora e os melhores entre eles são chamados para preencher vagas na capital.

– Mas por que eles mordiscam os dedos dos pés das bruxas?

– Sem dúvida é o que fariam se pegassem uma bruxa. As duas coisas que eles mais gostam de fazer são roer ossos e chupar tutano. Geralmente eles se atêm a ossos de animais, mas já ouvi dizer que alguns ermitões que vivem em locais selvagens matam, na mesma hora, quem fala com eles. São feios, rudes e maldosos, mas, na maior parte do tempo, são inofensivos.

– Certo. Inofensivos – repetiu Ember.

– As criaturas com que você mais precisa tomar cuidado são as que se parecem com você – explicou Deverell. – As que têm aparência humana.

– Existem muitas assim?

– Por acaso eu não pareço humano? – perguntou ele, jogando os braços para cima e dando uma pirueta.

O lábio de Ember tremeu.

– Acho que sim.

– E eu não sou a criatura mais perigosa que você já conheceu?

Ember não sabia como responder. Ele era perigoso, com certeza. Mas não achava que fosse tão perigoso quanto dizia.

– Acho... acho que sim – respondeu ela.

– A resposta correta é sim. Os vampiros são extremamente perigosos, mas não tanto para as bruxas. Você precisa se preocupar mais com os súcubos e os íncubos.

– E esses são o quê?

– Eles são da mesma raça. Os súcubos são fêmeas e os íncubos são machos. Eles... hm... se alimentam da sedução.

– É mesmo? Como isso funciona exatamente?

– Quando eles... acasalam, a vítima escolhida fica sob seu controle. Não tem como fugir. Os que têm sorte terminam como escravos.

– E os que não têm sorte?

– A alma deles é consumida lentamente, arrancada com um beijo até o corpo morrer. Pode ser um processo lento ou um processo muito, muito longo.

– Não são a mesma coisa?

– A notícia triste é que não são. A maior parte preferiria a morte lenta.

– Mesmo assim, eu consigo pensar em jeitos piores de morrer – argumentou Ember, se lembrando do beijo de vampiro de Dev e se perguntando se o beijo de Jack seria ainda melhor.

– Você não diria isso se visse uma das pessoas encantadas por eles – disse Dev. – E vamos torcer para que não veja.

O vampiro contou vários outros fatos de que se lembrava sobre o Outro Mundo e foi apontando as lojas por que passavam no caminho. Aproximaram-se de uma placa que dizia BEM-VINDO A PENNYPORT!

– Para ativar, é só tocar nela – explicou Dev.

Ember encontrou um botão preto e, quando apertou, ouviu um rangido e um estalo na medida em que algo se chacoalhava lá dentro. Uma parte da caixa se abriu e uma buzina feita de metal fino batido saiu lá de dentro e apontou para baixo em trancos mecânicos. Ela se virou para Deverell.

– Mostre a Bússola de Latão para nós – ordenou ele.

A buzina se recolheu e desapareceu dentro da caixa. Então, um grande mapa se desenrolou com um deslocamento suave de engrenagens. Nele, Ember pôde ver a cidade com clareza, com cada construção em relevo.

– Incrível! – exclamou ela e se virou para Deverell. – É um mapa! – Como Dev não olhou para o mapa, ela disse: – Você já sabe onde fica, não sabe?

– Sei. Só achei que talvez você fosse gostar de ver o mapa.

Fizeram uma pausa em uma loja de vestidos. Ember se sobressaltou quando viu uma mulher atrás da vitrine se mexer. Era feita de metal e se virava de um lado para outro, apontando para os modelos mais novos.

Na frente de uma loja de roupas masculinas, um homem de cobre tirava o chapéu para todos que passavam e apontava para os botões estalantes do colete, para as abotoaduras da camisa e depois para a bengala. Então, com um floreio, ele baixava a cabeça e fazia um gesto para mostrar que tais coisas podiam ser encontradas na loja que estava fechada.

Dev fez uma pausa e examinou o colete na máquina com aparência humana.

– Gostei destes botões – opinou ele. – Vou ter que voltar mais tarde para comprar um colete novo.

Ember apertou os olhos e chegou mais perto para tentar enxergar melhor em meio à escuridão os botões que giravam sozinhos, entrando e saindo de suas casas, quando uma luz acima se acendeu de repente, rodeando o homem de metal e se refletindo na cabeça polida dele.

Dev ergueu os olhos para a luz e disse:

– Parece que o seu poder está voltando. Precisamos seguir em frente.

– Mas como funciona isso? – perguntou Ember, caminhando ao redor do homem.

– Ele é um autômato. Um pouco parecido com um relógio de bolso refinado, só que com engrenagens maiores. A gente dá corda nele por uma abertura nas costas, escondida embaixo do colete. Ele funciona durante uma semana antes de desacelerar e precisar ser ativado de novo. Vamos ter mais tempo para explorar depois de colocarmos um pouco daquele chá dentro de você – completou Dev enquanto a puxava pelo braço.

Passaram pela loja de um alquimista; uma casa de alcaçaria; um lugar com uma placa que dizia COLETOR DE ALMAS; uma loja que anunciava as mais acertadas previsões do futuro, leituras de cartas e sessões mediúnicas; e uma loja de chapéus. Ela fez uma pausa quando reparou em uma loja de relógios. Tudo, desde relógios de pêndulo a aparelhos que vibravam e tiquetaqueavam pela prateleira, passando por relógios de bolso, estava ali à espera de ser descoberto por ela. O relógio de bolso brilhante de ouro que repousava sobre um apoio de veludo vermelho a fez se lembrar de Jack. Ela ficou imaginando se ele a estava procurando naquele momento. Sentiu uma leve pontada de arrependimento por não ter deixado um bilhete para ele. Talvez ele encontrasse o que ela deixara para Finney.

Quando dobraram a esquina na rua seguinte, encontraram-se em uma parte bem diferente da cidade. Cada construção era coberta por uma fina camada de fuligem e, em vez dos prédios altos com moradias no topo e lojas no térreo, chaminés tossiam suas fumaças sobre as estruturas acomodadas ao lado de montanhas de metal, carvão ou montes de entulho descartado, criando uma camada impressionante de poluição que cobria a cidade feito uma nuvem imunda.

– Com certeza tem uns trombadinhas à espreita nas sombras do pátio da estação de trem. Todos os maquinistas já voltaram para casa a esta hora.

– O que é um trombadinha? – sussurrou Ember.

– Um homem disposto a roubar você. Ou coisa pior.

Os olhos de Ember miraram os espaços escuros entre as construções e ela apertou o passo. Coisas começaram a acontecer ao redor deles. Máquinas ganharam vida, roncaram e cuspiram fumaça no ar. Uma das engenhocas rugiu e os banhou em luz dourada.

– Isso sou eu? – indagou Ember. – Você precisa tirar mais sangue?

Dev balançou a cabeça.

– Tente fazer aquilo que você fez antes. Abafe o seu poder. Estamos quase lá. – Falando por entre os dentes, ele completou: – Nunca deveríamos ter atravessado o bairro das ferrarias.

Ember percebeu que o vampiro estava preocupado. Ele olhava nervoso em quase todas as direções. Enfim, apontou para uma construção com portas largas e janelas acesas com luzes fortes. Ao que parecia, o estabelecimento tinha sido pouco afetado pela falta de energia. Ou então tinha a capacidade de se recuperar rápido.

A construção se destacava dos demais prédios comerciais a seu redor. Ember sentiu cheiro de sal e maresia no ar e ficou se perguntando se havia um rio ou mar ali perto. Conforme se aproximavam, Ember começou a escutar música e risadas. Mais daqueles curiosos globos iluminados balançavam de um lado para outro com a brisa da noite, iluminando uma placa móvel.

Um conjunto de engrenagens tremeu e estalou por cima da loja. Era uma bússola de metal gigante, completa, com agulha móvel. Mas, diferentemente de qualquer bússola de que Ember tivesse ouvido falar, a agulha móvel apontava para baixo, ou para o chão, ou para o estabelecimento a que emprestava o nome. Aproximaram-se da porta, e Dev, assentindo para mostrar a Ember que estava tudo bem, abriu-a e puxou a menina para dentro consigo.

A música de repente parou e a risada morreu quando todos os fregueses se viraram para olhar a dupla.

Uma bonita atendente do bar (com pouquíssima roupa, Ember observou) saltitou até Deverell, pegou a caneca de cerveja em sua bandeja e jogou o conteúdo na cara dele.

– Deverell Christopher Blackbourne. Como tem coragem de dar as caras aqui?! – perguntou a mulher.

Com cerveja pingando da ponta do nariz, Dev respondeu:

– Fico contente em ver que ainda se lembra de mim, Serina.

# 11

## A BÚSSOLA DE LATÃO

Jack procurou em vão, pela segunda cidade a que viajou no Outro Mundo, por um sinal de Ember. Sentiu-se um novato por ter se deixado enganar por um rolo de vapor. Deveria saber que era impossível tantas criaturas terem passado pela sua ponte ou entrado em seu território sem que ele tivesse conhecimento.

Ainda assim, os morcegos haviam entrado de fato. Ele não teve escolha a não ser seguir a colônia de morcegos com asas de metal. Não seria nada bom se eles se misturassem com os morcegos nativos no mundo humano. Jack precisou esperar até que encontrassem um local para fazer seus ninhos e se acomodarem, então posicionou sua abóbora no ângulo exato para capturar todos eles de uma vez só com sua luz. Não podia se dar ao luxo de deixar escapar uma única criatura voadora. Os berros que soltaram quando a luz brilhou sobre eles foram de perfurar os tímpanos.

A única outra criatura que tinha sido real era o vampiro. Não era necessário ser um gênio para deduzir que fora essa criatura que o tinha enganado. Todas as outras que ele sentiu não teriam tido acesso a um rolo de vapor.

Preocupado com Ember, Jack correu de volta para o cemitério onde a deixara, mas não encontrou qualquer vestígio da garota. No entanto, havia ali uma gravata fumegante e uma abotoadura de diamante que, sem dúvida, era originária do Outro Mundo. Ela, com toda certeza, atirara no vampiro. Será que o tinha espantado? A preocupação o fez apertar o passo. Os vampiros se deslocavam com rapidez. Quando ele chegasse ao Outro Mundo com seu troféu, o jogo chegaria ao fim. Rune logo apareceria, com o rosto obscuro de fúria, cheio de perguntas e exigências.

Com sua abóbora iluminando o caminho, Jack se transformou em névoa e se esgueirou pela janela de Ember. Tinha a esperança de ver a garota baixinha debruçada por cima do caldeirão ou lustrando suas pistolas recém-produzidas com um sorrisinho maroto no rosto. Em vez disso, encontrou o quarto vazio e revirado. A capa e as garrafinhas não estavam mais lá, assim como sua mala, e as gavetas da cômoda se encontravam abertas. Peças de roupa estavam jogadas por todo o lado. Alguma medida de terror tomou conta dele.

*O que será que aconteceu?*, pensou Jack. *Será que ela foi levada à força?* As evidências pareciam mostrar que não. Dificilmente um vampiro fugiria com uma bruxa, e, se fosse o caso, ele não teria pensado em voltar com ela até sua casa e ficar esperando com toda a paciência enquanto ela juntava suas coisas.

*Será que ela trocou seu sangue por uma passagem para o Outro Mundo?* Era possível. Só de pensar em uma coisa assim, Jack ficava enjoado. Por uma fração de segundo, imaginou sua pobre Ember presa em um abraço de vampiro. Seus punhos se cerraram e a luz em sua abóbora se intensificou de maneira perigosa.

Um vampiro com certeza a teria acompanhado além da encruzilhada em troca de uma mercadoria tão valiosa quanto sangue de bruxa. Era a única possibilidade que parecia real.

Ele correu até a ponte e atravessou para a cidade do Outro Mundo, usando sua luz para iluminar cada cantinho, torcendo para que não fosse tarde demais e ciente de que, se outro lanterna visse a luz dele, seria delatado por abandonar seu posto.

Horas se passaram enquanto ele a procurava meticulosamente. Jack batucava os dedos e conferia o tempo todo seu relógio de bolso que tinha o fuso do Outro Mundo, enquanto vasculhava a segunda cidade. Então, a noite caiu e a abóbora dele navegou por cima da cidade escura feito uma lua minúscula, lançando seu olhar que tudo enxergava em cada uma das construções. Ele fechou os próprios olhos, desejando que sua luz encontrasse aquela alma dourada tão conhecida, com sua luz tão familiar quanto a própria, sua Brasa. Em pânico, ele abandonou a segunda cidade e atravessou a ponte, direcionando sua luz para a terceira metrópole.

Deverell conseguiu encontrar um pedaço intacto da camisa rasgada e o arrancou do corpo para enxugar o peito e o rosto.

– Então, quem é esta sirigaita aí pendurada no seu braço? É muita petulância sua, Dev, trazer esta moça aqui.

– Não é o que você está pensando, Serina.

– Não é?

A garota se aproximou de Ember, examinou-a de cima a baixo com uma expressão de desprezo e declarou bem alto, para todos os clientes escutarem:

– Ela nem é o seu tipo!

Quando o rosto de Ember enrubesceu, Dev pousou a mão no pescoço da garota irada, traçando círculos pequenos com o polegar sobre a veia azul delicada.

– Ei, ei – disse ele. – Não há necessidade de me expor desta maneira.

Os olhos dela se ergueram para o rosto dele de forma quase involuntária e Ember vislumbrou o brilho azulado nas bochechas de Serina enquanto Dev usava seu poder para acalmá-la. A boca dela se abriu um pouco enquanto ele a hipnotizava.

– Peço desculpas profusas por minha partida nada cavalheiresca da última vez que estive aqui. Não pude evitar. Fui convocado para tratar de um assunto urgente. Mas você não vai usar isso contra mim, vai?

– Não vou usar isso contra você – repetiu ela.

– Muito bem, boa garota. Agora corra e vá dizer ao seu patrão que preciso tratar de negócios com ele. – Ela se virou para sair. – Ah, e traga um refresco para nós, pode ser, querida? Tenho certeza de que a minha companheira de viagem está faminta.

– Sim, Dev. Claro – respondeu ela, com um sorriso distraído enquanto se afastava aos tropeções.

Ember olhou feio para ele.

– Que jeito é esse de tratar uma moça...?

Ele a interrompeu com uma risada.

– Serina? Ela não é uma moça. É uma das criaturas com as quais você tem que tomar cuidado. Uma súcubo.

Os olhos de Ember se arregalaram.

– Está dizendo que ela...? E você...?

– Eu não sou assim tão ingênuo. Por mais adorável que ela seja, Serina não me faz refém de suas vontades, ainda que seja isso o que ela quer.

Depois de alguns momentos, Serina, mal-humorada, aproximou-se. Ela olhou feio para Deverell, agora que o efeito hipnótico tinha passado.

– Seu jantar será servido na sala dos fundos.

Ela se inclinou para mais perto, mordeu o lábio em um gesto sedutor e sorriu como se tivesse acabado de encurralar sua próxima vítima. E acrescentou:

– Payne mal pode esperar para rever você.

Dev suspirou quando ela se afastou, então pegou a mão de Ember.

– Venha – chamou ele. – A sala dos fundos é por aqui.

Ember seguiu Dev pela porta de vaivém, que continuou balançando depois que Serina tinha passado. Entraram em uma parte bem diferente do prédio. Em vez de cerveja e risadas masculinas, a sala dos fundos cheirava a charuto, perfume e cobre. Homens, mulheres e criaturas que Ember não reconhecia estavam largados, inebriados, sobre a mobília forrada com um macio veludo vermelho.

Mulheres bonitas e com pouca roupa roçavam em cabelos, testas, pernas e braços diversos enquanto enchiam frascos de vidro com o sangue de suas vítimas escolhidas, tirado direto das veias. Ela escutava o gotejar que ia enchendo os recipientes.

Em sofazinhos, homens e mulheres davam longos beijos entorpecentes nos outros que estavam estirados ali, prostrados. Quando eles se afastavam, vapores fantasmagóricos eram retirados da boca das vítimas e depositados em recipientes. Estes, por sua vez, eram prontamente fechados com rolha e entregues a outros, que esperavam pelo conteúdo. Ember ficou escandalizada, para dizer o mínimo, mas também sentiu uma curiosidade mórbida.

Um homem por que ela passou tossiu de maneira tão violenta que a fez se sobressaltar. Ele levou um frasco à boca e expeliu um ranho pegajoso, que caiu lá dentro com um barulho melequento. Entregou o frasco para um homem que lhe deu moedas de cobre em troca, então saiu e voltou para o lado do bar do estabelecimento.

– O que é este lugar? – perguntou Ember a Dev, baixinho.

Antes que Dev pudesse responder, um homem careca usando um avental de couro e com um barrigão do tamanho do caldeirão preferido de Ember pegou no ombro do vampiro e o fez virar-se para trás.

– Seu aproveitador bisbilhoteiro de coração sombrio.

Com a palma da mão gorducha, ele deu um tapa na bochecha de Dev com força suficiente para lançar a cabeça do vampiro para o lado. Apesar da intensidade do gesto, Ember não sentiu qualquer malícia ali. Aliás, o homem com barriga de pudim não parava de sorrir.

– O que é que você quer aqui dessa vez? Fugir pra uma catacumba? Ou veio dar um tempo da sua caixa da eternidade e tomar uma birita? – Ele se inclinou para mais perto. – Acabei de receber uma entrega de sangue de lanterna. A gente sabe como isso é raro. A única coisa mais difícil de conseguir é um pedaço de unha de bicho-papão. Mas você deve ter uma graninha aí, porque deixou passar o último serviço que te ofereci.

Ember ficou imensamente curiosa para saber o que se poderia fazer com a unha de um bicho-papão. Ou será que era "o" bicho-papão? De qualquer modo, ela guardou essa informação para perguntar a Dev mais tarde. Não teria coragem de perguntar para aquele homem. Ouviu a ameaça embutida no tom de voz dele e seus olhos se fixaram em seus dedos, que se esfregavam com um ruído de papel, fazendo um gesto para indicar moedas. Ela ficou se perguntando se Dev devia dinheiro ao homem.

Deverell tentou ajeitar o paletó esfarrapado e enfiou uma mecha de cabelo atrás da orelha.

– Payne, garanto que assim que souber o motivo que me trouxe aqui, vai mais do que perdoar o fato de eu tê-lo abandonado.

O homem gordo grunhiu como se nada que Dev dissesse fosse fazer com que ele o perdoasse. O vampiro, então, continuou:

– No entanto, como pode ver, minha companheira e eu recentemente nos metemos em confusão e precisamos da sua ajuda, além da sua... discrição em relação às nossas circunstâncias.

– Precisam, é? – respondeu Payne. – E o que na batisfera te faz acreditar que vou querer ajudar alguém como você?

– Temos algo muito valioso para negociar.

– É mesmo? – Payne cruzou os braços, e suas sobrancelhas pretas e grossas se uniram no meio da testa. – Duvido muito que você ou a sua garotinha humana, uma criatura que não passa de peso morto por aqui, tenham alguma coisa que valha a pena negociar com alguém como eu.

Ember percebeu a armadilha de aço escondida atrás do sorriso de Payne e lhe veio a ideia de que o apelido caía muito bem nele, já que Payne é alguém que tem um sorriso enganoso. Um gato malhado grande e cor de laranja estava acomodado em cima do bar. Ele se espreguiçou, lânguido, e então, antes que Payne o empurrasse para o lado, deu um pulo e caiu nos braços de Ember.

– Criatura maldita! – exclamou Payne. – Eu odeio essas coisas.

Ember se virou para o outro lado, fazendo um carinho no gato e depois colocando o animal com cuidado no chão. O felino passou pela porta bem rápido e desapareceu na noite.

Deverell chegou mais perto do homem, tão perto que seus lábios quase tocaram a orelha dele. Ember não conseguiu escutar o que ele cochichou, mas viu Payne arregalar os olhos e, na sequência, examiná-la de cima a baixo com interesse. Os olhos dele ganharam um brilho que não estava lá antes.

– E aqui estou eu, andando de um lado pra outro com as minhas botas de trabalho enquanto devia estar estendendo o tapete vermelho. – Ele se virou e gritou: – Dorzin! Drakin! Tragam seus corpos preguiçosos até aqui! Agora mesmo!

Duas, digamos, criaturas pesadonas, com pele verde e olhos vidrados, apareceram de trás de uma cortina.

– Pois não, patrão! – entoaram os dois, em uníssono.

– Deem as nossas melhores acomodações para esses dois. – As criaturas que Ember desconfiava serem meio troll, meio gremlin se entreolharam. – E se eu ficar sabendo que um de vocês pediu pra mordiscar os dedos dos pés ou as unhas da garota, vou expulsar os dois daqui sem nem piscar!

Dirigindo-se a Ember, o homem gordo disse:

– Perdão, senhorita. – A gente não tá acostumado a ter uma pessoa tão refinada por aqui. – Como ela só deu de ombros, ele se voltou para o vampiro. – Qualquer coisa que precisar, é só me dizer. O céu é o limite. Não. Nem o céu. Pede qualquer coisa e, se eu puder fazer acontecer, vou fazer. – Então ele se inclinou para a frente. – Mas, se você não cumprir a sua parte ou se ela não colaborar, vou acabar com vocês dois. Pode ter certeza.

– Eu garanto que nada disso vai acontecer – prometeu Dev.

Os dois atendentes retornaram e indicaram que tudo estava pronto. Com um floreio, Payne acompanhou os dois até o andar de cima. Ele parou ao lado de um cilindro grande feito de vidro e portões de metal de ferro torcido. Payne colocou a mão no metal e empurrou. O portão recuou com um guincho e Ember deu uma espiada lá dentro. Havia um cabo comprido que passava pelo meio do mecanismo, atravessando o piso e o teto.

– O que é isso? – perguntou Ember a Dev.

– Chama-se elevador. Vamos. Pode entrar.

Dev bem que gostou do jeito como Ember agarrou os braços dele ao avançar. Quando todos já tinham entrado, Payne fechou o portão e disse:

– Vocês vão ficar na torre da cobertura. Acabamos de terminar a obra, então talvez tenha alguns problemas. Mas achei que ia servir bem pra vocês. Agora, como estou vendo que é a primeira vez dela e tal, a dama deve apertar o primeiro botão do elevador. Aquele que diz "torre". E, depois, é melhor se segurar.

Ember esticou o dedo e apertou. Payne segurou uma tira de couro quando a máquina rugiu, ganhando vida, e apontou para outra tira por cima da cabeça da garota. Uma luz quente e amarela encheu o tubo e o vapor sibilou lá no alto enquanto o piso sacudiu de repente e então se estabilizou, levando-os cada vez mais alto em movimentos entrecortados e muito lentos.

Olhando através do vidro, Ember viu engrenagens gigantescas que se moviam em sincronia. Passaram por um corredor cheio de quartos e depois por um segundo e um terceiro. Ela contou cinco, e então saíram por um buraco no telhado. O tubo terminou e agora o elevador estava pendurado por cabos a céu aberto, erguendo-se mais ainda enquanto Ember olhava através das janelas, estupefata.

A bruxa sentiu o estômago embrulhar e de repente teve a sensação de que era um peixe fisgado em uma linha, sendo içada para fora das águas reconfortantes onde vivia e jogada no ar. Seu coração começou a bater mais rápido e a luz acima deles falhou. Ela fechou os olhos, tentando desesperadamente não vomitar.

Tanto Dev quanto Payne olharam para cima, para as luzes, e depois se entreolharam enquanto o elevador sacolejava no escuro.

– Ela precisa daquele chá – comentou Dev, baixinho.

– Só depois que ela me der o que eu preciso – respondeu Payne.

– Do que ele precisa? – perguntou Ember, com pânico na voz, fazendo o elevador balançar com seus sentimentos.

Dev sentiu o desconforto da garota e deu um tapinha na mão dela, em um gesto reconfortante.

– Ele só quer tirar um pouco da sua luz de bruxaria para alimentar o negócio dele. Isso vai fazê-lo economizar um bom dinheiro, aliás, uma fortuna, já que aqui o poder de bruxa é regulado e racionado com muito cuidado.

Ember estremeceu, sentindo os olhos de Payne sobre si. Chegou mais perto de Dev, que a abraçou. Era estranho ela confiar tanto assim no vampiro. Eles tinham acabado de se conhecer e, no entanto, ela se sentia tão à vontade ao lado dele quanto geralmente se sentia com Jack ou Finney. Desde que Ember chegara ao Outro Mundo, a atração persistente tinha se acalmado um pouco, embora não a tivesse abandonado. Caminhar pelas estradas do Outro Mundo com Dev parecia intuitivamente correto, mas sua mente lhe dizia para tomar cuidado.

Ember sabia que Dev estava escondendo algo, mas, quando pensou seriamente no assunto, uma calma tomou conta dela e acabou concluindo que ele não tinha más intenções. Ela lhe lançou um sorrisinho e resolveu confiar nos próprios instintos. Continuaram subindo e subindo. Ember viu o telhado do prédio a distância, lá embaixo.

– Esta torre fica nas nuvens? – perguntou ela. – Já devemos estar a meio caminho da lua.

– Na maior parte do tempo, fica rodeada por nuvens. Tive que negociar por três anos com o porto celestial pra construir em cima de uma das estações de bonde deles. Depois contratei uma equipe de funileiros pra fazer a torre e o elevador. Custou quase todo o meu dinheiro, mas tô dando um jeito de recuperar tudo no primeiro ano. Temos todos os últimos avanços tecnológicos, pode apostar.

Ember espiou a escuridão através de todas as janelas, mas não viu nada além de céu. A energia havia começado a voltar à cidade embaixo deles. Partes inteiras estavam acesas agora. Ember achou a vista extraordinária. Aquele povo tinha mesmo tecnologia de ponta. Ela mal podia esperar para contar à tia sobre tudo aquilo quando voltasse.

Estreitando os olhos enquanto olhava através de uma janela, Ember viu algo se movendo por cima da cidade. Parecia uma estrela cadente, tirando o fato de que parecia parar no ar e então lançar luz sobre a cidade lá embaixo. Quando ela apontou o objeto a Deverell, ele prendeu a respiração.

– Será que vamos conseguir? – perguntou a Payne.

O vampiro ergueu os olhos.

– Quase lá. A gente só precisa esperar o elevador girar um pouco.

Dev não disse a Ember o que era o objeto, mas ambos os homens pareceram preocupados com aquilo e passaram a acompanhar seu avanço com atenção. Ela ouviu um rangido, então sentiu um puxão quando o elevador parou e balançou de leve.

Lá em cima havia uma superfície plana em forma de círculo com uma abertura escura na parte de baixo. A abertura se aproximou e algo acima deles se acoplou ao elevador e os puxou para dentro com tinidos violentos, até que, por fim, parou com um barulho ressonante.

– Chegamos – disse Payne. – Aquela luz não vai entrar pelas janelas da torre, mesmo que a luz de bruxaria dela perca o controle.

Payne abriu o portão. Ember precisou reconhecer que era um alívio sair do elevador, mas parecia que estava entrando em um mundo diferente. Ela se sentiu ignorante em comparação a Dev e Payne. Eles apertavam botões, puxavam alavancas, conferiam válvulas e giravam manivelas, revelando uma vista panorâmica da cidade através de janelas curvas que iam do chão ao teto. A vista só era interrompida por paredes de cobre com portas de correr. Ela espiou dentro de uma delas e descobriu o quarto mais maravilhoso que já tinha visto. Seguindo o caminho circular, ela percebeu que o domo era pelo menos quatro vezes maior do que a casa que ela dividia com a tia, e que zumbia alegremente.

Ela quase tropeçou quando sentiu o piso de borracha sob seus pés mudar um pouco e ficar macio.

– Cuidado aí – alertou Payne. – O chão é pneumático. Está se pressurizando nesse momento.

Ember achou que os dois estavam conversando em outra língua enquanto escutava Payne falar a Dev sobre a banheira movida a vapor, dizer que tomasse cuidado com a ponte que dava toda a volta no lugar e ensinava a ele como ligar a calefação automática.

Por fim, prometeu que roupas novas e uma refeição quente seriam entregues na próxima rotação, além de vários outros itens que Dev tinha requisitado. Então, ele entregou uma caixa a Dev antes de abrir a porta de correr e voltar para dentro do elevador.

Ember caminhou até uma mesa e encontrou uma maçã grande. Deu uma mordida e limpou o sumo que escorreu pelo canto da boca com o polegar.

– Se me der minha mala, vou me lavar e trocar de roupa.

– Certo.

Dev lhe entregou a mala e foi até o banheiro com ela, ajustando válvulas e girando maçanetas até que a água, quase quente demais para Ember conseguir tocar, saiu de uma torneira de latão dentro da maior banheira com pezinhos que ela já tinha visto.

Quando Dev tomou a liberdade de colocar um pouco de óleo perfumado na água, um raio de luz muito forte penetrou pelas janelas e iluminou o rosto de Ember, mesmo através do vapor.

– O que foi isso? – perguntou ela, quase gritando. – Alguém consegue enxergar aqui dentro?

Os olhos azuis de Dev queimaram gélidos quando ele franziu a testa.

– Ninguém consegue enxergar aqui dentro. As janelas têm ectoplasma circulando entre os painéis de vidro.

– Ectoplasma?

– A origem disso é... Bom, você se lembra da criatura tossindo dentro de um pote?

– Lembro, e daí? – respondeu Ember, bem baixinho, sem realmente querer saber aonde ele ia chegar com aquela explicação.

– Basicamente, é uma substância capaz de bloquear quase tudo, até luz de bruxaria. Se for aplicada em apenas um dos lados do vidro, impede que se enxergue de fora para dentro, mas permite que se enxergue de dentro para fora.

Ember ergueu a mão.

– Para mim já chega. Por mais que eu queira saber mais sobre uma substância expelida dos pulmões de um... seja lá o que for, a água está esfriando. Se me der licença, eu gostaria de me livrar da poeira da estrada.

– Claro.

Dev se retirou e fechou a porta atrás de si.

O banheiro agora estava cheio de vapor e, quando ela tirou grampos do cabelo, os cachos lhe caíram por cima do ombro. Ember chamou:

– Dev, mais uma coisa!

Ele abriu a porta um pouquinho.

– Pois não?

– Nem pense em dividir aquela cama enorme comigo.

O canto da boca de Dev se ergueu.

– A ideia nunca me ocorreu – disse ele, atrevido, dando a entender que com toda a certeza já considerara a possibilidade.

– Obrigada – respondeu ela, virando as costas para ele e perdendo um pouco o equilíbrio enquanto o domo girava sobre seu eixo.

Quando Dev fechou a porta pela segunda vez, ficou se perguntando se não estava perdendo a mão. Ele nunca precisava se esforçar tanto para fazer uma mulher se jogar em seus braços, sobretudo depois de já ter experimentado seu sangue. Uma intimidade se formava quando o sangue era tirado diretamente da fonte.

Aqueles que eram beijados por um vampiro não só eram muito mais fáceis de seduzir, como também desenvolviam um anseio intenso de estar perto do vampiro. E o vampiro que retornava muitas vezes à mesma pessoa acabava gostando dela e, não raro, sentia necessidade de protegê-la. Havia histórias de alguns vampiros que tinham até se apaixonado, o que era o máximo da insanidade, levando-se em conta a duração da vida de sua raça.

Agora, a questão na mente dele era a seguinte: por que Ember não sentia a mesma atração que as outras? Geralmente, depois do beijo de vampiro, a garota gostava tanto da experiência que mal podia esperar por mais. Ele sabia muito bem que Ember sentira prazer na ocasião.

Talvez fosse um tanto malicioso ele pensar assim, mas não podia deixar de desejar que a bruxinha fosse um pouco menos recatada. Acomodou-se em uma confortável poltrona de couro e resolveu que, se não podia desfrutar da visão de Ember na banheira, pelo menos podia aproveitar a esplêndida vista panorâmica do domo da torre, principalmente sabendo que o facho de luz que de vez em quando a atingia com seus dedos investigativos era o lanterna, frustrado, procurando sua protegida.

# 12

## FOGO QUEIMA E CALDEIRÃO BORBULHA

Jack não conseguia entender. Ele conferira todas as cidades. Era verdade que tinha passado rápido por elas, mas a luz lançada por sua abóbora era poderosa. Cada alma nas metrópoles se acendia em sua presença, incapaz de proteger a luz interior própria daquele brilho. Não havia bruxa alguma que pudesse ser encontrada em qualquer das cinco cidades conectadas à sua encruzilhada.

Ficou andando de um lado para o outro em sua ponte, conjecturando o que fazer. Não podia simplesmente abandonar sua encruzilhada para ficar procurando por ela. Alguém poderia matá-lo. Foi então que percebeu que seu trabalho *também* era proteger o Outro Mundo das bruxas. Aliás, ele seria negligente se *não* abandonasse sua ponte para sair em busca de Ember. Caminhou de uma extremidade à outra até enfim decidir que aceitaria as consequências, não importava quais fossem. Precisava encontrar Ember.

Jack era bom em seguir pistas, mas queria alguém a seu lado. Alguém em quem pudesse confiar, que também quisesse o melhor para Ember. Alguém que Ember fosse escutar, já que ela se recusava a escutar Jack.

O lanterna se materializou na frente da janela de Finney e deixou a luz da abóbora dançar sobre o garoto adormecido. O cabelo ruivo despontava por todos os lados do cobertor e ele escutava o garoto roncando alto, mesmo através da janela fechada.

Ele bateu de leve no vidro e o garoto roncou, tossiu e deitou de bruços, voltando a roncar baixinho. Jack suspirou e ergueu os dedos. A janela se abriu e flocos de neve entraram por ela, pousando na pele dos braços e dos ombros do garoto.

Finney gemeu e se agitou, sonolento, tentando, sem conseguir, puxar o cobertor para cima do corpo, para se proteger do frio. Jack se transformou em névoa e se esgueirou para dentro com a abóbora em seu encalço.

– Olá, Finney – disse ele, com a voz suave.

– Oi – respondeu o rapaz, estalando os lábios e voltando a cair no sono com a boca aberta.

– Finney – insistiu Jack. – Ember precisa da sua ajuda. Está na hora de acordar.

– Ember? – repetiu ele, com os olhos ainda fechados. Então os lábios se curvaram em um sorriso sentimental. – Ember – falou ele, como se a tivesse invocado em um sonho.

– Finney! – sibilou Jack. – Acorde.

Ele cutucou o ombro do garoto e, como isso não funcionou, puxou o cobertor de Finney e o arrancou da cama, deixando que caísse no chão com um baque.

Finney finalmente despertou o suficiente para olhar ao redor, passou a mão no cabelo, deixando os fios todos arrepiados, e tentou voltar para a cama, como se cair no chão fosse algo que ocorresse todas as noites. Jack, irritado, trocando o peso de uma perna para a outra, fazia o assoalho de madeira ranger. Finney deu um salto para trás, assustado, enfim reparando que tinha um visitante noturno.

– Quem está aí? – perguntou ele, tateando em busca de seus óculos bifocais na mesinha de cabeceira.

Ele deslizou o acessório nariz acima. Jack achou interessante o fato de nunca ter reparado que o garoto usava óculos. Devia tentar esconder de Ember que enxergava mal. Quando Finney deu uma boa olhada em Jack, com sua abóbora flutuante, arfou de susto e perguntou:

– O que você é?

– Eu sou o lanterna de Ember. Você a ajudou a fazer feitiços e armas. Ela contou para você por quê?

– Ela queria fazer uma viagem. Eu tinha esperanças de que ela me levasse junto se eu a ajudasse.

– Bom, agora é tarde demais. Ela foi embora. Sequestrada por um vampiro.

– Um... um v-v-vampiro? – gaguejou o garoto.

– É. E você vai me ajudar a trazê-la de volta.

Finney engoliu em seco e em seguida tateou atrás de si, para encontrar um apetrecho ocular com vários pedaços coloridos de vidro colados em uma armação. Ele tirou os bifocais e atarraxou o visor, então ergueu e abaixou as lentes, olhando para Jack.

– Fascinante! – comentou ele. – Tem uma espécie de vapor ao seu redor que não consigo registrar a olho nu.

– Eu arriscaria dizer que seus olhos não são capazes de registrar muita coisa.

O rosto do garoto ficou tão vermelho quanto seu cabelo.

– Fale sobre Ember – pediu o rapaz, sem rodeios, enquanto ia pegando suas roupas e se vestindo.

Jack percebeu que estava impressionado com o jovem, muito embora ele fosse o sujeito mais magro que ele já tinha visto.

– Ela está perdida no Outro Mundo – explicou Jack. – Eu sei que você fez aquelas armas para ela e andou ajudando Ember com os feitiços. Agora você vai me ajudar a encontrar essa garota.

Ele deu uma olhada na bancada de trabalho de Finney e ficou surpreso de ver que estava coberta com aparelhos, peças e uma armadura interessante, que parecia a versão rústica de um autômato. Ergueu as sobrancelhas.

O garoto era muito criativo, um inventor de talento raro no mundo mortal. Mas, bom, as bruxas costumavam inspirar os humanos a inventar, e Finney tinha passado boa parte da vida seguindo os passos de Ember.

– Pode levar o que quiser – disse Jack. – Só vai ter que carregar a própria mala. Os humanos não têm permissão para entrar no Outro Mundo, então fique bem perto de mim. Minha luz vai esconder você, mas só se não se afastar muito.

Finney encheu a mala e perguntou se iriam partir na carruagem de Jack. O lanterna soltou uma risada de desprezo, mas então se aquietou.

– Eu não tenho carruagem.

Ao responder, percebeu quanto Finney iria fazer com que avançassem devagar. Ele não tinha pensado em invocar seu cavalo, mas, agora que tinha pensado nisso, achou que seria uma boa ideia.

– Vamos com o Sombra. Venha comigo.

Ele flutuou janela afora em forma de névoa e Finney arfou de susto mais uma vez quando Jack se materializou do outro lado. O garoto afastou o corpo da abóbora flutuante enquanto ela se deslocava para se juntar a Jack. Finney colocou uma perna por cima do parapeito da janela e saltou, tropeçando desajeitado ao mesmo tempo que sua mala se abria e suas invenções se espalhavam pela neve.

– Ande logo – apressou Jack, apesar de não se dar ao trabalho de ajudar Finney a recolher suas coisas.

Quando o garoto estava pronto, Jack o levou até a ponte, irritado com o barulho que o rapaz fazia ao caminhar.

Jack sabia como Ember era teimosa. Contudo, ainda que ela não se incomodasse com perigo que estava correndo, certamente hesitaria em colocar o amigo em risco.

Ao chegarem à encruzilhada, Sombra atravessou a ponte com um estrondo, saltando para fora da névoa e empinando sobre as patas traseiras. Soprando e soltando fumaça pelas narinas, o cavalo dançava e relinchava, cumprindo sua função de espantar o rapaz.

– Está tudo bem, Sombra – assegurou Jack, acariciando a crina do cavalo. – Ele está comigo. Precisamos encontrar Ember do outro lado.

À menção de Ember, o cavalo tocou o peito de Jack com o focinho e olhou ao redor, em busca das maçãs que ela costumava lhe trazer. Quando o cavalo se afastou o suficiente para ser montado, Jack disse a Finney:

– Agora, você monta. Amarre a mala ao redor do peito. Segure firme as rédeas de Sombra. Ele não aceita novos cavaleiros com facilidade.

Jack fez escadinha com as mãos para ajudar Finney. Quando o garoto estava montado, Jack chamou sua abóbora, que flutuou até ele e se acomodou na palma de sua mão.

– Está pronto, rapaz? – perguntou ele.

O garoto assentiu. Estava nervoso, mas aceitava tudo muito bem, levando em conta a situação.

Com um sorriso quase tão aberto quanto o de sua abóbora, Jack sussurrou instruções para ela. Então jogou o globo para cima algumas vezes, levou o braço para trás e jogou a abóbora com a maior força possível para dentro da ponte escura. Quando a bola de fogo passou pelo cavalo, Sombra soltou um relincho e disparou atrás dela. Finney se virou para ver se Jack o seguia, mas o lanterna tinha se transformado em névoa mais uma vez. Finney tremeu e os pelos de seus braços se arrepiaram quando a névoa de Jack passou por ele.

Finney se segurou com toda a força, a mala sacolejando para cima e para baixo com muito barulho enquanto o cavalo galopava a uma velocidade que nenhum cavalo normal seria capaz de atingir. Quando Finney teve coragem de olhar para baixo, viu faíscas saindo dos cascos de Sombra e um rastro de fumaça negra fazendo redemoinhos atrás dele.

Em um instante, estavam na ponte e, no seguinte, os cascos do cavalo foram de encontro ao aço e atravessaram uma barreira para entrar em uma terra nova, um lugar que Finney nunca tinha imaginado. A noite se transformou em dia. A madeira se transformou em ferro. Uma cidadezinha rural se transformou em uma cidade grande e movimentada, muito maior do que ele algum dia achou ser possível.

E Finney sentiu como se finalmente tivesse chegado em casa.

– Loren, sua bruxa trapaceira – disse o marido ao entrar em seus aposentos.

– Que simpático você aqui, agraciando meus aposentos, Melichor.

– Não se faça de inocente. Acha que não reparei nos seus asseclas desgraçados bisbilhotando a qualquer hora do dia e da noite? Você está aprontando alguma e está enganada se acha que eu não vou descobrir o que é.

A bruxa superior jogou o cabelo grisalho e ralo por cima do ombro.

– Como você sabe, querido, não tenho energia para fazer mais nada. Você me conecta à sua máquina sempre que tem oportunidade. Eu mal posso caminhar, quanto menos tramar alguma coisa.

– Pode ser. Mas, só para ter certeza, vou instruir os médicos a tirarem o dobro da sua energia hoje.

Um calafrio percorreu a espinha da bruxa, mas ela baixou a cabeça em um gesto modesto e afetado.

– Como quiser, Melichor.

– Acho que eu prefiro escutar o meu título formal saindo dos seus lábios – disse ele.

– Claro que sim, meu senhor.

Quando ele saiu, as pernas da bruxa superior tremeram e ela caiu de volta na cama. Uma lágrima escorreu de seu olho e logo se perdeu nas rugas finas de sua bochecha.

Ember acordou com o zumbido que o domo fazia enquanto girava lentamente no céu. Esticou os braços acima da cabeça, alongou-se e soltou um suspiro contente antes de voltar a se afundar na cama larga e luxuosa.

Na noite anterior, depois que terminou seu banho e penteou o cabelo, encontrou um roupão pendurado em um cabide aquecido e um par de chinelos de pano macios à sua espera. Na mesinha de cabeceira havia duas redomas de prata com bordas ornamentadas que cobriam o banquete mais esplêndido que ela já tinha visto. Sanduichinhos com cheiro de hortelã, ovos cozidos no chá, fatias finas de peixe rosado regado a ervas, torta de carne com batata, um pão redondo tão escuro que chegava a ser preto. Ember arrancou um pedaço e mordeu, deliciando-se com o sabor amargo e forte. Embaixo da redoma menor, ela encontrou uma tigela de frutas silvestres com nata azeda e manteiga de um forte tom de verde, doces triangulares com geleia de mirtilo e suspiros polvilhados com um pó cor de laranja que dissolviam na língua e faziam seus lábios se contraírem com os sabores doces e azedos. Ela experimentou um pouco de tudo, menos a manteiga verde, e separou os doces para o desjejum. Então ajeitou pelo menos meia dúzia de travesseiros ao redor do corpo e caiu no sono naquele quarto banhado pela luz das estrelas.

Ela não fazia ideia de quanto tempo tinha dormido, mas o sol batia nas paredes e os raios se estendiam por cima de suas pernas e seus pés enquanto o domo girava em seu eixo. Percebeu um movimento à porta.

A cabeça de Dev apareceu pela fresta.

– Finalmente – disse ele. – Achei que você fosse dormir o dia inteiro.

– Que horas são? – perguntou Ember, e se sentou ereta com as costas apoiadas nos travesseiros.

Dev entrou no cômodo, puxou o paletó para trás e tirou um relógio de bolso do colete com padrão espinha de peixe. O gesto a fez se lembrar de Jack.

– Quase três – informou ele. – Payne providenciou o nosso transporte em uma nave celestial. A capitã é discreta, e isso vai ser bom para nós, mas vamos ter que chegar ao porto celestial com tempo suficiente para procurar o *Phantom*.

Ember preferiu ignorar todas as palavras estranhas que Dev estava despejando e, em vez disso, se concentrou nas roupas novas dele. O colete era de um tecido cinza com padrão espinha de peixe e o paletó e a calça eram de um cinza sólido, um ou dois tons mais escuro que o do colete. A camisa branca engomada fazia a pele dele parecer menos pálida, apesar de a gravata ser de um tom de ferrugem-cobre.

– Foi Payne quem mandou essas peças? – perguntou Ember. – Ou você foi fazer compras e não me levou?

– Apesar de você ter passado metade do dia dormindo, eu não saí da torre.

Payne mandou esta roupa para cá. E também comprou outras peças para você. Quer ver?

– Quero.

Ember foi para a beirada da cama e apertou o roupão ao redor do corpo. Quando Dev colocou em cima da mesa uma caixa amarrada com uma fita vermelha, ela se levantou e foi até ele.

– Abra esta enquanto eu vou buscar as outras – disse ele.

– As outras? Quer dizer que tem mais de uma?

Dev não respondeu e logo desapareceu, então Ember puxou a ponta da fita. Dentro da caixa havia um papel branco tão fino e delicado que conseguia enxergar sua mão através dele. Com cuidado, ergueu as dobras e emitiu um som de surpresa ao se deparar com o vestido mais lindo que já tinha visto. Ela tirou a peça da caixa, segurou na frente do corpo e rezou para que o corte fosse generoso o suficiente para servir nela.

A cor do vestido combinava com a gravata que Dev usava, um tipo de ferrugem-cobre que lembrava bordos no outono. A saia era mais pesada do que qualquer uma que ela já tivesse usado. Havia um corselete com barbatanas de aço e uma estampa curvilínea, feito para ser colocado por cima do vestido, com correntinhas de ouro finas amarradas às fitas, de modo que pudesse sustentar um relógio ou pequenos amuletos. A saia de cima tinha um corte que revelava a saia de baixo, feita de tela preta, e camadas de tecido formando uma pequena anca. O vestido terminava em uma cauda com correntes de ouro costuradas para poder ser erguida e presa na rua e solta quando se chegasse a uma festa. Tudo parecia muito complicado. Bonito, mas complicado.

Outra caixa que Dev trouxe continha anáguas, meias e calcinhas tão refinadas que Ember nunca tinha visto nada igual. Até o acabamento das calcinhas trazia fitinhas adoráveis entrelaçadas na seda delicada, uma extravagância desconhecida em seu vilarejo. Uma terceira caixa continha botas pretas reluzentes com botões, e na quarta havia uma sombrinha de renda e luvas para combinar, além de uma jaqueta bem justa.

Ela vestiu a calcinha, as meias e a anágua, então se sentou à penteadeira para arrumar o cabelo. Nunca tinha visto um espelho tão grande, e, quando esticou a mão para tocar nele, uma luz acendeu por toda a borda.

Depois de prender as tranças escuras em um coque frouxo com alguns cachos soltos, colocou o vestido e fez o que pôde com o corselete. A tia sempre a ajudava com os corseletes, mas este era tão rebuscado que ela não sabia nem como usar sua magia para fechar as barbatanas de aço ou a gola de tecido franzido. Ember abriu um pouquinho a porta e, pela fresta, pediu ajuda para Dev. Ele entrou, lendo uma carta com a testa franzida. Distraído, pousou a carta e voltou a atenção para ela.

– As barbatanas são unidas por engrenagens – explicou ele. – Funciona igual às minhas abotoaduras. Veja.

Ele tocou uma das abotoaduras e uma engrenagem minúscula lá dentro se movimentou. Então as duas peças se desconectaram. Quando ele encostou o dedo pela segunda vez, voltaram a fechar.

– Funcionam com luz de bruxaria – continuou ele. – Só um pouquinho. Mas até mesmo esse pinguinho de poder usado para fabricá-las custa muito caro. Seu corselete vale uma fortuna. É, de longe, a peça mais cara que Payne lhe deu.

Ember olhou o vestido e não conseguiu entender como algo tão comum quanto um corselete poderia ser tão valioso. A parte solta escorregou quando ela segurou. Deu um puxão para cima, apertou-o contra o corpo e enfiou o vestido por baixo, fazendo uma careta quando viu que Dev parecia estar achando graça da dificuldade dela.

Ele fez menção de ajudá-la, então ela deu um passo para trás e ergueu uma sobrancelha. Dev deu risada e ergueu as mãos.

– Para fechar, é só colocar na posição certa e passar o dedo desde a parte de baixo do corselete, no lugar em que se acomoda sobre a cintura, até o alto. Ele vai se ajustar sozinho. Se começar a ficar desconfortável ou se você quiser soltar um pouco, passe o dedo pela frente, de cima a baixo, e ele vai abrindo até você se sentir confortável. Se passar o dedo por toda a extensão ida e volta, vai soltar as engrenagens do corselete para poder tirá-lo.

Ember franziu a testa.

– Parece que você já tem alguma experiência.

O sorriso lento que ergueu os cantos da boca dele tocou seus olhos também, com um brilho diabólico. Apesar disso, Ember seguiu as instruções e escutou um clique bem de leve quando o corselete começou a se ajustar.

Ember ficou distraída com a gola e com seu reflexo no espelho. Nunca na vida tinha vestido algo tão refinado. A parte de cima da gola ficava em pé, emoldurando seu rosto de modo que ela se sentia como uma rainha, e Ember ficou imaginando se era forrado de crinolina. Sua tia tinha uma anágua fina feita desse tecido, que só usava em ocasiões especiais.

Dev se ajoelhou aos pés dela e prendeu a cauda do vestido a outra corrente, que se encontrava pendurada na parte de baixo do corselete, mostrando a ela que também havia engrenagens que quase saltavam umas em direção às outras como que por magia.

– Prontinho – disse Dev, ainda com um joelho apoiado no chão. – Linda como uma pintura. Aliás, só está faltando uma coisa.

Ember de repente percebeu que Dev parecia prestes a pedi-la em casamento. Ela pigarreou e se virou para o outro lado.

– Minha sombrinha? – perguntou ela, pegando o objeto e também as luvas.

– Eu estava pensando mais nisto aqui.

Ele se levantou e pegou mais uma caixa, que era redonda e tinha sido colocada na cadeira macia porque não havia mais espaço na mesa. Lá dentro, protegido por um papel delicado, havia um chapeuzinho vistoso. Era parecido com o de Dev, mas bem menor.

– Tem uma faixa de morcego igual à minha – observou Dev. – Mas o seu também tem penas de coruja e um potente amuleto de bruxa.

– Um amuleto de bruxa?

Ember pegou o chapéu das mãos dele. Puxou de lado o tecido e encontrou um caldeirão de bronze pequenininho.

– Que bonitinho – falou, passando a mão em uma pena.

– É. Na verdade é um pouco mais do que bonitinho.

– Como assim?

Dev calçou um par de luvas cinzentas e um sobretudo cheio de estilo.

– O caldeirão pode armazenar um pouco do seu poder. O suficiente para impulsionar uma nave celestial.

Ember ficou de queixo caído.

– Mas como? É tão pequeno!

– Poder de bruxa não ocupa espaço. Não é igual a uma escova de cabelo ou uma vassoura. O amuleto de bruxa pode ser qualquer recipiente capaz de reunir e armazenar o seu poder. O que me lembra...

Dev pegou uma caixa de bronze e virou uma chave para abri-la. Dentro, havia um par de hastes curtas com uma placa cheia de engrenagens e alavancas no meio.

– O que é isto? – perguntou Ember.

– Isto se chama voltâmetro. É uma versão bem mais requintada do seu amuleto de bruxa. Este é o pagamento exigido por Payne em troca da ajuda dele.

– O que isso faz? – perguntou ela.

– Você segura nessas alavancas aqui e aqui, e o aparelho vai extrair uma porção da sua luz de bruxaria.

Ember o encarou, desconfiada. Deverell explicou:

– Diferentemente de quando tiram o seu sangue, que é um ato físico, se você alimenta um voltâmetro, está fazendo um uso natural do seu poder. Você não vai se sentir fraca depois e não dói, mas suas habilidades naturais de bruxa serão suspensas por um tempo. Abastecer um voltâmetro como este vai permitir que os negócios de Payne funcionem durante os próximos cinquenta anos sem que ele precise pagar uma única moeda de bronze para o governo. Aliás, seu poder é um produto tão valioso que ele me deu dinheiro suficiente para nós dois viajarmos em grande estilo durante quase um ano enquanto exploramos o Outro Mundo juntos. Você vai poder pagar pelo melhor de tudo.

Ember mordeu o lábio. Estava contente de conhecer aquele lugar, mas um ano? O que poderia acontecer com a tia dela nesse período? Ela começou a reclamar que uma semana seria mais do que suficiente quando seu estômago se agitou outra vez, como tinha feito quando ela chegara ao Outro Mundo. Voltar para casa parecia errado. Então, algo na janela chamou sua atenção. Uma nuvem em forma de gato pairava logo acima do domo e, enquanto ela observava, pareceu que o gato tinha piscado para ela.

Dev continuou falando:

– É claro que, depois que usar o voltâmetro, você precisará beber seu chá. Isso vai inibir sua luz de bruxaria ainda mais, a ponto de você poder circular pelo Outro Mundo sem ser detectada. Neste intervalo, posso ensiná-la a usar o seu poder, e também uma forma de bloqueá-lo quando quiser. Vamos até poder fazer você parar de tomar o chá aos poucos. Isto é, se ainda quiser minha ajuda até lá.

– Já ficou bem claro para mim que eu preciso muito da sua ajuda. Se pelo menos houvesse algo que eu pudesse lhe dar em troca... – disse ela, sorrindo, ao dar as costas à nuvem estranha lá fora.

– Não precisa – falou Dev todo galanteador, inclinando a cabeça. – Graças à sua enorme generosidade em relação a Payne, meus bolsos estão cheios. E a dose do seu sangue de ontem vai me sustentar por um bom tempo. Fora essas duas coisas, não tem muito mais de que um vampiro precise. – Ele lançou seu sorriso mais encantador e tocou no queixo dela com os dedos enluvados, apertando de leve. – Tem mais uma coisa que eu preciso contar a você.

Ela se desvencilhou das mãos dele, pouco à vontade com o gesto de condescendência.

– Ah, é? O quê? – perguntou ela enquanto ajustava o chapéu.

– Recebi uma carta da bruxa superior. Houve uma pequena mudança de planos. Vamos ter que esperar um pouco mais para encontrá-la na capital. Ela está simplesmente sem espaço na agenda. Em vez disso, vamos primeiro para uma ilha. Tem um inventor de certo renome que eu acho que você vai gostar de conhecer. Mas não tenha medo. Eu vou informar a ela o nosso paradeiro e, assim que ela estiver disponível, vou apresentar as duas.

– Ah. Será que... será que vai demorar muito? O que você acha?

– Acho que não. Meu palpite é que não vamos ficar na ilha do inventor por muito mais do que uma semana. Você não quer conhecer melhor o Outro Mundo?

Ember queria, sim, ver mais coisas, mas partir em uma viagem de navio rumo a uma ilha distante para depois voltar parecia um pouco além do que ela tinha planejado. Estava prestes a dizer que preferia ficar na cidade e olhar vitrines quando sentiu uma dor no estômago. Então Dev pegou a mão enluvada dela, deu um beijo e lhe lançou um sorriso caloroso, e a dor aliviou.

– Vamos seguir viagem, então? – perguntou ele. – Nossa nave celestial está à espera.

– Nave celestial? Você falou disso antes. Achei que fôssemos para uma ilha.

– Nós vamos. Os habitantes do Outro Mundo podem viajar em um barco convencional, mas as naves celestiais são muito mais rápidas.

Apesar das reservas dela, a ideia de uma nave celestial era altamente intrigante. Ember permitiu que Dev a conduzisse até o aparelho de Payne enquanto ele ia explicando o conceito. Ember pensou em Jack enquanto Dev discorria. Ficou se perguntando se o lanterna já estava sentindo a falta dela. Uma parte dela esperava que sim. Por mais que ela tivesse vontade de explorar o Outro Mundo, teria preferido bem mais ter Jack como companheiro de viagem.

– Certo. Aqui estamos – disse Dev, apontando para o aparelho cuja função era coletar a energia dela. – Lição de bruxa número um: concentre-se no seu poder interior. Está conseguindo?

– Estou – respondeu Ember, fechando os olhos.

– Muito bem. Agora, imagine que esse poder é feito de milhares de bolhas minúsculas.

– Certo.

– Agora você vai deixar só a camada de cima estourar e se deslocar para cima, até a ponta dos seus dedos. A máquina faz o resto.

Ember sacudiu as mãos e segurou nas hastes. Elas ficaram quentes e Ember sentiu os braços e depois os dedos formigarem com a energia. Uma luz azul criou um arco entre as alavancas, produzindo um chiado.

– Isso... isso é normal? – perguntou Ember.

– É, sim. Observe o indicador no aparelho. Ele sobe à medida que a caixa se enche de energia.

A máquina zumbiu e sacudiu. Ember viu a agulha subir a 10, 20, 30. Sentia o embrulho no estômago, mas se concentrou apenas na camada superior de bolhas, empurrando-as para dentro da máquina. Então algo escorregou. Sua barriga se transformou em fogo. Ela enxergou um clarão ofuscante e seu mundo perdeu o prumo. Ouviu Deverell chamando seu nome e piscou várias vezes. Estava estirada no chão, mas não se lembrava de ter caído.

– Tente se acalmar. Encontre seu centro – orientou Dev, em tom suave, enquanto acariciava seu braço para acalmá-la. – Respire fundo.

Foi o que Ember fez, e a tontura passou.

– Acho... acho que estou melhor agora. O que aconteceu? – perguntou ela.

Algo fazia barulho na mesa. Ember ergueu os olhos e viu que a caixa que ela estivera segurando pulava na mesa, como se estivesse viva. A agulha batia no alto da zona vermelha e arcos azuis chiavam entre as alavancas.

– Você sobrecarregou o aparelho – explicou ele. – Depois que ficou cheio, a sua energia não teve outro lugar para ir e acabou se dirigindo para o movimento centrífugo do domo. Mas agora a velocidade está diminuindo, voltando ao normal. Você vai ter que tomar aquele chá e começar um treinamento controlado assim que possível. Você é tão poderosa que chega a ser perigosa.

Dev estava sorrindo, mas Ember sentiu seriedade em suas palavras.

Ele a colocou de pé, como se ela não pesasse mais do que uma pena. Na sequência, entregou-lhe seu chapéu e pediu que tocasse no amuleto de caldeirão. Ele pediu que ela nem pensasse no poder, que apenas o deixasse fluir com naturalidade. Então, entregou a ela uma xícara de chá de mão-de-homem-morto e a orientou a beber enquanto ajeitava o chapéu dela. Mais uma vez, ela foi lembrada de que Dev parecia ter muita experiência em vestir (e despir) damas.

Dev pegou o chapéu e a bengala, recolheu a xícara dela, pousando-a em cima da mesa, e ofereceu à bruxa o braço, em um galanteio.

– Então, vamos andando? Acredito que nossa carruagem flutuante esteja à espera. Eu tomei a liberdade de transferir todos os seus pertences a esta nova bolsa de couro. Se me permite, vou carregá-la para você e podemos partir. Você pode comer alguma coisa no porto celestial.

# 13

## O CAVALEIRO ASSOMBRADO

Jack conduzia Sombra pelas rédeas enquanto o jovem Finney caminhava na frente, examinando o solo ao mesmo tempo que ajustava seu visor estranho.

– Com toda a certeza ela passou por aqui – afirmou Finney sem olhar para Jack, atrás dele. – O rastro dela é bem fácil de encontrar se você souber o que está procurando.

– Finalmente – suspirou Jack.

Era a terceira cidade conectada à encruzilhada que tentavam. Mas por que Pennyport? Ele achava que qualquer vampiro, ao se ver na companhia de uma bruxa, iria direto para a capital, para entregá-la em troca de uma recompensa. Pennyport era a cidade mais distante da capital que ele podia acessar de sua encruzilhada.

– Ande logo, então, rapaz. É imperativo que nós a encontremos.

– Tem outros rastros com o dela. São vermelhos como sangue fresco.

O vampiro. Aquilo parecia óbvio para Jack.

Olhando ao redor, para os campos e a cidade distante, Jack ficou pensando no desaparecimento de Ember. Como é que a luz dele não tinha dado falta dela?

Se pelo menos ela tivesse esperado, se tivesse sido um pouco mais cuidadosa... Ele poderia ter encontrado um jeito de permitir que ela explorasse um pouco o lugar. Só de pensar no que podia estar acontecendo com Ember naquele exato momento, ficava doente de preocupação. Mas a única coisa que Jack poderia fazer era seguir adiante na velocidade dos humanos e torcer para que o garoto mortal conseguisse seguir o rastro dela.

Finney avisou que tinha isolado a ressonância específica de Ember, o que Jack já achou ótimo. O garoto, com relutância, admitiu que vinha usando aquilo desde que Ember tinha 13 anos. Assim como muitos outros, ele era apaixonado pela menina, mas, ao contrário dos outros, tinha tomado uma providência: inventara um aparelho inteligente que mostrava os passos dela. Finney sempre sabia onde encontrar Ember, mesmo quando ela se isolava na floresta. Ele logo aprendeu que, quanto mais fresca fosse a pegada, mais forte a cor seria. No caso de Ember, suas pegadas brilhavam em tons de laranja quando Finney ajustava o visor de certa maneira. Rastros normais, de mortais ou de animais, não tinham cor. Finney disse a Jack que quando os pés dele tocavam o chão, algo raro para um lanterna, as pegadas apareciam brancas e que quando ele se deslocava em forma de névoa uma aura azul o envolvia.

Jack ficou surpreso ao saber que era possível ser rastreado. Também ficou chocado ao ouvir Finney dizer que tinha contado esse segredo havia muito tempo para Ember. Ele até tinha se oferecido para seguir Jack para cair nas graças da menina, e que essa era a razão pela qual ele encarara o encontro com o lanterna com mais naturalidade do que Jack esperava. Ember tinha recusado a oferta, dizendo que queria encontrar seu misterioso guardião de acordo com os próprios termos, mas pedira a Finney que lhe dissesse quando novos rastros aparecessem em seu oco de árvore. Jack se sentiu constrangido por ter sido pego espionando Ember. Finney considerou a coisa toda uma grande aventura e não culpou o lanterna, de jeito nenhum, por ter invadido o esconderijo deles, o que foi uma sorte para Jack. O garoto estava comprovando seu mérito.

Jack observava o rapaz magricela examinar o solo com toda a atenção.

– Você me lembra um pouco o Ichabod.

– Quem é Ichabod? – perguntou o garoto.

– Foi um feiticeiro que viveu em Tarrytown. Minha tarefa era fazer com que ele ficasse longe da minha ponte, do mesmo jeito que fiz com Ember.

– Foi difícil dar conta dele? Imagino que ele fosse um sujeito bem sorrateiro e criativo.

Jack deu risada.

– Nem um pouco. Proteger minha ponte dele era quase fácil demais. Assombrar Ichabod era divertido. Eu nunca tinha visto um homem tão assustado e supersticioso.

E Jack começou a contar a história de como apertava os lábios e soprava vento nos juncos do rio para que entoassem uma canção assustadora, e depois torcia os dedos para mandar sapos e morcegos atormentarem o feiticeiro.

Ele contou a Finney sobre como espantou o homem segurando a abóbora com uma das mãos e brandindo sua espada na outra depois que Ichabod tinha ido a uma festa; com o susto, ele berrou e se agachou em sua montaria um tanto patética. Jack saltou para cima de Sombra para mostrar como ele tinha feito. Ficou galopando ao redor de Finney, dando risada feito um doido. Do mesmo jeito que fizera com Ichabod, Jack ergueu a gola do sobretudo preto e permitiu que a escuridão dentro de si (o vazio bocejante do lugar onde sua alma deveria estar) fosse revelada, e seu esqueleto se tornou visível.

Como Finney ficou parado, olhando para ele, sem achar graça nenhuma, Jack desceu do lombo de Sombra e concluiu, com voz de assombração:

– O homem correu para bem longe da encruzilhada de Tarrytown e nunca mais voltou. Depois, ouvi os moradores fofocando a respeito de um cavaleiro sem cabeça que assombrava a ponte de pedra, e desde então nenhuma alma, mortal ou não, ousou cruzar o meu caminho.

– Então você acha que eu sou um covarde? – desafiou Finney, com a testa franzida.

– Não... não é... não é nada disso, de jeito nenhum.

– Ah. Então você acha que eu sou um trapalhão? Supersticioso? Ingênuo?

– Não. Eu só quis dizer que você se parece com ele fisicamente e...

– E o que mais?

– E é inteligente. Ele se assustava fácil, mas era inteligente. Aliás, ele era professor e cantava muito bem.

– Entendi. Bom, se não se importa, cavaleiro, eu gostaria de voltar a tentar encontrar Ember.

Jack se embaralhou com as palavras, coisa que não acontecia havia muito tempo.

– Sim. Sim, claro.

O garoto, de algum jeito, tinha conseguido fazê-lo se sentir envergonhado. Envergonhado de ser um lanterna. De usar suas habilidades para assustar os outros. Aquilo o fez se sentir inferior, e ele não gostou nem um pouco da sensação. Será que a intenção dele tinha sido assustar Finney do mesmo jeito que assustara Ichabod? Por que outro motivo teria manifestado um de seus poderes mais obscuros? Não gostou dessa ideia.

– Eles definitivamente passaram por aqui – afirmou Finney, arrancando Jack de seus pensamentos.

Os olhos de Finney, cobertos pelo visor, estavam fixos no solo.

Jack seguiu o garoto por um tempo, ignorando o estranho aglomerado de espectros na plantação que olhavam para eles. Chegaram a uma cabana florestal e observaram a cena.

Finney assobiou.

– Você tinha que ver as luzes aqui – disse ele. – Cores de todos os tons se derramam pelas paredes em camadas, concentradas bem ali onde está aquele buraco.

Chamando sua abóbora mais para perto, Jack se debruçou em uma mesa caída. Os olhos acesos se concentraram em um pontinho marrom-escuro. Jack umedeceu os lábios, que de repente tinham ressecado.

– Sangue – falou ele, baixinho. – Ele deve ter se alimentado dela.

– Ele se alimentou dela? – Finney se virou de supetão do lugar em que analisava a explosão. – Quer dizer que o vampiro matou Ember?

Jack se levantou devagar e exalou.

– Não. Quer dizer, é altamente improvável. Sangue de bruxa tem poder, é algo de fato tentador para um vampiro. Mas a única maneira de ele se alimentar dela seria se Ember se oferecesse a ele por vontade própria.

Finney franziu o nariz de nojo.

– Quer dizer... quer dizer que ela quis que ele a mordesse? Por quê?

– Ember iria chamar muita atenção em uma cidade do Outro Mundo, como esta aqui. Por cada luz que ela passasse, qualquer máquina próxima iria ganhar vida. Ao tirar uma porção do sangue dela, ele conseguiria ocultar a luz de bruxaria, que é o poder inato dela.

– Então, como você explica a destruição? – perguntou Finney.

Ele se abaixou e virou um pedaço de metal retorcido.

Jack coçou o queixo.

– Aquelas lâmpadas eram do Outro Mundo. Elas funcionam com luz de bruxaria. Se Ember teve medo, seu poder se expandiu para sua proteção. Isso pode explicar o buraco na parede.

Quando Finney se abaixou para pegar uma das luzes quebradas, examinando o mecanismo dentro do vidro despedaçado, Jack perguntou:

– Você enxerga rastros dela saindo daqui? Podem parecer desbotados, em comparação com os de antes.

Finney balançou a cabeça.

– O rastro dela termina aqui. Mas o rastro do vampiro continua.

Jack chutou alguns pedaços de vidro.

– Ele é a nossa única pista. Vamos atrás dele.

– Certo. E quando a gente encontrar o vampiro, vamos dar uma surra nele até ele nos contar onde ela está.

Finney fechou os punhos e começou a dar socos no ar.

Jack achou aquilo engraçado e sorriu por um momento, até que a preocupação com Ember retornou.

– Vamos.

Quando chegaram aos subúrbios, Finney pegou no braço de Jack.

– O rastro dela voltou. Ele devia estar carregando Ember no colo. Mas o rastro voltou fraco.

– Deve estar fraco, sim, se ele bebeu o sangue dela.

Continuaram avançando. Finney parava com frequência enquanto caminhavam pela cidade, com os olhos arregalados sempre que algo chamava sua atenção na vitrine de uma loja. A luz de Jack permanecia forte o bastante para dissuadir o interesse da maior parte dos moradores. Os lanternas em geral não eram muito benquistos no Outro Mundo. Além de terem sido humanos no passado, o que já era motivo suficiente para não se gostar deles, também eram responsáveis por obrigar os exilados a voltar. Por uma razão ou por outra, os habitantes do Outro Mundo costumavam passar longe deles.

A luz da abóbora, que pairava acima deles, também envolvia o jovem humano. Os habitantes do Outro Mundo talvez avistassem a sombra de outra pessoa com ele, mas, até onde sabiam, o companheiro de viagem de Jack era um espectro, um gnomo ou algum prisioneiro sendo acompanhado à cidade.

Quando chegaram à taverna, esconderam-se nas árvores.

– Tem certeza de que eles entraram ali? – perguntou Jack.

– Tanta certeza quanto a de que existem corvos num milharal.

– Por que ela entraria de bom grado em um estabelecimento desses? – indagou o lanterna, mais para si mesmo do que para Finney.

– Você não conhece a nossa Ember muito bem, não é mesmo? Você é muito pudico para uma assombração.

Jack suspirou.

– Eu não sou uma assombração.

– Não? De qualquer jeito, ela entrou. Só que eu já dei a volta pela construção, e nem ela nem o vampiro saíram daí.

Jack fechou os olhos e fez um gesto. Sua abóbora deu um salto e traçou um caminho pelo ar, contornando o local, olhando dentro de cada janela e lançando sua luz em cada espaço escuro. Ela ia subindo e subindo. Jack via tudo que a abóbora via, apesar de seus olhos estarem fechados. Quando chegou ao domo, a luz brilhou nas janelas, mas não conseguiu penetrá-las. Jack franziu a testa e aumentou a intensidade, mas falhou outra vez.

A abóbora orbitou a estrutura feito um satélite e a luz caiu sobre o bonde. Então ele entendeu tudo. Abriu os olhos de repente.

– Eu sei para onde ele levou Ember – disse Jack. – Venha comigo.

# 14

## O *PHANTOM AIRBUS*

O doutor se ajoelhou na frente de um dos gatos. Não gostava muito daquelas criaturas, mas elas cumpriam sua função.

– Em breve, meu caro – disse ao gato malhado preto e branco que piscava para ele. – Encontrei alguém que vai dar um jeito em tudo. Espere só mais um pouquinho. Prometo que vou salvar você.

Com a mensagem transmitida, o doutor se levantou e xingou os joelhos que estalavam. Como ele detestava envelhecer... Era terrivelmente indigno. Talvez um pouco de seu novo elixir aliviasse as dores. Ele olhou para o céu e fez cara feia para os espectros que rodeavam o local, antes de chamar seu servo de confiança e lhe dar instruções para que preparasse a casa para receber hóspedes.

Quando Ember se acomodou no compartimento do bonde aéreo particular de Payne, Dev acionou uma alavanca e a porta se fechou. Então a travou e se sentou quando o bonde começou a subir.

Em pouco tempo estavam sobrevoando a cidade, sacolejando ao som de batidas e estalos ritmados. Passaram por uma área que Dev chamou de bairro do Armazém, e Ember viu os trilhos de metal que se ramificavam em todas as direções. Uma geringonça grande se deslocava por cima deles com rapidez, cuspindo nuvens de vapor enquanto avançava.

– O que é aquilo? – perguntou ela.

– O trem de mercúrio. O modo mais rápido de ir a uma cidade do Outro Mundo por terra.

Ela colou o nariz na janela enquanto Dev se recostou no assento, incapaz de apagar o sorriso estampado no rosto.

Ele não tinha se incomodado com muita coisa desde que sua bruxa anterior morrera. Desde então, vagava a esmo, aceitando trabalhos aleatórios, envolvendo-se em todo tipo de embates corporais e maldades. Mas tudo aquilo parecia irrelevante perto do tempo que estava passando com essa bruxa inesperada. Cada momento com Ember aumentava sua aversão à ideia de ter que se separar dela.

Enquanto ela dormia, na noite anterior, Dev tinha feito planos. Agora que eles tinham desviado da capital e estavam se dirigindo para a ilha do inventor, Dev ficou imaginando se poderia existir um jeito de os dois desaparecerem. Ele sabia que o Senhor do Outro Mundo e a bruxa superior só tinham um motivo para desejar Ember, e esse motivo não era nada altruísta: eles precisavam de uma substituta. A bruxa superior estava velha e fraca, e Ember era jovem e poderosa. Ele só abriria mão de Ember agora se não tivesse escolha, e talvez nem assim. Ficava enjoado só de pensar no que poderia acontecer com Ember se a entregasse.

Ele conseguiria encontrar um porto seguro para eles, e agora o caminho estava aberto.

Um zepelim descontrolado encostou no bonde e o fez sacolejar. Ember soltou um gritinho de medo, mas Dev deu risada e garantiu que aquilo era normal. Continuaram avançando no ar, entrando em um aglomerado espesso de nuvens, e o bonde ficou escuro. Ele bateu com a bengala no piso de aço e o bulbo de cristal na ponta acendeu, iluminando o interior.

– Melhor? – perguntou ele.

– Sim. Obrigada. Funciona com luz de bruxaria?

A bruxa estendeu a mão para que ele lhe entregasse a bengala.

– Funciona, sim. Lição número dois: você sabe dizer se é de uma bruxa ou de um feiticeiro? – perguntou ele, curioso para conhecer melhor a habilidade inata dela. – Quando tocar a pedra, deixe o poder dela fluir para dentro de você pelos seus dedos, então use sua mente para perguntar o que precisar.

As sobrancelhas de Ember se uniram quando ela tirou uma das luvas e tocou de leve na parte de cima da bengala, onde estava brilhando.

– É de... bruxa, acho.

Dev estava prestes a responder, mas Ember prosseguiu:

– Ela tinha cabelo claro, olhos azuis, bochechas coradas e... amava você!

Os olhos dela dispararam para encontrar os de Dev.

– Amava, sim – confirmou ele, baixinho.

– Mas como é que eu soube disso? – questionou Ember.

– Cada bruxa ou feiticeiro tem um tom diferente no próprio poder. É uma assinatura, se preferir chamar assim. Admito que é raro que uma bruxa sem instrução enxergue outra com tanta clareza. Suponho que o fato de ela estar morta tenha facilitado, pois não está presente para bloquear e impedir que você a enxergue.

– Que coisa fantástica!

Ember ficou olhando para o globo de luz, como se tentasse visualizar a bruxa que dera poder ao objeto.

– Ah! – exclamou ela, depois de um tempo. – É fácil enxergar porque ela queria que você se lembrasse dela. Foi um presente.

– Sim – confessou Dev.

– Ela... ela sabia que ia deixar você e queria que ficasse em segurança.

Deverell se retesou.

– Você consegue sentir isso também?

– Sim.

O vampiro se virou para o outro lado, seus olhos azuis ganhando um brilho marejado.

– Eu nunca teria deixado Lizzie se soubesse o que aconteceria em seguida. Ela pediu que eu fosse buscar alguns itens a duas cidadezinhas de distância. Eu teria salvado a vida dela, se pudesse. – Ele fechou os olhos. – Lizzie deveria ter me dito que estavam atrás dela, que tinha visto a própria morte em suas previsões.

Ember mudou de assento para ficar ao lado de Dev e tomou as mãos dele. O bonde balançava de leve.

– Não se martirize por uma coisa que não foi sua culpa – aconselhou Ember. – Ela queria que você sobrevivesse. Sejam lá quais foram as razões dela para mandar você para longe, foi tudo por amor. Espero que acredite nisso.

Ele balançou a cabeça.

– Eu não merecia o amor de Elizabeth. Meus sentimentos por ela não eram tão profundos quanto os dela por mim. Eu gostava dela do jeito que os vampiros gostam, mas não era a mesma coisa.

Ember não soube o que dizer por um momento, e Dev teve medo de olhar para a garota.

– Talvez não faça diferença – disse Ember, finalmente. – Acho que, se ela era poderosa o suficiente para dar este presente para você, então era poderosa o bastante para ler o seu coração. A tristeza que você sente em relação à sua bruxa perdida é reveladora. Um homem frio, ou um vampiro frio, no seu caso, só teria tirado o que precisava e seguido em frente. Talvez seus sentimentos por ela não fossem profundos, mas sua ligação não era menos emocional. Você tem saudade dela.

Sentindo que Dev estava constrangido com a conversa, Ember resolveu mudar de assunto.

– Dev?

– Hmm? – murmurou ele, distraído.

– Você sabe bastante sobre o... sobre o bicho-papão?

As sobrancelhas de Dev se uniram.

– Por que você quer saber sobre essa história da carochinha?

– Jack me contou um pouco. Depois Payne falou de pedaços de unhas.

– Ah. Bom, a maior parte dos habitantes do Outro Mundo não profere o nome dele. Acreditam que isso evoca sua presença, e, quando ele aparece, pode tanto roubar a sua alma quanto lhe dar alguma ajuda.

– Você não acredita nisso?

– Ah, acredito, sim. Mas ele sumiu. Está fora de combate, por assim dizer, já faz um bom tempo. O Senhor do Outro Mundo quer que a gente acredite que ele é o responsável. Que não precisamos mais ter medo do bicho-papão porque ele deu fim no bicho pessoalmente.

– E isso é verdade?

– Vai saber. Posso dizer que já faz muito, muito tempo que não temos sinal dele. Pode acreditar, porque estou vivo há muitos séculos. Ainda assim, é melhor prevenir do que remediar, suponho.

– Acho que é verdade. E ele consegue mesmo roubar almas?

Dev deu de ombros.

– Depende de para quem você perguntar. Alguns dizem que ele é ladrão. Outros falam que é um demônio. Também há quem diga que é colecionador. Mas a maior parte dos habitantes do Outro Mundo acredita que somos assombrados pelos fantasmas daqueles que o bicho-papão levou ao longo dos milênios.

– Então ele simplesmente joga os fantasmas aqui? Como se fosse o butim de um pirata? Que horror! Achei que eles fossem simplesmente outra raça de seres que vivia aqui. Que final mais indigno.

Ele foi poupado de comentar a fala de Ember quando saíram do meio das nuvens. Dev ajeitou o cabelo para trás, colocou o chapéu de novo e bateu a bengala no chão, para apagar a luz de bruxaria.

– Ali está.

O vampiro apontou para uma construção grande que flutuava no ar.

Ember prendeu a respiração. Parecia uma pequena lua mecânica.

Dispararam para dentro da construção e, mais uma vez, Ember pressionou o rosto e as mãos contra o vidro.

Faíscas de solda estalavam ao mesmo tempo que clarões de luz de bruxaria enquadravam trabalhadores em uma cena impressionante. Os óculos de proteção deles refletiam todas essas luzes enquanto se penduravam em cordas compridas ou caminhavam ao longo de esqueletos de aço que pareciam barcos. Então ela viu um finalizado, com uma rede por cima, sendo preenchido de ar. Não. Não era ar. Era luz de bruxaria! Ela sentiu a força, que passava do gerador para uma tela dobrável de arame fino onde o poder era absorvido e retido.

Dev olhou pela janela para ver o que tinha chamado a atenção dela.

– Aquilo, minha cara, é o que há de mais novo em termos de naves celestiais. Algo que não vai existir no mundo mortal por pelo menos mais um século.

– E vamos voar em uma daquelas?

– Vamos voar em uma das melhores daquelas. Bom, em termos práticos, com a melhor tripulação. Está atracada do outro lado.

Ouviu-se um grito quando uma conexão se rompeu. O cabo veio na direção deles e quase bateu no bonde, então caiu e foi se espiralando, feito um fio solto. O homem preso ao cabo gritou ao ser puxado para longe da lateral da nave e mergulhar pelo céu aberto, quase batendo nas estruturas grossas de aço que davam suporte aos diversos níveis do porto. O barulho de construção parou, mas só por um instante, e então o zumbido e as faíscas abafaram os gritos.

– Ninguém vai fazer nada? – perguntou Ember, apavorada com a visão do homem em queda.

Dev deu de ombros.

– É o risco de trabalhar aqui.

Ember se agarrou à janela de vidro ao olhar para baixo. Ela com toda a certeza via a luz azul do céu de vez em quando. A bruxa se deixou cair no assento, sentindo o estômago pesado à medida que o entusiasmo relativo às maravilhas a seu redor ia diminuindo.

Ficaram em silêncio enquanto o bonde continuava a avançar, até chegar ao centro do porto celestial. A estação de bonde estava apinhada de gente. Claro, "gente" era modo de dizer, porque quase metade dos habitantes que circulava por ali não podia sequer começar a passar por humano. Ember avistou criaturas que acreditou serem trolls e alguns seres muito altos, quase diáfanos, que ela lembrava serem espectros.

Quando perguntou a Dev sobre o resto, ele disse que o porto devia estar cheio de todo tipo de criatura, mas que ela seria a única bruxa. Até onde os habitantes do Outro Mundo sabiam, a única bruxa no reino todo era a superior. Era ela que fornecia todo o poder. Bom, ela e as reservas cada vez mais baixas controladas pela capital.

O bonde atracou, chocando-se de leve contra uma rede cheia de ar antes de se fixar pela lateral. Dev saltou e então se virou para oferecer a mão para a menina. Ember ajustou o chapéu e colocou os pés na plataforma de metal e, balançando um pouco, usou a sombrinha para retomar o equilíbrio. No começo, ela achou que o desequilíbrio se devia ao fato de ter passado muito tempo sentada no bonde, então percebeu que o porto celestial inteiro se movia de leve sob seus pés.

– Como é que o porto fica flutuando? – perguntou ela a Deverell. – Os cabos do bonde seguram?

– De jeito nenhum – respondeu ele. – O porto celestial mantém a posição usando propulsão incendiária, mais ou menos do mesmo jeito que os balões dirigíveis.

Uma criatura estranha, corcunda e de pele amarelada cambaleou na direção deles, segurando uma flor reluzente.

– Rosa para a senhorita? – ofereceu, esperançosa. – Troco por moedas, doces ou aparas.

Dev virou os olhos ardentes para a criatura e disse apenas:

– Saia daqui.

A flor na mão do ser do Outro Mundo caiu quando ele entrou no transe hipnótico de Dev. Ele se afastou, aturdido, e se dirigiu a outro casal.

– Doce? – perguntou Ember.

– Os habitantes do Outro Mundo são conhecidos por gostar de doces, inclusive eu.

Dev pigarreou quando viu Ember prestando atenção numa tela que mostrava notícias sobre a crise de energia e o fato de a bruxa superior estar morrendo.

– Está com fome? Escolhi o lugar perfeito para comer.

– Faminta – respondeu Ember, com um sorriso.

Ele a levou a um restaurante antiquado com mesas aconchegantes na área externa. Acomodaram-se no salão e tomaram chá, e Ember comeu doces com cobertura brilhante, passando manteiga e geleia, enquanto Dev conferia as horas no relógio de bolso com frequência. Ele tentou explicar como funcionava o relógio de cinquenta horas usado no Outro Mundo, mas Ember não conseguiu entender.

Mais tarde, a bruxa ficou maravilhada ao ver uma série de lojas movimentadas vendendo de tudo, de roupas e acessórios a livros e mapas. Havia até mesmo uma loja que só vendia doces. Ember puxou Dev para dentro, e os aromas mais maravilhosos a receberam.

Toda alegre, ela se debruçou no balcão, embaçando o vidro com sua respiração enquanto apontava para doces que pareciam limões ou cerejas e barras escuras e cremosas que Dev chamou de chocolate. Deram a Ember uma amostra que derreteu na sua boca, disparando nela uma necessidade irrefreável de comprar pelo menos uma dúzia de unidades, ou quem sabe duas.

Ember tentou puxar Dev para uma loja que anunciava feitiços e poções de bruxa, mas o vampiro não arredou pé.

– Não podemos entrar aí, minha querida. Sinto muito ter que lhe negar algo assim, mas geralmente quem cuida de lojas como essa são adivinhos.

– Adivinhos?

– Videntes ou leitores de sorte. Usam suas habilidades para explorar os clientes, espiando por baixo da pele para ver quem eles realmente são.

– Igual a Jack?

– Jack? O seu lanterna?

Quando Ember assentiu, Dev sentiu o estômago se revirar um pouco. Ele não gostou do jeito como ela disse o nome do lanterna, como se os dois fossem mais do que apenas conhecidos. E continuou, com hesitação:

– De certo modo. Eles não têm exatamente o mesmo poder, mas enxergam o suficiente para saber que você está escondendo algo, e vão ficar curiosos.

– Ah.

Ember deu uma olhada na vitrine da loja com vontade de entrar, mas permitiu que Dev a puxasse para longe. Já afastada, ela completou, baixando a voz ao olhar para as pessoas que passavam:

– Mesmo assim, seria interessante saber mais. Eu sou muito despreparada para alguém... do meu tipo.

– É. E eu prometo que vou dar o meu melhor para ajudá-la nesse aspecto.

Mas, primeiro, precisamos colocar você dentro da nave e a salvo de olhares curiosos.

– Certo.

Dev a conduziu até um conjunto de escadas de metal móveis que parecia funcionar sobre engrenagens. Degraus novos apareciam sob os pés dela e subiam, cada vez mais alto, antes de se torcerem e desaparecerem.

– Não tenha medo – encorajou Dev ao perceber a hesitação dela. – Eles não vão morder as suas botas. Mas tome cuidado com a barra do vestido. Já vi várias damas ficarem com a barra presa nas engrenagens.

Ao ouvir isso, Ember ergueu a saia a um nível nada recatado e até um pouco escandaloso, coisa que não incomodou Dev nem um pouco, e colocou um pé trêmulo no degrau móvel. A perna dela começou a se mexer e ela soltou um gritinho de medo quando o membro seguiu em frente sem o resto dela. Dev acudiu: ergueu Ember pela cintura e a pousou na frente dele, subindo na escada logo atrás dela.

Depois de começar a subir com a autoescada, ela até que gostou da experiência. Segurava-se no corrimão de aço e dava risada conforme iam subindo cada vez mais, passando por vários andares em voltas lentas. Dev continuou até o quinto andar, então indicou que estava na hora de desembarcar.

Ember saiu da escada e ajustou o vestido, e Dev a levou da parte central para o ponto mais distante do porto celestial. O espaço era cheio de luz, e Ember logo percebeu que estavam a céu aberto naquele trecho. O vento assobiava pelo andar, fazendo o vestido dela esvoaçar e obrigando ela e Dev a segurar o chapéu para que não saísse voando.

Quando chegaram lá, Ember viu uma rampa de metal comprida que se estendia até o meio do ar. No final havia uma embarcação grande feita de ferro. A nave tinha esferas com aberturas penduradas na parte de baixo, entre as aberturas havia grossos barris telescópicos que pareciam armas grandes o suficiente para atirar projéteis do tamanho da cabeça de Ember. Havia quatro esferas do lado que ela enxergava e, provavelmente, mais quatro do outro lado.

A frente da embarcação formava uma ponta aguda. Já a parte de trás tinha peças de metal que mais pareciam barbatanas. Lâmpadas de luz de bruxaria com formatos estranhos estavam penduradas no convés, tanto em cima quanto embaixo, e as janelas perto da frente brilhavam com uma luz bruxuleante, fazendo a nave parecer um animal enorme com olhos e boca iluminados. Cordas e cabos pesados, além de dois suportes enormes que pareciam duas garras gigantes, conectavam a nave ao porto celestial. Ela reparou que havia vários homens pendurados nas laterais, as faíscas saltando na frente do rosto deles enquanto faziam reparos. Na lateral da nave havia uma placa de aço que dizia *Phantom Airbus*.

Dev fez Ember apertar o passo, guiando-a até a rampa. Mas, antes de chegarem lá, porém, uma mulher alta pulou da nave celestial e pousou com um baque violento na frente deles.

O cabelo preto e comprido da mulher estava preso de qualquer jeito na altura da nuca e caía por cima de um dos ombros. Ela vestia uma camisa branca bem comprida nas costas, botas de couro de cano alto, mais gastas e usadas do que engraxadas, calça de montaria justa e um corselete preto e simples. Quando ela sorriu, Ember ficou assustada de ver um dente canino afiado que parecia ter sido mergulhado em prata. Ela não tinha outro canino.

– Ora, ora – disse a mulher, passando a língua pelo canino e encarando Ember e Dev com um brilho predatório no olhar. – Você deve estar bem desesperado para me pedir um favor, Dev. Que tal vocês dois virem à minha cabine e me contarem exatamente o que... – ela examinou Ember de cima a baixo – ... ou quem eu vou transportar por aí como contrabando?

A mulher se segurou em um cabo que balançava e curvou o corpo para longe da rampa, de maneira arriscada. Isso deu a Ember e Dev a oportunidade de dar uma boa olhada no traseiro bem torneado dela, e ela gritou, de um jeito nada feminino:

– Frank! Pare de enrolar e traga essa sua corcunda e essa sua cabeça desmiolada de volta para a nave e prepare o lançamento! A carga chegou!

Um homem que estava pendurado meio mambembe em dois cabos grossos presos somente a seu (Ember engoliu em seco) pescoço olhou para cima e tirou os óculos de proteção. A bruxa ficou sem fôlego. Mesmo a distância, ela viu que havia algo de muito errado com o homem: seus braços e pernas eram todos de tamanhos diferentes.

– Certo, patroa! – respondeu o homem gigante.

Ele soltou os cabos do pescoço e os enrolou nos pulsos. Em seguida, usou os pés calçados com botas para se apoiar na lateral da nave, e Ember escutou as solas de metal batendo na superfície de aço. O homem, então, foi caminhando pela lateral, um passo após o outro ressoando contra o metal.

Parecia que as solas se prendiam à lateral lisa. Quando chegou ao alto, ele pousou com um baque estridente que fez tremer não apenas a nave, mas também a rampa em que estavam.

– Fantástico! – comentou Ember.

Nunca na vida ela tinha visto uma pessoa tão grande e tão forte. O homem chamado Frank tinha mais do que o dobro da altura dela. Ele nem precisaria de cavalo para arar o campo. Poderia fazer isso sozinho.

A mulher ergueu uma sobrancelha e seus lábios começaram a se curvar em um sorriso jocoso.

– Então, vamos entrando, Dev. Vamos acomodar você e...

– Ember – completou Dev.

– Eeember – repetiu a mulher, arrastando o nome da garota com um estalo dos lábios vermelhos – antes de decolarmos.

– Vá na frente, Delia – pediu o vampiro.

A mulher olhou para trás, para Dev e Ember.

*Não diga o que vai dizer, Del*, pensou Dev.

Mas ela disse mesmo assim:

– A bordo da minha nave é "capitã", Deverell.

– Tecnicamente não estamos na sua nave, não é mesmo? – respondeu ele, com um sorriso.

Ember soltou um risinho.

– Talvez seja melhor não irritar a capitã – comentou ela.

– Isso mesmo, Dev – disse a mulher, e deu um cutucão no peito dele. – Não irrite a capitã.

Dev ignorou o sorriso de superioridade da mulher e estendeu o braço para indicar que Ember deveria entrar antes dele.

Ember fez uma breve pausa, se perguntando mais uma vez se estava tomando a decisão mais acertada. Olhou de volta para o porto celestial e, na sequência, para o braço estendido de Dev. Quando tocou no braço dele, sua indecisão desapareceu mais uma vez. Estar ali no Outro Mundo e embarcar na nave celestial era a coisa certa. Pelo menos parecia que estava indo na direção correta.

Além do mais, Dev era um vampiro confiável. E também bonito. Ai, nossa. Ember perdeu um pouco do equilíbrio na rampa. Ela se sentiu meio tonta, ou talvez tenha sido por estar em uma altitude tão grande. É. Devia ser a altitude.

Só quando Ember estava a salvo dentro do *Phantom Airbus* foi que

Dev finalmente achou que podia relaxar. Seus ombros se soltaram e ele respirou fundo.

Delia os conduziu até a cabine da capitã e se apoiou na escrivaninha. Convidou Ember e Dev para se sentar, mas apenas a garota aceitou.

– Então, e agora? – quis saber Delia. – Não acha que você deve me dizer por que estou arriscando o meu pescoço, a minha tripulação e, acima da tudo, a minha nave, Dev?

# 15

## UMA HISTÓRIA ASSUSTADORA

Jack e Finney chegaram ao movimentado porto celestial bem rápido, mas Jack não se sentiu muito à vontade com o jeito como as pessoas olhavam para eles. Aumentou a intensidade de sua luz, mas foi obrigado a diminuir porque isso atrapalhava o processo de busca pelos rastros de Ember. Finalmente, Finney encontrou o rastro dela, os dois subiram as autoescadas e correram até a plataforma de lançamento, mas encontraram somente uma doca vazia.

Jack mandou para o céu mais uma vez sua abóbora, que deu a volta em várias naves até encontrar uma que carregava não apenas um, mas dois vampiros. Sem detectar qualquer um vestígio da chama de Ember, a abóbora voltou e Jack olhou desanimado para o garoto que o tinha levado até ali. Sem Finney, o lanterna poderia se transformar em névoa e alcançar a nave, mas não podia deixá-lo para trás. Além de ser ilegal levar um humano para o Outro Mundo, qualquer humano desacompanhado era considerado uma presa. Finney seria morto antes de conseguir dar um passo.

– E então? – perguntou o rapaz. – Para onde vamos agora?

Jack olhou ao redor e uma ideia lhe veio à mente.

– Vamos usar uma alma penada que grita.

O garoto gaguejou:

– U-Uma... o quê?

– Uma alma penada. Não são muito fáceis de manobrar, mas são rápidas. Assim, vamos conseguir alcançar a nave. Todo porto tem pelo menos uma para o caso de haver emergências ou ataques. Ficam localizadas no andar mais alto do porto celestial.

Jack conduziu o garoto de volta à área central e entrou na autoescada, que foi subindo e subindo, até que não havia mais para onde ir a não ser que passasse por uma porta de aço. A abóbora de Jack brilhou na tranca e as engrenagens internas se moveram por vontade própria. Nada conseguia se esconder da luz de um lanterna. Cada criatura, cada passagem, cada fechadura se abria para a abóbora. Quando a luz terminou seu trabalho, eles puderam virar a tranca circular da porta e a abriram. Em seguida, subiram um lance de escada normal que levava ao andar mais alto, a céu aberto.

O vento os atingiu quando chegaram ao telhado. Ali, agrupadas em uma plataforma de lançamento, havia três almas penadas. Jack removeu os cabos que prendiam a mais próxima ao telhado. Ao fazer isso, gritou para Finney:

– Suba!

Puxou uma alavanca para abrir a porta de vidro e Finney correu até a cadeira do capitão, do outro lado.

A abóbora de Jack entrou flutuando e pousou no colo de Finney. Quando embarcou, o lanterna disse a Finney que prendesse a correia a si mesmo, mostrando como fazer ao prender a sua. Tecnicamente, por ser lanterna, ele não precisava se proteger, já que não podia morrer antes de seu contrato ser cumprido (a menos que sua abóbora fosse destruída).

Quando estavam prontos, Jack acenou por cima do console e luzes se acenderam. O veículo zumbiu e chacoalhou até que começou a sair vapor de baixo da bolha de vidro. Foi crescendo em volume até que Finney escutou um apito agudo, igual ao de uma chaleira.

O ar se encheu com o cheiro de combustíveis e propelentes. Então a nave toda sacolejou e eles saltaram do piso, pairando por apenas alguns segundos até que o som chegou a uma altura insuportável.

– Segure-se! – gritou Jack por cima do barulho da nave, bem quando Finney viu trabalhadores entrando apressados pela porta e rodeando a nave.

O vapor se avolumou, embaçando as janelas a tal ponto que Finney não conseguiu enxergar mais nada. Foi aí que aconteceu: o barulho da nave ficou tão alto que Finney tapou as orelhas com a mão, e, ao fazer isso, eles dispararam para o alto na direção do sol, tão rápido quanto um tiro de canhão.

A abóbora mergulhou no chão e saiu rolando até que Finney conseguiu alcançá-la e segurá-la com firmeza. Deve ter sido a imaginação dele, mas achou que o rosto entalhado parecia irritado. A nave se estabilizou e diminuiu a velocidade quando Jack mexeu em alavancas e apertou botões. O som inicial causado pelos motores ligando diminuiu apenas uma fração ao perderem velocidade.

Jack deu uma olhada no garoto assustado que agarrava sua abóbora e deu uma risadinha. Depois, acionou a alavanca do acelerador e a nave avançou, ganhando impulso. Cada vez que o vento batia sobre a alma penada, os sons dos berros metálicos ficavam mais horríveis e Finney percebeu que a tensão provavelmente se devia à maneira como o vento passava pelas asas da nave, que se agitavam.

– Daqui a pouco você acostuma! – gritou Jack quando o garoto abaixou a cabeça, tentando cobrir as orelhas com os ombros. – É o som do progresso.

– Eu achava que o progresso seria um pouco menos barulhento! – berrou Finney em resposta.

– É melhor se acostumar – disse Jack, pegando um relógio de bolso e conferindo as horas. – Ainda vai demorar um pouco até conseguirmos alcançar a nave deles.

Finney se afundou no assento, arrasado com a ideia de que teria que aguentar aquele barulho durante muito tempo. Então, ele se sentou ereto e enfiou a mão no bolso do colete para pegar um lápis e um caderninho, e se ocupou desenhando esboços de um protetor de ouvido de corda que bloquearia ruídos externos ao mesmo tempo que tocaria sons suaves e repetitivos. Precisava ser algo calmante, como o farfalhar de folhas ou o gorgolejar de um riacho. Se ele usasse alguns dos metais de relojoaria maravilhosos que tinha visto em vitrines e inventasse algum tipo de minúsculo mecanismo de corda, poderia conseguir. Ele chamaria o aparelho de sinfônio ou, quem sabe, tampa de ouvido, já que o pequeno mecanismo musical funcionaria como uma rolha tampando uma garrafa de vinho. Logo ele estava tão entretido com sua possível invenção que se esqueceu por completo dos gritos da alma penada.

Quando terminou, Finney perguntou a Jack se os lanternas nasciam assim ou se eram transformados em lanterna.

– Eu nasci humano, igual a você – respondeu Jack.

– Então eu poderia ser um lanterna?

– Poderia. Mas eu não desejaria isso nem ao meu pior inimigo.

– Por que não?

– É bem complicado. Não é uma escolha nossa. A maior parte dos lanternas é enganada e acaba assim.

– Foi o que aconteceu com você?

– Foi, sim. Eu só sou um lanterna agora porque um dia eu amei uma bruxa.

Os olhos de Finney se arregalaram e seu queixo caiu.

Jack ajustou uma alavanca, recostou-se e contou sua história:

– Eu nasci há mais de quinhentos anos, em um pequeno vilarejo irlandês chamado Harrowtown. Meu pai era um bêbado que aleijou minha querida mãe quando cismou que ela estava se oferecendo para os outros homens da cidade. Ela era linda, com cabelo louro-esbranquiçado, que eu obviamente herdei, e chamava a atenção, naturalmente, mas era fiel ao marido, apesar de ele nunca ter merecido a lealdade dela. Era um homem ciumento, e ele sempre batia no rosto dela. A única mulher que eu achava tão linda quanto a minha mãe era a bruxa do lugar.

– Ela era má? – perguntou Finney.

– Nem um pouco. Você conhece Ember. Nem todas as bruxas são feiosas rabugentas, que fervem salamandras e sapos em caldeirões pretos e atraem crianças para sua casa para chupar o tutano de seus ossos depois que elas engordam. Muitas são boas: bruxas claras, que usam unguentos de cura, feitiços soníferos e poções de amor simples que uma moça pode usar para chamar a atenção daquele filho de fazendeiro em quem está interessada. Nossa bruxa era um amor. A visão mais linda que tínhamos disponível. Ela tinha bochechas rosadas e cabelo ruivo e comprido, quase da mesma cor que o seu. Alguns cachinhos sempre escapavam da touca que ela usava. Eu fiquei meio apaixonado por ela quando era mais jovem, muito embora ela tivesse, fácil, o dobro da minha idade.

Jack olhou para Finney, que assentiu em sinal de compreensão. Ele prosseguiu:

– Em uma bela tarde de outono, em um dia de mercado, a bruxa, que se chamava Rebecca, apareceu na praça central do vilarejo. Eu comecei a andar atrás dela, reparando em como a brisa levantava suas saias pesadas e resfriava suas bochechas com o ar do inverno que ia chegando. Ela andava para lá e para cá, examinando os carrinhos cheios de avelãs e a abundância de cenouras, repolhos, nabos e ervas dos agricultores.

Jack continuou sua narrativa:

– Quando ela derrubou a cesta cheia de compras e eu ajudei a recolher as coisas, Rebecca sorriu para mim e me jogou uma maçã. Na época, eu estava ocupado com a colheita, mas depois fiquei sabendo que a beleza dela tinha chamado a atenção de um lorde que estava de passagem, que tinha ido a Harrowtown para coletar os impostos. O homem perguntou onde ela morava. Naquela noite, enquanto os aldeões dormiam e sonhavam com a colheita farta e as festas que estavam por vir, ele foi atrás da bruxa com alguns de seus compatriotas. Na manhã seguinte, a bruxa chegou ao vilarejo acusando o lorde de ter feito as coisas mais imundas com ela.

– Como todo mundo se recusou a ajudar, a bruxa jurou vingança não só contra o lorde e os homens dele, mas contra todos os moradores covardes do vilarejo, declarando, em sua ira, que lançaria doenças e fome sobre todos nós. O lorde e os homens dele se engasgaram na refeição da noite, cuspindo ossinhos de animais. Todos os quatro morreram de forma lenta e dolorosa. Então, pragas se abateram sobre o vilarejo. Doenças mataram os idosos e as crianças primeiro. Meu pai caiu vítima das pústulas escuras e da febre causada pelo que os aldeões chamaram de peste negra da bruxa.

O relato de Jack ficou um pouco mais triste.

– Daí a minha mãe morreu, não por alguma doença, mas por sofrer pela morte do marido tão violento. Em um mês, metade da população do vilarejo fora dizimada e a colheita toda apodrecera. Rebanhos foram dilacerados por abutres. Quem sobreviveu à praga passou por outros sofrimentos.

Jack fez uma pausa e depois continuou:

– No dia em que enterrei minha mãe, saí atrás da bruxa. Encontrei-a sentada no canto da choupana bem-cuidada onde ela morava, com o cabelo desgrenhado e sujo e os olhos assombrados. Implorei para que ela parasse com a maldição. "Não tem como parar", disse ela, desanimada. "Depois que uma maldição assim é lançada, precisa ir até o fim. Se serve de alguma coisa, saiba que estou arrependida. Achei que isso serviria para aliviar minha dor, mas, em vez disso, estou fadada a sofrer com vocês." Seus olhos brilharam e ela começou a falar de um pacto com um demônio.

– Então foi um demônio que transformou você em lanterna? – perguntou Finney.

– Ele é o mais próximo de um demônio que eu já conheci. Neste caso, o demônio era Rune, o chefe dos lanternas. Por acaso, também é o meu chefe.

– Interessante. – Finney fez algumas anotações em seu caderninho. – Prossiga. O que aconteceu depois?

– A bruxa disse que, se eu me sacrificasse, o demônio poderia curar o vilarejo da praga. Ela disse que eu só precisava servir ao Outro Mundo. Falou que eu era uma alma especial que poderia interessar a ele.

– E o que exatamente tornava você especial?

Jack deu de ombros.

– A única coisa que eu sei é que um humano potencial tem uma sensibilidade aguçada para as coisas fora do mundo mortal. Talvez a minha relação com a bruxa tenha me feito assim, do mesmo jeito que a sua proximidade com Ember aumenta a sua capacidade para invenções.

Por um momento, Finney pareceu chocado. Então balbuciou:

– Fascinante.

Depois disso, ele escreveu uma página inteira enquanto Jack esperava.

Quando terminou, Jack prosseguiu:

– A bruxa me garantiu que, até que eu trocasse um aperto de mãos com o demônio, nada seria definitivo. Eu achei que não faria mal escutar a proposta do demônio, por isso fiquei esperando por ele no bar. Quando chegou, não era nem um pouco o que eu esperava.

– Prossiga – estimulou Finney. – Faça uma descrição, por favor.

– Rune entrou no recinto com um rastro de fumaça. – Jack franziu a testa para o esboço inicial de Finney. – Ele não tinha chifres nem pele vermelha. Aliás, não tinha nada nele que o identificasse como filho de Belzebu, pelo menos não por fora. A pele morena me fez pensar que ele devia viver em um lugar com dias longos e quentes, onde o sol lhe beijava a pele sem dó. Ele não tinha tridente nem rabo e suas roupas eram simples: calça preta, botas engraxadas e colete de brocado. Se havia algo de demoníaco naquele homem, estava em seus olhos. Tinham um contorno preto, como se tivessem sido traçados com carvão, e, quando ele piscou, os olhos dele me perfuraram até a alma. Na hora, eu não percebi que ele estava me encarando com seus olhos de lanterna.

Finney perguntou:

– O que isso quer dizer?

– Quando os olhos de um lanterna brilham prateados, estamos usando a nossa lanterna, a brasa que carregamos conosco, para enxergar através da pele, até o fundo da alma da pessoa.

Finney engoliu em seco e perguntou:

– Isso dói?

– Pode doer, se o lanterna quiser que doa. Rune guarda a brasa dele no brinco.

– E onde está a sua?

Jack voltou os olhos para a abóbora que brilhava no colo de Finney, então se virou para ele e abriu um largo sorriso.

– Ah – disse o garoto, engolindo em seco, o que fez seu pomo de adão subir e descer.

Jack ignorou o desconforto de Finney e prosseguiu:

– Depois que Rune examinou todos nós, um de cada vez, disse: "Estou entendendo que um de vocês, mortais ridículos, deseja trocar a alma pela interrupção da maldição da bruxa. Então, quem é? E fale alto. Porque eu não posso perder meu tempo com fracotes que miam igual a um gatinho." Falei que eu era a alma ridícula que ele procurava. Ele estendeu a mão e eu estendi a minha em um gesto automático. Quando perguntei sobre os termos do meu serviço, ele só riu e disse que já tinha aceitado a minha oferta. A abóbora foi uma piadinha de Rune. Ele achou que eu continuaria humilde se precisasse carregar esta abóbora durante mil anos.

– Mil... mil anos? – ecoou Finney, com a voz esganiçada.

A abóbora piscou para ele e então olhou para Jack. Seu sorriso se transformou em uma careta.

– Isso mesmo.

– Entendi – disse Finney, baixinho.

Depois de passar um momento encarando o céu, ele lambeu a ponta do lápis e pediu:

– Conte mais sobre Rune e o seu contrato.

– Em primeiro lugar, ela é uma bruxa – explicou Dev.

– Essa parte eu já captei, Dev.

A mulher respirou fundo e fechou os olhos. Quando voltou a abri-los, disse:

– O cheiro do sangue dela está mascarado, mas ainda sinto um pouco no seu hálito. – Dev se retesou. – Você conseguiu esconder bem a garota. Se eu não conhecesse você tão bem, nunca teria desconfiado. Mas ela obviamente não é do Outro Mundo. Os olhos são... despreparados para este lugar.

Ember cruzou os braços.

– Seria bom se vocês não ficassem falando de mim como se eu fosse surda. Minha tia é surda *de verdade*, e o que ela mais detesta é gente que fica falando perto dela como se ela nem existisse.

O lábio da mulher tremeu.

– Peço desculpas. Talvez eu devesse dirigir minhas perguntas a você em vez de fazê-las ao vampiro alto, bonito até demais, que sempre está arrumando confusão, mesmo quando não é a intenção, e que trouxe você a bordo da minha nave, colocando todos nós em perigo.

Ember franziu a testa e olhou para Dev, então se levantou e estendeu a mão.

– Meu nome é Ember. Venho do mundo mortal e também sou bruxa.

Deverell deu tapas no próprio rosto e baixou as mãos devagar. Enquanto

Ember fazia tudo que podia para ignorá-lo, a mulher deu risada, afastou-se da escrivaninha e aceitou a mão da garota, apertando-a e balançando-a para cima e para baixo.

– Para a maioria, meu nome é capitã. Para os outros, Delia Blackbourne. Você pode me chamar de Delia.

Ember arregalou os olhos enquanto olhava da capitã da aeronave pirata para o vampiro. Ela engoliu em seco.

– B-Blackbourne? Isso significa que você e Dev...? – Ember não terminou a frase.

– É – respondeu Del, com um brilho nos olhos. – Você pegou a gente.

– Ela é sua... sua... – começou Ember.

Dev suspirou.

– Minha irmã.

– Sua irmã?

Delia deu uma risada cheia de gosto.

– Ah, Dev, como eu adoro provocar as suas paquerinhas...

O rubor esquentou as bochechas de Dev.

– Ember não é minha namorada – rebateu ele, de maneira abrupta.

A capitã lançou um sorriso de provocação a Ember. Uma covinha na bochecha deixou a capitã, que já era adorável, ainda mais linda.

– Talvez ainda não. Mas você tem planos, não tem, meu caro irmão?

– Isso não é nem um pouco da sua conta. Você está em dívida comigo, Del, e está na hora de me pagar com um favor.

O sorriso de Del ficou obscuro.

– Tudo bem, só não fique achando que eu vou estender um tapete vermelho. Eu levo você para onde quiser, mas se colocar a minha tripulação em perigo, nosso trato está cancelado. Se a cabeça de alguém for rolar por causa disso, não vai ser a minha. Isso eu garanto.

Um gato preto e magro com olhos amarelos estava na janela. Em um salto gracioso, pulou para cima da mesa e esticou o rosto na direção de Ember. Ela acariciou a cabeça dele.

– Quem é este? – perguntou ela.

– Ah, este é Edward. Ele costuma ficar acanhado perto de desconhecidos. Não deixe que saia do meu escritório. Quando foge, sempre o acabo encontrando nos lugares mais perigosos. – Dizendo isso, Delia se dirigiu à porta. – Esperem aqui. Vou pedir a Frank que mostre a nave para vocês e leve-os até seus aposentos.

Eles sentiram um solavanco quando a nave saiu da doca. Foi bem aí que a porta se abriu de supetão e um homem grande com a pele levemente esverdeada enfiou a cabeça pela fresta e depois entrou.

– Mandaram que eu mostrasse a nave para vocês – explicou ele, com sua voz áspera como cascalho.

– É. Eu quero conhecer a nave – respondeu Ember, dando o braço para o homem em um gesto deliberado, apesar de ter precisado levantar o braço para fazer isso. – Frank, é esse o seu nome? Será que a gente consegue enxergar o porto do convés da nave? Eu nunca viajei em uma nave celestial e tenho muitas perguntas.

O homem umedeceu os lábios negros e moveu a boca, mostrando os dentes em um arremedo de sorriso. Apesar de suas gengivas serem bem verdes, os dentes grandes eram brancos, e só então ela notou que a área ao redor da boca dele tinha sido machucada. Talvez ele tivesse aquele sorriso estranho por causa das cicatrizes. Algumas pessoas podiam ter medo de um homem tão deformado quanto ele, mas Ember sentiu mais pena do que medo. Quando o fitou, enxergou gentileza. Pela experiência de Ember, os olhos falavam a verdade. Quando ele piscou, ela ouviu barulho de metal batendo.

Frank, ela descobriu, chamava-se Victor Frankenstein von Grimm. Ele era o primeiro-imediato de Del e estava com ela desde que tinha se tornado capitã. Ele conduziu Ember até o convés, mantendo a mão grande apoiada nas costas dela para firmá-la enquanto a nave se afastava do porto celestial e partia para o céu aberto.

Quando a nave se estabilizou, ele mostrou a ela os enormes motores movidos a luz de bruxaria e os foles que mantinham inflado o balão acima da cabeça deles. Ember apertou um lenço contra o nariz.

– Isso aqui é bem, hm, fedido, não é?

– Acho que é, sim – respondeu Frank. – Meu nariz não funciona bem desde que um tiro arrancou minha cabeça.

Ember pegou o braço dele e o puxou para longe do barulho dos foles.

– O que foi que você disse, Frank? Acho que não ouvi bem.

– Eu disse que o meu nariz não funciona bem desde que recolocaram minha cabeça.

– Sua cabeça foi... recolocada?

– Isso mesmo. Sou bem parecido com a nave nesse ponto. Tá vendo essa costura aqui? – Ele apontou para uma parte do casco com uma emenda que parecia ter sido soldada com metal. – Esse pedaço veio da primeira nave da capitã. Não sobrou muita coisa dela. Sabe, a capitã Del é colecionadora. A gente derruba outras naves celestiais e recolhe as peças. É um trabalho perigoso que tem uns efeitos colaterais.

Ele abriu uma porta e entrou na popa, logo embaixo dos foles. O espaço era extremamente quente. Os operários que cuidavam do motor não vestiam quase roupa alguma e suavam bastante. Mas o guia dela parecia indiferente ao calor.

– Efeitos colaterais como perder a cabeça? – perguntou ela.

Ele a conduziu por um corredor que levava a outra seção da nave.

– Um deles. Tem também as assombrações.

Ember engoliu em seco.

– Assombrações?

– Quando a gente derruba uma nave assim, sempre tem uns mortos.

– Imagino que sim.

– Esses mortos assombram a gente. Literalmente.

– Entendi.

– Quando a gente pega uma peça pra usar na nossa nave, as assombrações vêm junto. A capitã Del é uma das poucas que consegue viver com as assombrações. Outras pessoas ficam loucas.

– E a gente vai ver as assombrações?

– Acho que sim. Não precisa ter medo. Elas não querem fazer mal. Só gostam de ser vistas. Desde que não tenha uma bruxa a bordo, elas não vão ficar muito agitadas.

Ember olhou para Dev e ele balançou a cabeça em um gesto quase imperceptível.

Frank abriu outra porta e conduziu os dois escada abaixo até uma sala com janelas grandes com moldura de metal.

– Esta é a sala VIP. Os quartos que vocês vão usar ficam aqui do lado. A capitã não sabia se vocês iam querer ficar juntos ou não, então suas coisas estão no primeiro quarto.

As mãos de Dev estavam apertadas às costas de um jeito que não dava para saber qual era a preferência dele em relação ao assunto.

– Vamos dormir em cabines separadas – disse Ember, para esclarecer sua posição mais a Deverell do que a Frank.

O jeito como seu guia mancava ao subir a escada deixou Ember preocupada.

– Sua perna está doendo muito? – perguntou ela quando voltaram ao convés principal.

Frank deu de ombros e respondeu:

– Não é minha perna. Então, não.

O queixo de Ember caiu.

– Não é sua perna?

– Não. A capitã não quer me perder. Cada vez que eu me machuco em batalha, ela simplesmente recolhe as peças e me monta outra vez. A maior parte do meu corpo agora é de autômato. A gente tem um funileiro muito bom a bordo. Como eu disse, ele até colocou a minha cabeça de volta no lugar. Também não preciso comer. Scottie só precisa prender os carregadores nos meus parafusos quando começo a ficar meio sem energia.

– Está dizendo que você é movido a poder de bruxa?

– Sou, sim. Por isso que é bem difícil me matar. Acho que só uns vinte por cento de mim ainda é feito de peças originais. É por isso que agora me chamam de Frank. Cada vez que tiram um pedaço de mim, eu encurto meu nome. No ano passado, eu era Frankie.

Uma assombração apareceu atrás dele e atravessou seu corpo. Ember estremeceu ao ver que o homem não tinha um dos braços.

– Saia daqui – disse Frank quando a assombração começou a arranhar o braço direito dele. – Quantas vezes já falei que eu devolvo quando a capitã me deixar passar para a frente?

A assombração, que gemia, deu um último puxão de frustração e então estendeu a mão a Ember, como que em sinal de súplica. Em seguida, parou e a encarou com muita atenção. Lambeu os lábios assombrosos, como se estivesse sentindo o gosto do ar, e então chegou mais perto, uivando. Ember recuou e só parou quando bateu no peito de Dev. Ele a abraçou enquanto os uivos da assombração foram ficando mais altos. Frank deu um leve choque nela, fazendo os parafusos de seu pescoço acenderem. O rosto da assombração explodiu em partículas minúsculas e depois se recompôs. Então, com um lamento final e um olhar triste para Ember, saiu em disparada, atravessando tanto Ember quanto Dev antes de desaparecer através da parede atrás deles.

– Desculpe – falou Frank. – É uma das minhas assombrações pessoais. Esse braço era dele, e ele não ficou nada feliz de eu ter pegado para mim.

Ember não sabia o que dizer, mas gostou do fato de Dev ter mantido a mão na cintura dela enquanto eles voltavam ao convés principal. Isso a ajudou a se firmar quando uma nova onda de tontura a fez tropeçar na escada. O vento soprou suas saias e Ember reparou em outra assombração parada perto da lateral da nave. Era uma mulher. Ela olhou ao redor, rangeu os dentes e subiu na amurada. Então, antes mesmo que Ember pudesse reagir, fechou os olhos e saltou.

– Dev? – chamou Ember, pegando na lapela dele e puxando. – Você viu aquela mulher?

– Vi, sim, minha pombinha.

Dev engoliu em seco, os olhos fixos na aparição de um jeito que fez Ember concluir que não era o momento certo de dizer a ele que preferia que ele não a chamasse de pombinha nem de qualquer outro nome de passarinho. Passarinhos sempre iam parar em gaiolas. Ele apontou.

– Ela voltou. Está fazendo a mesma coisa.

Tremendo, Ember deu meia-volta e se apressou para alcançar Frank. Quando olhou para trás, viu que a assombração tinha parado e seus olhos negros acompanhavam Ember. Em vez de pular, ela desceu e começou a caminhar atrás deles, devagar. Ember achou que, se Frank tinha sido capaz de se acostumar a ser assombrado de um jeito tão pessoal, então ela poderia tentar também. Ela só torcia para que não houvesse assombrações no banheiro.

Quando Frank a levou até o local em que a capitã estava pilotando a nave, ele gritou:

– Ajuste nossa rota para 39 oeste por 38 sul!

– Pode deixar, capitã – respondeu um homem.

Em seguida, apertou uma série de botões e, enfim, girou uma manivela até ela parar com um ruído. Ouviram-se gemidos e estalos à medida que a luz que enchia a rede acima deles piscou e a nave deu uma guinada para depois se nivelar na nova rota. Quando terminou, berrou:

– Rota ajustada. Rumo à rotatória!

– Muito bem. – A capitã se voltou para Frank. – Terminou de mostrar tudo?

– Tudinho – respondeu ele.

– Excelente. – A capitã Del ia continuar a falar, mas então fez uma pausa e prestou atenção em algo que Ember não conseguia escutar. – Isso é o que eu acho que é, Frank?

O homem grande ergueu a cabeça, pendendo-a para o lado, e fechou os olhos.

– Parece que sim – confirmou ele.

A mulher bateu com a mão no timão.

– Estamos com uma alma penada na rabeira. – Apertou um botão vermelho e a nave deu uma arrancada que os jogou para a frente, disparando com o dobro da velocidade de antes. – Precisamos chegar à rotatória! – berrou ela. – Agora!

Acima da cabeça deles, os fios finos de metal cheios de luz de bruxaria começaram a incandescer. Ember mal conseguia ficar em pé, agarrada a uma peça do convés enquanto disparavam adiante. Dev agarrou Ember com um dos braços e se agarrou à amurada. Ele a segurava com a mesma força que as faixas de aço do corselete dela.

– O que está acontecendo? – gritou Ember.

– Estamos sendo seguidos. Se a gente conseguir chegar à rotatória, talvez consiga despistá-los.

Dispararam para o alto. Logo chegaram às nuvens e, pouco depois, estavam acima delas, indo em direção a algo bem alto no céu. Parecia um disco de metal gigantesco com um buraco grande no meio. O aparelho girava devagar, com cada um de seus quatro motores lançando vapor.

– Estamos no ângulo exato, Frank! Precisamos entrar com velocidade máxima!

Um projétil foi disparado de um dos canhões da proa. Explodiu em um estalo de faíscas logo antes de alcançar o alvo, explodindo em luz. O círculo no centro piscou e, na sequência, bruxuleou. A coisa era muito parecida com a barreira na encruzilhada por que Ember tinha passado, só que esta continuava se movendo. Imagens se fundiram e, então, bem antes de o nariz da nave tocar a coisa, a barreira encaixou no lugar e o *Phantom Airbus* disparou através dela.

O convés ao redor de Ember se apertou e mudou de forma para um longo barril quando perfuraram a barreira flexível. A bruxa sentiu como se estivesse sendo reconfigurada junto com a nave. O corselete dela parecia apertado demais. Ela não conseguia respirar. Dev a esmagava. Uma assombração passou a toda velocidade com a boca aberta e seu berro ecoou nos ouvidos de Ember enquanto seu corpo transparente era esmagado e puxado como se alguém estivesse arrancando seus braços da mesma maneira que uma pessoa faria com as longas tiras da massa fermentada de um pão fofinho.

Ela sentiu um cheiro pungente de metal e cobre. Então, o mundo ao redor de Ember rodopiou e ficou branco.

# 16

## ISTO É UMA ARMADILHA

Rune dispensou a criatura com bochechas enormes. O animal deu de ombros e se levantou, então se sacudiu igual a um cachorro. Suas bochechas bateram no pescoço e caiu baba na parede e na mesa.

O lanterna-chefe deu uma olhada em sua xícara, ainda cheia até a borda com líquido cor de âmbar, e a empurrou para o lado fazendo uma careta. Os braços e as mãos da criatura estavam cobertos de uma camada tão grossa de pelos emaranhados que ele não se surpreenderia se houvesse pequenos bichos aninhados ali. Além do mais, não queria arriscar que algum pelo ou alguma baba caísse na sua bebida.

Rune recebera a tarefa odiosa de localizar uma bruxa que tinha se infiltrado no Outro Mundo, e até agora não havia conseguido executá-la. Claro que a culpa não era exatamente dele. O patrão dele, o Senhor do Outro Mundo, não lhe forneceu qualquer pista além de fofocas. Nenhum de seus lanternas tinha dito algo. Cada um deles prestava muita atenção em sua encruzilhada e sabia muito bem que não podia esconder nenhuma bruxa.

Sua primeira ideia foi conferir a encruzilhada onde o vento de bruxaria tinha soprado pela última vez, mas não fazia muito tempo que ele tinha examinado a cidadezinha de Jack, sem encontrar nada. Além do mais, Jack nunca mentia para ele e era o lanterna mais leal e confiável que ele tinha. A reputação de Jack era quase tão boa quanto a dele mesmo quando o assunto era fazer valer as leis do Outro Mundo. Até onde Rune sabia, a única pessoa ciente da presença da bruxa era o homem que o tinha enviado a essa caça ridícula, em primeiro lugar.

O patrão de Rune estava ficando cada vez mais perturbado com o passar dos anos, praticamente obcecado em encontrar a chave da imortalidade. Fazia uns bons cem anos que o Senhor do Outro Mundo mandava Rune cumprir tarefas inúteis. O lanterna-chefe, que com toda a certeza tinha coisa melhor a fazer, na opinião de Rune, perdera tempo correndo atrás de boatos de medalhões enfeitiçados, de cidades de ouro míticas com cetros enterrados que desfiavam a vida dos outros e depois teciam os fios extraídos ao redor da vida de quem os brandia, de fontes naturais ocultas que concediam anos a quem bebesse delas e de funileiros que supostamente seriam capazes de dar vida a autômatos.

Essa caça à bruxa o lembrava da vez que fora enviado a Salém no ano de 1692 do calendário mortal. Havia o boato de que uma bruxa poderosa vivia na localidade, uma bruxa forte o bastante para chamar a atenção do Senhor do Outro Mundo, muito embora Rune não entendesse de fato como ele sabia disso. Ao chegar lá, encontrou uma cidade em frenesi. Até precisou chamar Jack para ajudar a conter a situação.

Muitas mortais foram enforcadas como bruxas e qualquer pessoa que tivesse uma gota que fosse de poder foi despachada para o Outro Mundo. Apesar de ele não ter encontrado nenhuma bruxa digna de nota, todos receberam ameaças e intimidações vindas dos púlpitos. Para se vingar dos reverendos e magistrados da cidadezinha religiosa, Rune enviou a eles visões de demônios e coisas obscuras que os fizeram tremer de medo.

Depois que Jack chegou, ele colocou o rapaz para limpar a cidade. Dando o devido crédito, as coisas começaram a se ajeitar com mais rapidez sob os cuidados do lanterna do que sob os seus. O garoto conseguiu reduzir a violência e acalmar os ânimos enquanto ele ia falar com o Senhor do Outro Mundo, que, para a surpresa de Rune, tinha prontamente exaurido cada uma das bruxas que ele trouxera, arrancando cada gota de poder delas até que as pobres criaturas morressem ressecadas a seus pés. Então, berrou que Rune não tinha lhe trazido uma bruxa significativa e que, se ele quisesse continuar sendo o lanterna-chefe, era melhor encontrar alguém que valesse a pena para seu senhor.

O Senhor do Outro Mundo mandou Rune de volta a Salém na mesma hora para que ele seguisse na jornada inútil de encontrar a bruxa que a esposa dele garantira estar lá. Como não encontrou nada, Rune tirou uma soneca perto da encruzilhada e deixou Jack fazer todo o trabalho exigido de um lanterna. Apesar de terem ficado lá durante muitos meses, nenhuma outra bruxa foi encontrada e ambos os lanternas logo receberam novas missões.

A maior parte dos cidadãos agora evitava o Senhor do Outro Mundo. Até o metalúrgico-chefe, que estava entre os preferidos da bruxa superior, tinha fugido. Rune fora mandado atrás do homem, mas nunca o encontrou. O Senhor do Outro Mundo tinha adicionado quinhentos anos ao contrato de Rune por causa disso. Ele precisou desperdiçar um ano inteiro com recrutamentos para baixar o número para meros cinquenta anos.

Rune franziu o cenho para sua bebida. Já fazia muito tempo que o Senhor do Outro Mundo deveria ter se aposentado. Ele estava ficando desesperado e maníaco. Homens desesperados cometem erros. Grandes. E Rune estava prestando muita atenção. Seria muito mais simples se ele abdicasse. Então Rune poderia entrar em seu lugar com a mesma facilidade que um punhal entra em sua bainha. Mas o Senhor do Outro Mundo não iria abdicar.

Rune já tinha visto isso acontecer antes. Até no mundo mortal, os velhos se agarravam ao poder com seus dedos cheios de artrite, mantendo-o com muita cobiça bem junto ao peito. Eram iguais a cachorros fracos e desdentados roendo pateticamente os ossos que tentam, em vão, esconder. Rosnavam, ganiam e faziam um estardalhaço danado, mas, no fundo, já tinham passado da idade, precisavam ser depostos.

Rune estava pronto. Ele tinha se preparado. Estava esperando. Já era rei na própria mente. Só precisava de um trono.

Mas, antes que pudesse assumir seu lugar de direito como líder do Outro Mundo, ele precisava encontrar aquela bruxa desgraçada. Ou, ainda melhor, encontrar a prova de que tal criatura não existia no Outro Mundo. Se ele conseguisse fazer isso, então teria argumentos para provar que o líder de seu reino estava ficando louco.

Finalmente, apareceu uma oportunidade. Não era bem a que ele queria, mas já era alguma coisa. Um gnomo tinha um primo que tinha visto um lanterna bisbilhotando a cidadezinha dele. Até onde Rune sabia, nenhum de seus lanternas estava de férias ou escolheria passar as férias em Pennyport. Era uma localidade pequena e ficava nos arredores do Outro Mundo. Praticamente a roça, se comparada com os confortos da capital.

Ele partiu imediatamente e logo localizou a taverna onde o relato tinha se originado. Os olhos de Rune se estreitaram quando ele observou o desperdício descarado de luz de bruxaria. O proprietário obviamente tinha energia de sobra. Era possível que estivesse negociando no mercado negro, mas, mesmo que fosse o caso, isso não explicaria o salão de jogos de azar todo iluminado do homem, a longa fila de clientes exigindo entrar, a segurança extra ou a bússola em funcionamento do lado de fora do estabelecimento. Quando muito pouca gente podia se dar ao luxo de ter força de luz de bruxaria em casa, a taverna se destacava como um facho de luz na escuridão.

Ignorando o segurança extremamente corpulento que grunhiu para ele, Rune mexeu no brinco e deixou sua luz brilhar. Todos os que estavam esperando na fila se encolheram, incluindo o segurança, que o deixou passar sem dizer palavra.

Infelizmente, o proprietário da taverna parecia não querer cooperar. Mesmo ameaçado pelo lanterna-chefe, o homem continuou sendo arrogante. Admitiu sem reservas que negociava no mercado negro. Até ofereceu alguns itens de amostra a Rune, de graça. O homem, que se chamava Payne, falou que não tinha visto sinal de lanterna algum além do próprio Rune. Já no que diz respeito ao excesso de luz de bruxaria, ele explicou que tinha arranjado por meio de uma troca. A luz de lanterna de Rune brilhou até o fundo da alma de Payne, mas ele descobriu que o homem dizia a verdade.

Frustrado com a perda de tempo, Rune empurrou o homem para o lado e se dirigiu para o bar. Ele se deixou afundar em uma mesa, pediu uma bebida e deu um chute no felino que se enroscava nos pés da cadeira dele. O animal miou e sibilou antes de se afastar com o rabo levantado. Quando uma súcubo se sentou em uma cadeira na frente dele, Rune não se surpreendeu.

– Você não vai encontrar o que procura aqui – avisou ele. – Cai fora, e pode levar junto esses seus lábios entorpecentes.

– Ora, ora. Não tenha tanta pressa, querido. Serina tem algo que pode interessar a você – ronronou a mulher ao esticar o braço para tocar na mão de Rune.

– É mesmo?

– É, sim.

Ele desdenhou e tentou fazê-la ir embora.

– Não estou querendo o seu afeto – garantiu a súcubo. – Tenho informações. – Ela olhou ao redor antes de prosseguir, agora em voz baixa: – Eu sei que você está atrás de uma bruxa.

Rune endireitou as costas. Ele nem havia mencionado isso ao proprietário da taverna, apesar de ter dado boas indiretas. Mesmo que a garota estivesse blefando, não faria mal escutar o que ela tinha a dizer.

– E o que você quer em troca desta informação? – perguntou ele.

– Não muita coisa.

– Não muito, mesmo.

Rune mexeu no brinco e a criatura na frente dele sibilou quando a luz brilhante a cegou. Ele leu o interesse dela com tanta clareza quanto o dia. Sua motivação era emocional. Geralmente, isso significava amor ou vingança. Como ela era uma súcubo, Rune estava apostando em amor. Ele ampliou o uso de seu poder e viu um tom de vermelho em volta do coração dela. Ora, ela queria saber por onde andava um vampiro. Interessante.

– Entendi. Então, em troca do paradeiro de um vampiro, você vai me contar...

– Vou lhe contar que o meu patrão conseguiu obter uma quantidade chocante de luz de bruxaria há muito pouco tempo – murmurou ela, com os lábios vermelhos bem pertinho da orelha de Rune. – Isso aconteceu na mesma noite em que o meu vampiro chegou aqui com uma mulher estranha. Ela era baixinha e bonita demais para o meu gosto. Não me incomodaria nem um pouco se ela fosse levada embora. Quem sabe assim o meu Dev volte.

– Ah. Então na verdade você não quer saber onde ele está, só quer que eu tire a sua concorrente do caminho.

A mulher se recostou na cadeira, ergueu uma sobrancelha e deu de ombros.

– Você precisa saber que se, afinal, a garota não for uma bruxa, você vai ser castigada – prosseguiu ele.

A garota sorriu.

– Promete?

Enojado, Rune se levantou, fazendo a cadeira virar.

– Vamos torcer, pelo seu bem, que esteja dizendo a verdade.

– Mais uma coisa – acrescentou ela, cheia de ousadia, quando ele fez menção de se retirar. – Procure por eles no porto celestial.

Rune assentiu, então jogou para a garota um saquinho de moedas, que ela enfiou rapidamente no decote do corpete. Quando ele saiu, o vento desgrenhou seu cabelo e gotas de chuva salpicaram o solo. Ele virou a gola do sobretudo para cima e ordenou que sua luz o guiasse até o porto celestial. Um mecanismo foi acionado em seu brinco e o bulbo inteiro se soltou e zumbiu.

Feito um vaga-lume, a peça subiu no ar, traçou um círculo e então disparou. Bem quando gotas gordas de chuva começaram a cair em suas bochechas e a molhar seu cabelo, o próprio Rune se transformou em uma nuvem de tempestade e partiu em alta velocidade atrás de sua luz, até que a absorveu. A luz que rolava dentro da nuvem ia soltando faíscas de raios enquanto percorria o caminho até o porto celestial.

# 17

## IGUAL A ARRANCAR UM DENTE

Ember tinha bastante certeza de que não havia desmaiado. Não adiantaria se envergonhar de tal maneira. Ela só tinha enfraquecido um pouco. Certamente tinha passado por emoções suficientes nos últimos dois dias para justificar um desmaio. Mesmo assim, não era do feitio dela. Dev ajudou Ember a se estabilizar quando seus pés encontraram o convés, enquanto Frank passava embaixo de seu nariz um frasco que continha algo com um cheiro pungente.

A bruxa afastou a cabeça daquilo com um gesto brusco e bateu com tudo do peito de Dev.

– Não preciso de sais aromáticos, Frank – disse Ember. – Mas obrigada por pensar em mim. Acho que o meu corselete deve estar apertado demais.

Quando se pôs de pé, Ember avaliou seu entorno. O mecanismo da rotatória para onde a capitã tinha se dirigido não estava mais lá e a tarde tinha se transformado em uma noite das mais escuras. Estavam navegando por um mar de nuvens e rodeados de estrelas.

– Quanto... quanto tempo eu fiquei inconsciente? – perguntou ela.

– Só um pouquinho – garantiu Dev. – Del conseguiu atravessar a rotatória a tempo. Quem estava a bordo da alma penada dificilmente vai conseguir encontrar a nossa localização agora, seja lá quem for. A gente está muito além do mar Sacádico, bem longe de onde estávamos há pouco tempo.

– Essa rotatória é igual à barreira da encruzilhada? Leva a outro lugar? – perguntou Ember.

– Isso mesmo. A rotatória funciona de acordo com os princípios da alquimia. O projétil de bismuto aciona um destino baseado no alinhamento das estrelas no momento da detonação. Depois disso, o azimute é determinado, então um código...

Ember ergueu a mão.

– É um pouco demais, Dev.

O vampiro deu um sorriso afável para ela e beijou a ponta de seus dedos.

– Foi você que perguntou, minha pombinha.

Ember franziu a testa, puxou os dedos e ajeitou o casaco. Em seguida, foi para a lateral da nave. O vento, que soprava mechas de cabelo no rosto dela, trazia consigo o cheiro de maresia com um toque de algo metálico. Enquanto ela observava as nuvens, ficou achando que enxergava o brilho da água negra bem longe, embaixo deles.

– É perigoso – disse Dev, juntando-se a ela na amurada. – Se formos derrubados e cairmos no mar Sacádico, provavelmente seremos devorados por monstros marinhos.

– Monstros marinhos? – Ember se virou para ele com brilho nos olhos e um sorrisinho sarcástico. – Está contando uma história para me assustar, para eu cair tremendo nos seus braços igual à pombinha delicada que você acha que eu sou?

– Esse plano daria certo?

O sorriso da resposta de Dev mostrou a ela que ele não se incomodaria com tal possibilidade.

– Não.

– Bom, então só vou alertá-la de que muitas criaturas moram no mar Sacádico. Tem uma particularmente desagradável, que se esgueira através da barreira e frequenta um lago em algum lugar das Ilhas Britânicas. É um certo mistério: ninguém no Outro Mundo consegue saber muito bem onde fica o ponto de travessia.

– Achei que todos os pontos de travessia fossem vigiados por lanternas.

– Todos os conhecidos são. Mas as pessoas especulam que existem milhares de junções desconhecidas.

– E você está me dizendo que os monstros terríveis que habitam o seu mar são capazes de ir aos nossos oceanos e rios quando bem entenderem?

– Assim como no seu mundo, nós apenas começamos a explorar os mares e oceanos misteriosos do Outro Mundo. Existe muita coisa que não conhecemos. Alguns tentaram proteger o reino mortal controlando os animais em vez das encruzilhadas. Infelizmente, eles só conseguiram resultados positivos colocando pregos de metal nos animais aqui no Outro Mundo, o que deu a eles uma natureza mais resistente.

– Está dizendo que fixaram metal em criaturas vivas?

– Eu vi pessoalmente.

– Nossa, que crueldade!

– Às vezes é mesmo – reconheceu Dev. – Você viu o dente da minha irmã? Aquele que é coberto de metal?

– Ora, ora, irmão. A história do meu dente é minha, eu que conto.

Ember e Dev se viraram. Além de Delia estar usando a mesma camisa esvoaçante, calça de montaria e corselete, ela agora também vestia uma capa quente com capuz. Os olhos dela brilhavam muito tom azul luminoso sob a luz das estrelas.

– Achei que seria grosseiro se eu perguntasse mas confesso que estou curiosa – admitiu Ember. – O que aconteceu com seu outro dente?

Delia pegou a mão de Ember e deu alguns tapinhas de leve.

– Talvez seja melhor contar essa história durante uma refeição. Quer jantar comigo?

– Achei que vampiros só comiam de vez em quando.

– Não comemos, geralmente. Mas, quando uma bruxa está presente, o apetite de um vampiro aumenta. Não é verdade, Deverell?

A vampira abriu um amplo sorriso, mostrando seu canino de prata, mas Dev a ignorou e ofereceu o braço a Ember. A garota aceitou a gentileza e eles seguiram a capitã até sua sala de jantar particular. Quando Dev puxou a cadeira para Ember se sentar, ela viu uma sombra passar pelo rosto dele. Ou ele não queria que Ember ficasse perto da irmã, ou estava nervoso por causa do que a irmã ia dizer. E isso significava que agora Ember estava louca para saber qual das duas opções era verdadeira.

Uma ótima refeição foi trazida. Quando seu prato foi descoberto, Ember se inclinou para inalar o vapor fragrante de linguiças gordas, peixe empanado e raízes caramelizadas. Quando ergueu os olhos, viu uma assombração olhando fixo para ela. Estava meio para dentro e meio para fora da parede. A moça, se é que uma assombração pode ser chamada de moça, abriu a boca como se quisesse falar, mas então Dev virou a cabeça para ver o que Ember estava olhando e a entidade desapareceu em uma nuvem de fumaça.

O servente colocou uma colherada de um legume verde no prato de Ember e a distraiu. Ela nunca tinha visto aquilo antes. Pegou um pedaço e mordiscou com delicadeza. Era salgado e saboroso, com pedacinhos crocantes por cima. Enquanto comia, ela ficou se perguntando o que a assombração queria dizer.

Só depois que ela tinha experimentado tudo é que Dev disse a ela que estava comendo algas com bexiga de enguia por cima e que a salada de fruta estava incrementada com algo que pareciam olhos de sapo. Ela não teve coragem de perguntar do que a linguiça era feita. Em vez disso, pousou o garfo e a faca e pediu à capitã vampira que contasse sua história.

– Eu estava apaixonada – começou Delia, com sua covinha aparecendo. – Foi um caso escandaloso, um dos meus pais era totalmente contra, o que só fez tudo ficar ainda mais emocionante, na minha opinião.

– Espere aí – interrompeu Ember. – Pais? Achei que vocês dois fossem irmãos por terem sido feitos pelo mesmo vampiro.

– Querida – disse Delia, dando uma risada. – Os vampiros só são feitos do jeito que você está pensando no mundo humano, e nós os consideramos... Qual é a palavra certa, Dev?

– Sangue sujo – respondeu ele.

– Isso, sangue sujo. Eles têm certas limitações que nós não temos, como precisar evitar a luz do sol.

– No nosso caso, nós nascemos vampiros, do mesmo jeito que você nasceu bruxa – explicou Dev.

– Mas vocês vivem muito tempo. Ou são imortais?

– Para os seus padrões, sim, nós vivemos muito tempo, mas não somos imortais. Também não somos invencíveis. Apesar de isso quase acontecer quando a gente se envolve com uma bruxa, como aconteceu com Dev – explicou Delia, com um sorriso maroto.

– Del, agradeço se você contar as suas próprias histórias, mas não as minhas – avisou Dev.

Ela suspirou.

– Tudo bem. Você sabe que é quase tão melindroso quanto Derrick.

– Derrick? – perguntou Ember.

– Nosso irmão – esclareceu Dev. – Eu sou o mais velho. Delia é a quarta. Derrick é o quinto e o mais novo. Os números dois e três são Daxton e Dragan, que são gêmeos.

– Então, Delia é a única mulher?

– Sou, sim. E a única capitã de nave celestial também. Mamãe e papai morrem de orgulho.

– Bom... não deveria ter um Damon, um Dixie, um Dan ou mais uns cem de vocês, já que os vampiros vivem tanto tempo?

Delia deu uma boa risada e as bochechas de Ember queimaram.

– Está perguntando sobre os ciclos de reprodução dos vampiros por motivos educacionais ou pessoais? – Ela piscou para Ember e deu um aceno com a mão. – A resposta é: os vampiros podem procriar tanto quanto quiserem. Nossos pais quiseram cinco, então pararam quando preencheram todas as vagas disponíveis. – Delia deixou a cabeça pender para o lado. – Você é interessante – disse ela. – Eu entendo por que Dev está correndo atrás de você feito um cachorrinho sem dono. O amor é uma coisa engraçada, não é mesmo?

Ember deu uma olhada de leve para Dev e viu que os olhos do vampiro estavam sobre ela. Ele não parecia faminto; não exatamente. Parecia estar... Bom, ela na verdade não sabia, não é mesmo? Foi preocupação que ela viu ali? Afeição? Apesar de ser muito experiente em ler a mente dos mortais, Ember descobriu que tal habilidade parecia não funcionar com os habitantes do Outro Mundo. Mas se havia uma emoção masculina que ela conhecia bem, era a preocupação. Jack exibia aquela expressão constantemente. Bom, aquela e inquietação.

Delia soltou um suspiro pesado. Seu rosto se mostrou mais tranquilo, mas não do jeito que acontece com a maior parte das mulheres. O rosto das mulheres humanas meio que derretia. Sobretudo quando o assunto eram bebês e casamentos. A expressão delas parecia manteiga deixada fora da geladeira em um dia de verão.

No caso de Delia, era mais uma leve ternura atrás dos ângulos de aço de suas bochechas. Os lábios se tornando mais suaves. Um relaxamento dos ombros. Ela falou sobre a primeira nave em que tinha viajado. Fora durante uma aula de flexão, apesar de Ember não entender o que isso queria dizer.

O capitão que comandava a nave era pirata, um traficante, assim como Delia, e foi o único que se interessou em aceitá-la como aprendiz. Parecia que os outros raramente confiavam em vampiros. Mesmo assim, ele fez com que ela exercesse todas as tarefas duras e ingratas de baixo escalão, na esperança de que ela desistisse e fosse embora no porto seguinte. Mas Delia era inteligente e eficiente. Eles começaram a gostar um do outro e passou a ser comum que ele pedisse a opinião dela quando a questão era qual nave atacar e qual evitar. Del tinha um jeito incomum de saber se uma nave estava carregada pela maneira como ela se sustentava no ar.

Delia contou:

– No final, ele me nomeou primeiro-imediato. Certa noite, quando estávamos passando pelos pavimentos inferiores, ele me parou e, quando perguntei do que ele precisava, ele me beijou. Ele foi o meu capitão e o meu primeiro e único amor. Era bem libertino e vil, e eu me apaixonei por ele mais do que por voar. Apesar de ele ser um lobisomem, inimigo natural dos vampiros, e apesar do fato de que ter uma relação íntima com um colega oficial era um desrespeito ao código da navegação celestial, nós buscamos todas as oportunidades clandestinas possíveis para ficarmos juntos.

– E aí, o que aconteceu? A família de vocês dois reclamou? Foram descobertos? – perguntou Ember.

– Rá! – riu Delia. – Não teria feito diferença para nós se a nossa família tivesse descoberto. Quando estávamos em terra, jogávamos as convenções no lixo e fazíamos o que tínhamos vontade. Mas, quando estávamos na nave, tomávamos cuidado. Não seria nada bom acabar com nossa reputação. Até onde a tripulação sabia, nós éramos simplesmente primeiro-imediato e capitão. Para diminuir o máximo possível o nosso deslocamento, ele criou uma passagem secreta que saía da minha cabine e ia para a dele.

– Então, não estou entendendo. O que foi que aconteceu?

O rosto de Delia se retesou.

– Ele me traiu. E também traiu a tripulação dele. Estávamos no meio de uma batalha. Nossa nave estava tomando uma surra. Parte do anteparo tinha sido destruído e nossa reserva de luz de bruxaria estava perigosamente baixa. Estávamos atrás de uma carga perigosa, algo que só boatos diziam ser real: um dispositivo do apocalipse. O plano era incapacitar a nave, capturar o dispositivo e depois vender para quem pagasse mais.

Ember detestou ter que perguntar, mas precisava saber:

– E vocês encontraram? O que o dispositivo fazia?

– Supostamente, o dispositivo tinha que ser usado em determinada encruzilhada. Uma que era fundamental. A ideia era que, com a quantidade suficiente de luz de bruxaria, o dispositivo iria separar o Outro Mundo do mundo humano para sempre. Ou isso, ou fazer com que entrassem em colapso. Nunca nos contaram a verdade. E, não, nós nunca encontramos o aparelho, apesar de termos encontrado a nave que supostamente transportava o dispositivo.

A capitã prosseguiu:

– Nós alinhamos as naves em paralelo. A outra nave era uma das melhores da frota do Outro Mundo, a *Nautilus*. Ainda tinha bastante poder de bruxa. As redes estavam praticamente explodindo com tanta energia. Nós mal amassamos o casco da nave, embora a nossa tenha sido avariada com buracos fumegantes. Estávamos gastando muita luz de bruxaria só para continuar no ar. Eu disse ao capitão que ele deveria dar o sinal para batermos em retirada. Que seríamos tolos de permanecer e que, se ele escolhesse ficar, eu estava desesperada o bastante para pedir que chamassem o bicho-papão para ajudar. Eu falei que nós éramos mais rápidos, poderíamos nos esconder em um banco de nuvens. Ele negou e, quando eu exigi saber o porquê, ele olhou para mim com tanta resignação, tanta tristeza, que eu praticamente engasguei. Eu sabia que ele estava desistindo. Mas eu ainda não sabia o motivo. Foi aí que eu vi. Outra nave vinha se erguendo por trás da *Nautilus*, uma nave que se equiparava muito bem a ela. As duas naves iniciaram um embate e a *Nautilus* voltou a atenção ao inimigo maior. Percebi imediatamente que tínhamos sido usados como distração.

Delia prosseguiu:

– A nova nave não era pirata... pelo menos eu nunca a tinha visto, mas também não pertencia ao Senhor do Outro Mundo, como a *Nautilus*. Não tinha bandeira hasteada e sua tecnologia era muito superior à de qualquer coisa que eu já tivesse visto. Precisávamos sumir dali antes que fôssemos capturados e interrogados. E, no entanto, meu capitão deu a ordem de ajudar a nova nave e continuar atirando contra a *Nautilus*. Ele não estava seguindo o código pirata. Estava mancomunado com alguém. Meu capitão, o homem que eu amava, era um espião. No começo eu só fiquei lá, parada, imóvel. Então a tripulação começou a gritar: "Infiltrado!", "Vira-casaca!", "Traidor!" e "Joguem ele para fora da nave!". Como primeiro-imediato, eu precisava reagir. Puxei a camisa dele e o joguei contra a amurada. "Você confessa que traiu a sua tripulação? Que me traiu?", eu exigi saber, com o coração partido. Ele me olhou bem nos olhos e respondeu: "Traí." "Então eu não tenho escolha", respondi. Coloquei os caninos para fora e enterrei os dentes no pescoço dele. Eu já tinha me alimentado dele, inúmeras vezes, e, por um momento, fui capaz de fechar os olhos e fingir que nada daquilo estava acontecendo. Que a minha nave não estava avariada. Que o homem que eu amava não tinha sido falso. Mas ele tinha. E agora era minha obrigação acabar com a vida dele.

Havia muita tristeza na voz de Delia.

– "Adeus, Delia", sussurrou ele no meu ouvido enquanto segurava minha cabeça por trás. Em um momento eu estava sugando o sangue dele, destruindo a única coisa pela qual eu daria a vida, e no momento seguinte eu senti um aperto doloroso, e ele tinha ido embora. Ele escorregou por cima da amurada. Com minha fraqueza evidente, eu chorei por ele, estendendo a mão para alcançar a dele, mas ele caiu rápido e desapareceu nas nuvens. Eu ordenei a retirada e saímos, trôpegos, o mais rápido possível, deixando a *Nautilus* e a outra nave que a atacava para trás. Ficou bem óbvio para mim que a *Nautilus* estava cedendo. Ela iria cair em espiral no mar a qualquer momento, com tanta certeza como tinha acontecido com o nosso capitão. Foi só quando já estávamos bem longe que percebi que tinha deixado um dos meus caninos para trás, enterrado no pescoço do espião que eu amava.

Delia tocou o canino de prata com o dedo.

– Mandei mergulhar este aqui em metal como um lembrete. Sabe, quando um vampiro bebe, experimenta prazer através do dente. Eu posso viver sem o prazer. Desse jeito, não caio na tentação de voltar a amar. Mais nada nem ninguém vai deixar uma marca em mim.

Foi bem aí que a nave sacolejou. Um homem apareceu à porta.

– O que foi isso? – perguntou Delia e se levantou rápido da cadeira.

– A última hora foi meio agitada – disse o homem. – O barômetro diz que estamos nos dirigindo para uma tempestade.

Delia sorriu.

– Suponho que vamos precisar de todos os braços disponíveis, então. Dev, se não se incomoda, pode acompanhar sua convidada até os aposentos dela? Parece que vamos ter um pouco de emoção. – Antes de sair ela se virou. – Ah, Ember?

– Pois não?

– Tente não botar os bofes para fora na minha nave, está bem? Durante um tempo não terei marinheiros disponíveis para limpar a sua sujeira.

Com uma piscadela de provocação e a covinha aparecendo por um breve instante, a capitã desapareceu.

# 18

## ENFEITIÇADA, PREOCUPADA E CONFUSA

As luzes piscaram e Ember tropeçou em Dev enquanto eles disparavam pelos corredores. Quando a nave deu um solavanco, Ember berrou:

– Está parecendo mais do que uma tempestade! Tem certeza de que não estamos sendo atacados?

– Quando minha irmã está envolvida, não tenho certeza de nada! – respondeu Dev.

Finalmente, chegaram à seção da nave onde estavam hospedados. Dev abriu a alavanca que mantinha fechada a porta dos aposentos deles e a acompanhou rapidamente até o quarto.

– Se me der licença, vou ver como a minha irmã está.

– Claro que a sua ideia não é me deixar aqui – disse Ember. – Só me empreste uma roupa um pouco menos desconfortável e eu vou com você para o convés superior.

– De jeito nenhum. Você vai ficar muito mais segura aqui, no seu quarto. Além do mais – completou ele, puxando a renda da gola dela, que estava caída, e cometendo a ousadia de lhe dar um beijo no nariz –, eu bem que gosto deste vestido. Cai bem em você.

Ember franziu a testa quando ele lhe deu as costas.

– Tome um pouco do seu chá – sugeriu ele, olhando para trás. – Acredito que a sua luz de bruxaria esteja voltando. Está bem ali, em cima da mesa.

– Mas, Dev...

Ember tentou falar, mas ele fechou a porta atrás de si e a trancou por fora, efetivamente prendendo Ember no quarto, como se ela fosse uma prisioneira. Irritada com o desprezo dele e ainda mais irritada por ter sido mandada para a cama como se fosse uma criança desobediente, ela pegou o saquinho de chá e o jogou contra a porta. O pó se espalhou em uma nuvem dourada e assentou no tapete. Ember foi até o saquinho caído pisando firme, recolheu o que pôde e foi para o banheiro. Abriu a torneira no quente, colocou água quase fervente em uma caneca e adicionou algumas pitadas do chá em pó.

Aquilo não era chá de verdade, de jeito nenhum. Ela não apreciava o gosto, a textura granulada nem o jeito como ela tinha sido dispensada e recebido a ordem de beber aquilo. Depois de mexer com o dedo e chupar as gotas que sobraram ali, ela tapou o nariz e se preparou para beber o líquido, quando um clarão a distraiu.

Ember pousou a caneca e foi até a janela grande da sala de estar compartilhada. Os quartos de Ember e Dev ficavam na popa da nave. Assim, ela não podia ver para onde estavam indo, só de onde estavam vindo, e, naquele momento, não conseguia enxergar praticamente nada. Uma rajada de chuva batia contra o vidro, atrapalhando a visão do céu escuro.

Enquanto ela estava ali, espiando a noite, apareceu outro clarão. No começo, ela achou que fossem relâmpagos, mas os trovões que normalmente viriam junto estavam diferentes. O estrondo era mais suave, mais doce, mais como uma música, e a luz parecia se curvar ao redor da nave, como se fosse uma fita.

Ember pressionou o nariz contra o vidro e lamentou, não pela primeira vez, que não tivesse pegado emprestados os óculos de espionagem de Finney. Ela mal conseguia distinguir as formas rodopiantes e queria poder examiná-las sob os vários espectros dos óculos. A olho nu, pareciam sombras levemente mais escuras contra o fundo negro do céu. Iluminavam-se cada vez que os relâmpagos estranhos caíam.

Ela ouviu um grito perfurar a melodia e, em resposta, algo se movimentou nos pavimentos inferiores. Na parte de baixo da janela, Ember só conseguiu enxergar o contorno do cano preto de um canhão quando foi manobrado. Estavam atirando contra algo! A nave celestial sacudiu com o tiro, mas ela não ouviu uma explosão retumbante. Qualquer que fosse o alvo, estava inteiro por enquanto.

Outro estrondo soou quando o operador do canhão atirou de novo. Desta vez, miraram bem. O barulho estridente falhou, vacilou e parou, e uma nave distante pegou fogo e desabou na direção deles. Uma luz brilhante foi aumentando cada vez mais, até que Ember precisou proteger os olhos. Certamente era a outra nave se chocando contra a parte do *Phantom Airbus* onde Ember estava, mas não havia tempo para sair da frente.

Ember gritou e cobriu os olhos com os braços.

Como nada aconteceu, ela baixou os braços e deu um passo hesitante para trás e, estranhamente, a luz a seguiu. Nada estava vindo em sua direção. Foi aí que algo bateu contra a janela, algo conhecido. *A abóbora do Jack!* Ela examinou a janela para ver se conseguia abri-la, mas estava selada em todos os lados.

A abóbora balançou a cabeça para ela e Ember poderia jurar que ela estava pedindo que a bruxa se afastasse, por isso deu alguns passos para trás. A luz ficou mais forte, tão intensa que Ember só conseguiu continuar olhando por entre os dedos. O vidro rachou, as linhas do estrago formando um desenho parecido com teias de aranha delicadas. Então a janela se estilhaçou. Os cacos de vidro, impulsionados pela tempestade, salpicaram as saias dela e foram sugados para fora, para o meio da noite.

A abóbora entrou voando e deu uma pequena pirueta, mas estava claro que algo a segurava. Havia uma corda amarrada ao caule que estava pendurada para fora da janela. Parecia estar carregando algo bem pesado. Bem rápido, Ember conduziu a abóbora até a mesa, que estava aparafusada ao chão, e as duas se esforçaram para prender a corda à perna da mesa.

Uma névoa espessa e branca entrou na sala e Jack tomou forma, pendurado na corda. O sobretudo dele estava ensopado e o cabelo louro, emplastrado. Ela nunca tinha ficado tão aliviada de ver alguém em toda a sua vida.

– Jack! – exclamou a menina, e deu um abraço nele.

Ele lançou um meio sorriso para ela em troca, mas estava fazendo força para puxar a corda.

– Preciso de ajuda, Ember.

– Mas eu não estou entendendo. Se você está aqui, quem está lá fora?

– Finney.

– Finney? Finney! – exclamou ela.

Ember também segurou a corda e acabou se inclinando um pouco demais para fora da janela quebrada. Quase perdeu o chapéu, assim como o equilíbrio. Jack deu um puxão nela e rasgou a manga do lindo vestido.

– Cuidado! – berrou ele. – Não quero perder você também.

Assentindo, com a chuva escorrendo por seu nariz e mechas molhadas de cabelo coladas ao rosto, Ember segurou a corda escorregadia e puxou. Seus braços tremiam quando a cabeleira ruiva de Finney apareceu sobre o parapeito da janela. Juntos, Ember e Jack puxaram o rapaz para dentro. Quando os três estavam em segurança dentro da nave celestial, todos se jogaram sobre o tapete molhado, ofegantes.

Jack foi o primeiro a se recuperar. Com cuidado, tirou a corda do peito de

Finney e soltou sua abóbora. De algum modo, Finney não tinha soltado nem a mala nem os óculos. A corda amarrada embaixo dos braços do garoto tinha rasgado a camisa dele e lhe ocasionado uma queimadura horrorosa, mas ele estava vivo.

– Sem dúvida você tem iniciativa, Finney – disse Jack, admirando tanto a criatividade quanto a bravura do garoto ao tirar a mala pesada do braço de Finney. – Que ideia boa de se amarrar à minha abóbora. Sinceramente, não achei que você fosse sobreviver.

– Sua abóbora gosta de mim – respondeu Finney, com um sorriso, enquanto o globo sorridente flutuava para perto dele e se acomodava ao lado de sua mão. – Ela não ia me deixar cair.

Jack olhou para a cabaça que piscava. Ele não ficaria nem um pouco surpreso se ela tivesse pensamentos independentes dos dele.

Ember, tropeçando nas saias encharcadas, correu até o banheiro e pegou a pilha de toalhas que estava lá. Entregou uma a Jack e deu outra a Finney. Ele começou a secar o peito e logo fez uma careta de dor.

– Acho que tenho alguma coisa para isso – avisou Ember. – Já volto.

Ela remexeu em seus pertences, jogando itens para todos os lados, até que encontrou um tubo de unguento curativo que tinha preparado antes de entrar no Outro Mundo. Umedeceu uma toalha com a substância e a pressionou contra as feridas de Finney.

Ele urrava cada vez que ela movia a toalha, mas dava para ver que a poção estava funcionando. A pele de Finney se curou diante dos olhos deles. Quando ela terminou, ele falou:

– Obrigado, Em. Foi bem útil. Fico feliz por ter guardado para mim.

Jack brilhou um pouco. Ele estava feliz de ver Ember, mas não estava gostando nada, nada, do fato de Finney ter um apelido para ela, nem de ele estar olhando para ela com olhos vidrados, nem do jeito como a respiração dele embaçou seus óculos quando ela se inclinou.

– Estou tão feliz por vocês estarem aqui! – disse ela, e deu um abraço de leve em Finney, com cuidado para não fazê-lo sentir mais dor.

– Eu também. Este lugar é fantástico! – comentou Finney. – Podemos conhecer a capitã? Como a nave flutua? Será que você consegue arranjar de eu ir ver o motor?

– Ele é assim o tempo todo – explicou Jack. – Não para de fazer perguntas. Como você aguenta?

Ember deu de ombros.

– Finney é brilhante. Ele fala sem parar porque é o jeito dele de entender as coisas. Na maior parte do tempo, nem precisa escutar.

Ela deu uma piscadinha para Finney e o rosto dele ficou tão vermelho quanto um tomate.

– Ember, por que você está aqui? – perguntou Finney. – Foi sequestrada? Aquele vampiro hipnotizou você?

– Como você sabe que foi um vampiro? – indagou ela, então olhou para Jack. – Ah, você contou para ele.

– É, contei. Finney foi o único jeito que arranjei para conseguir seguir o seu rastro. Devia ter me dito que estava vindo para cá.

– Se eu tivesse dito, você não teria me deixado vir. E eu... eu precisava vir, Jack. Você não entende. Desde que cheguei aqui, as coisas parecem estar certas. Como se aqui fosse o meu lugar. Como se eu estivesse me movendo na direção de algo importante. Eu nunca tive tanta certeza de nada na vida.

Só que agora, olhando para Jack, Ember percebeu que tinha tido certeza a respeito de mais uma coisa: Jack. Ela lançou um sorriso inebriado para ele. Era tão gostoso ter Jack por perto mais uma vez...

Jack remexeu no cabelo, preocupado. Ele não entendia por que ela se sentira atraída pelo Outro Mundo, e lembrou que o mesmo acontecera em relação à encruzilhada dele. Ele teve esperança de que ela tivesse sentido uma conexão com ele, mas talvez fosse mais complicado do que isso.

– Mas é perigoso ficar aqui no Outro Mundo, Ember. Certamente você já percebeu isso. Existem todos os tipos de criaturas terríveis vivendo neste lugar. De repente, até mesmo nesta nave.

– Eu sei. Conheci várias delas. Mas tem também muitas pessoas simpáticas, e tem alguma coisa aqui, algo que me chama. Ah, Finney, espere até conhecer Delia, a capitã. Ela dá um pouco de medo, confesso, mas tenho certeza de que vocês dois vão se dar bem. E tem também o Frank. Ele foi, hm, reconstruído, digamos assim, mas é um amorzinho depois que você se acostuma com o corpo desconjuntado.

– Corpo desconjuntado? – repetiu Finney, com os olhos arregalados enquanto limpava a água das lentes e empurrava seus óculos normais por cima do nariz. – Você me apresenta para ele?

– Claro que sim. Por que a gente não...

– Não – interrompeu Jack, puxando as pernas junto ao corpo e as abraçando. – De jeito nenhum. Ninguém vai ser apresentado a ninguém. Nós vamos embora daqui, os três.

– E como você sugere que façamos isso? – perguntou Ember, com o cenho franzido. – Estamos nas alturas, por cima de um oceano cheio de monstros, e suponho que você não possa nos transformar em névoa para nos tirar daqui. Se pudesse, Finney não estaria amarrado a uma corda.

Jack mordeu o lábio e olhou feio para Ember. Ela estava certa, claro. Mas ele não gostava do fato de ela estar certa. Em vez de responder à pergunta da garota, ele fez outra.

– E como você ficou escondida das criaturas? – perguntou ele, mal-humorado.

Quando falou isso, percebeu que havia algo de errado com a aura dela. Jack olhou por baixo da pele de Ember. Os olhos dele brilharam prateados quando ele a examinou de cima a baixo. A aura dela estava absolutamente intacta, mas muitíssimo fraca. Ele iria torcer o pescoço do vampiro se ele a tivesse prejudicado de modo permanente. Jack piscou duas vezes e seus olhos voltaram ao normal.

– O chupa-sangue anda bebendo de você todos os dias?

A maneira como ele disse isso fez Ember se sentir culpada, como se tivesse ficado na frente da janela de propósito usando apenas camisola.

– Não que seja da sua conta – respondeu ela –, mas Dev só fez isso uma vez. Na hora, não tinha escolha.

– Rá! Aposto que não. Então, o seu vampiro folgado... Dev, é isso? E aí, qual é o plano dele? Vai vender você em um leilão? Levar você diretamente ao Senhor do Outro Mundo? Prender você a uma máquina e sugar toda a sua luz?

Ember engoliu em seco.

– Não – retrucou ela, incomodada com o tom inquisitório dele. – Dev tem sido um perfeito cavalheiro. Ele está me mostrando o Outro Mundo. Vamos ter uma audiência com a bruxa superior. Primeiro, vamos conhecer um inventor. Ah, estou tão feliz por você estar aqui, Finney! Vai poder me explicar todas as criações dele!

– A bruxa superior? – Jack balançou a cabeça. – Eu sabia que você era teimosa, Ember, e que tinha tendência a agir antes de pensar. Até agora, atribuí isso ao fato de você ser jovem. Mas essa aventura toda tem sido simplesmente uma falta de noção. Por que você não conversou comigo sobre essa sua sensação? Em vez disso, você se arriscou, provavelmente fez com que mais cinquenta anos sejam adicionados ao meu contrato e colocou Finney em perigo. – Jack passou as mãos pelo colete ensopado e pegou um de seus relógios. – E, pior ainda, meu relógio feito por humanos parou de funcionar.

– Não estou nem aí para a porcaria do seu relógio de bolso. Além do mais, trazer Finney para cá foi uma ideia só sua – disse Ember, irritada.

Com raiva, ela soltou o chapéu que mal se equilibrava em sua cabeça e o jogou para o lado antes de entrar no quarto, pisando firme, e bater a porta.

Finney pegou o relógio de Jack, secou e o levou ao ouvido.

– Acho que eu consigo consertar para você – declarou ele. – Mas as coisas com Ember você vai ter que ajeitar sozinho. Pela minha experiência, Ember só quer um sujeito que acredite nela. Acho que se você tivesse dado qualquer sinal de que iria ajudá-la em algum momento a conhecer o Outro Mundo, de um jeito mais cuidadoso e adequado, ela teria esperado por você. Descobri que ela é uma amiga muito leal, que vale a pena ter e com quem vale a pena ser honesto.

Jack resmungou algo ininteligível, levantou-se e jogou longe o sobretudo.

– Tem alguma roupa extra na sua mala? – perguntou ele a Finney.

– Nada seco.

– Posso resolver isso. Passe para cá o que você quiser vestir.

Finney obedeceu e Jack estendeu nas costas do sofá as peças de roupa encharcadas, incluindo seu sobretudo, suas botas, seu colete e sua camisa. Ele chamou a abóbora, voltou sua luz para o tecido e o calor do facho secou as roupas em um instante. Enquanto Finney se trocava no banheiro, Jack fez sua luz envolvê-lo e tirou o resto da roupa.

O corpo e o cabelo dele secaram rápido. Com a luz ainda brilhando, ele vestiu a calça, agora seca, e então se virou de supetão quando escutou um barulho. Ember estava parada à porta aberta, olhando para ele. Ela estava usando suas roupas de sempre: calça justa, corselete, blusa confortável, saia curta, bota e seus coldres com as armas dentro. Ele preferia Ember vestida assim. Tinha mais a ver com ela do que o vestido espalhafatoso e caro que estava usando antes.

Como ela não se moveu, Jack percebeu que estava ali praticamente sem roupa, com a calça ainda desabotoada escorregando devagar pelos quadris, olhando fixo para ela. Irritado, puxou a calça para cima e pegou a camisa agora seca. Claro que ela não o enxergava. A maior parte das pessoas ficava tão ofuscada com a luz da abóbora que nem conseguia olhar para ele, quanto mais enxergar além do brilho para encontrar o homem que estava lá dentro.

Só que ele não percebeu que Ember o enxergava muito bem. Ela nunca tinha visto um homem com tão pouca roupa na vida e estava fascinada com a maneira como a luz beijava sua pele. Havia todo tipo de pequenas depressões e desníveis em seu corpo, alguns sombreados e outros reluzentes. A calça estava larga na cintura, mas se apertava em volta dos músculos de suas coxas.

Ela engoliu em seco ao observar os músculos do abdômen desaparecerem enquanto ele abotoava a camisa, e então seus olhos se fixaram nos dedos longos.

Foi só quando Finney saiu do banheiro que Ember se mexeu. Ela fingiu estar ocupada examinando as armas. Àquela altura, Jack já estava abotoando o colete.

– Muito obrigado, Jack – disse Finney. – Estou muito melhor sem aquela roupa molhada.

– Sempre que precisar – respondeu Jack e diminuiu a luz para um nível confortável.

Quando se sentou no sofazinho para calçar as botas, virou a cabeça para a janela quebrada e a tempestade lá fora.

– Vai consertar aquilo, Ember? – perguntou ele.

– Consertar o quê? – perguntou ela, com a testa franzida. – O vidro?

– Claro que estou falando do vidro. O que mais precisa de conserto?

Ember colocou as mãos no quadril.

– Estou pensando aqui em um lanterna que está precisando de uma endireitada – respondeu ela.

Jack sorriu.

– Eu bem que queria ver você tentar.

Seus olhos se estreitaram e Ember estava prestes a dizer algo para situar Jack, quando Finney perguntou:

– Ela é capaz de fazer isso? Consertar janelas e coisas assim?

– Claro que sim.

– Só que eu não sei fazer isso – rebateu Ember. – Dev ia me ensinar, mas não tivemos muito tempo para isso.

Jack ergueu uma sobrancelha e Ember não gostou dos lugares que a mente do lanterna parecia estar visitando. Retesou as costas e ergueu o queixo, apesar de ser baixinha demais para que o gesto surtisse algum efeito.

Jack suspirou, pegou um pedaço de vidro e colocou na mão dela. Com cuidado, fechou seus dedos sobre o caco.

– Agora encha de luz de bruxaria e diga a ele o que fazer.

– É só mandar? Como se fosse um cachorro?

– É. Se isso ajuda a imaginar.

– Tudo bem. – Ember fechou os olhos e sentiu o pedaço de vidro espetar a palma de sua mão.

Ela evocou o poder, tentando repetir o que tinha feito antes para Payne, mas a coceguinha na barriga mais parecia uma cólica.

– Acho que não consigo.

– Tem certeza de que ele só bebeu seu sangue uma vez? – perguntou Jack, com uma expressão que se assemelhava a uma nuvem de tempestade.

– É verdade. Depois ele me deu um chá para conter meus poderes.

– Quero ver.

Ember encontrou a caneca de chá, agora frio, e a entregou a Jack. Ele molhou o dedo no líquido e experimentou.

– Que safado – disse ele, com desgosto. – Este chá contém os seus poderes, sim, mas o que ele não contou é que tem um composto que também deixa você um pouco mais suscetível a sugestões.

Ember ficou olhando para o chá, estupefata.

– Quer dizer que ele está me envenenando?

– Não, querida. É mais como se ele quisesse que você ficasse bêbada. Ele colocou um composto aqui que deixaria um lobisomem incapacitado. Por sorte, a sua luz de bruxaria queima a substância rápido. – Jack tomou o braço dela. – Tente lembrar: teve alguma vez que ele tentou seduzi-la ou convencê-la a enxergar o lado dele das coisas?

Com medo de ter sido usada dessa maneira, ela tentou lembrar.

– Na verdade, não, de jeito nenhum. Mas... quem deu o chá a ele foi Payne, o dono da taverna. Talvez ele tenha adicionado alguma coisa sem que Dev soubesse – comentou ela, então fez uma careta, se perguntando se era o chá que a estava fazendo dizer aquilo.

Jack revirou os olhos.

– Deixe para lá. Vamos descobrir tudo. Agora, quanto a este chá... – Jack levou a caneca até o banheiro, despejou o líquido na privada e puxou a descarga. – Você não vai mais beber. Enquanto estiver perto de mim, eu consigo esconder a sua luz de bruxaria. Qualquer poder em excesso será absorvido pela minha abóbora.

– Mas o que vai acontecer se você for embora?

Jack apertou o ombro dela e aproximou seu rosto do dela, até que o nariz de um quase encostou no do outro.

– Eu nunca vou sair do seu lado. E você nunca vai sair do meu – completou ele, tremendo um pouquinho. – Agora vamos.

– Mas, Jack... – disse ela, enquanto ele a puxava na direção da porta.

– Agora não.

– Jack – repetiu ela.

– Depois, Ember.

Ele estendeu a mão e puxou a maçaneta da porta. Que não se mexeu.

– Era o que eu estava tentando dizer. Dev me trancou aqui dentro. – Ember franziu a testa. – Ele já deveria ter voltado a essa altura.

Jack se virou para trás de pronto.

– O vampiro prendeu você aqui?

– Ele falou que era para me manter em segurança.

As palavras soaram erradas no momento em que Ember as proferiu.

– Já ouvi isso antes.

Jack ergueu a mão e saiu luz do batente de metal da porta. A vedação fina ao redor dela se acendeu e a área onde estava a fechadura se dissolveu. Na hora de abrir, ele chutou a porta que rangia para não precisar soltar o braço de Ember.

– Finney?

– Estou aqui, Jack.

– Venha com a gente, e traga aquele seu visor extravagante.

– Pode deixar, chefe.

Subiram a escada pisando firme e Ember não pôde deixar de notar as diferenças entre Dev e Jack.

Será que ela estava tão enganada a respeito do vampiro? Ele tinha sido sempre cordial e cavalheiro. Não tinha mentido; sua jura de sangue servia de confirmação. Dev parecia ser um homem decidido a lhe agradar. Jack, por outro lado, tinha um temperamento tão quente quanto uma fornalha. Quando queria dizer alguma coisa, não tentava jogar seu charme para cima dela nem enganá-la. Era abrupto e direto. Bem parecido com uma marreta. Ele poderia colocar Ember contra a parede, mas ela não hesitaria em empurrá-lo de volta. As possibilidades eram interessantes.

Quando o caso era Dev, Ember não era assim tão ousada. Ela podia se queimar por ficar perto demais de Jack, mas isso era infinitamente mais emocionante do que ser exibida pendurada no braço de um homem como se não passasse de um adereço da moda sem nada na cabeça.

Ao chegarem ao convés principal, todos esses pensamentos se dissiparam e ela mal notou o vampiro de olhos duros ou o lanterna que irradiava poder. Foi o pavor acima da cabeça deles que chamou sua atenção.

# 19

## ENTRANDO NO ESPÍRITO DA COISA

No começo, Ember não sabia o que estava vendo. Ela só sabia que parecia perigoso. Finney, parado ali perto, parecia alheio ao perigo, trocando as várias lentes de seus óculos, apreciando bastante a visão ao seu redor. Ember tinha certeza de que o escutara balbuciando palavras como "lindo" e "fantástico".

Formas espectrais rodopiavam no céu. Eram esfiapadas e sem muita definição, até um momento depois que ela pisou no convés principal. Quando ela ergueu o olhar, começaram a se juntar e tomar corpo.

Uma deu voltas lá em cima, com relâmpagos espocando e brilhando dentro da própria massa. Então, um tipo de luz fantasmagórica se retorceu dentro dela, alongando-se até se transformar em um par de braços e outro de pernas, um rosto, olhos penetrantes e cabelo comprido. A entidade vaporosa, agora reconhecível como uma mulher com um vestido esfarrapado que flutuava a seu redor, esticou-se, estendeu as mãos feito garras e disparou na direção de Ember, seu berro reverberando no ar da noite.

Jack saltou na frente dela e levantou bem a abóbora. O globo sorridente atacou o espectro com sua luz e ele explodiu em pedacinhos flutuantes de energia. Antes que Ember pudesse se sentir aliviada, os pedaços começaram a se juntar mais uma vez, de um jeito muito parecido com o que acontece com gotas d'água em uma janela.

– Seu idiota! – gritou Jack para Dev ao mesmo tempo que puxava Ember para perto de si, usando a luz para expelir espectro após espectro.

Ember abraçou a cintura de Jack e enterrou a cabeça no peito dele. O lanterna continuou:

– Colocou uma bruxa no meio de uma tempestade de espectros?

Dev não estava gostando nada da maneira como Jack abraçava Ember nem de como ela parecia aconchegada nos braços dele. Também estava extremamente irritado com o fato de a tripulação de Delia ter sabido que Ember era uma bruxa, o que até então era um segredo.

– Achei que eu tinha falado para você ficar lá embaixo! – berrou Dev, mais ou menos na direção de Ember. – Aliás, como foi que vocês dois embarcaram? – A compreensão iluminou o rosto do vampiro. – Ah, estavam a bordo da alma penada que derrubamos. Que interessante terem sobrevivido.

– É. Interessante – disse Jack, abrupto. – Muito obrigado por isso, aliás. Agora, dê meia-volta com essa porcaria de nave e tire a gente desta tempestade!

– Agradeço se não me disser como dirigir a minha nave! – gritou Delia ao cortar um espectro que se materializava com uma espada reluzente e ao atirar em outro com uma espécie de pistola elétrica. – Dev me garantiu que o poder da bruxinha dele estava abafado a ponto de ser inexistente. Viemos para o meio da tempestade de propósito.

– De propósito? *De propósito?* – vociferou Jack por cima da algazarra.

Cada vez mais espíritos iam tomando forma conforme aumentava o tempo que Ember passava no convés. Dev também começou a lutar contra eles, usando a bengala, que agora brilhava nas duas extremidades. Ele a girou para cima e a baixou com força, cortando um espectro bem no meio com a luz da ponta. Assim como os outros, o espectro simplesmente começou a se rematerializar.

– Você sabia que ia ser assim tão difícil? – gritou Dev para a irmã.

– Nunca vi nada igual! – respondeu ela. – Geralmente, quando diminuímos o poder, eles não conseguem tomar forma corpórea!

Dev xingou bem baixinho. Ele sabia que Ember era diferente, mais poderosa do que qualquer outra bruxa que ele tivesse conhecido, mas tanto assim?

Observando a luz azul que explodia do cano da arma de Delia, Ember percebeu que estava acovardada em vez de ajudar na luta, coisa que com toda a certeza não era do feitio dela. Atribuiu sua momentânea falta de clareza mental à sensação gostosa e desconcertante de estar aninhada no peito de Jack, com o braço dele em torno dela. O cheiro sutil dele (fumaça de madeira, folhas de outono e especiarias) a fez pensar em sua casa. Com um suspiro profundo, ela tentou se afastar do peito de Jack, determinada a ajudar os outros, mas ele a segurava forte.

– Nem pense nisso – avisou Jack, o cabelo cor de luar caindo por cima de um dos olhos.

– Eu vou ajudar, Jack, quer você queira, quer não. Estou com as minhas pistolas e elas já estão carregadas com feitiços. – Quando ela viu a preocupação nos olhos dele, completou: – Vou ficar perto de você, prometo.

Depois de um instante, ele assentiu.

– Os espectros se sentem atraídos pela sua luz de bruxaria. Isso os atrai.

Jack pediu à abóbora que ficasse ali e protegesse Finney e Ember.

– O que você vai fazer? – perguntou Ember, de repente nervosa com a ideia de Jack sair de perto dela.

– Vou forçar a capitã a dar meia-volta com a nave. Se ela não fizer isso, esta tempestade de espectros provavelmente vai nos engolir.

Jack parecia quase hesitante em sair de perto deles, mesmo depois de ter declarado suas intenções. Ele lançou um olhar para Finney e assentiu; seus olhos se suavizaram e derreteram quando pousaram em Ember. A mão dele pegou a dela e ele a apertou de leve, então se afastou, dirigindo-se para a popa da nave, para o lugar a que Dev e a capitã tinham ido um momento antes.

A abóbora fez o que deveria, virando de um lado para outro, atacando espectros com a maior velocidade de giro possível. Finney colocou-se em posição de guarda e sugeriu a Ember que experimentasse o feitiço paralisante e depois o de estilhaçamento. Ele carregou a segunda pistola enquanto ela tentava disparar os dois primeiros. A bruxa fechou um olho, mirou com cuidado em um espectro que os rodeava e atirou.

Infelizmente, o feitiço paralisante não afetou muito a entidade. Ela diminuiu a velocidade e se desfez, mas logo tomou forma mais uma vez. Atrapalhar sua visão também não o deteve. Enquanto Ember se perguntava qual feitiço experimentar em seguida, um espectro que perseguia um tripulante pelas cordas parou e olhou para os dois. Abriu a boca e berrou, projetando-se a toda velocidade na direção deles.

A abóbora explodiu a metade inferior de seu corpo, mas não bastou. Finney empurrou Ember para o lado bem a tempo, e o espectro o atingiu com força, jogando o garoto para longe. O corpo de Finney foi rolando até parar perto da porta de ferro. O espectro foi atrás e começou a tentar enfiar os dedos no peito do rapaz. A boca da abóbora se abriu de preocupação e ela se voltou para Finney, deixando Ember exposta.

Gemidos assombrosos atacaram os ouvidos de Ember quando ela, na mesma hora, foi cercada. As manifestações uivavam, gritavam, arrancavam os cabelos e rasgavam as roupas. Ember cobriu as orelhas e gritou enquanto cada vez mais espectros se aglomeravam sobre ela, juntando-se feito formigas em cima de uma maçã caída. Ela se sacudiu para a frente e para trás, mas eles a seguravam firme. Os gemidos dos espectros foram aumentando em volume e clareza, como se estivessem tentando falar com ela, mas água escorria da boca deles e se derramava por cima do peito. Em vez de palavras, o que diziam pareciam o rugido do mar.

Ela viu luzes brancas e azuis perfurarem a horda de espectros e as aparições se desfizeram em grupos. Ember permitiu que a esperança florescesse. Mas a cada espectro que era afastado aparecia outro no lugar.

Eram em número grande demais para serem derrotados. Como se sentisse o desespero de Ember, algo apertou suas costas e pareceu arranhar seu coração por dentro. Ela se agachou, encolheu-se, tentando ficar tão pequena quanto uma bolinha, e abraçou as pernas. Foi quando Ember sentiu um puxão conhecido, uma pequena queimação na boca do estômago: sua luz de bruxaria.

Ela a acessou devagar, cuidando dela como se fosse a primeira fagulha de uma fogueira. Respirou fundo, devagar, e seu poder interior se acumulou e começou a preenchê-la de calor. A luz de bruxaria deu força a suas pernas e seus braços. Ela endireitou as costas e a coisa que cutucava dentro dela soltou um guincho e desapareceu.

Um esguicho frio a atingiu nas costas quando ela se levantou. Fez com que ela se lembrasse de quando ficava embaixo de uma árvore no inverno e um vento lançava uma nuvem gelada de neve que caía com suavidade em seus braços e pescoço. Aquilo lhe deu força, a fez despertar. Ela olhou para o espectro mais próximo e mirou seu poder na direção da criatura. O espectro se acendeu por dentro. A mulher fantasmagórica sorriu para ela, assentiu e então explodiu em uma nuvem de gelo.

Ember fez a mesma coisa repetidas vezes. Conforme os seres iam se aglomerando ao redor dela, a única coisa que precisava fazer era estender a mão e tocar o ombro ou a mão deles e eles se dissolviam por completo e para sempre.

Através dos corpos transparentes, Ember enxergou Jack. Ele e sua abóbora estavam dizimando espectros, tentando abrir caminho até ela, mas, assim que ele limpava um pedaço, o espaço voltava a se encher. Do outro lado, ela viu a luz azul da bengala transformada em cajado que Dev empunhava e escutou o estouro da pistola de Delia. Agora estavam muito mais perto do que antes.

A luz de bruxaria dentro dela queimou a substância do chá que Dev lhe dera, dando-lhe fôlego. Ela permitiu que viesse, que chegasse à superfície, camada após camada, até que seu corpo todo brilhasse com aquilo. Ember estendeu os braços e jogou a cabeça para trás. Espectros se aproximaram e agarraram suas mãos, seus braços e cabelo e, ao fazerem isso, ergueram o rosto para os céus, sorriram e desapareceram.

Ember não sabia quanto tempo tinha ficado ali, atuando feito um para-raios de espectros, mas as vozes logo se aquietaram. Só tinham sobrado alguns. Ember abriu os olhos e viu Dev, Jack, Frank, Delia e vários integrantes da tripulação arfando de exaustão. Todos a observavam boquiabertos. Finney se aproximou e lhe estendeu as pistolas com a abóbora de Jack flutuando logo atrás de seu ombro.

Ela balançou a cabeça. Só tinham sobrado cinco espectros. O primeiro se aproximou devagar. Era uma garotinha, talvez com 10 anos. Em um gesto hesitante, estendeu a mão e agarrou os dedos de Ember. Sua boca se abriu em formato de O quando explodiu em uma nuvem branca. O seguinte, um velho, avançou e a cumprimentou com a cabeça. Ember estendeu a mão para ele e, quando ele a tocou, também desapareceu.

Os dois seguintes (gêmeos) vieram juntos. Os dois rapazes se entreolharam, sorriram e tocaram nos ombros dela. Então só sobrou um. Fazia um silêncio assombroso agora. Os rangidos da nave e do balão lá no alto eram os únicos sons. O último espectro, uma senhora de idade, avançou. Ela cantarolava. A melodia ressoava ao mesmo tempo tristeza e salvação, e Ember percebeu que era a canção de lamento que tinha escutado. Os espectros estavam cantando para ela.

Um pouco de água escorreu da boca do espectro quando se aproximou de Ember. A senhora se inclinou para perto sem tocá-la, sussurrou algo no ouvido da bruxa, então deu um passo para trás e baixou a cabeça.

– Claro que sim – concordou Ember. – Desejo-lhe uma boa partida.

Os olhos do espectro brilharam marejados quando a bruxa pressionou a mão contra a bochecha da senhora. Ela deu um suspiro profundo, tocou na mão de Ember e então desapareceu em um redemoinho de luz e neve que rapidamente derreteu e formou uma poça perto dos pés da garota.

Jack foi o primeiro a se mexer. Ele abriu caminho entre Frank e Delia e agarrou os ombros de Ember. Seu peito ofegava e ele movia o maxilar, mas, fosse lá o que desejasse dizer, não conseguia fazer as palavras saírem. Em vez disso, deu um abraço forte na bruxa. O corpo dela estremeceu quando sua luz de bruxaria deixou seus braços e pernas e se juntou em sua barriga. De repente se sentiu muito, muito cansada. Será que era isso que a tinha atraído para o Outro Mundo? Será que os espectros a chamavam de além da encruzilhada?

– Eles se foram – disse Frank. – Todos eles. Até o saltador e a minha própria sombra.

Ember sorriu e deixou que seu corpo relaxasse contra o peito quente de Jack. Em uma balaustrada acima de sua cabeça, ela viu os olhos dourados do gato de Delia mexendo o rabo e observando-a com atenção.

– Como você escapou? – perguntou Ember, fechando os olhos.

Jack virou Ember nos braços e a abóbora se aproximou, banhando os dois com sua luz.

– Vou ajudar Ember a ir para a cama – falou Jack. – Ainda precisamos conversar – disse a Dev.

Com isso, o lanterna seguiu em direção à porta de ferro. Finney se apressou para chegar lá primeiro e segurar a porta, e Jack carregou Ember escada abaixo, seguindo pelo corredor escuro. Ela estava gostando de sentir a barba por fazer dele arranhando a bochecha dela e a sensação lânguida e pacífica que havia no próprio corpo. Ember também tomou um vago conhecimento do tecido que tocava sua pele, dos lençóis limpos em um quarto frio e dos lábios de Jack em sua testa.

Caiu no sono com um sorriso contente.

# 20

## O LADO ERRADO DA CAMA

Depois de colocar Ember na cama e deixar Finney de vigia na porta, Jack voltou para o convés principal. Seus passos eram impulsionados pela fúria. Sua abóbora pareceu preferir ficar para trás, com Finney, apesar de nunca ter saído do lado de Jack a não ser que ele lhe desse ordens para tanto. Parecia que o globo tinha de fato desenvolvido personalidade própria. Jack ficou imaginando como aquilo acontecera e se era uma progressão natural da chama dentro da abóbora ou se havia algo errado com o recipiente em si. Ele nunca tinha ouvido falar de algo assim antes. Mais uma vez, ficou se perguntando se ali tinha algo além da simples remoção e deslocamento de sua alma para dentro da abóbora.

Quando ele irrompeu pela porta de ferro, encontrou a capitã e o vampiro de Ember olhando por cima de um grande astrolábio. Dev ergueu os olhos e sumariamente virou as costas para Jack.

Com toda a aspereza que foi capaz de reunir, o lanterna sintonizou sua abóbora distante e reuniu sua luz ao redor de si até se tornar uma bomba prestes a explodir, então lançou as mãos na direção dos dois. Relâmpagos dispararam, acertando o convés próximo aos pés deles, mas o homem só olhou feio para ele enquanto a mulher estreitou os olhos e fez uma careta ao ver as marcas de queimado em sua nave.

– Apesar de eu entender a sua impaciência comigo, agradeço se você lembrar que a minha nave não lhe fez mal nenhum – disse a capitã.

Jack retrucou:

– Se eu pudesse carregar a bruxa e o rapaz humano para longe desta nave, acredite, ela já teria sido derrubada.

– Todos os lanternas são assim insuportáveis? – perguntou a vampira a Dev.

– Todos que já conheci – respondeu o irmão, tirando fiapos imaginários da gola do paletó.

Esfumando, Jack começou a reunir energia para atacar, mas a capitã ergueu a mão.

– Não somos o inimigo, lanterna. Não vamos fazer mal à sua bruxa – argumentou ela.

– A bruxa dele? – questionou Dev, retesando-se.

– Ah, Dev. Fala sério – respondeu a capitã. – Por acaso não está bem óbvio? O lanterna não veio até aqui para *entregar* a garota. Você viu tão bem quanto eu como eles ficaram à vontade um com o outro. Dito isto, lanterna, não é nossa intenção mandar a bruxa para casa com você.

– Então, quais são exatamente as suas intenções? – perguntou Jack, cruzando os braços na frente do peito.

Dev bateu a bengala no convés e o globo de luz de bruxaria brilhou ameaçador quando foi apontado para o rosto de Jack.

– Este lanterna é insuportável – disse Dev. – Precisamos aguentar isso? É como andar com uma pedra no sapato.

Jack se inclinou para perto dele.

– Garanto a você, vampiro, que sou muito mais perigoso do que uma pedra no sapato.

A capitã se meteu entre os dois.

– Acalmem-se. Dev, você sabe que o lugar para onde vamos é perigoso. O lanterna já demonstrou que pode ajudar durante a tempestade de espectros. Vai saber o que mais encontraremos por este caminho maluco que você resolveu seguir.

Ela se virou para Jack.

– Creio que precisamos fazer as devidas apresentações. Eu me chamo capitã Delia Blackbourne e este é meu irmão, Deverell. A partir deste momento, informo que você e o garoto humano são oficialmente bem-vindos à minha nave, o *Phantom Airbus*. Vou até agradecer por ter nos ajudado a navegar em segurança em meio àquela tempestade.

– Sei, sei. Você voou para dentro de uma tempestade de espectros de propósito! – acusou Jack.

– Está vendo? – provocou Dev. – Não dá para conversar com ele! Ele nasceu mortal. Os lanternas só entendem o que lhes é ensinado. Sua mente inflexível só faz com que seja impossível contar com a cooperação deles.

Delia colocou as mãos na cintura.

– Você está obviamente enganado a respeito desse lanterna. O fato de ele estar aqui demonstra que tem dúvidas em relação ao sistema. Eu dou a todos os integrantes da minha tripulação a chance de conquistar a minha confiança. Até agora, ele não fez nada além de ajudar. Agora, se você quer ser útil, dê a partida nas redes para a gente dar o fora daqui. Este espaço vazio que a tempestade estava ocupando antes está me dando calafrios. Quanto mais rápido pudermos deixar para trás este pedaço de céu, melhor.

Dev jogou os braços para cima e saiu pisando firme, berrando:

– Frank! Vamos botar essas redes para funcionar de novo!

Delia marcou a posição deles no astrolábio e ajustou a proa. Jack franziu a testa e deu uma olhada no balão lá no alto. As redes faiscaram e tremeluziram e, na sequência, entraram em ignição, e a força que circulava nelas foi ficando mais brilhante a cada segundo que passava.

– Você estava navegando na tempestade sem luz de bruxaria – observou Jack.

– É a única maneira de sobreviver a uma tempestade assim. Se não tivéssemos desligado as redes, as entidades as teriam atacado.

– Mas como conseguiu continuar flutuando se as redes não estavam ativas?

Delia levou o indicador à têmpora, sorriu e deu uma piscadela, mostrando por um breve instante o canino prateado.

– Temos um gerador reserva. Ele é totalmente envolto por uma liga de metal especial que é praticamente indetectável. Mas não dura muito.

Com o fim da tempestade de espectros, a lua apareceu por trás das nuvens e banhou o convés de uma luz fria que refletiu no metal da nave.

– Foi por isso que vocês trancaram Ember nos pavimentos inferiores – disse Jack.

– Foi. Já seria bem perigoso navegar através da tempestade se a Ember não estivesse a bordo. Dev abafou o poder dela, mas nós sabíamos que os espectros poderiam sentir sua presença. Deixá-la confinada foi a melhor opção. – Delia olhou bem para o lanterna. – Ela é uma bruxa especial. Nunca vi nenhuma dar conta de uma tempestade daquele jeito. Ela não os destruiu, ela... – As palavras da capitã sumiram.

– Ela os salvou – balbuciou Jack.

– É, como eu disse, aquela sua garota é especial. E dá para ver que você já sabe disso.

A boca de Jack se apertou e as suspeitas de Delia se confirmaram. O lanterna estava a fim da garota, assim como Dev. Ambos soltavam baforadas de vapor no ar frio, como se fossem chaminés rivais. Delia suspirou e ergueu o canto da boca ao se permitir, ainda que por um breve instante, lembrar a sensação inebriante de estar apaixonada. Então, veio a sensação de ser traída e prendeu a respiração. Fossem lá quais fossem as intenções dos homens em relação ao coração de Ember, eles tinham uma tarefa a cumprir, começando por fazer a nave voltar a funcionar igual a um reloginho.

– O chá dela estava batizado com bafo de demônio – disse Jack, sem rodeios, despertando Del de seus pensamentos.

O queixo de Delia caiu.

– Dev seria incapaz... – começou a dizer. – Ele não teria como.

– Bom, ele ou alguém que ele conhece foi capaz.

– Será que não foi um erro?

– Bafo de demônio é caro. Não tem muita gente que pode pagar por algo assim, que dirá usar essa substância por engano. E a única pessoa que poderia se beneficiar disso de alguma maneira é o seu irmão.

Delia hesitou.

– Então você acha que a sua bruxa foi coagida a vir aqui?

Jack suspirou.

– Sim e não. Ela tem vontade de vir desde que ficou sabendo da existência do Outro Mundo. Só que eu a mantive afastada. Alguém poderoso quer Ember aqui. Isso já está bem claro. E eu acho que você sabe quem é.

Delia mordeu o lábio, então disse:

– Você estava certo de impedir que ela entrasse aqui antes. Só existe sofrimento deste lado. Ela ficaria melhor no mundo mortal.

– Então me deixe levar Ember de volta.

– Não posso. Devo um favor a Dev, e uma pirata nunca deixa de pagar uma dívida. Faz parte do código. Assim como é regra não discutir serviços nem empregadores – afirmou ela, olhando para ele com ar de quem tem segundas intenções. – Além do mais, mesmo que eu levasse vocês de volta, muito provavelmente alguém a encontraria e seguiria o rastro dela de volta à sua encruzilhada. O melhor que você pode fazer pela garota é deixar que Dev use as conexões dele para ajudá-la a desaparecer. Na verdade é isto que ele quer fazer. Pelo menos isso eu posso garantir. Deixar que ele use o sistema a favor dele é a única maneira de proteger sua garota daqui para a frente.

Jack balançou a cabeça.

– De jeito nenhum.

– Então, quais são as opções, jovem Jack? Vai abandonar suas obrigações em relação à garota?

Ele esperou um instante antes de responder.

– Suponho que a resposta a essa pergunta seja óbvia.

Delia se sobressaltou, surpresa por um lanterna estar disposto a abrir mão de tanta coisa por outro humano.

– Suponho que sim.

Quando Dev voltou, com uma expressão de escárnio ao ver a irmã envolvida em uma conversa educada com o lanterna, avisou:

– As redes foram religadas. Agora eu vou descer e...

A capitã interrompeu:

– Jack vai ficar com a sua cabine, Dev. Você vai dormir nos aposentos adjacentes aos meus.

O rosto do vampiro ficou vermelho.

– Del, acho que você não entende o...

– Pode acreditar, se alguém entende, sou eu. – Ela deu alguns tapinhas no peito do irmão e ofereceu um sorriso afetuoso a ele. – É melhor assim. Confie em mim. Agora, vá para a cama. Eu acordo você quando passarmos pelo meridiano.

Dev ficou olhando fixo para a irmã, tentando enxergar seu interior. Então, ciente de que tinha perdido, passou por entre os dois e deu um empurrão em Jack com o ombro no caminho. Ele sabia que não podia discutir com Delia na nave dela.

Depois que ele saiu, Jack disse:

– Obrigado.

– Não me agradeça, lanterna. A função de proteger esta bruxa em particular é algo que eu não desejaria a ninguém, muito menos a meu irmão. – O rosto dela se entristeceu por um instante. – Ele é um tipo de vampiro de coração mole. Uma coisa rara entre os nossos. Eu não quero perder Dev. Entende? – falou ela, olhando para Jack.

– Acho que sim.

– Então é melhor descer e tomar conta da sua responsabilidade. Ou das suas responsabilidades, devo dizer. Mas, que diabo, de onde surgiu a ideia de trazer junto um mortal de estimação?

Jack deu de ombros.

– O garoto é inteligente. Ele conseguiu seguir o rastro de Ember quando eu não fui capaz. Seu irmão a escondeu muito bem.

A capitã resmungou.

– Parece que o quatro-olhos é um rapaz que eu deveria conhecer melhor.

– Não vamos ficar com você por tempo suficiente para isso – disse Jack, se virando, a mente já focada em Ember.

– Eu não contaria com isso – rebateu Delia.

Jack não respondeu, mas desceu a escada. Encontrou Finney sentado no chão, na frente da porta de Ember, adormecido, com os óculos prestes a cair do nariz. O coitado do garoto estava tão exausto quanto Jack. Já fazia algum tempo que eles não dormiam. O lanterna olhou para sua abóbora, acomodada embaixo do braço do garoto. Ela sorriu para ele e seus olhos o seguiram pela sala.

Jack encontrou um cobertor para Finney, então o acomodou, de modo que a cabeça dele ficasse apoiada em um travesseiro. O vento que soprava pela janela quebrada estava mais calmo agora, quase agradável. Jack se transformou em névoa, esgueirou-se por baixo da porta de Ember e pairou por cima dela, escutando sua respiração.

Ela suspirou no sono e balbuciou algo, então coçou o nariz. Jack sentiu uma onda de poder atingir sua forma, manipulando-o e o forçando a uma transição. No começo ele resistiu, confuso. Algo assim nunca tinha acontecido com ele. Ember estendeu a mão, sentiu o braço meio formado dele e o puxou.

A magia dela o atingiu e ele se materializou na cama ao lado dela. Agora satisfeita, ela virou-lhe as costas e puxou o braço dele por cima de si, segurando sua mão. Jack pensou que ficaria ali só por um momento, até que ela caísse em um sono mais profundo, e então tentaria se esgueirar para fora mais uma vez. Ele esperou com as costas dela pressionadas contra seu peito, o nariz enterrado no cabelo dela, mas fosse lá qual fosse a magia que ela estava usando para manter Jack assim tão próximo, não arrefeceu.

Jack se perguntou se aquilo não fazia parte do mecanismo de defesa natural de Ember. Talvez ela soubesse que a presença do lanterna significava segurança e, enquanto ele estivesse por perto, ela poderia descansar. Ele relaxou, entrelaçou os dedos nos dela e fechou os olhos. Estava feliz por Ember confiar nele, apesar de apenas inconscientemente. Ele disse a si mesmo que estar próximo dela era apenas uma extensão de sua obrigação, mas, lá no fundo, sabia que isso não era totalmente verdade.

Estar deitado ao lado de Ember, os dedos entrelaçados, seu corpo macio apertado bem perto do dele, parecia tão certo que Jack temia que fosse muito errado. Ele ficou escutando a respiração baixinha dela e acabou, ele mesmo, caindo em um sono confortável e profundo.

Jack ficou surpreso por dormir durante tanto tempo ao lado de Ember: pelo menos o dobro das horas que ele geralmente dormia, sobretudo quando não acordava naturalmente. A nave deu um solavanco e os dois foram jogados para fora da cama em um emaranhado de lençóis, travesseiros, braços e pernas.

Rune amassou a mensagem no punho fechado. O Senhor do Outro Mundo estava ficando impaciente, e o fato de o lanterna-chefe estar agora na nave principal do próprio homem era prova disso. Se ele não conseguisse apresentar a bruxa que o Senhor do Outro Mundo queria, o contrato de Rune (não, sua própria vida) poderia ser cancelado, isso sem falar em seus sonhos de governar. Ele conteve a raiva e respondeu:

*Estamos atrás do lanterna rebelde neste momento.*

*Ainda não consegui descobrir quem foi, mas garanto que estou fazendo todo o possível.*

*Vou manter o senhor informado a respeito do andamento da busca.*

Com a mensagem concluída, ele soltou o pássaro mecânico e ficou olhando, soturno, na direção da tempestade que se avultava. Ele detestava naves celestiais.

O Senhor do Outro Mundo empurrou o rosto da esposa na direção do globo de latão e o girou.

– Diga mais uma vez – ordenou ele. – Faça uma previsão.

– Ela está aqui – jurou a bruxa superior, apontando para a área extensa conhecida como mar Sacádico. – Tenho certeza. Ela está em algum lugar do céu. Mas eu estou muito exausta, é difícil conseguir uma leitura mais precisa agora. Quem sabe se eu puder descansar um pouquinho.

– Você vai descansar quando capturarmos a bruxa! – exclamou o Senhor do Outro Mundo, irritado.

A visão de sua esposa adoentada e fraca o enojava. A mão dela tremia enquanto ela limpava as gotículas do cuspe dele de sua bochecha.

– Sim, querido – disse a bruxa superior.

Quando ela se levantou da cadeira, ele a empurrou contra a parede com violência.

– Parece que a minha sina na vida é ser rodeado por incompetentes! – berrou ele, então se voltou para o guarda que estava à porta. – Prepare uma mala com os itens de que a minha esposa precisa. Vamos fazer uma viagem. Parece que há algumas coisas que a gente precisa fazer por conta própria.

# 21

## ENTRE O DEMÔNIO E O PROFUNDO MAR AZUL

Os dois acordaram de repente quando a nave deu um solavanco e os jogou no chão com um baque. Ember empurrou um travesseiro para o lado e tirou o lençol de cima do rosto, imaginando o que diabos pesava em cima dela. Então, viu que não era o quê, mas quem.

– Ah – reagiu ela, tirando o cabelo de cima dos olhos. – É você.

Jack olhou para baixo, para Ember, e percebeu que a posição era completamente inapropriada.

– Eu... eu peço perdão – disse Jack, com o cabelo louro caindo por cima do rosto enquanto tentava, sem jeito, desvencilhar-se dos lençóis que tinham se enrolado em volta deles.

A camisa comprida do dia anterior que Ember ainda usava se moveu, frouxa, e revelou seu ombro. O cabelo emoldurava seu rosto em cachos suaves. Jack apontou de maneira vaga na direção da gola e observou que seria melhor ela ajeitar a peça de roupa. Ember soltou um gritinho e puxou a camisa, mas isso só serviu para revelar suas curvas. Jack prendeu a respiração e se afastou com rapidez.

Ele tinha acabado de se levantar e ajudava Ember a ficar de pé quando uma explosão fez a nave sacolejar e Ember cair nos braços dele. Ele tentou ignorar o volume do quadril dela nas palmas de sua mão e perguntou:

– Está tudo bem?

Ela assentiu, com os olhos arregalados. Os lábios de Ember se abriram e Jack não conseguia desviar os olhos daquela boca. Os lábios deles estavam separados por meros centímetros quando a parede toda se curvou e uma parte grande dela se desprendeu da nave.

Ember berrou e Jack a puxou na direção da porta, e no caminho encontraram Finney todo confuso, na sala. O garoto reparou nas pernas nuas de Ember, já que a camisa comprida nem chegava aos joelhos, e estreitou os olhos na direção de Jack. Empurrou os óculos nariz acima e fechou os punhos, mas foi bem aí que Jack avistou através da janela quebrada outra nave passando por eles com canhões apontados bem para onde eles estavam. Quando Finney viu aquilo também, seus olhos se arregalaram.

– Venha! – gritou Jack para o garoto e empurrou Ember para fora da sala o mais rápido possível, ignorando totalmente os pedidos de Finney e dela para pegarem suas coisas. – Traga Finney! – vociferou ele para a abóbora enquanto conduzia Ember para fora dos cômodos destruídos e subia para o convés, na esperança de encontrar segurança em meio à tripulação.

Quando chegou lá, Jack ficou desesperado com o caos. O convés estava cheio de buracos fumegantes. Com o assobio de bombas-morcego e foguetes-corvo no alto, era impossível falar.

Acima deles, uma bomba-morcego bateu asas metálicas e pousou com um estalo em uma corrente pesada que prendia a nave às redes. Então, explodiu em um clarão de luz de bruxaria. A armação acima também explodiu e se desmantelou com a força do estouro. Ember deu um grito e tentou se segurar no braço de Jack quando tombou o convés em que estavam.

Abaixando-se quando um foguete-corvo passou grasnando, Jack jogou seu corpo contra o de Ember e usou sua luz como escudo enquanto pedia à abóbora que trouxesse Finney rápido. Jack se manteve de costas para o caos e empurrou Ember para uma alcova um pouquinho mais protegida. Destroços fumegantes choviam ao redor dos pés dele. Quando Finney finalmente irrompeu pela porta, Jack fez um sinal para que ele se aproximasse, depois franziu a testa para a abóbora quando viu que Finney carregava não apenas a própria mala, mas a de Ember também.

Vários pinos se soltaram e uma parte da moldura de metal acima se curvou, quebrando um cano próximo. Algo esguichou do lugar da ruptura com um fedor de plantas podres e enxofre, e Frank se aproximou mancando o mais rápido que pôde, pedindo a Jack que usasse sua luz para soldar o cano. Foi uma tentativa improvisada, mas acabou funcionando. Quando a nave foi remendada com sucesso, o balão voltou a inflar e a nave se estabilizou.

Finney entregou a Ember a calça e as botas. Enquanto Jack foi ajudar a capitã, deixou a abóbora para trás, para que ela tomasse conta dos dois amigos. O lanterna tropeçou quando os atiradores que manejavam os canhões atiraram. Os canhões movidos a luz de bruxaria encontraram seu alvo, e explosões iluminaram as nuvens por dentro, mas Jack continuava sem conseguir enxergar quem era o adversário deles.

Capitã Delia se movia em velocidade sobrenatural, berrando ordens para a tripulação de todos os pontos do convés e gritando para indicar posições. Uma rajada de tiros salpicou o convés no lugar onde ela estava e Jack lançou uma bola de luz, empurrando a vampira para longe bem rápido enquanto a área onde eles estavam um momento antes se transformava em uma ferida aberta, revelando partes de metal retorcidas e pontudas. Foi bem aí que uma viga disparou na direção de Jack. Ele prontamente se transmutou em névoa e o poste bateu com toda a força contra o convés do *Phantom Airbus* em vez de atingi-lo.

Explosivos químicos (inventados por alquimistas inescrupulosos e totalmente ilegais) afundaram nas amarras e fizeram chover gases nocivos em nuvens verdes. Quem chegava perto começava a tremer com convulsões e caía no convés, espumando pela boca. Ficavam inconscientes em questão de segundos, mas, Jack notou, não morriam. Não. Alguns estavam mortos, mas apenas os homens que integravam a tripulação. Quem quer que estivesse atacando estava tentando incapacitar a nave, mas sem matar as mulheres da tripulação ou as passageiras. Isso significava que estavam atrás de algo ou de alguém. Ember.

Jack se virou e voltou correndo pelo caminho que tinham feito para chegar até ali.

Dev estava acomodado no canhão giratório da popa, agarrado aos controles, esperando a outra nave entrar na mira para poder atirar. Ele era de longe o atirador mais habilidoso a bordo, e Delia, assim que se deu conta do que tinham pela frente, mandou-o para essa posição.

Dizer que Delia tinha ficado surpresa ao ver a nave no horizonte distante seria pouco. Naves não se aventuravam assim tão longe sozinhas, sobretudo quando havia uma tempestade de espectros bem mapeada na área, e, de todo modo, até onde ela sabia, ninguém conhecia o destino deles. No começo, Delia tinha alertado Dev quando ele entrou em pânico, dizendo que uma capitã precisava manter a cabeça no lugar e que ele não deveria partir do princípio de que uma nave, só porque dividia o mesmo céu com eles, tinha a intenção de engoli-los. O medo pode transformar um lambari em um tubarão se você olhar com os olhos bem apertados, ela dissera.

Então, os dois observaram e esperaram. Dev torcia desesperadamente para que Delia estivesse certa e para que a nave estivesse apenas passando pelo mesmo espaço aéreo. Infelizmente, logo ficou óbvio que o lambari distante era, de fato, um tubarão, e, ainda por cima, um tubarão faminto. Quando a nave se aproximou, perceberam que estavam cara a cara com um couraçado, a prestigiosa nave principal do Senhor do Outro Mundo. O coração de Deverell se apertou.

Couraçados eram agentes da lei sem misericórdia que existiam para desempenhar uma única função. Raramente vistos, só eram enviados quando o Senhor do Outro Mundo queria que algo fosse resolvido com rapidez e brutalidade. A tripulação de tais naves celestiais obedecia às ordens ao pé da letra e nunca, jamais, retornava sem sua presa. A parte de baixo do couraçado se afinava em uma lâmina afiada e a proa era aguçada feito uma navalha. A lâmina inferior seria mortal se passasse por cima do *Phantom Airbus* e dilaceraria com facilidade tanto a rede quanto o balão sem sofrer qualquer avaria. Nem precisaria atirar. A nave deles se partiria ao meio com tanta facilidade quanto se corta um pedaço de fruta. E isso, combinado ao dobro de canhões e um casco tão grosso que era quase impenetrável, tornava praticamente impossível derrotar o couraçado.

Seja feita a justiça, a reputação de Delia em vitórias também era notável, mas ela era especialista em roubos, não em assassinatos. Mesmo quando vencia, ela fazia tudo que podia para deixar as tripulações intactas nas naves que saqueava, tomando-as como prisioneiras ou largando-as em portos ou ilhas. Ela era pirata, sim, mas respeitava um certo código. Não matava só por matar.

Dev girou em seu assento. Tinha desabotoado o colete para poder se movimentar com mais facilidade. Seus olhos azuis de vampiro estavam fixos no céu. A cúpula de vidro na popa poderia ter amedrontado outros atiradores, já que ficava bem atrás da nave, mas Dev percebeu que gostava bastante da vista ali.

Projetando-se para o céu e presa apenas por uma grande gaxeta circular por onde o atirador entrava na cápsula, a bolha transparente dava a Dev uma visão de mais de 180 graus do espaço atrás da nave celestial.

Suas mãos começaram a suar enquanto ele segurava as alavancas em posição de tiro, com o canhão engatilhado e pronto para atirar. Havia uma energia quase cinética que ele era capaz de sentir. Dev sentiu o peso da nave volumosa enquanto ela se movia ao redor deles. O sol brilhou por entre as nuvens, efetivamente aquecendo sua cápsula como se fosse um solário. Então, bem diante de seus olhos, o couraçado baixou. Ele avistou o casco, mirou e apertou o transmissor de luz de bruxaria que enviou uma carga eletromagnética para os mísseis.

Os dois primeiros entraram em ignição. Com os jatos a toda, dispararam do *Phantom Airbus* ganhando velocidade a cada segundo enquanto traçavam um arco perfeito em sua trajetória. Quando encontraram o casco do couraçado, a explosão de energia foi tão grande que sacudiu a cúpula de vidro onde Dev estava. O casco vomitou fumaça feito uma fornalha, mas não houve explosões secundárias. Ele atirou uma segunda e uma terceira vez na sequência, tentando atingir o casco já enfraquecido, virando no assento à medida que a nave avançava no céu, mas o couraçado rebatia os torpedos como se fossem simples dardos.

Ele atirou vez após outra, totalmente ciente de que os mísseis não causariam danos suficientes. Então, ouviu o clique indicador de que seus canhões estavam descarregados. A nave se aproximou, mas, em vez de cortar o *Phantom Airbus* ao meio, Dev viu ganchos se estendendo pelo espaço entre as duas naves. Engrenagens de metal com rodas giraram no couraçado, retesando os cabos e arrastando o *Phantom Airbus* mais para perto. Seriam invadidos.

Dev se esgueirou para fora da cabine e disparou pelos corredores escuros da nave com tanta rapidez que um mortal só enxergaria um borrão. Lamparinas bruxuleantes lançavam sua luz amarronzada nos aposentos e nas passagens, mas não ofereciam calor. Dev se sentia frio e úmido. O sangue saiu de seus ossos e revigorou seus braços e pernas, dando-lhe forças para a luta que estava por vir. Aquilo não seria nada parecido com lutar contra espectros que tentavam se apoderar dos vivos. Desta vez, haveria morte e sangue.

Agora, no convés, havia pelo menos dez ganchos conectados ao *Phantom Airbus* com dezenas de homens armados deslizando pelos cabos em intervalos calculados. A tripulação dele, liderada por Frank, disparava carabinas, e o som *staccato* da munição usada zunia enquanto a tripulação da outra nave deslizava pelos cabos e pousava no *Phantom Airbus*.

Um homem jogou um saco de sapos-granadas mecânicos que saltavam do convés para cima do homem mais próximo e explodiam. Todos os invasores tinham pequenos botões na lapela para repelir as próprias granadas. Dev agarrou o inimigo mais próximo, enfiou os dentes em seu pescoço e arrancou o botão, determinado a colocar o apetrecho em Ember.

O embate começou para valer e Dev lutou, abrindo caminho até a bruxa, centímetro ensanguentado a centímetro ensanguentado. Ele viu o lanterna disparando entre os invasores e em volta deles, usando sua luz para cegá-los e fazer com que caíssem de joelhos no chão enquanto se dirigia para onde Ember estava.

Dev continuou avançando e chegou ao lado dela quase ao mesmo tempo que Jack, não que ela tivesse notado. Dev pegou as pontas do colete desabotoado e puxou com força, então passou a palma da mão no queixo para limpar qualquer baba de sangue que tivesse sobrado e fez uma careta ao ver as manchas. O lanterna, por outro lado, parecia bem descansado, como se não ocorresse batalha alguma.

– Tome – disse Dev, colocando o botão na mão dela e franzindo a testa. – Isso vai proteger você dos sapos mecânicos.

– Ela não é um alvo dos sapos – comentou Jack, sem rodeios. – Estão atrás só dos homens. Eu vi claramente um que saltou por cima da capitã Delia antes de detonar.

Ember então se virou e prendeu o botão em Finney.

– Então estão atrás de Ember – concluiu Dev.

Jack se virou para ele em um gesto brusco.

– É óbvio. Diga, vampiro, o que a gente pode fazer? Como vamos proteger Ember?

– Só tem uma coisa que podemos fazer neste momento: lutar.

Jack e Dev começaram a lutar e, estranhamente, lado a lado. Jack usava sua luz para cegar os oponentes enquanto Dev os derrubava com seus dentes e sua bengala com luz de bruxaria. Logo os dois estavam embrenhados na batalha e mais uma vez perderam Ember de vista.

Apesar de Dev e Jack terem derrubado vários, havia invasores demais para que Ember e Finney conseguissem escapar. A bruxa sacou suas pistolas e foi atirando enquanto o garoto as recarregava, tirando tubos novos da mala. Ela nem queria saber qual feitiço estava usando. Homens caíam para trás cegos, cobertos de ácido, berrando com sangue escorrendo dos ouvidos, encharcados de meleca ou eletrocutados.

Quando Finney berrou que ela não tinha mais munição, Ember reuniu o poder dentro de si, do mesmo jeito que fizera com os espectros. Mas, desta vez, quando ela tocou em um homem que tentou colocar as mãos nela, ele foi repelido com uma explosão e desabou no meio do convés avariado, com um buraco fumegante no peito. Tentando não se concentrar na carnificina, Ember avançou, com Finney logo atrás dela, derrubando homem após homem com seu poder de bruxa.

Ember pôde ver com os próprios olhos o que acontecia quando um sapo mecânico atacava uma pessoa. Um deles estava escondido em um canto e, quando Ember passou, ele se ativou e saltou para cima de Finney. Ela engoliu em seco, tentando arrancá-lo, mas o botão na lapela dele brilhou vermelho e o sapo se virou e saiu do ombro dele com outro salto. Com mais dois saltos, o sapo encontrou um dos homens da tripulação de Delia, prendeu-se à perna dele e então detonou.

O coitado do homem virou picadinho. A bota ensanguentada dele caiu aos pés de Ember. Eles continuaram avançando, recolhendo algumas armas pelo caminho: um par de punhais, uma arma que disparava balas embebidas em luz de bruxaria e uma espada curta.

Precisavam estreitar os olhos para enxergar através da fumaça enquanto seguiam de modo furtivo, tentando distinguir os inimigos dos colegas de tripulação, mas era difícil e o progresso era lento. Jack e Dev não estavam mais à vista, apesar de Ember achar que os berros que ouviam eram, provavelmente, das vítimas deles. Ela tossiu e percebeu que a névoa não era composta apenas por uma nuvem. Havia algo queimando.

Finney apontou para um aparelho logo abaixo do mastro principal.

– A unidade de propulsão está pegando fogo! – disse ele. – Não vai ter como salvar a nave!

– Eu achava que você estava mais preocupado em salvar a nossa vida! – gritou Ember em resposta ao derrubar um homem que avançava com tudo na direção deles, com os olhos brilhando de maldade.

– Bom, claro que sim. Isso é óbvio, não é? Parece que o nosso destino é afundar entre o demônio e o profundo mar azul. Para mim, o mar parece ser a melhor opção.

Ember não tinha muita certeza se concordava.

Ouviram um grito conhecido. Era a capitã.

– Cinco graus a estibordo! – ordenou ela. – Concordo, Frank. Não há o que fazer. Largue esses invasores e soe a buzina, então se prepare para acelerar à velocidade de um aríete!

Finney e Ember se entreolharam e disseram sem proferir nenhum som:

– *Velocidade de um aríete?*

Com sufoco, abriram caminho até a capitã Delia e se aproximaram dela bem na hora em que um alarme soou. O som foi alto o suficiente para Ember ter vontade de proteger os ouvidos.

– Ember! – exclamou Delia quando a avistou. – Dev me disse que você tem um caldeirão.

– Tenho, sim. Está no meu chapéu.

– Você me empresta? Provavelmente vai salvar as nossas vidas.

Ember assentiu na mesma hora e Finney remexeu na mala até encontrar o chapéu, entregando-o a Delia. A vampira arrancou o caldeirão de lá de dentro e jogou o chapéu de volta para Finney. Então se virou e jogou o caldeirão para Frank, que abriu uma caixinha na base do balão. Um brilho estranho saía de lá. Ele jogou o caldeirão dentro e gritou para avisar que estava pronto.

Delia assentiu e se virou de novo para Ember e Finney.

– Vocês dois, fiquem perto de mim. Quando estivermos em posição, vou virar o timão. Só vamos ter alguns segundos para escapar antes da explosão.

Com a voz esganiçada, Finney repetiu:

– Explosão?

– É. Se for no momento certo, e se os deuses da sorte estiverem do nosso lado, vamos pegá-los desprevenidos.

Ember não sabia como uma nave podia deixar de ver outra vindo em sua direção na velocidade de um aríete, mas, bom, ela não era a capitã. Finney brandiu a espada e fez o que pôde para manter os homens longe do leme, mas foi Ember que conseguiu derrubar o maior número deles, protegendo a capitã enquanto ela trabalhava.

Delia apertou alguns botões no console de controle e acionou um interruptor. Deu para ver um grande aumento de energia verde nas redes e elas começaram a brilhar brancas. Finney escutou os motores dobrarem, ou talvez até triplicarem, a velocidade. A capitã Delia acionou o leme com força e a nave disparou para trás, para longe do couraçado. Os cabos que prendiam o *Phantom Airbus* à outra nave se retesaram e arrebentaram. Quando a nave estava a certa distância, a capitã a virou, manobrando de modo que a proa ficasse de frente para o casco do couraçado.

Frank apareceu.

– Tudo pronto, capitã. A tripulação está a bordo. Pelo menos, o que sobrou dela.

– E Dev?

– Foi avisado e vai se juntar a nós a qualquer momento.

– Certo. Muito bem, então. – Delia amarrou um cabo forte no leme. – Está preso. Leve estes dois para baixo, Frank, enquanto eu engato a marcha.

– É mesmo uma coisa muito triste perder uma nave tão boa assim, capitã – disse Frank.

– É, sim. Mas, se serve de consolo, a gente vai viver para continuar a saquear.

Quando Frank levou os dois até uma parede e apertou um botão para abrir uma porta oculta, Ember viu Delia dar tapinhas carinhosos em sua nave e dizer:

– Vou sentir saudade, sua lata velha. Pode ter certeza de que uma parte de você vai continuar viva.

Quando a porta se fechou para a extrema-unção que Delia dava à nave, Frank, Ember e Finney viram a capitã posicionar a alavanca na força máxima. A nave estremeceu por um instante e então disparou adiante. A caixa em que estavam vibrou e Ember teve a estranha sensação de que se moviam para baixo, igual ao elevador que ela tinha usado no estabelecimento de Payne. Quando a porta se abriu, ela viu que estava no centro escuro da nave, uma parte que nunca tinha explorado. Integrantes da tripulação com curativos na cabeça e cortes profundos ensanguentados estavam acomodados em cadeiras, alguns até em estações de comando, observando botões, maçanetas e alavancas.

– O que é este lugar? – perguntou Ember a Frank.

– Um plano alternativo em caso de emergência.

– Ah, então acho que a situação se enquadra – disse ela.

– Impressionante! – exclamou Finney ao se debruçar, observando um integrante da tripulação. Ele tocou em um mostrador. – Acho que isso aqui serve para medir a profundidade.

A porta se abriu e Dev, Jack e a capitã Delia entraram com a abóbora sorridente flutuando atrás deles.

– Estamos prontos, homens? – indagou Delia enquanto vestia um casaco.

– Prontos, capitã – respondeu Frank.

Delia pegou duas alavancas e fez descer um tubo de bronze, então deu uma olhada no visor. Virou-se para a esquerda e para a direita.

– Ali está ela – constatou. – Preparem-se para o impacto. Disparem quando eu der o sinal. Cinco, quatro, três... disparar!

O metal se retorceu e se partiu. Então o estômago de Ember pareceu se afundar enquanto caíam. Uma enorme explosão sacudiu a nave e eles foram lançados contra o maquinário e aparelhos de todo tipo. Continuaram caindo, cada vez mais rápido. Até os integrantes da tripulação fazendo careta, agarrando-se com toda força aos painéis.

Foi quando veio o choque. Os pés de Finney saíram do chão. Jack se transformou em névoa. Dev agarrou Ember no ar e, quando caíram, ele se assegurou de que suas costas absorvessem a maior parte do impacto. Saía vapor de um cano quebrado e luzes vermelhas piscavam e tremeluziam. Frank se levantou imediatamente para consertar o cano.

Ember acabou com um galo na cabeça, um cotovelo arranhado e um corte na mão que não parava de sangrar. Os ferimentos no corpo de Dev, que não eram poucos, foram curados rapidamente com a ajuda das reservas de sangue dele. Ele enrolou a mão de Ember com a gravata e a colocou sentada em uma das cadeiras giratórias. A abóbora de Jack, com a boca entalhada aberta de preocupação, pairava sobre Finney, que estava inconsciente.

Jack, nada contente ao ver Dev cuidando de Ember, foi ver como estava o garoto.

– É só um galo na cabeça – disse ele, reconfortando a abóbora. – Ele vai ficar bem.

– Descemos rápido demais de uma posição elevada demais – falou Frank à capitã. – Esta nave não foi feita para aguentar tanta pressão.

Delia deu tapinhas no console.

– O *Phantom Airbus* continua vivo, Frank. Está tomando conta de nós. Vamos sobreviver. Estamos prontos para mergulhar?

– M-Mergulhar? – indagou Ember, tentando se sentar ereta.

– Estamos em um submersível – explicou Dev com gentileza, examinando o galo na cabeça dela. – Delia mandou construir há alguns anos. Neste momento, estamos em algum lugar no mar Sacádico. Delia se certificou de que parecesse um pedaço da nave quebrado que caiu na água. Deve despistar quem está nos perseguindo.

– Despistamos todos menos um – avisou Frank, arrastando um homem para fora da despensa.

Ember deu uma olhada atrás de Dev e viu um homem todo orgulhoso e destemido, ainda que certamente estivesse sentindo dor a julgar pela força com que o colosso que era Frank o segurava pelo braço. Os olhos dele eram de um cinza tempestuoso penetrante e o cabelo castanho, mais escuro do que o de Dev, era comprido e estava preso para trás com uma tira de couro. O queixo bem definido com uma covinha no maxilar quadrado e os braços e ombros fortes do homem diziam a Ember que era melhor não se meter com ele.

A capitã deu a volta no cano do visor e prendeu a respiração. O homem sorriu enquanto a capitã Delia, com expressão cheia de fúria, foi indo para cima dele. Ela ergueu a mão e o tapa fez um barulho tão alto que o eco soou por toda a ponte de comando. Todos ficaram paralisados, menos o homem, que levou a mão à bochecha e esfregou, depois mexeu o maxilar para a frente e para trás.

Em vez de se dirigir à capitã, o passageiro clandestino disse:

– Que bom ver você de novo, Frank.

– Bom ver você também, capitão Graydon, apesar das circunstâncias.

– De fato – respondeu o homem.

– Acredito que você tenha algo que me pertence – disse Delia, com palavras iradas.

O homem se inclinou para perto dela.

– Mais do que uma coisa, querida, para dizer a verdade.

Delia bufou e ergueu o dedo, desafiando-o a voltar a falar.

– Enfie este homem em uma cela e jogue a chave fora – ordenou Delia.

– Mas, capitã... – falou Frank, hesitante – não temos uma cela.

– Então, acorrente-o feito um cachorro. É o mínimo que ele merece.

Quando eles se retiraram, Ember sussurrou para Dev:

– Não estou entendendo. Quem é aquele homem?

– Não é um homem. É um lobisomem. O mesmo capitão, aliás, que a minha irmã jogou para fora da nave e por quem ela obviamente ainda está apaixonada.

# 22

## TRAVESSURAS E GOSTOSURAS

Ember olhou para Dev, chocada.

– Quer dizer que ele está vivo? – perguntou ela. – Apesar de Delia o ter jogado para fora da nave?

– Parece que sim.

Dev comparou o cronômetro do submersível com o próprio relógio de bolso e ficou irritado quando viu Jack fazendo a mesma coisa. Dev ficou ainda mais aborrecido quando o lanterna pegou um segundo relógio muito bonito e deu corda nele também. Jack franziu a testa e sacudiu o relógio, então guardou. *Que tipo de homem precisa de dois relógios de bolso?*, perguntou-se Dev. Esfregou o queixo, pensando se também não deveria providenciar um segundo relógio para si.

Frank conduziu o prisioneiro, capitão Graydon, para fora da área de comando e Delia, extremamente abalada, retornou ao periscópio sem se dignar a olhar para o resto deles até que ouviram com total clareza a porta de metal bater, o que significava que seu amor perdido, aquele que a traíra, tinha desaparecido de vista. Mesmo assim, ela mal olhou para eles antes de voltar ao trabalho.

Colocou os olhos no visor do periscópio e, depois de um momento virando a peça e examinando o céu, ela deu um tapa no tubo de bronze.

– Desgraça! – disse ela. – O couraçado quase não sofreu avarias. Eu tinha certeza de que, depois que a fumaça se dissipasse, eu iria ver alguma coisa...

As palavras dela foram sumindo. Ember nunca achou que veria a capitã assim tão... derrotada. A bruxa não sabia se o motivo era ter perdido o *Phantom Airbus*, ver seu amor de volta ou a situação em que se encontravam. Fosse lá qual fosse o caso, o humor da capitã afetou Ember e a bruxa ficou sentindo como se houvesse uma capa de maus agouros sobre seus ombros.

Ember estava exausta até o último fio de cabelo e achou que talvez sua aventura já tivesse ido longe o bastante, pelo menos para essa viagem. Por mais emocionante que fosse viajar com Deverell, ela estava com saudade da tia e da pequena encruzilhada que Jack fizera de lar. Suas poções tinham sido todas usadas e ela já não possuía mais o amuleto de caldeirão que armazenava seu poder. Com seus recursos exauridos, Ember achou que poderia ser um bom momento para fazer uma pausa e reavaliar seus objetivos imediatos.

Ela estava feliz da vida por Jack e Finney terem se juntado a ela, claro. Ter os dois por perto a fazia se sentir bem... Bom, melhor do que ficar sozinha com Dev. E, apesar de a situação deles ser muitíssimo perigosa, havia algo dentro dela lhe dizendo que estava exatamente no lugar onde precisava estar. Embora apreciasse toda a atenção que Dev dera a ela até então, Ember estava começando a desconfiar que as motivações do vampiro não eram totalmente inocentes. Havia a história do chá e também o jeito como ele olhava para ela. Era bem territorialista.

O Outro Mundo era um lugar maravilhoso, sem dúvida, mas talvez da próxima vez ela pudesse ir mais devagar. De um jeito que simplesmente tivesse a oportunidade de conhecer gente interessante e não ser perseguida por espectros nem viajar a bordo de naves celestiais. Talvez ela pudesse conhecer a bruxa superior em outro momento. Com certeza não havia pressa.

Ember sentiu algo roçar sua mão. Era o gato. Ela sorriu e balançou a cabeça, lembrando-se de que nunca se deve subestimar os instintos de um gato. Ela o pegou no colo, fez um carinho nele e sussurrou:

– Você teve sorte de escapar. Talvez na próxima deva ficar em casa em vez de partir a bordo de uma nave celestial. Acho que devo fazer a mesma coisa.

Na verdade, viajar na nave celestial não era tão ruim assim. O que ela não tinha gostado tanto tinha sido o ataque. Talvez, se ela fosse um pouco mais experiente e compreendesse melhor o próprio poder, soubesse como evitar tais situações. Não embarcar em uma nave pirata poderia ser o primeiro passo, considerando que um ataque daqueles podia ser algo corriqueiro para esse estilo de vida!

Enquanto refletia sobre a ideia de pedir à capitã que permitisse que ela, Jack e Finney desembarcassem na cidade mais próxima, algo se revirou em seu estômago mais uma vez. Ela achou que o motivo para estar ali, o que a fazia avançar, era a necessidade de salvar os espectros, mas agora ela já tinha feito isso e mesmo assim ainda existia algo que a incomodava. De repente, ir embora não pareceu correto. Quanto mais ela pensava a respeito do assunto, mais percebia que sua vontade era seguir viagem com Dev e a capitã.

Ember franziu a testa. *Não, isso não está certo.* Ela preferiria fazer compras na cidade, tomar chá com uma gárgula ou explorar uma funilaria. Dev a tinha apressado por todas as partes interessantes e ela se arrependia de não ter parado para conhecer as coisas que gostaria de ver. Talvez, agora que estava aqui, Jack estivesse disposto a acompanhá-la da maneira devida. Claro que, primeiro, teriam que sair do submersível. O estômago dela deu cambalhotas.

Ember cerrou os dentes, ignorando a sensação. De modo consciente, resolveu perguntar a Jack se ele não teria mudado de ideia e se, quem sabe, estaria disposto a assumir a posição de acompanhante dela no lugar de Dev. Finney poderia ir com os dois como guardião dela. Talvez localizassem a loja de um boticário onde ela conseguisse obter os ingredientes para refazer suas poções. De repente, sentiu um enjoo e levou as mãos à boca.

Dev interrompeu os pensamentos dela:

– É melhor a gente mergulhar o mais rápido possível, irmã. Senão, eles podem nos avistar aqui, flutuando intactos na água.

– Faça o favor de me chamar de capitã quando estiver a bordo da minha nave, Deverell. Eddie! – vociferou Delia, com os nervos à flor da pele. – Confira a vedação hermética. Está inteira? Alguma avaria?

– O submersível parece estar em boas condições de funcionamento, capitã. Estamos à prova-d'água.

– Muito bem. Então prepare o submersível para mergulhar. Se eles nos virem aqui, só precisam lançar uma bomba para a gente pegar fogo feito pergaminho embebido em álcool.

– Acho que vou levar nossos hóspedes para a cabine deles – avisou Dev. – Ember precisa descansar da batalha.

Delia lançou um olhar penetrante para ele e assentiu com um gesto seco.

O vampiro ofereceu o braço a Ember, mas ela tinha se abaixado para ver como o garoto mortal estava.

– Eu cuido de Finney – ofereceu Jack, falando baixinho e colocando a mão no ombro de Ember.

O lanterna, então, pegou o rapaz no colo e a abóbora foi atrás deles. Dev se sentiu um idiota. Claro que o lanterna faria um galanteio primeiro. O vampiro não tinha se dado conta de como o garoto era importante para Ember.

O lanterna tinha levado a melhor mais uma vez. Isso estava bem óbvio. Apesar de Ember ter aceitado o braço de Dev, o olhar e o sorriso agradecidos que ela deu pertenciam a Jack. Dev tentou compensar segurando a porta para o lanterna passar, mas ele sabia que era pouco, tarde demais.

Acomodaram Finney no quarto que ele queria que fosse ocupado por Ember, já que existia ali uma porta de conexão própria. Se ele tivesse conseguido pensar em um jeito delicado de dizer para mudar o garoto de lugar, teria dito, mas Ember insistiu para que Finney ficasse com o melhor e ela iria se acomodar em qualquer lugar livre. Jack pousou Finney e o garoto resmungou e se esforçou para abrir os olhos.

Ember foi até o banheiro e umedeceu uma toalha, então se abaixou ao lado de Finney e a pressionou sobre o galo na cabeça do amigo e depois sobre suas bochechas. O rapaz de cabelo vermelho ficou sobressaltado até reconhecer Ember, então se reacomodou no travesseiro com um suspiro de contentamento. A abóbora pousou na cama ao lado do jovem e tocou sua mão.

– Aqui está o meu amigo – disse Finney ao dar tapinhas na lateral do globo cor de laranja.

Depois disso, o garoto caiu no sono de imediato, ainda com a mão em cima da abóbora.

Jack se debruçou na cama, tirou os óculos de Finney e colocou-os na escrivaninha, em seguida afrouxou o colete e a camisa do garoto e depois tirou as botas dele. A abóbora girou e piscou para Jack.

– Sim, pode ficar com ele – disse Jack à abóbora. Então, o lanterna se voltou para Dev. – Ela também vai querer ficar com Finney. Pode trazer um cobertor extra?

O submersível se inclinou para baixo e Jack escutou o som da água envolvendo o submersível até ele afundar. A ideia de que agora estavam totalmente abaixo do nível do mar deixou os nervos de Jack à flor da pele.

Parecia que o vampiro se sentia da mesma maneira.

– Eu odeio estar trancado neste caixão de metal nas profundezas obscuras. Principalmente sabendo que a única coisa que me separa de um monstro das profundezas que me digeriria bem devagar é este pedaço de lata frágil.

Para provar o que estava falando, Deverell deu um chute na parede do submersível. Ouviu-se um barulho metálico logo em seguida, como se o veículo estivesse reclamando do ataque.

Jack deixou a cabeça cair para o lado, examinando o vampiro com seus estranhos olhos brilhantes. Aquilo fez Deverell ter calafrios. Ele nunca tinha gostado de lanternas. Eles enxergavam coisa demais. Ele não suportava saber que o homem que ele considerava rival era capaz de espiar até sua alma e talvez discernir todos os seus segredos. Além de irritante, era antinatural.

O cabelo louro-esbranquiçado do lanterna estava desgrenhado e se arrepiava por todos os lados da cabeça. O sobretudo dele não era nem de longe tão elegante quanto o de Dev. Suas botas estavam gastas e velhas. E, apesar do rosto jovem, seus olhos denunciavam uma idade avançada. Ainda mais idade do que os de Dev.

Jack era uma criatura bem estranha. Ele era um viajante, um homem dotado de enorme poder, um ser cuja alma tinha sido arrancada e colocada em um recipiente para quem quisesse ver. O fato de um homem como ele conseguir capturar a atenção de uma bruxa como Ember deixava Dev impressionado. Ele fez um gesto para que Jack o acompanhasse até o outro lado da porta de comunicação.

– Ember pode ficar com este quarto quando ela achar que dá para sair do lado do garoto – ofereceu ele, fazendo questão de ignorar a sobrancelha erguida do lanterna. – É meu, mas é mais confortável do que qualquer outra coisa que eu possa oferecer a ela. – Deverell foi até uma parede selada com placas de metal sobrepostas. – Ela fica mais perto do rapaz e a vista é incrível.

Ele acionou uma alavanca e as placas se retraíram. Uma bolha de vidro, grossa, dura e resistente a quase tudo, à exceção da luz de bruxaria mais poderosa, deu a Dev e Jack a oportunidade de estar embaixo do oceano e ver o ambiente como se fossem criaturas das profundezas.

– E aí, você já viu monstros marinhos? – perguntou Jack, curioso, estudando os peixes e as plantas visíveis por causa das potentes lâmpadas de bruxa que corriam pela lateral do submersível. – É disso que você tem medo? De morrer na barriga de um monstro?

Na verdade, o medo de Dev não era do mar nem dos caixões em si. Só vampiros de sangue sujo eram obrigados a morar nessas peças. Não. O medo de Dev era o isolamento. Ficar sozinho e isolado de tudo e de todos que eram importantes para ele. Não falou isso ao lanterna. Preferiu guardar suas fraquezas para si. Em vez disso, ele entrelaçou os dedos nas costas e ficou ali com Jack observando a vastidão do mar.

– Pela minha experiência, lugares como os oceanos ou os céus, uma floresta inexplorada, um grande abismo subterrâneo ou o mistério do coração e da mente de uma mulher não são o final de uma jornada, mas o início. Não deixe que o medo do desconhecido impeça você de fazer descobertas, vampiro. Senão, a história da sua vida vai ser mesmo um tédio – comentou o lanterna, com a voz suave.

– Irônico, não é mesmo? Um lanterna dando conselhos sobre a vida a um habitante do Outro Mundo. Acho difícil que a sua história seja assim tão emocionante.

O lanterna ficou em silêncio durante um bom tempo. Enfim, respondeu:

– Você não está errado. Antes de Ember, eu observava mais do que agia. Agora, sou um vaga-lume preso no pote dela. Ela me leva para onde bem entende. Até que me liberte, preciso estar nesta estrada com ela.

Quando o vampiro soltou uma gargalhada de desdém, Jack olhou para ele de soslaio e prosseguiu:

– Pode ser que você ache que está no controle. Que está guiando este submersível. Determinando o nosso destino. Talvez esteja. Mas talvez também devesse considerar a possibilidade de, como eu, estar preso no pote de Ember, e de que a dor e a frustração que você sente vêm de ficar batendo cabeça contra isso, de ficar tentando fugir.

– Garanto a você que a última coisa que eu quero é fugir de Ember.

Deverell puxou a alavanca para fechar as placas de metal e escondeu a bolha de vidro. Jack examinou a aura de Dev. Suas habilidades diminuíam um pouco quando a abóbora não estava por perto, mas ainda assim ele era capaz de enxergar o suficiente para saber que o vampiro tinhas segundas intenções em relação a Ember.

O problema estava no fato de que Jack não sabia que intenções eram essas. Talvez Dev estivesse apaixonado pela garota. Jack supôs que as motivações do vampiro eram de pouca importância. O que importava era manter Ember em segurança quando couraçados e sabe-se lá o que mais fossem atrás dela. Ele esperava que o objetivo de Dev fosse manter Ember escondida, como Delia tinha prometido.

Dando uma última olhada na aura do vampiro, Jack apertou os olhos, sem ter muita certeza do que estava vendo no começo. Então ficou claro. A luz de Jack lhe mostrou que a força de outra bruxa corria no sangue de Dev. Uma bruxa que dera a ele seu coração, seu tudo. O fato de aquilo ainda estar circulando em sua aura significava que ele tinha aceitado tudo com egoísmo, junto com o sangue dela, sem retribuir o favor. Se ele houvesse entregado seu coração a essa bruxa, Jack teria visto os sinais de que tinha sido aceito. Interessante.

Isso podia explicar por que ele estava tão interessado em Ember. Seu sangue lhe dizia que era errado segurar o coração, absorver o poder e não dar nada de si. Para ser inteiro, para que sua alma ficasse em paz, ele teria que estar disposto a oferecer o próprio coração.

Jack ficou em silêncio enquanto os dois voltavam para o quarto onde tinham deixado Ember e Finney. Encontraram os dois dormindo, Ember jogada em cima de Finney enquanto o garoto roncava de leve.

Com cuidado, Deverell pegou Ember no colo e a levou para a cama que seria a dele. Jack foi atrás e ajeitou o cobertor em cima dela enquanto Dev pegava alguns itens embrulhados em papel bem amassado e os pousava na mesinha lateral. Sem qualquer outra conversa, os dois saíram do quarto juntos e se separaram no corredor. Dev não sabia que, quando saísse de vista, Jack se transformaria em névoa e se esgueiraria de volta para o quarto onde Ember dormia.

Desta vez, ele fez questão de ficar longe o suficiente para que ela não pudesse desencadear a magia que o fazia tomar forma humana. Ele se acomodou no batente da porta entre os dois quartos. A pressão do oceano fazia com que sua névoa ficasse espessa, pesada e úmida. Em pouco tempo o batente da porta estava coberto de umidade, mas ele se sentia tão estranhamente exausto que nem se incomodou. A abóbora se virou para olhar na direção dele, mas sua mente logo se perdeu e ele permitiu que seu corpo sobrenatural descansasse.

# 23

## O ESPIÃO QUE ME AMAVA

– Quatro graus para baixo – indicou Delia à sua tripulação.

Quando chegaram à profundidade solicitada por ela, ela completou:

– Muito bem. Agora, nivelamos e seguimos adiante a meia velocidade.

Delia batucava os dedos no console e batia o pé, ansiosa. Parecia que um ninho de cobras se contorcia em seu estômago, mordiscando-a por dentro.

Frank tinha retornado horas antes, dizendo que fizera o que ela havia pedido, prendendo as correntes mais pesadas aos braços, pernas e pescoço de seu antigo capitão.

Delia sabia que seu primeiro-imediato tinha achado difícil obedecer a essa ordem. Ele amava Graydon quase tanto quanto ela. Aliás, Frank não seria o homem que era hoje sem seu antigo capitão. Graydon tinha pagado do próprio bolso o coração mecânico de Frank. A bateria de luz de bruxaria que mantinha o coração funcionando custava mais do que ambos ganhariam a vida toda. Graydon nem tinha titubeado. Não dissera onde conseguira os fundos e ela não perguntara. Delia havia aprendido que de vez em quando, no que dizia respeito à pirataria, era melhor não saber.

A capitã Delia andava de um lado para outro no convés de comando, sem enxergar nada e distraída. Enfim, Frank pousou a mão pesada e esverdeada no ombro dela.

– Vá – disse ele, chamando a atenção dela com os lábios negros. – Está tudo sob controle aqui. Vá dormir um pouco ou... ou faça o que precisar fazer. Xingue. Dê uns socos no travesseiro. Ou, não se esqueça disso, beber é sempre uma opção.

– Para ele ou para mim?

– Para qualquer um dos dois, imagino.

Delia ergueu a cabeça para os olhos bondosos e gentis de seu primeiro-imediato e então relaxou. Assentiu para ele cheia de gratidão com um leve sorriso e deixou a ponte. Dirigiu-se para sua cabine, entrou e jogou água no rosto e na nuca. Como isso não a aliviou, pegou uma garrafa de sangue, de sua cepa preferida, e a bebeu inteira. A infusão de energia a deixou agitada e ainda mais ligada.

Depois de tirar a jaqueta, as botas e o corselete, ela se cobriu em seu catre, com a intenção de dormir, mas hesitou, apertando o tecido nas mãos. Ela precisava saber. Tinha que entender por que Graydon tinha feito o que fez. Delia voltou a calçar as botas, mas não vestiu o corselete. A camisa comprida esvoaçava ao redor do quadril e da calça justa enquanto ela atravessava o submersível a passos firmes. Desceu a escada com rapidez e parou na frente da porta grossa do compartimento do reator.

As dobradiças de metal rangeram e ela entrou no espaço escuro, batendo a porta pesada atrás de si. Em vez de encontrar uma passagem silenciosa, ela sentiu os ouvidos serem assaltados pelo zunido dos motores.

A seção do reator era mal-iluminada, os bulbos no alto ofereciam pouco brilho. Frank provavelmente estava tentando economizar a luz de bruxaria que lhes restava. Vapor lambia seus braços e seu rosto, deixando uma umidade brilhante por cima da pele, enquanto ela se abaixava sob as tubulações hidráulicas que iam até uma unidade central, onde se dividiam em seções que se erguiam feito tubos de um órgão. Cada segmento alimentava uma parte diferente do submersível.

– Eu estava mesmo me perguntando se você viria – disse uma voz na escuridão.

Delia seguiu o som até o fundo e encontrou Graydon acorrentado ao reator principal. As roupas pendiam flácidas sobre o corpo dele e o cabelo castanho-escuro estava ensopado por causa do vapor e caía por cima dos ombros. Ele sempre tivera uma beleza bruta, e era o único homem que ela conhecia que a fazia se sentir pequena e feminina. Foi surpreendente para ela ver quanto desejava tal coisa.

Era triste o fato de a maior parte dos homens se sentir intimidada por Delia. Ela não só pertencia a uma das famílias de vampiros mais antigas e mais respeitadas do Outro Mundo, mas também era inteligente, segura de si e olhava os homens no olho, considerando-se ou igual ou melhor do que eles. Depois que fazia isso, a oportunidade de romance desaparecia. O capitão Graydon era a exceção àquela regra.

Ela o amara. Total e incondicionalmente, com toda a força do seu ser. Não fazia sentido. Adicionar o título de "vira-casaca" ao homem que ela conhecia era como tentar abrir uma porta com a chave errada. Simplesmente não tinha como. Graydon havia dividido seu sangue com ela, de boa vontade e com frequência. Se ele tinha planos de trair sua tripulação, era para ela ter sentido a intenção no gosto do sangue dele. Mas ele os traíra, não havia dúvida em relação a isso.

A obrigação de Delia para com sua tripulação e a lealdade para com o código dos piratas brigavam dentro dela contra sua necessidade de jogar os braços em volta do corpo de seu antigo capitão, mentor e amante. Ele era um traidor. A palavra era amarga na língua dela, tão contorcida quanto entranhas arrancadas, e, no entanto, ela não conseguia refrear seu entusiasmo por ele estar vivo.

Delia não sabia dizer quanto tempo ficara ali, parada, com os punhos fechados, perdida na visão dele, mas pareceu que foi muito tempo. Ela tinha vontade de beijar o contorno quadrado do maxilar de Graydon, tocar com o dedo a covinha do queixo, passar as mãos nos músculos rígidos dos braços e dos ombros dele. O fato de que ele também olhava para ela, sem nada dizer, era algo que ela não foi capaz de admitir.

– Com quem você está trabalhando? – perguntou Delia enfim, quando na verdade o que queria saber era o motivo.

Por que ele tinha se voltado contra a própria tripulação? Contra ela?

Graydon mexeu o maxilar e fez as correntes pesadas chacoalharem. Virou a cabeça e, por fim, baixou o olhar, recusando-se a falar. Delia deu um passo mais para perto e passou o dedo pelo contorno do emblema na gola de sua camisa. Era o mesmo que todos os homens que tinham invadido a nave dela usavam, o sinal do Senhor do Outro Mundo: o símbolo do sistema contra o qual eles tanto lutavam.

– Perdemos Harry – disse ela, baixinho. – Vic também. Rufus está vivo, mas sem uma perna.

Ela tinha contratado novos tripulantes desde que Graydon desaparecera. Alguns se aposentaram. Outros passaram para outras naves. Mas Frank tinha continuado com ela, junto com mais ou menos uma dúzia de outros.

Ele se virou para olhar para ela mais uma vez com olhos cheios de arrependimento.

– Sinto muito, Del. Eram homens respeitáveis. Talvez ajude saber que morreram por uma boa causa.

– Uma boa causa? – repetiu ela. – Uma boa causa? Está tentando me dizer, Graydon, que esta – ela agarrou a gola da camisa dele e a rasgou, enfiando o emblema na cara dele – organização a que você serve teve um bom motivo para matar os meus homens? Nós não atacamos vocês. Não estamos carregando carga nenhuma. Como justifica ter destruído a minha nave?

– Estava carregando uma carga, sim, Del. A carga mais preciosa do Outro Mundo.

A boca de Delia se fechou e ela deu um passo para trás com os braços para baixo, colados ao corpo, sem querer dar qualquer sinal de que sabia do que ele estava falando.

Graydon deixou a cabeça pender para o lado e então suspirou.

– Já sabemos sobre a bruxa, Del. Era para a gente tê-la pegado. Quando isso acontecesse, deixaríamos que fossem embora.

– E quem são "nós"?

A boca do lobisomem se apertou em uma linha fina.

– Tudo bem – disse Delia, com cansaço na voz. – Não faz diferença. Estou vendo muito bem o emblema do Senhor do Outro Mundo. Nós frustramos o seu plano e você falhou na sua tarefa. Assim que eu puder tirar você da minha nave, é o que vou fazer.

– Então não vai me matar? Ficou mole, minha querida vampira?

Delia preferiu não responder, sobretudo depois de ver um sorrisinho se desenhar nos lábios dele.

– Só quero que você responda a uma pergunta – disse Delia. – Como você sobreviveu à queda?

Ele remexeu as mãos e agitou as correntes pesadas presas a seus pulsos. Não havia como fugir e ele sabia disso.

– Eu respondo à sua pergunta se você responder à minha – rebateu ele. Delia não deu sinal de que aceitaria a oferta, mas ele falou mesmo assim: – Meu... benfeitor me equipou com tecnologia altamente avançada. O equipamento se chama arraia. Eu ia usar para conseguir entrar na outra nave celestial. Quando escorreguei pela lateral, bati uma bota na outra e ativei jatos nos calcanhares, junto com um par de asas flexíveis finas que se parecem um pouco com as de uma arraia, que estavam escondidas dentro da minha capa. As extensões de metal são entalhadas com redes de luz de bruxaria. Atravessei o espaço voando, consegui agarrar um cabo e me arrastei para dentro da outra nave celestial. – Ele hesitou por um momento, então completou: – Sinto muito por você ter ficado de luto por mim.

– Agora o meu luto vai além da sua morte – respondeu Delia, com os olhos faiscantes. – Qual é a sua pergunta?

– O que você acha que eu tenho que pertence a você?

A testa de Delia se franziu. Essa não era a pergunta que ela esperava. Olhou para os dedos dele, lembrando-se de como se entremeavam em seu cabelo, massageavam sua nuca e acariciavam seu rosto. Para seu espanto, sentiu lágrimas ardendo por trás dos olhos. Piscando rápido, respondeu:

– O anel que eu lhe dei. Aquele que você disse que nunca ia tirar. E dá para ver que foi muito fácil quebrar tanto esta promessa quanto o seu compromisso para com a tripulação, já que ele não está mais no seu dedo.

– Tem razão. Não está mesmo – reconheceu Graydon. – Venha aqui, querida.

– Acho que não.

– Olhe o meu pescoço mais de perto, onde você rasgou a minha camisa.

Sem sair do lugar, Delia deu uma olhada no pescoço dele. Avistou um brilho dourado.

Ignorando a leve pulsação na base do pescoço e as cicatrizes brancas que os dentes dela tinham deixado, ela puxou uma corrente. Ficar tão perto assim dele era quase entorpecente. Ela estava tão atenta ao cheiro dele, ao calor do corpo dele, ao próprio coração batendo tão rápido e ao estrondo de sua fúria que, no começo, não soube para o que estava olhando.

Então sua visão se focou. Pendurado na corrente estava o anel dela. Aquele que ela lhe dera quando ele entalhou as iniciais dos dois no carvalho morto da propriedade da família dela. Ele tinha dito a Del que iria largar a pirataria e procurar um emprego de fazedor de barris, padeiro ou relojoeiro se ela aceitasse se casar com ele. O ar estava quente e úmido e insetos zumbiam uma canção sonolenta e embriagada.

Ela lhe deu um beijo doce. Recusá-lo era como tentar segurar um furacão com um guarda-sol quebrado, mas foi exatamente isso que ela fez. Disse que não estava pronta para largar a vida de pirata e se tornar mulher de padeiro, apesar do prazer que lhe deu a ideia de seus braços bronzeados cobertos de farinha, a mão enterrada em um monte de massa fofa.

Quando ela viu a expressão desolada de Graydon, tirou do dedo o anel da família e lhe deu como uma promessa de que iria se casar com ele no dia em que pudessem ficar juntos na nave, ou, se ele insistisse para que ela ficasse em casa, poderia esperar até o dia em que o céu não a atraísse mais.

Ele pegou o anel, deu um beijo no objeto e outro nela, abraçando-a bem forte. Quando se afastou, pareceu melancólico, mas colocou o anel no dedo e disse com a voz rouca:

– Então, vamos esperar um pouco. – Graydon colocou as mãos nas bochechas dela, segurando seu rosto. – Eu só quero que você saiba, Delia, que não importa o que aconteça, independentemente da direção que o vento soprar ou do que o futuro reserve para nós, vou guardar com carinho cada momento que passamos juntos.

Agora, ao ver seu anel, o símbolo do amor deles, ali, pendurado na corrente, todas aquelas emoções voltaram e tomaram conta de Delia. Seus olhos procuraram os dele e ela viu ali as promessas perdidas, mas viu algo mais também, algo que ele protegia, algo que, até naquele exato momento, erguia um muro entre eles.

Ela estava prestes a arrancar a corrente do pescoço dele quando reparou em um objeto escondido bem atrás do anel. Franziu a testa e colocou o anel de lado, então prendeu a respiração com a surpresa. Atrás de sua herança de família, com um furo no meio, estava o canino quebrado dela.

# 24

## CORAÇÕES DESPEDAÇADOS

Finney acordou quando ouviu um sibilar, então tateou às cegas em busca dos óculos. A mão dele esbarrou em uma mesa próxima e ele encontrou seu par de lentes lenticulares delicadas em vez dos óculos normais.

– Que saco – disse ele. – Cadê?

Algo se agitou na cama ao lado dele e ele ficou paralisado. Uma luz que piscava bruxuleou por seu rosto e ele tentou distinguir quem estava iluminando o local e por que estaria em seu quarto.

– Olá? – chamou ele, temeroso.

Algo tocou sua mão e um calafrio percorreu seu corpo, dos dedos dos pés à ponta das orelhas. Então outra ideia lhe ocorreu.

– Ember? – sussurrou ele e depois suspirou, pensando na garota por quem era desesperadamente apaixonado.

A confiança e a amizade dela faziam com que ele se sentisse menos deslocado, e a alegria dela com suas invenções o deixava orgulhoso.

Ele se mexeu e sentiu algo pinicar seu cotovelo.

– Ah, aqui estão.

Ajeitou os óculos em cima do nariz e a luz perto dele finalmente entrou em foco. Era a abóbora. De repente, ele se lembrou de tudo. Tudo que era incrível misturado com tudo que era apavorante.

– Que bom ver você, meu velho amigo – disse Finney e deu tapinhas carinhosos no fruto.

Olhou ao redor e reparou que estava sozinho. Chamou:

– Ember? Está aqui?

Ouviu um grunhido abafado vindo da porta aberta. Saltou da cama e então perdeu o equilíbrio.

Talvez estivesse desajeitado por causa do ferimento na cabeça. De qualquer modo, o cavalheirismo exigia que ele fosse ver como estava sua única amiga e confidente, a garota que, se tivesse muita sorte mesmo e fosse abençoado, um dia aceitaria ser sua esposa.

Ele foi cambaleando até a porta, mas fez uma pausa para tentar acalmar a tempestade que se agitava em seu estômago. Não serviria de nada aparecer com a intenção de salvar a donzela em perigo se fosse para sujar os sapatos dela com o conteúdo de seu estômago.

– Ember? – murmurou ele e ouviu um leve suspiro.

Alguém tocou seu ombro e ele se virou com tanta rapidez que perdeu o equilíbrio.

– Ela ainda está descansando.

Finney observou o rosto do lanterna e reparou, com inveja, como ele parecia alinhado. Já estava vestido e seu cabelo louro-esbranquiçado, penteado para trás. Não precisava ser nenhum gênio para perceber que o lanterna sentia algo por Ember e que tal sentimento era um pouco mais do que fraternal ou do que sentiria uma pessoa que quisesse seu bem e sua proteção. Aquilo fez Finney ter vontade de desprezar o lanterna, mas ele seria incapaz disso. Finney gostava do sujeito. Talvez isso estivesse relacionado com a abóbora, mas o garoto confiava em Jack e até o admirava.

Era um sentimento bem diferente do que o que ele tinha em relação ao vampiro. Finney tinha uma ausência notável de bons sentimentos em relação àquele homem. Apesar de só ter visto o vampiro uma ou duas vezes, Finney o achou seboso demais. Muito cheio de si. Arrumadinho demais. A capitã não era nada má, apesar de também ser vampira, então Finney determinou que não tinha preconceito contra vampiros em geral, só contra aquele específico. Aquele que tinha sequestrado sua... sua Ember.

Ergueu os óculos e coçou os olhos. Tanta coisa tinha acontecido em tão pouco tempo, e tudo rápido demais. Até mesmo uma pessoa de mente brilhante como Finney tinha dificuldade de acompanhar.

– Onde estamos? – perguntou Finney a Jack.

– Bem no fundo do mar.

– Um submersível? – Finney ficou boquiaberto. – Só escutei histórias fictícias a respeito desses aparelhos.

– Shhh. Deixe Ember dormir mais um pouco.

Jack fechou a porta, deixando apenas uma fresta aberta para poder escutar se Ember precisasse dele. Enquanto Finney usava o banheiro, Jack lhe contou o que sabia que estava acontecendo.

– Então, este vampiro, Deverell, tem algum tipo de plano envolvendo Ember, ou de natureza romântica ou em causa própria. E para onde ele está nos levando mesmo? – perguntou Finney.

– Essa é a questão. Só sei que estamos indo visitar algum tipo de inventor. Delia me garantiu que a intenção de Dev é esconder Ember, mas para mim está óbvio que há outras coisas acontecendo no Outro Mundo, e desconfio que não seja só isso. Meu plano era tirar vocês dois daqui e levar de volta para o seu mundo o mais rápido possível. Seu papel é ajudar Ember a entender que isso é necessário.

Finney, que tinha acabado de lavar o rosto, fez uma pausa ainda segurando a toalha.

– E precisamos voltar imediatamente, suponho – disse ele.

Jack franziu o cenho.

– Você não quer voltar?

– Ah, quero, sim. Não me entenda mal. É só que... – Ele suspirou. – Tem tanta coisa que eu quero aprender e estudar. Tantas perguntas... Você tem noção de que, com base nas coisas que vi até agora, adicionei uma centena de novas ideias ao meu caderno? Vai saber o que eu poderia criar se tivesse tempo?!

Jack assentiu.

– Eu entendo a atração. Sua mente já era brilhante, e agora que você passou muito tempo perto de Ember, então... o alcance da sua mente foi ampliado e a sua curiosidade, aguçada.

Finney largou a toalha.

– É verdade. Você já comentou sobre isso antes. Fico me perguntando como é possível Ember ser a fagulha que acende a minha imaginação. Será que acontece uma troca física ou talvez química que age como gatilho para a criatividade?

– Acontece, sim. Não sei explicar exatamente como funciona. – Jack deixou a cabeça pender para o lado e perguntou: – Você já ouviu falar no termo "gêmeo desaparecido"?

Finney fez que não com a cabeça.

– Foi o que, supostamente, motivou as bruxas a irem embora do Outro Mundo, em um primeiro momento. Antes, existia equilíbrio. Nossos mundos progrediam mais ou menos no mesmo ritmo, mas agora o Outro Mundo está muito mais avançado. Pense nos nossos dois reinos como se fossem gêmeos dentro do útero da mãe. Se um deles fica forte demais ou se algo acontece para causar danos ao outro, então de vez em quando o mais fraco é absorvido pelo mais forte e a mãe só dá à luz a criança saudável. Mas se o bebê mais fraco é rejeitado pelo útero ou é abortado, existe o risco de que o outro bebê, por mais forte e bem-nutrido que seja, também seja perdido.

– E você acha que isso está acontecendo com os nossos mundos?

– É por isso que eu existo. Meu trabalho é vigiar o cordão que une os dois mundos. Ao identificar as bruxas, a fonte do poder, que contêm a energia para alimentar os dois mundos, os lanternas podem ajudar a manter o equilíbrio. O problema é que eu não sei o que acontece com as bruxas depois que são encontradas. Eu achava que elas fossem transferidas para áreas mais vitais, e que as que se rebelavam estavam deslocando o poder como bem entendiam, provocando caos por onde passavam, mas agora já não tenho tanta certeza assim.

Finney ficou olhando para o lanterna.

– Você gosta dela, não gosta?

Jack não precisava perguntar de quem Finney estava falando.

– Gosto.

– E está arriscando o seu trabalho para salvar Ember, para levá-la de volta?

– Estou.

– Por quê?

O lanterna não respondeu. A abóbora se aproximou flutuando e pairou entre os dois, virando de um para o outro como em um incentivo para que fossem totalmente honestos. Jack se recusou a cooperar e cutucou o fruto flutuante com o dedo. A abóbora se afastou, mas logo voltou, como se estivesse presa a ele por uma corda elástica. De certo modo, estava, Jack supunha.

Ao ver os sentimentos de Jack estampados no rosto, o coração de Finney se apertou. Ele sabia que seria uma escolha melhor para Ember do que o vampiro, mas será que era melhor do que Jack? Tentando engolir o nó que surgiu em sua garganta e falar com coragem, apesar de seu coração parecer ter sido esmagado, Finney disse:

– Então deve dizer a ela o que sente.

Jack ergueu os olhos.

– Não faz diferença. – Ele fez uma pausa e prosseguiu: – Eu não posso amar Ember. Não vou amar. Não é o meu lugar. Ember pertence ao mundo humano. Ela deveria ficar com alguém como você. Alguém que ela possa inspirar e ajudar. Alguém que não...

– Esteja morto? – completou Finney, baixinho.

Jack assentiu e sua abóbora foi baixando devagar, até tocar seu ombro, dando uma batidinha nele como se oferecesse conforto.

– Eu não tenho futuro – explicou Jack. – Minha vida mortal foi sacrificada muito tempo atrás. O que eu sinto e o que eu quero são irrelevantes.

Ember tinha acordado com o som de vozes. Deixou as cobertas de lado e foi até a porta pisando no tapete grosso. Estava para dizer bom-dia quando ouviu Jack.

*Eu não posso amar Ember.*

*Não vou amar.*

Bem rápido, ela recuou da porta com os pensamentos embaçados pela dor e pela confusão. Será que Finney tinha perguntado a Jack se ele iria tomar conta dela? Era mesmo a cara do amigo pensar primeiro em sua segurança e seu conforto. Mas Finney não tinha apenas pedido a Jack que a mantivesse em segurança. Perguntara se Jack podia amá-la e Jack disse que não.

Ember sabia que não deveria se incomodar. Ela dissera a ambos que suas intenções eram ver o mundo, não se amarrar. Mas isso não significava que ela não sonhasse acordada com um garoto que a abraçasse com ternura e ouvisse suas ideias por vezes sem noção e não desse risada. Alguém que lhe desse beijos arrebatadores e, o mais importante, que a olhasse nos olhos em vez de ficar babando em cima de seus peitos. Ela só conhecia dois homens que tinham sido capazes de se segurar na segunda opção, e os dois estavam no quarto ao lado.

É verdade que Dev também não parecera fascinado demais por seus seios, mas ele a olhava como se estivesse faminto, e com certeza estava interessado em seu poder. E por acaso ela não estava envolvida com Dev pelo mesmo motivo? Para aproveitar o conhecimento do vampiro e sua capacidade de guiá-la pelos mistérios do Outro Mundo?

Como ela não estava mesmo à procura de amor, que diferença fazia o que Jack sentia?

Mas, lá no fundo, havia uma parte secreta dela que se importava muito mesmo com os sentimentos que o lanterna pudesse ter por ela, e essa parte ficou de luto.

# 25

## UMA PROPOSTA OUSADA

Ember ficou imaginando se haveria um feitiço para amenizar a aflição de um coração partido. Mas, sem os ingredientes para preparar um tônico, resolveu simplesmente juntar os pedaços apertando o corselete em volta do peito e comendo o resto do saquinho de chocolate.

Ela se vestiu fazendo o mínimo de barulho possível e escondendo seus sentimentos bem o bastante ao estampar um sorriso despreocupado no rosto, bateu à porta deles e entrou, confiante. Jack e Finney foram afáveis, como sempre, e ela logo se distraiu de seus pensamentos mais sombrios quando Jack mostrou as maravilhas do oceano do lado de fora da bolha que estava escondida em seu camarote.

Enquanto Finney bombardeava Jack com perguntas, ela só escutava parcialmente, pois estava hiperconsciente do fato de que Jack estava logo atrás dela, apontando para uma pedra que surgia ali e um peixe bonito aqui, com sua respiração roçando a pele exposta da nuca dela, o braço tocando de leve no dela e a mão dele segurando sua cintura. Ember gostaria de tomar a iniciativa de impor algum espaço entre os dois, mas era bom demais estar perto do lanterna misterioso para que ela se negasse o prazer de estar próxima a ele.

Foi quando Dev entrou no quarto e franziu a testa ao ver todos eles juntos.

– Vim acompanhar vocês até o refeitório – anunciou ele, com uma mesura rígida para Ember. – Devem estar morrendo de fome.

– Com certeza! – respondeu Ember, um pouco animada demais, e se apressou para tomar o braço dele.

O grupo fez o desjejum com as provisões do submersível, que incluíam uma tigela de mingau quente misturado com frutas secas e castanhas, biscoitos com geleia e peixe salgado. Também lhes serviram um chá bem gostoso, que fez Ember se lembrar de que ainda precisava confrontar Dev a respeito do chá que ele tinha lhe servido.

Ao servir uma caneca a ele, ela falou:

– Acho que ainda tenho um pouco daquele chá que você conseguiu para mim. Prefere tomar um pouco dele, já que não está comendo mais nada?

Ele fez uma careta.

– Acho que não, mas obrigado por perguntar.

– Por nada. Posso saber por que você não quer experimentar?

– Não gosto do sabor. Além do mais, não funciona para abafar as habilidades de um vampiro. Mesmo que existisse algo assim, eu não ia querer tomar. Gosto das minhas habilidades.

– E eu gosto das minhas também – rebateu Ember, com um sorriso contido. – E mais, gosto que as minhas escolhas sejam minhas. Você também não quer controlar a própria mente, Deverell?

O vampiro franziu a testa e deu uma olhada em Jack e Finney. O primeiro comia e o segundo mexia o mingau com uma colher, tentando não encarar Dev. Ele hesitou antes de falar:

– Sim. Eu gosto de controlar a minha própria mente. Aonde quer chegar com isto, Ember?

Ela largou a colher fazendo barulho e derramando chá por cima da borda do pires.

– Aquele chá que você me deu tinha bafo de demônio! – acusou ela.

– Bafo de demônio? – Dev se largou na cadeira, estupefato. Então deu um tapa na mesa. – Payne!

Jack interrompeu:

– Você, vampiro, era o único que tinha algo a ganhar com isso.

Dev desdenhou:

– Você está insinuando que eu não fui um perfeito cavalheiro com Ember?

– Bom, eu com certeza... – começou a dizer Ember.

– Não estou insinuando – cortou Jack, voltando-se a Dev.

Ele se inclinou para a frente, com as correntes dos relógios de bolso penduradas no ar enquanto pressionava a ponta dos dedos na mesa. A abóbora se postou atrás dele, sorrindo para Dev por cima da coroa de cabelo louro-esbranquiçado de Jack.

– Estou acusando mesmo – completou o lanterna.

Com os olhos apertados e uma chama de perigo se erguendo neles, Dev se aproximou apenas um tantinho de Jack. Ember tentou intervir, mas foi silenciada pelo rosnado de Dev.

– Tome cuidado ao acusar um vampiro – alertou Dev. – A honra nos obriga a nos defender. E, garanto a você, se eu quisesse o afeto dela, coisa que está longe de ser da sua conta, eu não ia precisar de droga nenhuma para convencê-la.

Ela olhou para Finney com uma expressão horrorizada, meio que pedindo ajuda, mas o rapaz se encolheu como se tentasse ficar invisível.

– É mesmo? – pressionou Jack.

– É, sim – sustentou Deverell.

Ember estava com vontade de jogar *os dois* para fora do submersível. Por que Dev era incapaz de lhe dar uma resposta direta? E por que Jack precisava assumir as rédeas como se ela não fosse capaz de lidar com a situação sozinha? Então, Dev dobrou a manga da camisa e ela achou que eles iriam começar a trocar socos ali mesmo, à mesa do café da manhã. Em vez disso, ele mordeu o pulso e o estendeu a Jack.

– Jura de vampiro – falou. – Experimente o meu sangue e vai ter certeza de que eu nunca soube que o chá de Ember contivesse qualquer coisa além da substância que inibe o seu poder.

Duas gotas de sangue reluzente se incharam no pulso estendido dele. Jack ficou olhando para o rosto de Dev, ignorando a oferta.

– Se você não vai conferir, eu vou – disse Ember.

Ela pegou o braço de Dev e tocou uma das gotas com a língua. Finney ficou pálido e Jack pareceu ainda mais vermelho por baixo da gola da camisa. Mais uma vez, Ember sentiu um tinido nas veias e a confirmação fria da verdade.

– Ele não está mentindo – atestou Ember. – Ele não sabia.

Dev apertou um guardanapo no pulso e baixou a manga da camisa, dando um toque na abotoadura para que fechasse.

– Vou lembrar a você que sou um lanterna – retrucou Jack. – Eu sabia que ele não estava mentindo.

– Então por que parece um anjo vingador pronto para derramar morte e destruição? – indagou Ember.

Jack retesou o maxilar, mas se recusou a responder.

Finney limpou a garganta e soltou um gritinho esganiçado enquanto dava um puxão na camisa de Jack.

O lanterna franziu o cenho quando ele finalmente parou de encarar Dev e se virou para Finney.

– O que foi? – perguntou ele.

– Jack – disse Finney, tentando dissipar a tensão do momento. – Se não se importa, será que você pode dar uma olhada no corte na minha cabeça? Estou me sentindo um pouco tonto. Veja se tem pus. Não quero ter uma infecção.

– Se eu tivesse os ingredientes adequados, poderia fazer uma embrocação para você – falou Ember. – Para aliviar sua dor e acelerar a cicatrização.

– Eu adoraria – respondeu Finney.

– Não precisa – proclamou Jack depois de examinar a cabeça do garoto. – É mais um galo do que um corte. Vai sarar sozinho.

– Se me dão licença, eu gostaria de ir conversar com a capitã – anunciou Dev, empurrando a cadeira para trás.

– Eu vou junto – avisou Ember. – Gostaria de fazer algumas perguntas a ela a respeito do nosso destino.

Dev se retesou, mas assentiu.

Finney e Jack se ergueram na mesma hora e reclamaram, dizendo que deveriam ficar juntos e que eles também tinham muitas perguntas.

– Bobagem – rebateu Ember. – Terminem a refeição antes disso. Além do mais, garanto aos dois que eu consigo tomar conta de mim mesma. – Ela se virou para ir atrás de Dev, mas então parou e completou: – Finney, por favor, veja se na despensa tem algum ingrediente que eu possa usar para refazer as minhas poções. Trouxemos alguns saquinhos de ingredientes secos, mas pode ser que eles tenham itens frescos aqui.

Depois de encarar Jack e ver uma expressão irritada, Finney respondeu:

– Vou dar uma olhada e levo os itens para o seu quarto.

– Obrigada, Finney – disse Ember.

Ela o agraciou com um sorriso, ignorando Jack de propósito, e saiu do refeitório logo atrás de Dev. A porta se fechou com uma batida ressonante.

– Se está tão irritado – falou Finney a Jack depois de ver o lanterna tentando perfurar o vampiro com seus olhos brilhantes –, por que a deixou ir com ele?

Jack suspirou.

– Eu observo Ember desde que ela era criança, e se tem uma coisa que sei sobre ela é que lhe dizer "não" só aumenta sua determinação para fazer o que bem entender, não importa se a coisa a põe em perigo ou se me deixa irritado.

Finney deu risada.

– Ela consegue mesmo irritar você, não é?

– Consegue, rapaz. Consegue. – Ele se levantou da mesa. – Vou ajudar você a juntar os ingredientes. De que tipo de coisa ela precisa?

– Já vamos falar sobre isso. Primeiro, será que você consegue convencer o cozinheiro a me servir de novo? Faz muito tempo desde que eu comi pela última vez.

Enquanto caminhavam em silêncio pelo corredor, Dev ficou se perguntando o que Ember estava pensando. Durante quanto tempo ela acreditara que ele era capaz de fazer algo tão malicioso quanto drogá-la, sobretudo depois do tempo que tinham passado juntos?

Era culpa daquele lanterna desgraçado. Desde que Jack aparecera, a relação de Dev com Ember havia ficado difícil. Ele não era bobo. Sabia que o lanterna tentaria fugir com a garota na primeira oportunidade. Talvez estivesse na hora de ser mais direto e colocar as cartas na mesa. Ainda era cedo demais para isso, mas podia ser que ele tivesse sorte e Ember enxergasse as coisas do modo dele. Mas, antes, ele teria que reparar os danos.

– É por aqui – disse Dev ao abrir uma porta e fazer Ember entrar.

– Onde estamos? – perguntou a bruxa. – Esta é uma cabine particular, não a ponte.

– Eu sei. – Ele suspirou e fechou a porta atrás de si. – Eu queria conversar com você antes de falar com a minha irmã, se você concordar – afirmou Dev, com educação.

Dev tinha, na verdade, levado Ember à sua própria cabine. Era pequena em comparação à dela. Bom, em comparação ao quarto que *ele* costumava usar. Mal cabia uma pessoa no catre.

Ember observou tudo com um tanto de desconfiança, mas, mesmo assim, sentou-se em uma cadeira e evitou olhar para a cama.

– Sobre o que você quer conversar? – indagou ela.

Ele tirou o chapéu de asa de morcego e o colocou em cima da cama. Tivera a sorte excepcional de os aposentos da capitã no *Phantom Airbus* ficarem bem perto da entrada do submersível para que ele conseguisse recolher seus poucos pertences. Teria detestado perder o chapéu.

– Eu... eu quero desnudar minha alma, mostrar como ela é. Não posso admitir que você acredite que eu sou o canalha que o lanterna faz parecer que eu sou.

A expressão de Ember se suavizou.

– Nunca achei que você fosse um canalha, Deverell. Talvez um pouquinho egoísta e um tanto reservado, mas nunca um canalha.

Dev caminhou de um lado para outro no pequeno quarto e se afundou na cama na frente dela. Pegou a bengala que estava apoiada na mesinha de cabeceira. Rolar a madeira entre as mãos lhe trazia certo conforto.

– Preciso ouvir você dizer mais uma vez que acredita em mim quando digo que não sabia que tinha bafo de demônio no chá. Se eu soubesse, não teria deixado você beber. Não posso suportar a ideia de que você me considera tão ameaçador a ponto de me aproveitar de uma mulher desse jeito.

– Então o bafo de demônio é usado principalmente para que alguém perca as inibições? Para que fique mais... dócil?

– É, mas também serve como um tipo de relaxante. É usado para interrogar inimigos e funciona com a maior parte da população do Outro Mundo, mas seu uso mais comum, historicamente, tem sido com bruxas.

– Bruxas.

– É. Quando a minha bruxa foi... foi morta, ela tinha altas doses da substância no organismo.

Ember franziu a testa.

– Como você sabe?

– Eu senti o cheiro na pira em que ela foi queimada.

Ember prendeu a respiração depois de dar um gritinho de susto e cobriu a boca com a mão.

– Que horror! Isso significa que alguém deu bafo de demônio de propósito para ela. Um humano não saberia disso.

– Alguns sabiam. Existem habitantes do Outro Mundo que vivem no mundo mortal e que saberiam essas coisas. Pode ter sido até outra bruxa, uma que não gostasse das ligações entre vampiros e bruxas.

– Deve ter sido horrível para você.

– Foi. Mas o que estou tentando dizer é que eu nunca drogaria alguém que amo.

– A-ama? – indagou a bruxa.

– Bom... amo. – Deverell se abaixou ao lado dela, com um joelho no chão, jogou a bengala na cama e pegou as mãos da bruxa. – Minha mais querida Ember. Eu sei que só nos conhecemos há pouco tempo, mas sinto muita afeição por você. Meu coração dá um salto quando penso em lhe contar isso. Estou sozinho há muitos anos e reconheço um tesouro quando vejo. Você é uma garota que merece dedicação sem limites, a máxima lealdade. Eu sou um homem que pode lhe dar ambas as coisas.

– O que... O que você está dizendo? – perguntou Ember, surpresa com as palavras dele.

– Eu esperava conquistá-la aos poucos, ter tempo para lhe ensinar as nuances da sedução, mas creio que devo desnudar logo meu coração, ou vai me achar indiferente. Minha intenção, minha pombinha, é conquistar seu coração por inteiro, completa e totalmente.

O vampiro fez uma pausa antes de continuar:

– Você sabe que vamos nos encontrar com um inventor. Delia está nos levando à casa dele agora mesmo. É um velho amigo que conduz clandestinamente habitantes do Outro Mundo para lugares seguros, longe do alcance dos líderes daqui. Se confiar em mim, posso nos manter em segurança. Confesso agora que fui muito bem pago para trazê-la à capital, para apresentá-la à bruxa superior, mas, quando o encontro foi adiado, fiquei bastante feliz. Sabe, depois que eu a conheci melhor, percebi que não seria capaz de fazer isso, pois seria perigoso levar você até lá. Ela é a esposa do Senhor do Outro Mundo, afinal de contas. Para falar a verdade, mesmo antes de eu conhecer você, o meu coração não estava em paz com a tarefa. Tenho certa admiração por bruxas, sabe? – Dev deu um sorriso para ela.

Ember apertou a mão dele e Dev prosseguiu:

– Você precisa entender que aqui ainda é perigoso. Nunca menti a respeito disso. E até o seu lanterna concorda. Nossa vida além desse reino seria simples, sem todo o estilo afetado que você viu no Outro Mundo, mas você já está acostumada com isso. Podemos encontrar um lugar em uma cidade distante, longe de qualquer encruzilhada ou comunidade de bruxas, onde você possa viver despreocupada, sabendo que eu vou estar lá para proteger você.

Como ela não falou nada, só ficou de boca aberta igual a um peixe, Dev achou que poderia adotar medidas mais drásticas. Ficou de pé e levantou Ember com firmeza, abraçando-a com as mãos entrelaçadas, como se apenas a ideia de que ela o abandonasse fosse impossível de aceitar. Pressionando a boca no alto da cabeça dela, ele prosseguiu:

– Você sabe que eu sou o companheiro mais leal. A luz de bruxaria na minha bengala mostrou isso. E vou me esforçar para ser o homem correto que você merece. Mesmo que os seus sentimentos por mim ainda não sejam assim tão fortes, a cumplicidade que existe entre nós e o compartilhamento de sangue vão torná-los mais profundos. Você vai me amar de tal jeito que a separação parecerá a mais horrível das torturas.

Ele recuou e moveu as mãos para segurar os ombros dela.

– Uma coincidência feliz a trouxe até mim, e só um tolo permitiria que você saísse da vida dele. Diga que existe uma chance para nós. Diga que vai pelo menos considerar a minha proposta em meio a tantos pretendentes que se reuniram ao seu lado.

– Eu... eu... eu não sei o que dizer – balbuciou Ember.

– Então deixe que eu fale as palavras adequadas para que seus lábios repitam.

Dev pousou a mão na nuca da garota e a beijou.

Não foi o beijo passional e estonteante que Dev tinha imaginado, sobretudo depois da lembrança muito vívida que guardava de quando bebeu o sangue dela. Mesmo assim, foi prazeroso e terno. O corpo dela era macio e dócil. Ele se afastou com um sorriso e estava prestes a apresentar seu argumento final, dar sua última cartada, seu trunfo, aquilo que finalmente iria fazer Ember cair nas graças dele, quando sua cabeça foi jogada para o lado, uma ardência quente na bochecha.

Ele voltou olhos magoados para sua moça inocente, a garota que acabara de lhe dar um tapa tão forte que seus caninos se fincaram em seu lábio inferior fazendo-o sangrar.

– Como ousa! – exclamou Ember, com a expressão cheia de fúria.

As esperanças de Deverell por uma vitória fácil se esvaíram.

Mas Deverell Christopher Blackbourne nunca desistia com facilidade.

# 26

## À ESPERA DO INEVITÁVEL

O couraçado deu outra volta no mar, conferindo se havia sobreviventes no meio dos destroços. Rune se posicionou na proa, com o brinco de vaga-lume voando para lá e para cá, em busca de sinais da capitã e de sua tripulação, especificamente quaisquer seres que ainda contivessem a brasa da vida.

Até agora, tudo que tinham retirado do mar foram algumas dúzias de mortos e várias partes de corpos, cuja maioria pertencia à própria tripulação deles. E todos tinham sido identificados, menos três. O braço de um homem, resgatado com a ajuda de uma rede em uma pescaria macabra, sem dúvida pertencia a um deles. Se a camisa preta esfarrapada não fosse suficiente para identificá-lo, a tatuagem com certeza seria. O sapato foi a única coisa que encontraram do outro homem desaparecido; o sangue que o manchava e a massa dentro dele indicavam que o dono tinha morrido calçando aquilo.

Mas não havia sinal do terceiro homem. Nem um dedo da mão ou do pé tinha sido descoberto. Ainda mais interessante, ele tampouco recebera a ordem de invadir o *Phantom Airbus*, por isso não havia qualquer razão para estar desaparecido. Rune precisaria enviar uma coruja mecânica para informar seu patrão.

O lanterna-chefe ficara chocado quando o Senhor do Outro Mundo insistiu para que ele comandasse seu próprio couraçado na caçada à bruxa. Ele nunca tinha comandado uma nave antes e se tratava de uma missão delicada: nem mesmo um capitão experiente atravessaria uma tempestade de espectros. Mas era naquela direção que o Senhor do Outro Mundo insistia que ele seguisse. Ele também recebeu a ordem de derrubar qualquer nave celestial com que deparasse, com a instrução extra de eliminar todos e quaisquer habitantes do Outro Mundo que aparecessem pela frente, a não ser os do gênero feminino.

A despeito do perigo para a nave celestial e a tripulação, ele seguiu a rota na direção da tempestade, com cada um dos homens sussurrando preces desconfortáveis pedindo pela própria segurança e que não acabasse morto e preso na torrente de espectros. Nem Rune tinha sido poupado da tensão.

O mais interessante foi que, quando penetraram na área do céu onde a tempestade de espectros deveria estar, não encontraram nada além do céu vazio, que ainda zunia com uma quantidade tão grande de luz de bruxaria que daria para alimentar uma cidade inteira durante um ano. Ele enviou na mesma hora uma mensagem ao Senhor do Outro Mundo dizendo que estavam chegando perto.

O céu por que passaram estava sinistro. Deveria ter séculos de espectros de habitantes do Outro Mundo que não foram capazes de passar para o além. As tempestades eram um mistério, e um mistério bem perigoso nesse sentido. Tinham sido estudadas e a teoria mais atual defendia que estava relacionada à escassez de luz de bruxaria. Quanto maior a escassez, mais espectros se aglomeravam. Mas, agora, *puf*. A maior tempestade do Outro Mundo desaparecera.

Nenhum espectro pairava, nenhum vento gemia, nenhum odor barulhento, nem mesmo uma nuvem no céu. Apenas um espaço silencioso, imóvel, morto. Era quase pior do que deparar com uma tempestade. Os homens na nave celestial ficaram assustados. Nada seria capaz de acabar com uma tempestade daquele tamanho. Isso nunca tinha acontecido. Não na história do Outro Mundo.

Foi quando avistaram a nave celestial. Não foi nada fácil alcançá-la. Então, enfim, aquela vaca pirata teimosa tinha preferido destruir a nave a ser capturada, e parecia que todos a bordo haviam perdido a vida no mar. "Parecia" é o termo importante. Era altamente improvável que uma nave daquele tamanho perdesse apenas um punhado de homens. Deveria haver corpos flutuando espalhados por um amplo raio. O resultado da soma simplesmente não fazia sentido. Havia algo que ele não estava captando.

Com sua tarefa frustrada, Rune deu ordem para que retornassem à área e circulassem nela enquanto aguardavam por mais instruções. Ele tinha a sensação de que aqueles por quem procuravam ainda estavam vivos. Além do mais, havia o fato de que, mais uma vez, tinham sido encontrados rastros de um lanterna em algumas das partes da nave que eles recuperaram.

Rune não compreendia. Se um lanterna estava lutando a bordo, ele devia ter pressentido. Ele era o lanterna-chefe, afinal de contas. Ele controlava a brasa de cada um deles. Algo ou alguém o bloqueava, escondendo a identidade do lanterna ou codificando sua assinatura de algum modo. Nunca, em sua longa vida, ele fora traído por um lanterna. E, além de ter certeza de que nunca seria, sabia que eles simplesmente *não eram capazes* disso.

Só que Rune tinha um pressentimento.

Ele girava o brinco enquanto pensava e então se inclinou por cima da amurada para examinar a água e espiar o horizonte. Se ele estivesse certo, o equilíbrio estava mudando. O único jeito de saber era conferindo as encruzilhadas. Pennyport não era uma casualidade. Só existia uma encruzilhada conectada àquela cidade e, por acaso, o vilarejo mortal que ficava do outro lado era o mesmo que, segundo rumores, tinha sido varrido por um poderoso vento de bruxaria. Não podia ser coincidência.

Mas ele gostaria que fosse.

Estava na hora de dar uma conferida em Jack.

Dev coçou o queixo.

– Por que isso?

– Por me beijar sem permissão. Como ousa acreditar que eu queria que você fosse meu primeiro beijo? Isso é o tipo de coisa que uma garota deveria poder escolher sozinha, não acha?

– Bom, suponho que sim.

– Garanto que sim. Por mais que eu tenha apreciado a sua confissão e as suas intenções amorosas, devo lhe informar que ainda não estou pronta para me amarrar a alguém. Eu mesma gostaria de determinar onde e como quero viver. Preste atenção, Dev: não vou ser forçada a nada, muito menos se o assunto for romance, e agradeço se você não insistir nisso.

Ember arrumou o chapeuzinho, voltou a prendê-lo ao coque e ajeitou os cachos que os dedos ágeis de Dev tinham soltado. Para dizer a verdade, beijar Dev não tinha sido inteiramente horrível. Fora bastante bom, aliás. Ela só não queria que ele soubesse disso. Ele já era convencido demais e precisava entender como ela se sentia ou não se sentia ou deveria se sentir.

E ela ficou ainda mais escandalizada ao notar que o rosto que ela imaginara do outro lado daquele beijo era completamente diferente. Ember tinha imaginado um homem com olhos penetrantes e cabelo louro desgrenhado. Se tivesse sido ele a lhe roubar um beijo, a garota achava que não seria tão fácil rechaçá-lo. E a ideia de dar um tapa nele fazia o ar ficar preso em seus pulmões. Ou talvez fosse o corselete. Sim. Com toda a certeza era o corselete.

– Ember, não faça tempestade em copo d'água. Eu sou um homem paciente – disse Dev. – Não me importo de esperar por você. Como eu falei, só estou me desnudando para você refletir. Mas, por favor, minha pombinha, eu imploro que não despreze o meu pedido logo de cara. Me deixe pelo menos acreditar que você vai pensar no caso.

Ember apertou os lábios e olhou bem para Dev. Enfim, disse:

– Muito bem. Vou levar em consideração a sua, hm, proposta, mas não prometo nada além disso. É tudo que posso oferecer agora.

– Já é o suficiente para mim. – Dev se levantou, recolheu o chapéu, tirou o pó da aba e o ajeitou na cabeça. – Agora, suponho que você tenha algumas perguntas a respeito do nosso destino. Talvez a gente possa conversar mais sobre isso enquanto eu a acompanho até a ponte.

Ember assentiu e o seguiu porta afora. Em vez de lhe oferecer o braço, ele caminhou ao lado dela com a bengala batendo no piso de metal do corredor.

– Pode me falar mais sobre o lugar para onde a gente está indo? – perguntou Ember.

– Claro. É uma ilha escondida que já foi, no passado, rodeada por uma tempestade de espectros muito ampla e extensa. Na verdade, aquela mesma que você dissolveu.

– Ah.

– É um fenômeno estranho, claro. Parece que ocorre certo desequilíbrio ao redor da ilha que faz a área se transformar em um ímã para espectros. Tenho certeza de que a barreira espectral vai voltar a ser preenchida em algum momento, mas vamos torcer para que o céu esteja limpo durante a nossa estadia.

Ember não sabia como se sentia a esse respeito. Os espectros pareciam procurá-la não para machucar, mas para suplicar por ajuda. Ela ficou feliz por ter sido capaz de dar alívio a eles, e a ideia de que outros iriam se reunir no espaço que ela acabara de limpar a deixava desconfortável.

Dev continuou falando:

– Um grande gênio vive na ilha, alguém que considero meu amigo. Ele já foi inventor e metalúrgico-chefe do Outro Mundo. A tecnologia dele era, e ainda é, usada em todo lugar. Só que ele abriu mão de tudo. Ele não gostava da maneira como suas invenções se transformaram em armas. Foi ele quem inventou o mecanismo que faz os sapos-bomba mirarem os inimigos. Claro que essa nunca foi sua intenção original. Eram para ser usados como uma espécie de sistema de segurança. Os sapos podiam apenas pular em cima dos intrusos e identificar desconhecidos.

– Parece uma coisa bem útil – disse Ember.

– E é. Devemos a ele a existência de muitos outros aparelhos. Trabalhou muitos anos próximo a bruxas e desenvolveu os meios para que elas pudessem armazenar seu poder fora do corpo. Ele também descobriu uma maneira de imbuir certos metais com magia e moldá-los de acordo com sua necessidade.

– E ele deixou tudo isso para trás?

– Deixou. Ele ainda tem um laboratório grande na ilha, claro. O trabalho dele não parou, só mudou de lugar. Delia trabalha para ele de vez em quando: leva suas últimas invenções para o mercado clandestino e troca pelos bens e suprimentos de que ele precisa. Na última vez que eu estive aqui, ele estava trabalhando em algo chamado instantâneo, que criava um retrato perfeito do que se quisesse registrar.

– Dói?

Dev deu uma risadinha.

– Não dispara um projétil, apesar de ter um gatilho. Não sei muito bem como funciona, mas vi os resultados e são fantásticos. O mais interessante é o que acontece quando ele usa a luz de um lanterna em vez de luz de bruxaria. Já que você conhece um pouco sobre lanternas, será que consegue adivinhar o que aconteceu?

Ember fez que não com a cabeça.

– Tem a ver com a habilidade deles de olhar dentro das pessoas?

– Tem. A prata não registrou pessoa alguma, e sim uma aura colorida ao redor do coração. Interessante, não acha?

– Fascinante.

Ember pensou na mesma hora em Jack e no que ele poderia sentir em relação a tal perspectiva. Depois, ficou imaginando onde esse inventor recluso conseguia luz de lanterna. Ember estremeceu só de pensar em Jack e sua abóbora sendo separados.

Dev atravessou uma divisória, sem parar de falar sobre o inventor.

– No tempo livre, ele contrabandeia habitantes do Outro Mundo para cidades mortais e, de vez em quando, traz mortais para cá. Já usei os serviços dele inúmeras vezes. É uma maneira de evitar viajar sob o brilho perfurante do olhar de um lanterna.

Dev abriu a porta pesada e os dois entraram no centro de comando do submersível. Ele percebeu de imediato que havia algo errado com sua irmã. Ember colocou-se ao lado de Delia antes dele.

– Parece que você foi mastigada e cuspida pela morte – disse Ember, sem rodeios.

– É mais ou menos assim que eu estou me sentindo.

– Por causa da confusão com o seu capitão?

– Pode-se dizer que sim. Conversei um pouco com ele ontem à noite. Nada mudou. Ele é um espião. Um espião que, de algum modo, entrou escondido na minha nave.

– E como ele fez isso? – perguntou Dev. – Achei que as entradas para o submersível fossem codificadas e que só você e Frank pudessem entrar.

Delia ergueu os olhos para o irmão, com o rosto abatido.

– Eu nunca mudei os códigos. Achei que ele estivesse morto! Não me pareceu uma coisa importante a ser feita.

O passado pesava sobre Delia como um manto de chumbo. Ela não sabia o que queria ao conversar com Graydon. O que esperava? Que ele despejasse seus segredos e lhe contasse tudo? Talvez uma parte sua esperava que ele fosse negar tudo. Que fosse lhe dizer que tudo não passava de um mal-entendido. Que ele não a tinha abandonado.

Depois, havia o anel. A vontade dela era arrancar o emblema dele. Queria machucar Graydon. Queria arrancar aquilo do pescoço dele com a mesma intensidade com que ele tinha dilacerado seu coração. No final, ali parada, tão perto, respirando o calor e a familiaridade de Graydon, ela se quebrou. Ela lhe deu as costas deixando a corrente intacta com o anel e o canino ainda pendurados ali.

Delia não tinha dormido nada durante a noite. Ficou se remexendo na cama, com frio demais e depois com calor demais. Sua pele parecia tão empapada quanto um par de botas encharcadas.

Algumas horas insones mais tarde, ela estava de volta ao trabalho. Pediu a medida da profundidade e, quando recebeu o relatório, ordenou:

– Vamos subir 6 braças, na direção de... – Delia se debruçou por cima da bússola giroscópica. – Na direção de 15 graus a estibordo.

– Sim, capitã, 15 graus a estibordo.

– Devemos estar chegando perto, Del... quer dizer, capitã. Podemos dar uma olhada? – perguntou Dev.

Delia suspirou.

– Muito bem. Tripulante Caspar, abra a janela de observação.

O tripulante se levantou e girou uma alavanca que abria uma seção de placas na frente da estação de comando. Quando o aço se abriu, Ember viu que por trás do metal havia um domo de vidro grosso, bem parecido com o do camarote onde ela dormira. A bruxa rendeu a respiração fazendo um barulho de surpresa bem baixinho e se aproximou devagar do vidro.

Dev foi atrás dela com as mãos cruzadas nas costas e uma expressão de satisfação no rosto enquanto observava Ember. Deu uma olhada na direção de Delia e ela balançou a cabeça com um esboço de sorriso nos lábios ao erguer o dedo para um tripulante, que acionou outra alavanca antes de retornar à sua posição.

# 27

## COISAS INEXPLICÁVEIS E ASSUSTADORAS

Ember ficou boquiaberta. A vista era incrível.

A luz de bruxaria dentro do submersível diminuiu de intensidade e fachos fortes localizados do lado de fora se acenderam, iluminando a área ao redor. Assim, Ember pôde enxergar bem o mar e tudo que havia nele. Formações rochosas altas se projetavam do fundo do oceano de ambos os lados do submersível, mas Delia guiava o aparelho entre elas sem qualquer dificuldade, sem nem olhar pelo vidro do domo.

Quando Ember perguntou como ela conseguia fazer isso, Delia explicou que usavam vários escopos e um dispositivo de detecção que emitia pulsos curtos de luz de bruxaria em todas as direções. Se a luz de bruxaria batesse em algo, um pequeno estouro produzia um som quase indetectável. Um dos homens dela pressionava um cone grande na lateral do submersível. Na ponta do cone havia grossos fios de cobre que se conectavam a um instrumento que se colocava na orelha. O jovem usava um aparelho em cada orelha e parecia estar escutando os dois lados do submersível ao mesmo tempo.

Enquanto observava, Ember viu que o tripulante gesticulava de vez em quando para Delia e, sempre que o fazia, a capitã anunciava uma leve mudança de direção.

– E se a luz de bruxaria bater em um peixe? – sussurrou Ember para Dev.

– Qualquer peixe que fosse atingido pelo estouro se afastaria imediatamente – respondeu ele. – Na verdade, os níveis da luz de bruxaria podem ser ajustados de modo a espantar até a maior criatura curiosa com que possamos cruzar. Uma vez eu ouvi a história de um monstro kraken que atacou um navio. Depois que as ventosas se prendem, é muito difícil remover a criatura. Mas parece que uma grande quantidade luz de bruxaria funciona.

Desde então, a criatura não foi mais vista nos nossos oceanos. Talvez tenha passado para o outro lado e encontrado um lar no seu mundo.

– Minha nossa, espero que não – disse Ember, horrorizada só de pensar em tal fera.

Não que ela desgostasse de animais. Bem que apreciava todas as suas variedades, mas achava que os mortais não seriam capazes de enfrentar um monstro marinho como o que Dev tinha descrito. Talvez ele tivesse encontrado uma caverna confortável em algum lugar onde os humanos não fossem incomodá-lo.

Ember se deliciou observando peixes de todos os tipos. Alguns tinham barbatanas tão delicadas que flutuavam feito renda, enquanto outros pareciam morcegos gigantes com uma envergadura que faria frente com as maiores das aves. Ela avistou vários que exibiam dentes grandes e afiados. Eles se moviam com rapidez e força na água enquanto outros peixes os seguiam, alguns agarrados às costas e à barriga.

Ember sentiu que poderia ficar ali para sempre, só observando a cena mágica à sua frente. Era pacífica e serena. Quer dizer, até ela ver um peixe de tamanho tão monstruoso que com certeza poderia engolir o submersível. Ela prendeu o ar ao ver aquilo e se virou para Dev, com a expressão apreensiva. O vampiro balançou a cabeça e disse:

– Não se preocupe com aquela criatura. Ela é inofensiva. Seus dentes são tão pequenos que só as menores criaturas marinhas cabem entre eles. Ela tem mais medo de nós, garanto.

Dev tinha razão. Assim que o enorme animal os avistou, agitou a cauda gigantesca e desapareceu nas profundezas escuras.

Jack e Finney logo se juntaram a eles na ponte, com a luz da abóbora permitindo que Ember enxergasse mais o reflexo deles do que o exterior.

– Encontramos vários itens que talvez sejam úteis para você – disse Finney. – Colocamos no seu quarto.

– Obrigada – respondeu Ember. – Assim que estiverem prontos, vou começar a preparar mais algumas garrafinhas de poção. Vamos ter que aquecer com luz de bruxaria em vez de fogo, mas acho que consigo. Dev? – chamou ela, virando-se para o vampiro. – Você prometeu me ensinar como controlar meu poder de bruxa.

– Prometi, sim – respondeu ele, erguendo, em um gesto ousado, a mão enluvada de Ember até seus lábios e dando um beijo ali. – Mas isso vai ter que esperar. – Ele limpou a garganta e olhou para Jack e Finney. – E, agora que você tem companhia – completou Dev –, talvez possa me dar licença para eu conversar com a minha irmã.

– Sim, claro – concordou Ember.

Dev e Delia desapareceram, deixando Frank para guiar o submersível. A bruxa franziu a testa e os observou se afastar.

– O que eles precisam tanto conversar? – perguntou ela, olhando nos olhos fundos de Jack.

Havia uma fagulha naqueles olhos. A mesma que ela vira quando ele tentara olhar dentro dela. Ela sabia que aquilo era coisa de lanterna e provavelmente não queria dizer nada. Mas, naquele momento, pareceu algo mais íntimo.

Jack estava muito perto dela. O calor de seu corpo era, ao mesmo tempo, reconfortante e eletrizante. Ela percebeu que os próprios olhos também queriam se demorar nele. O rosto de Jack era muito agradável, apesar de, naquela hora, ele estar com a testa franzida. Havia ângulos rígidos e preocupados que ela desejava amenizar em sorrisos.

Os dedos dela coçavam para tocar nele e pegar sua mão, pressionando palma contra palma. Só de pensar nisso, Ember ficava quase sem fôlego. Vermelha igual a um tomate, ela se virou para outro lado. Sabia que dessa vez não podia culpar o corselete pelo aperto no peito.

– Mas que diabo é isso? – perguntou Finney, apontando pela janela, alheio à tensão entre os dois companheiros.

Jack se inclinou para a frente e avistou um brilho prateado. Logo, um cardume de peixes disparou na direção deles. Os corpos longos brilhavam com luz própria. Intrigado, Jack sussurrou para sua abóbora, que direcionou sua luz para o lado de fora. Se Ember achava que o mar estava claro antes, agora estava duas vezes mais iluminado com a luz da abóbora de Jack.

Vários peixes nadaram mais para perto e o cardume debandou, como se os peixes estivessem confusos. Alguns deles bateram contra o vidro fazendo um barulho metálico.

– Eles são... são de metal? – indagou Ember.

Finney baixou o visor por cima dos óculos normais e girou as lentes para cima e para baixo.

– Fascinante – comentou ele. – Parece que pelo menos uma parte do corpo deles é de fato coberta de metal. – Ele apontou para um que brilhava. – Aquele ali parece ter armadura de bronze. Aqueles dois ali, de prata.

Logo viram outras criaturas, algumas exatamente iguais às que Ember tinha apontado antes, mas agora estavam todas cobertas por uma fina camada de metal sobre a espinha. Um animal maior soprou bolhas no domo deles e os espiou com a boca aberta, dando risada. A ele faltava uma cauda convencional, mas uma nova tinha sido confeccionada com prata. Revirando-se na água, bateu com a cauda no domo e os seguiu. Outros se juntaram a ele, quase como se estivessem acompanhando o submersível.

Com uma voz baixa e murmurante e os olhos brilhando à meia-luz do centro de comando, Jack disse:

– Estão vivos, mas foram fundidos com... com peças de engrenagens e rodas feitas de... feitas de...

– Metal mágico. Infundido com luz de bruxaria – completou Ember baixinho. – Dev me contou que o homem que vamos visitar já foi o metalúrgico-chefe do Outro Mundo.

Jack olhou para ela, depois para Frank, que operava seus controles sem pressa, despreocupado. O lanterna perguntou a ele:

– Vamos visitar o homem que fez isso com os peixes?

Frank se levantou e virou o corpo em um movimento rígido, com a perna postiça mais curta mancando enquanto a outra, mais comprida, se arrastava atrás dele. Ele estreitou os olhos na direção do domo para entender o que Jack estava falando.

– Ah, sim. Se você estiver se referindo aos espécimes aprimorados, é isso mesmo.

– E você... confia nesse homem?

– Eu tenho que confiar, não tenho? Foi o Dr. Farragut que me montou de volta. Ele me deu um coração novo. Ele é inteligente. Prometeu fazer uma regulagem na minha próxima visita. Estou ficando meio desconjuntado na área intermediária e o meu batedor está um pouco lento.

Ember não sabia o que era batedor nem área intermediária, e não queria saber, mas olhou bem para Frank e, em seguida, se voltou para a criatura simpática que nadava ao lado deles.

Jack mexeu a mandíbula e disse:

– Entendi.

Foi quando o submersível balançou. Frank se virou para o tripulante com os fios presos às orelhas.

– Está ouvindo alguma coisa? Batemos em alguma crista?

– Não tenho certeza – respondeu o homem. – Seja o que for, está se movendo.

– Aumente a luz de bruxaria. Use força máxima.

Outro tripulante girou uma manivela até que a barra vermelha em seu painel atingiu o máximo.

– Pronto, senhor.

– Aproximando-se! – berrou o outro homem.

O impacto sacudiu o submersível com todo o vigor e eles tombaram para o lado antes de voltar a se nivelar. Jack evitou que Ember batesse a cabeça na quina do console e a segurou com força.

Saiu vapor do piso e o vidro rachou. Então, algo enorme, tão imenso que nem conseguiam ver o que era, passou pela janela panorâmica. Ember gritou. Os olhos de Frank se arregalaram com a visão. Um momento depois, um tripulante avisou:

– A luz de bruxaria não está funcionando!

Medidores giraram e atingiram o limite máximo. Todo o submersível sacudiu quando um homem exclamou:

– Está esmagando o submersível!

Pensamentos sobre o kraken gigante que Dev tinha mencionado encheram a mente de Ember. Ela apertou Jack com força e enterrou a cabeça em seu peito bem quando Frank deu a ordem:

– Ascensão de emergência!

# 28

## A ILHA DO DR. FARRAGUT

Jack segurou em uma alça quando o submersível disparou para cima. Ember continuava agarrada a ele, mas seus braços tremiam. Ele pegou a bruxa com o outro braço e disse a Finney que se apoiasse em algo. O garoto abraçou a abóbora. Jack ia lhe pedir que encontrasse, em vez disso, algo que estivesse *preso* ao submersível, mas achou melhor não. A abóbora tinha capacidade de se endireitar e provavelmente manteria o garoto mais seguro do que qualquer outra coisa.

Uma mandíbula escancarada nadava na direção deles submergindo das profundezas, rápido demais para que Jack determinasse o que era. A boca se fixou no domo de observação do submersível que subia e o seguiu no trajeto ascendente. A única coisa que Jack conseguia enxergar era o brilho do metal e uma língua grande pressionada contra o vidro. Ela pulsava e se movia por cima da superfície como um tubo de sucção.

Então o submersível irrompeu na superfície da água e eles flutuaram no ar apenas durante alguns segundos. As saias de Ember se agitaram em volta de suas pernas, sem peso, mas, quando chegaram ao ápice, a criatura que os prendia se soltou. O sol bateu contra a janela, banhando todos eles com sua luz antes de caírem.

Agora que estavam acima da superfície, conseguiram enxergar bem a cara do animal. Seu focinho comprido era cheio de dentes afiados, mas seu pescoço era comprido, parecendo uma cobra. A pele, até onde Ember podia ver, era malhada de verde e cinza. Ela ficou maravilhada com a visão, já que agora conseguia ver metade acima e metade abaixo d'água.

No começo, pensou que o animal fosse uma cobra marinha gigantesca, mas agora percebia que seu torso não era nada pequeno e fino. Era grosso e largo, com quatro nadadeiras que o impulsionavam com rapidez na água.

A cauda, curta em comparação com o pescoço, funcionava como uma espécie de leme.

A parte que ela tinha acreditado ser molas na verdade era o pescoço comprido do animal, que se estendia bem maior do que o corpo dele inteiro, incluindo a cauda. Ele disparava pela água com a facilidade de um peixe, um feito incrível considerando seu tamanho.

O corpo e a cauda batiam contra a lateral do submersível e ela ouviu um gemido grave e um sibilar quando uma nadadeira jogou água sobre o domo, atrapalhando a visão. Ember externou um pensamento:

– Não parece tanto estar bravo, e sim tentando chamar a atenção, não?

Jack olhou para fora quando o animal passou nadando mais uma vez. A cabeça dele chegou perto e o olho escuro os examinou por um instante antes de se recolher, soprando uma bolha de ar gigante que estourou ao atingir o vidro. Agora que estavam boiando na superfície do oceano, a criatura parecia contente em nadar ao redor deles e simplesmente dar cutucões de vez em quando.

– Talvez você tenha razão – comentou Jack.

Ele relaxou o aperto de seu abraço em Ember, embora tenha sido difícil fazer isso. Bem que estava gostando da maneira como ela se agarrava a ele.

– Olhe! – exclamou a garota, aproximando-se da janela.

A criatura tinha se virado de lado, mostrando a barriga. Ember viu veias de luz azul tremeluzirem na parte inferior do animal.

– Acho... acho que está tentando nos seduzir.

A afirmação dela foi acompanhada por outro arroubo de bolhas e uma série de estalos que bateram no submersível e ecoaram.

Finney, que rabiscava anotações feito louco desde que tinham se estabilizado, fez uma pausa para erguer os olhos.

– Concordo, Ember – disse ele. – Acredito que seja... Qual é mesmo o termo relacionado a peixes? Ah, sim. Exibição. Apesar de que, olhando melhor agora, acredito que tenha mais uma natureza reptiliana, já que não vejo sinais de guelras. Eu queria ver outro exemplar desta espécie antes de me dignar a tirar qualquer tipo de conclusão.

Finney puxou um cacho do cabelo ruivo, umedeceu a ponta do lápis na língua e continuou a fazer anotações. Quando Ember deu uma olhada no caderno do amigo, viu um desenho tosco da criatura. Na passagem seguinte, puderam enxergar bem suas costas e sua cauda vestigial. Viram correndo por sua espinha as mesmas placas metálicas que apareciam em outros peixes.

Foi quando Del e Dev irromperam no centro de comando.

– Quero um relatório da situação! – berrou Delia quando Frank lhe passou os controles.

– Fizemos uma ascensão de emergência – explicou Frank. – Parece que uma fera pequenininha se afeiçoou ao nosso submersível.

Delia deu uma olhada através do domo. Quando viu a criatura, ficou mais tranquila.

– Ah, é só o Nestor. E, sim – ela bateu com os nós dos dedos na rachadura da tela –, parece que ele está sozinho há tempo demais. Dev? Acha que precisamos nos preocupar?

Dev coçou o queixo e observou Ember, que estava perto demais de Jack para seu gosto.

– Não. Nestor costuma ser simpático e gentil. Acho que mostrar a barriga é o jeito dele de nos dizer que sabe que foi um pouco agressivo demais com a gente. Se ele quiser nossa atenção amorosa, vai ter que fazer por merecer. Acho que devemos diminuir as luzes, avançar devagar e voltar a mergulhar. É provável que ele venha atrás da gente como um lêmure ultraexuberante.

– Concordo – disse Del. – Timão, leve a gente de volta para baixo. Devagar.

Bolhas evanescentes assobiaram ao redor da vidraça e eles logo foram engolidos pelas águas cor de anil mais uma vez. Nervosa, Ember deu um passo e chegou mais perto de Jack. Os dedos deles roçaram e Jack pegou na mão dela. Ember olhou para cima, mas viu que o lanterna ainda encarava o mar, os olhos brilhando. Se ele tivesse olhado para ela naquela hora, poderia ter reparado nas luzes ebulientes que dançavam em volta de seu coração.

Já Dev ficou lá parado, observando os dois, com a inveja correndo por suas veias. Ela ficava tão à vontade com Jack... Apesar de as mãos entrelaçadas estarem escondidas atrás das saias dela, os olhos azuis de vampiro dele avistaram com facilidade o reflexo no vidro.

Na superfície, Dev era um mar tranquilo, liso como vidro. Mas, por baixo da pele, um monstro rugia e exigia que ele fizesse valer seus direitos. O poder desenfreado que circulava em seu sangue e as pontadas em seu coração determinavam que ele encontrasse alguém para compartilhar a vida. *Ember*. Ao longo dos últimos dias, sua mente o tinha atiçado com sonhos nos quais ele passeava em um parque de braço dado com sua bruxa atraente enquanto cumprimentavam transeuntes. Em longas noites de outono, eles iriam relaxar juntos perto de uma grande lareira enquanto ela treinava feitiços ou preparava uma poção. Ela iria se dedicar a seu marido vampiro, porque ele faria dela sua noiva, ainda que não houvesse qualquer outra razão além de mostrar aos outros que ela pertencia exclusivamente a ele. Dev iria cuidar de Ember, mimá-la e lhe dar tudo que ela desejasse.

Para um vampiro que era pecador demais para o céu e bom demais para o inferno, um homem condenado a viver durante tantos anos como um andarilho solitário, a vida com uma bruxa que ele pudesse amar soava mesmo como uma bênção rara. Tão rara quanto encontrar um fogo-fátuo. E Dev não tinha intenção de permitir que um simples lanterna, um coitado e desgraçado de um pastiche com um pé preso em cada mundo, sem qualquer esperança possível de futuro, roubasse seu sonho.

Só que Jack não era a principal preocupação de Dev. Seus inimigos reais eram todos aqueles que invariavelmente tentariam levar sua bruxinha embora à força. Ele sabia que abafar os poderes dela não era uma solução a longo prazo, e era por isso que queria ir à ilha do Dr. Farragut. Se havia alguém no Outro Mundo que conseguiria ajudar a esconder a bruxa dele, ou pelo menos ajudar a descobrir uma maneira de impedir que as pessoas que estavam no poder acessassem a força dela, era o bom doutor.

Do lado de fora acompanhando o submersível, Nestor nadava e roçava em pedras que se projetavam e que tingiam suas escamas como uma eflorescência com textura de giz. O monstro marinho se movia quase lânguido pelo mar, virando o pescoço comprido de vez em quando para dar uma olhada neles e ter certeza de que o submersível ainda estava ali. O animal provavelmente achava que estava acompanhando o submersível até em casa para fazer ninho.

*Ah, se as mulheres fossem assim tão fáceis, Nestor...*, pensou Dev, com um sorrisinho nos lábios. Então fez uma pausa, preocupado com o que significava observar o monstro marinho gigantesco que tentava conquistar o submersível ao mesmo tempo que pensava em suas perspectivas com Ember. Será que seu destino era o mesmo de Nestor?

Finalmente chegaram à porção de terra nas coordenadas que Delia tinha dado ao operador do leme.

– Ali! – exclamou ela, apontando para uma sombra escondida no meio do coral, das algas dançantes e das estrelas-do-mar. – Atrás daquela penumbra de algas. Vamos entrar com cuidado.

Um dos tripulantes acendeu as luzes do lado de fora do submersível e todos puderam enxergar com clareza uma passagem escura, um túnel que levava à ilha.

– Tem certeza, Del? E se nós encalharmos?

– O nome é capitã, Dev. E quem você acha que passou a Frank as medidas para construir o submersível, para começo de conversa? – perguntou ela. – Claro que vai passar.

Quando o nariz do submersível desapareceu dentro da caverna escura, a parte de trás, protuberante, foi atingida por Nestor. Todos ouviram um gemido de decepção e uma série de estalos. Então um jato d'água os propeliu para a frente, como se a criatura marinha tivesse se afastado.

– Ele provavelmente vai estar à nossa espera no alto – disse Del. – Não sei bem se o doutor considerou a reação de seu bicho de estimação preferido ao submersível.

Eles prosseguiram, Delia dando instruções minuto a minuto, até que enfim a caverna se abriu e uma luz brilhou sobre eles através da água.

– Quer dar uma olhada? – perguntou Delia com um sorriso ao irromperem na superfície.

– Podemos? – respondeu Ember.

Delia assentiu e os conduziu a uma abertura no alto do submersível. Ela subiu a escada, segurou o registro e girou até o lacre estalar e ela poder abrir a escotilha.

Ember, Jack, Finney, Dev e Delia saíram para a superfície do que tinha restado do antigo *Phantom Airbus* e olharam ao redor. Pareciam estar em uma lagoa no meio de uma montanha.

Dev tomou a liberdade de passar o braço pelos ombros de Ember e apontou para o alto.

– Antes, era um vulcão – disse ele. – O doutor descobriu e alegou posse da ilha. Na verdade, existe uma cadeia delas. A maior parte dos habitantes do Outro Mundo considera as ilhas inóspitas, mas o doutor criou um belo lar para si. Quando montou o laboratório, descobriu que existe uma energia etérea peculiar aqui. Seja lá o que for, além de acentuar o poder de bruxa, também atrai espectros para certos bolsões. Os espectros funcionavam como uma barreira espacial natural, impedindo todos, menos os mais ousados, de entrar em seu território.

Eles se aproximaram da pequena praia e do cais, onde um barco estava atracado.

– Aquilo ali é um barco a vapor? – perguntou Ember. – Eu já ouvi falar deles, mas nunca tinha visto um!

– Quase – respondeu Dev. – Em vez de vapor ou poder de bruxa, o doutor fez uma modificação para que funcione com fumaça de éter. A esperança dele é que o Outro Mundo consiga usar este éter para resolver o problema de escassez de energia, tornando o poder de bruxa seja totalmente desnecessário como combustível.

Delia desceu para organizar a atracagem do submersível e Dev aproveitou a oportunidade para deixar Jack de lado, perguntando a Ember se ela gostaria de ir pegar as coisas dela.

Ember respondeu que sim e convidou:

– Você nos acompanha, Jack?

O lanterna a encarou demoradamente com um sorrisinho no rosto.

– Vocês dois podem ir – respondeu ele. – Eu gostaria de me ambientar primeiro.

Com isso, a abóbora de Jack se ergueu bem no alto e começou a dar a volta devagar na lagoa, espantando todas as sombras que tocava com a luz de seus olhos e de sua boca aberta. Os olhos de Jack assumiram seu brilho já conhecido e Ember sabia que ele via algo bem diferente daquilo que os outros enxergavam.

Ember desceu com Finney e Dev. Quando chegou a seu quarto, percebeu que o vidro de observação estava aceso com uma infinidade de peixes fora do comum, movendo-se em uma sincronia estranha. Além de estarem cobertos de metal, suas partes carnudas brilhavam igual à barriga do monstro marinho, lançando uma luz fantasmagórica ao se moverem pela janela.

Quando ela começou a se afastar, reparou que as sombras e luzes móveis criadas pelos peixes criavam imagens assombrosas e diabólicas no tapete, como uma caveira com olhos vazios. Devia ser sua imaginação pregando peças, mas ela achou que os olhos sombrios a observavam.

Dev pegou a mala dela e Ember acompanhou o vampiro enquanto Finney seguiu de volta à parte superior do submersível. O aparelho estava se aproximando do cais e, agora que estavam mais perto, Ember pôde enxergar a grande casa entalhada na montanha. Parecia um castelo de areia, incluindo minaretes, janelas reluzentes e sacadas. Uma série de degraus, também entalhados na pedra da montanha, levava do cais ao portão.

Jack foi o primeiro a desembarcar. Essa talvez não fosse a descrição mais adequada, já que o lanterna se transformou em névoa e se deslocou por cima da superfície da água, assumindo forma humana no cais. A abóbora devia estar lá no alto, tão longe que Ember não conseguia distingui-la, mesmo quando protegia os olhos da luz.

Ember pegou a mão de Dev e ele a ajudou a desembarcar do submersível e passar para o cais. No momento em que seus pés tocaram o chão, ela sentiu uma tontura e quase desmaiou.

– O que foi, querida? – perguntou Dev, preocupado.

– Eu... eu não sei.

Ela realmente não sabia. Agora que estava na ilha, era quase como se aquela coisa que a atraía tivesse se paralisado. Como se tivesse se enrolado em uma bolinha dentro dela e começado a ronronar. Ember não sabia dizer se isso era bom ou ruim, mas algo, ou alguém, queria que ela estivesse ali (e fora desse jeito desde que ela iniciara sua jornada).

O grupo se reuniu no cais e Delia enviou um tripulante na frente para informar sobre a presença deles enquanto aguardavam o Dr. Farragut. A expectativa era de que eles chegassem ao pico da montanha com a nave celestial, não ao cais por submersível, e eles sabiam que não deveriam partir do princípio de que eram bem-vindos.

O doutor era do tipo recluso e proibia categoricamente que hóspedes entrassem em sua casa sem seu consentimento. Ele preferia tratar de negócios na plataforma de naves celestiais. Frank tinha visto apenas o interior do laboratório e das alas de cirurgia e recuperação. Apesar de Delia e Dev serem considerados colaboradores amigáveis, nunca tinham aparecido ali sem convite, nem saído da área da plataforma de nave celestial.

Delia deu as costas quando Graydon foi trazido para fora. Ele ainda estava acorrentado e parecia tão esfrangalhado quanto se sentia. Só tinham lhe dado água e ela duvidava que ele houvesse dormido, levando em conta que passara a noite acorrentado ao lado de um reator.

Para falar a verdade, Delia se sentia tão vazia quanto a abóbora de Jack. Ela não sabia como processar o retorno repentino de Graydon, mas sabia que não podia voltar ao normal com ele por perto. O plano dela era entregar Graydon ao doutor e lavar as mãos em relação ao assunto, com a esperança de não olhar para trás ao deixá-lo.

O tripulante retornou com um dos criados do doutor. Apesar do calor, ele usava luvas grossas, botas e uma capa com capuz que mantinha seu rosto oculto. A única coisa que enxergavam era o maxilar largo, coberto com pó branco, e um par de caninos que se estendiam quase até o queixo. Delia franziu a testa. Ela nunca tinha visto um vampiro ou lobisomem com caninos tão proeminentes.

Com uma voz branda e inesperada, o criado falou em um sotaque estranho.

– O submersível ficou bem vedado?

– Ficou, sim – respondeu Delia.

– Que maravilha. O mestre vai ficar muito feliz.

O criado ergueu a mão para cumprimentar o grupo todo.

– Vocês todos, claro, são bem-vindos. O mestre se regozija em ter uma amostra tão refinada de hóspedes prontos para presenteá-lo com narrativas fantásticas a respeito de suas aventuras.

– Por falar em aventuras – disse Delia –, acredito que Nestor esteja um tanto apaixonado pelo nosso submersível. Ele tem sido bastante, hm, persistente desde que nos avistou.

– Ah.

Ember viu o maxilar do criado se mover e sua língua grossa e manchada passou pelo lábio inferior bulboso.

– Nestor anda bastante fugaz ultimamente, mas não temam: ajustes podem ser feitos.

"Ajustes" pareceu uma palavra estranha a Ember.

– É um prazer ver que você está funcionando bem – falou o criado a Frank.

– Eu estou bem – respondeu o homem de pele esverdeada. – Mas ando precisando de uma regulagem.

– É mesmo? Tenho certeza de que o doutor vai adorar remexer no seu peito. – Ele agarrou o braço de Frank em um gesto rígido, sem dobrar os dedos enluvados, então se voltou para o grupo mais uma vez. – Meu nome é Yegor. Vou servir de porta-voz se precisarem falar com o mestre. Recebi instruções de levá-los a um pequeno, e um tanto limitado, passeio pela ilha que é nosso lar e acomodá-los em nossos aposentos mais confortáveis.

– Obrigada, Yegor – disse Delia. – Apreciamos muito sua ajuda. Creio que a maior parte da nossa luz de bruxaria tenha sido exaurida na batalha. – Ela apontou com a cabeça na direção de Graydon sem olhar nos olhos dele. – Além disso, eu gostaria de informar que temos um prisioneiro. Creio que eu devo...

Yegor interrompeu:

– Sim. Estamos cientes do seu prisioneiro. Posso garantir que vamos hospedá-lo de maneira compatível com seus crimes.

Ninguém mais parecia sofrer com o mesmo nível de desconfiança de Ember, e ela queria estar munida de suas pistolas. Não que o criado estivesse exatamente agindo de maneira sinistra, mas ela tinha a sensação de que algo estava errado.

Finalmente, a abóbora de Jack voltou, interessada no criado, agora que os arredores tinham sido completamente examinados. Yegor se retesou e ergueu a cabeça para espiar o globo flutuante.

Os lábios de Ember se separaram enquanto ela absorvia os olhos brilhantes cor de uísque. Ficavam muito juntos no rosto e eram redondos demais para serem humanos. Desapareceram completamente quando a luz da abóbora se desviou. Ela ficou imaginando que tipo de criatura Yegor seria. Ele não parecia ser gnomo nem vampiro. Ember não sentia qualquer magia no homem, então duvidava que fosse um feiticeiro, mas existia um tantinho de apreensão em seu estômago. Ela se colocou um pouco atrás de Jack. Dev também diminuiu a distância em relação a ela, de modo que ele e o lanterna mais pareciam cavaleiros protegendo sua dama.

O criado enfim baixou a cabeça, escondendo o rosto. Ele se virou e disse:

– Por favor, me acompanhem. O mestre está repousando no momento, então aprecio se tiverem paciência.

Seguiram Yegor subindo os degraus de pedra e entraram por um amplo portão. Uma fonte efervescente borbulhava em um pátio cheio de todo tipo de árvores. O interessante era que, apesar de as plantas e as árvores serem bem-cuidadas e saudáveis, pareciam ter sido distribuídas de maneira aleatória: árvores frutíferas ao lado de coníferas e castanheiras ao lado de faias. As flores e plantas estavam misturadas de maneira semelhante.

Examinando mais de perto, Ember descobriu que toda a flora tinha sido rotulada com cuidado com placas de metal gravadas, enfiadas no solo ou aparafusadas ao tronco. Ficou se perguntando por que um metalúrgico iria mexer com botânica.

Uma área parecia praguejada pela desertificação. As plantas ou estavam mortas ou em rápido processo de morte.

– O que aconteceu aqui? – perguntou ela. – Não tem água suficiente? Alguma praga?

O criado se virou para olhar o lugar a que ela se referia.

– Ah, aquilo. Infelizmente, aqueles cortes específicos se revelaram um fracasso. Precisaram ser expurgados. Creio que, no que diz respeito às decepções do mestre, a vingança vem a galope.

Ember franziu a testa e fez uma pausa, olhando fixo para a terra árida. Por um momento, aquilo lhe lembrou um cemitério. Ela quase esperava que dedos ossudos saíssem do solo. Jack tomou seu braço e lhe deu um sorriso reconfortante. Com ele a seu lado, os medos dela pareciam meio bobos. Ela pousou as duas mãos no braço dele, na altura do cotovelo do lanterna, e seguiram em frente.

Yegor os conduziu para dentro da casa, escancarando as portas pesadas, e Ember ficou surpresa de ver gatos enrolados em cima de cada uma das mesas, cadeiras, tapete e console de lareira.

– Nossa! – exclamou ela.

Sempre tinha adorado aquelas criaturas e a recíproca era verdadeira.

O homem limpou a garganta e disse:

– Meu mestre é um tanto elurofílico. Ele acredita que os felinos são um tanto benéficos. Eles mantêm afastados os espíritos danosos, sabe? E esta cadeia de ilhas atrai uma boa quantidade deles.

Um gato cinza-ardósia adorável com olhos cor de ônix esfregou a cabeça na perna de Ember. Ela estendeu a mão enluvada para fazer um carinho atrás de suas orelhas. Outros miaram e se ergueram da posição de descanso. Logo havia pelo menos uma dúzia deles rodeando Ember, todos miando e implorando atenção. A algazarra logo ficou tão grande que a bruxa perdeu o equilíbrio e estendeu a mão para que Jack a ajudasse a ficar firme.

Yegor assobiou e os gatos berraram e dispararam para fora da sala.

– Já basta – avisou ele, apesar de a sala agora parecer vazia.

Passaram por alguns cômodos: uma sala de jantar, um solário, um salão e um par de escadas que levavam a um observatório e ao cais de naves aéreas. O par de portas seguinte levava à sala de cirurgia e ao laboratório, mas Yegor afirmou que não podiam entrar ali a não ser que fossem acompanhados pessoalmente sob ordens do doutor.

– Aqui estamos – disse ele. – Este é o serralho, onde as damas vão ficar. Homens não têm permissão para entrar nestes aposentos, assim elas poderão se sentir totalmente seguras e confortáveis.

Ele disse às mulheres que descansassem e se recuperassem e que viria buscá-las para o jantar precisamente às oito horas de acordo com o relógio ou, se preferissem, depois de quatro voltas da ampulheta, uma relíquia que o doutor tinha recolhido e usado como decoração para as damas que desprezavam a tecnologia moderna.

Quando a porta se fechou, tanto Dev quanto Jack franziram a testa ao ver Yegor trancando a porta com uma chave que ficava pendurada em uma corrente em seu pescoço.

– Por que trancou as moças aí dentro? – perguntou Dev.

– Garanto a você, é para a proteção delas. Agora vou mostrar os quartos aos cavalheiros.

Jack, Finney e Dev se entreolharam, trocando uma mensagem silenciosa entre si, mas não disseram nada na presença de seu guia. Seguiram Yegor em silêncio, subindo um lance de escadas até os aposentos dos cavalheiros, onde também foram trancados e receberam o mesmo convite para o jantar.

– O que a gente vai fazer? – perguntou Finney.

– Vamos esperar – respondeu Dev. – E observar. O doutor está nos fazendo uma gentileza ao permitir a nossa hospedagem aqui: ele nunca ofereceu esta cortesia a ninguém que eu conheça. Tenho certeza de que isto simplesmente faz parte de sua excentricidade. Além do mais, Frank passou vários dias sob os cuidados do doutor e está indo muito bem.

Jack levanta as sobrancelhas, sobretudo quando notou que todas as janelas dos quartos tinham barras. Aquilo não fazia diferença para Jack: ele e sua abóbora podiam se esgueirar para fora com muita facilidade. Era o garoto que o preocupava.

Delia e Ember nem repararam que suas portas estavam trancadas. Os quartos eram tão suntuosos! Quando os convites para o jantar chegaram, junto com caixas grandes e cheias de roupas, tiveram uma agradável surpresa. Ember tirou o cartão do envelope de borda dourada e leu:

*Bem-vindas, minhas hóspedes mais honradas!*

*Por favor, juntem-se a mim para um jantar íntimo no deque do Netuno.*

*Providenciei roupas extras, pois imagino que boa parte das suas tenha se perdido no mar.*

*Por favor, informem se precisarem de algo mais durante sua estadia.*

*Sinceramente,*
*Dr. Monroe Farragut*

# 29

## VESTIDOS NA ESTICA

Jack olhava as roupas estendidas sobre a cama com a testa franzida. Como não precisava de roupas para se manter aquecido nem de botas para proteger os pés, geralmente prestava pouca atenção a vestimentas. Roupas novas apareciam na encruzilhada quando ele desejava. O tecido costumava ser simples e, na maior parte das vezes, os modelos condiziam com os estilos da área onde fora escalado para trabalhar. Ele desprezou perucas quando estavam na moda e, se achava que algo não lhe agradava, simplesmente deixava na abertura da encruzilhada e a peça acabava desaparecendo.

Os únicos itens que ele fazia questão de adquirir para si eram seus relógios de bolso, seus sobretudos e suas botas. Ele adorava suas botas e nenhum outro calçado que tentava usar para substituí-las parecia adequado.

O sobretudo era a única peça que ele tinha mandado fazer sob medida. Os botões e os fechos eram únicos, e ele tinha ficado muitíssimo contente quando Ember reparou neles. Ele não era mesmo uma pessoa que se importava com estilo ou moda, como o vampiro, mas o casaco era um símbolo de quem ele era, e a lembrança de dividi-lo com Ember era algo caro a ele. Jack se reconfortou com a ideia de que, mesmo depois que o tecido fosse roído por traças e estivesse esfarrapado, os botões sobreviveriam à passagem do tempo. Seriam o único sinal do que ele tinha vivido, do que tinha sobrado do antigo garoto mortal chamado Jack, destinado a vagar a vida inteira pelo interior com sua abóbora acesa.

Escolhendo apenas as peças mais simples entre as vestimentas que o anfitrião tinha enviado a eles, Jack colocou de lado seus itens bastante desgastados e torceu para que fossem lavados, em vez de jogados fora. Deverell pegou os itens mais chamativos, o que fez Finney ficar com as peças que estavam entre os dois extremos.

Enquanto os outros dois tomavam banho e se trocavam, Jack aproveitou a oportunidade para bisbilhotar.

O caderno de Finney era algo que ele considerava profundamente fascinante. Folheou páginas e mais páginas de anotações e encontrou muitas que diziam respeito a ele próprio, a começar pela época em que Ember tinha falado a ele pela primeira vez sobre o guardião. Deu algumas risadas com as observações do rapaz e ficou tão entretido com os planos de Finney para novas engenhocas que não reparou quando o garoto retornou.

– E aí, está gostando da leitura? – perguntou Finney, enquanto enxugava a cabeleira ruiva.

– Você é bastante criativo, sabia? Eu também examinei as coisas de Dev, mas não achei nada tão interessante quanto isto. As suas ideias a respeito das redes da nave celestial são notáveis.

– É. É fácil ter uma epifania quando espectros estão tentando engolir a sua cara.

– Fico imaginando se funcionaria.

Finney tinha postulado a ideia de usar uma rede retrátil infundida com luz de bruxaria para recolher os espectros feito uma rede de pescaria em vez de tentar passar através deles.

– Eu faria a seguinte pergunta: o que fazer com os espectros depois que fossem recolhidos? – continuou Jack.

Finney deu de ombros.

– Levaria todos para Ember, acho. Assim ela poderia ajudar todos eles a seguir em frente quando tivesse energia suficiente para isso. Trabalhar com grupos menores seria menos exaustivo.

– Que coisa mais litigiosa – disse Dev, saindo do banheiro e dando o nó na gravata. – O que Jack não revelou é que a habilidade de Ember é totalmente única. Mesmo assim, que bruxa que valesse o próprio sal iria desperdiçar seus dias nas nuvens imundas ajudando àqueles que estão além da ajuda?

– Ember faria isso – respondeu Finney imediatamente.

– Pode ser – concordou Dev. – Mas, diga, rapaz, por que Ember deveria fazer isso? Não acha que ela tem coisa, ou, ouso dizer, pessoas, pessoas vivas, muito mais importantes às quais possa dedicar seu tempo?

Com a testa franzida, Jack olhou bem nos olhos azul-ártico de Deverell e disse:

– Ember deveria ser capaz de viver a vida que bem entender.

Dev abriu um amplo sorriso para o lanterna, exibindo a ponta dos caninos.

– Sim – concordou ele. – Deveria mesmo.

O vampiro colocou o cabelo para trás, prendeu com cuidado e colocou o chapéu. Seu terno era impecável. Cada detalhe, do colete e da capa à corrente do relógio e às abotoaduras, transmitia elegância, sofisticação e privilégio. O homem também era alto, bonito e falava bem.

Jack não se impressionava tanto com a exibição de equilíbrio de Dev. Ele era capaz de ler o coração do vampiro. De enxergar tudo através dele, até seus ossos cheios de sangue. O vampiro era só aparência. O coração de Dev guardava um desespero secreto, algo que ele acreditava que Ember podia consertar. Na opinião de Jack, eles não combinavam. Ember servia para mais do que simplesmente ficar presa a um homem que achava que precisava dela para consertá-lo. Mesmo que Dev acreditasse que podia fazer Ember feliz (coisa que, para ser sincero, Jack tinha visto que era verdade na aura de Dev), o lanterna achava que não duraria muito.

A batida na porta significava que enfim era a hora do jantar.

Seguiram Yegor descendo a escada até a sala de visita e o criado os deixou ali, sozinhos, enquanto buscava as mulheres.

Ouviu-se um som à porta e todos os homens se viraram para ver Delia e Ember entrando na sala. Delia era uma mulher bonita por si só. O cabelo comprido e preto estava preso em um arranjo bonito, com fios cacheados que tocavam os ombros nus. Ela usava um vestido vermelho com acabamento em preto e babados pregueados, além de corselete externo preto.

Dev nunca a tinha visto usar bustiê preto. Os olhos azuis dela, apenas um tom mais iluminados do que os de Dev, brilharam como se ela soubesse o que ele estava pensando: ela detestava bustiês. Mas os olhos de Dev não se demoraram muito na irmã. Em vez disso, buscaram a garota baixinha e curvilínea que vinha logo atrás dela.

O vestido de Ember era de um modelo um pouco mais simples do que o de Delia, mas nem por isso menos bonito. A blusa verde-água se prendia em volta de seu pescoço em um estilo frente única, torcida de tal maneira que acentuava suas curvas sem revelar nem 1 centímetro de decote. A cintura estava bem apertada com um corselete da mesma cor, bordado com estrelas do mar, conchas e outras criaturas submarinas. A saia era simples e lisa, de modo que os olhos eram atraídos pelo corselete e para a pele de seus braços, nus do alto de suas luvas douradas até o pescoço. O chapéu verde que se acomodava com estilo em sua cabeça tinha acabamento em preto, dourado e penas de pavão.

Quando Ember cumprimentou os cavalheiros, o pomo de adão de Finney subiu e desceu com tanto vigor enquanto ele salivava e lambia os lábios que Ember deu risada. Os olhos de Dev se demoraram sobre os contornos dela, como se ela estivesse sentada em cima de uma bandeja e ele mal pudesse esperar para tirá-la dali e experimentá-la. A garota corou.

Os olhos de Jack, no entanto, estavam calorosos: num cinza cor de pomba, olhavam para ela com tanta suavidade quanto as penas da ave que arrulhava. Ele estendeu o braço e, quando ela pousou sua mão enluvada na dele, ele se inclinou e deu um beijo em seus dedos. Naquele momento ela amaldiçoou a luva, desejando que os lábios dele tivessem tocado mesmo sua pele nua.

– Você está adorável – disse ele, com simplicidade.

– "Adorável" é um termo muito pobre – se intrometeu Dev. – Não existem palavras para descrevê-la.

Os olhos de Ember dispararam de um para o outro quando os dois ofereceram o braço. Em vez de escolher, ela disse:

– Finney? Você se incomoda? Eu queria falar uma coisa com você.

Aprumando-se na mesma hora e abrindo um sorriso tão largo quanto o da abóbora que flutuava logo atrás de sua cabeça, Finney estendeu o braço e Ember aceitou o gesto, colocando sua mão na curva do cotovelo dele. A expressão obscura de Dev fez Delia dar risada. Ela ainda estava rindo quando Jack se ofereceu para acompanhá-la. Ela aceitou de bom grado e o grupo saiu da casa.

Yegor os conduziu por um amplo deque de vidro localizado em cima da lagoa. Colunas altas brilhavam com uma pálida luz de bruxaria que esquentava o deque e iluminava a área. A parte do céu que eram capazes de enxergar estava cor de obsidiana e cheia de estrelas. Quando Ember ergueu os olhos, prendeu a respiração. Partes roxas, azuis e cor-de-rosa se espalhavam pela cobertura, indo e vindo feito água. Então ela reparou que a mesma coisa estava acontecendo na lagoa.

Através do piso de vidro do deque, ela enxergava os peixes metálicos nadando. Eles tremeluziam com uma luminescência forte o bastante para ser vista através da água escura. Os gatos do Dr. Farragut estavam à espreita em cantos escuros, alertas, e quando um peixe se aproximava o suficiente da superfície, uma pata atacava e batia na água. Eles se sentaram e ficaram esperando seu anfitrião misterioso.

# 30

## UM LOBISOMEM ENTRE ELES

Cada um tomou o seu lugar e, um momento depois, as portas se escancararam para revelar seu anfitrião. O colete azul-ardósia do doutor se apertava nos botões que tentavam segurar sua barriga redonda e, quando ele entregou a cartola e as luvas para o criado, o cabelo basto cinza-carvão, as costeletas e os dedos longos e compridos se revelaram.

O doutor lançou um sorriso afável para o grupo e se aproximou da mesa.

– Como é bom ver todos vocês – disse ele, em um tom jovial. – Não podem imaginar como estou contente de ter tantas companhias para o jantar nesta noite.

Ele foi até cada pessoa, tomou-lhe a mão e olhou fundo em seus olhos ao cumprimentar cada um.

– Deverell Blackbourne – falou ele quando chegou ao vampiro. – Imaginei que estaria vivendo uma vida de prazeres longe daqui, no mundo mortal.

– Sim, creio que da última vez que nos vimos, eu ia fugir com minha bruxa. Graças à sua assistência oportuna, conseguimos.

– E onde está sua metade mais adorável?

– Ela... ela está morta – respondeu Deverell, devagar. – Queimada na fogueira.

O doutor estalou a língua, pesaroso.

– Minha nossa. Nossa, nossa, nossa, nossa, nossa. Mas que infortúnio tão enorme.

O homem deu um tapa nas costas de Dev com um pouco de vigor excessivo para alguém que tinha acabado de escutar algo tão desagradável e passou para Delia.

Ele bateu o calcanhar das botas, pegou a mão dela e se inclinou, tocando os lábios de leve na pele da mão dela.

– Minha cara capitã. Como está atraente nesta noite... Estou muito contente de saber que o submersível oculto foi um sucesso.

– É, foi, sim. Não estaríamos aqui conversando se não fosse pelos planos que você colocou na cabeça de Frank.

O doutor olhou ao redor em um gesto dramático.

– E onde está o velho garoto? – perguntou ele. – Eu gostaria muito de vê-lo.

– Ele está trabalhando nos reparos hoje à noite. Vai se encontrar com ele pela manhã, não é isso?

O homem franziu o cenho, mas então ele deu um sorriso distraído.

– Ah, de fato. Sim, sim. Eu gostaria de conectá-lo às máquinas para ver como tudo está funcionando. – Ele se voltou para Finney. – Olá, rapaz. Digo, mas esta é uma cor de cabelo e tanto. Não vejo cabelo assim desde...

Apertando os lábios, o doutor tirou um par de óculos do bolso e o colocou. Olhou Finney de cima a baixo.

– Então você é um mortal, garoto?

– Sou humano, se é isso que está perguntando – respondeu Finney, tirando os próprios óculos e substituindo-os pelo visor.

Ele girou as lentes para cima e para baixo, estudando o doutor na mesma medida em que estava sendo estudado.

– Fascinante – disseram os dois ao mesmo tempo.

O doutor deu uma risadinha e apontou para a invenção de Finney.

– Posso?

Finney entregou a ele o visor e o doutor o colocou na frente dos olhos, guardando seus óculos de volta no bolso antes de ajustar com rapidez os diversos botões.

– Que interessante! – exclamou o doutor. – Se não me engano, você estava tentando enxergar minha aura.

– Estava, sim – respondeu Finney.

– E conseguiu?

Finney franziu a testa.

– Não. Não muito bem. Estava um pouco... indistinta.

– Que aparelho maravilhoso – concluiu ele, devolvendo o visor. – É um belo feito para um homem mortal. Sobretudo um da sua idade. Diga uma coisa, tem algum interesse por metalurgia?

– Eu tenho interesse por muitas coisas. Apesar de eu ter ouvido dizer que o meu mundo está bastante atrasado em relação ao seu em termos de tecnologia, andei trabalhando em um autômato para fazer colheitas.

– É mesmo? – respondeu o doutor, com um sorriso de deleite no rosto.

– Tenho certeza de que é rudimentar em comparação com o que vocês têm aqui no Outro Mundo.

– Ah, com certeza, com certeza. De todo modo, fazer algo assim sozinho? Vejo muito potencial em você, rapaz. – O doutor deu uma olhada em Ember e fez questão de encará-la antes de retornar a atenção para Finney. – Muito potencial.

– Eu gostaria muito de visitar o seu laboratório – comentou Finney.

– Absolutamente. Yegor vai providenciar. Yegor! – gritou ele, como se o homem escutasse mal. – Leve o garoto para conhecer o laboratório.

– Sim, mestre – respondeu Yegor.

O doutor parou e se voltou para o criado.

– Yegor, quantas vezes preciso repetir? Deve me chamar de doutor, não de mestre.

– Claro que sim, doutor mestre.

Suspirando, o doutor se aproximou de Jack.

– Ah, então, aqui está o homem do momento. Pelos céus, não tenho um lanterna na minha mesa faz... bom, faz tempo demais. É bem-vindo aqui, meu bom senhor. – O doutor estendeu a mão e a deixou lá, pendendo de mau jeito, até que Jack cedeu e estendeu a dele. – Se não for muito deselegante, posso perguntar onde está sua brasa?

Nesse instante, a abóbora flutuou no ar atrás do doutor.

– Minha luz de lanterna reside na minha abóbora.

– Uma abóbora, foi o que você disse?

Quando o doutor se virou, soltou um gritinho de pavor, mas logo se recuperou e tirou os óculos do bolso mais uma vez.

– Ah, que curioso! – constatou o inventor.

Ele tentou olhar ambos os lados da abóbora, mas o globo girava de modo que seu rosto sorridente estava sempre de frente para ele. Piscou com rapidez quando ele se aproximou e quase pareceu que ia espirrar.

– Hm, sim. Bom... creio que eu tenha tempo de sobra para explorar a sua luz em outro momento. Tenho certeza de que estão todos famintos, não?

– Esqueceu de mim! – exclamou Ember, levantando-se e fazendo uma mesura para o doutor.

– De fato, esqueci – respondeu o doutor, e pegou a mão dela e deu um beijo.

Ember reparou que o doutor tinha dentes tortos, mas, fora isso, ele e seu rosto não tinham qualquer falha. Eram perfeitos demais para um homem de sua idade. Ouviu-se um miado e o doutor olhou para o chão. Ele se abaixou e pegou no colo uma grande gata malhada.

– Por que você é uma garota tão carente assim, Brunhilda? – perguntou o doutor. – Não vê que estou ocupado conversando com esta bruxa adorável? – A gata começou a ronronar e logo outros felinos se aproximaram, esfregando-se no doutor e em Ember. – Sinto muito, minha cara. Os gatos têm afinidade natural por bruxas. Imagino que você seja igual a erva-de-gatos para eles. Eles amam o choquinho estático que o poder de bruxa causa quando tocam em você.

– Eu não me importo – disse Ember, abaixando a mão para acariciar a cabeça de um gato preto com uma listra branca. – Qual é o nome deste aqui?

– Nicodemus – respondeu ele, distraído enquanto o gato miava alto e arranhava as saias de Ember.

Outro felino pulou direto para os braços da bruxa. Ember quase não o pegou. O doutor rapidamente largou o gato que tinha no colo e pegou o que tinha pulado para cima da garota.

– Hazel, sua danadinha – brigou ele, dando tapinhas no focinho da criatura.

Ele também a colocou no chão, espantando o animal para longe. Mas ela logo foi substituída por outros.

– Minha nossa! – exclamou ele quando uma dúzia de gatos começou a rodeá-los. – Estão, de fato, se mostrando uma amolação. Yegor, faça com que os gatos sejam removidos das proximidades imediatas.

– Como desejar mes... doutor.

Ele bateu palmas e os gatos sibilaram e miaram bem alto, todos voltando a atenção para Yegor. Depois que ele enfiou uma das mãos no bolso, todos desapareceram de vista, tão rápido que Ember nem conseguiu ver para onde tinham ido.

– Como... como você fez isso? – perguntou Ember.

– Como fiz o quê, minha cara?

– Conseguiu fazer os gatos obedecerem.

– Ah, é bem fácil. Todos eles têm um implante com um chip minúsculo, do tamanho da unha do seu dedo mindinho. Isso lhes dá um pequeno choque. Não dói, só irrita o suficiente para que saiam de perto.

Ember olhou para Finney. Os olhos dele estavam arregalados e o garoto começou a escrever resolutamente em seu caderno.

– Então – prosseguiu o doutor. – Onde estávamos mesmo? Ah, sim. Você estava prestes a se apresentar.

Ember já não estava tão enamorada pelo doutor quanto antes de ele mandar os gatos embora.

– Acredito que seria mais apropriado se você se apresentasse primeiro.

– Eu? – O doutor olhou ao redor da mesa. – Já não me apresentei?

Ember fez que não com a cabeça.

– Muito bem, então – concedeu o doutor. – Acredito que seja um hábito terrível de doutores e homens da filosofia esquecer com frequência as cortesias sociais. Você me perdoa, não é mesmo, minha cara? – Quando Ember inclinou a cabeça, ele fez uma mesura e disse: – Permita-me que me apresente de maneira adequada, então. Meu nome é Dr. Monroe Farragut e este é o meu lar, aqui na ilha do Homem Morto.

Engolindo em seco, Ember disse:

– Mas que nome... charmoso. Foi você mesmo que inventou?

– Foram os piratas que deram esse nome – soou uma voz profunda de homem do meio da escuridão, logo além da área íntima iluminada.

– Ah, esqueci de apresentar meu outro convidado. Sabia que estava faltando alguém. Entre! – pediu o doutor, cheio de animação. – Não seja tímido. Somos todos amigos aqui.

Ember não reconheceu o homem bonito que saiu do meio das sombras, não de início, mas então ela ouviu Delia fazendo um barulhinho enquanto prendia o fôlego ao se levantar da mesa de maneira abrupta.

– O que ele está fazendo aqui? – indagou ela. – Ele deveria estar trancado em qualquer coisa que sirva de calabouço neste lugar, e a chave deveria ter sido jogada na lagoa.

– Agradeço se tratar meus convidados com respeito – rebateu o doutor, ríspido. – Capitão Graydon, sente-se entre mim e a jovem bruxa.

O homem que se adiantou estava vestido de maneira tão impecável quanto Dev, mas, logo que se sentou, puxou o pano ao redor do pescoço e tirou a gravata. Depois desabotoou o colarinho da camisa, exibindo a garganta bronzeada.

O jantar foi servido, começando com uma sopa morna de peixe acompanhada por torrada besuntada com uma pastinha de abóbora. Quando Finney deu uma mordida na torrada, a abóbora de Jack piscou em ritmo frenético. Finney olhou para a abóbora, depois para o pão, e murmurou desculpas antes de pousar a torrada e pegar a colher.

Em seguida vieram pratos de faisão, vagens do mar salgadas e algo que Ember achou que tinha gosto de javali. Então, foi trazida uma travessa grande com um animal com vários braços e uma cabeça bulbosa. A carne roxa-rosada cortada com cuidado e que foi colocada em seu prato fez Ember hesitar.

– Isso é peixe?

– Polvo – respondeu Dev, sorrindo. – O priminho do kraken.

Ember e Jack foram cautelosos, sobretudo quando o doutor se gabou de que os diversos queijos que Dev estava saboreando tinham sido feitos com leite ordenhado de uma grande variedade de mamíferos marinhos. O capitão lobisomem devorava tudo à sua frente, quase sem sentir o gosto.

Quando não estava comendo ou dando goles enormes em sua bebida, os olhos ardentes de Graydon invariavelmente se voltavam para Delia, que agia com desinteresse.

Ember tentou romper a tensão.

– Doutor, por favor, fale sobre seu trabalho.

– Ah, você também é uma aspirante a aprendiz, como seu jovem amigo? – perguntou ele, de maneira cordial. – Talvez possa se juntar a ele no laboratório amanhã.

– Parece uma ideia encantadora.

– Que maravilha! – Ele lançou um sorriso beatífico a Ember. – Já no que diz respeito ao meu trabalho, deve ter visto muitas das minhas criações a caminho da ilha.

– Vi, sim – respondeu Ember. – Todos aqueles peixes. São obra sua?

– São, sim. Ando tentando fundir material vivo com inanimado.

– Está tentando protegê-los? – perguntou ela. – Como se colocasse uma armadura neles?

– Nada disso. Apesar de esse ser um efeito colateral fortuito. – Ele levou o garfo à boca e mastigou bem, então pousou o talher e prosseguiu. – Ah, nossa. Resumir uma vida inteira de pesquisa e experiências em um conceito simples é uma tarefa das mais frustrantes. – Ele apertou as laterais da ponte do nariz e, a seguir, explicou: – Toda vida consciente tem uma nêmesis em comum, um vilão que murmura baixinho no começo, mas cuja voz vai ficando mais forte na medida em que os dias passam, até que a única coisa que você é capaz de escutar é esse grito. É uma semente do mal que eu busquei erradicar.

– Não sei se estou acompanhando – disse Ember, pousando sua taça.

– O inimigo de que falo é a morte – explicou o doutor. – Deixe eu perguntar uma coisa: se existisse uma maneira de capturar a essência da vida, colocar essa essência na mão de alguém, entregando, assim, o dom da eternidade, você faria isso?

– Eu... Eu não sei dizer – gaguejou Ember. – Acho que eu não sou a pessoa mais qualificada nesta mesa para responder a sua pergunta.

– É mesmo? Que tal você, Jack? De todos nós, você é quem mais se beneficiou da minha pesquisa.

– É mesmo?

– Ora, foi a minha pesquisa que tornou possível a existência de um lanterna.

A faca de Jack caiu na mesa.

– Deve estar enganado – disse Jack. – Meu mentor, Rune, me recrutou muitas vidas atrás.

– Ah, é aí que *você* se engana, rapaz. Eu tenho 4.999 anos, alguns dias a mais ou a menos.

– Sem dúvida está brincando – disse Ember.

– Não estou.

Ela franziu a testa e afirmou:

– Então você não pode ser humano, apesar de parecer um.

Ele ignorou o comentário.

– Permitam-me que os leve de volta à minha pergunta original. Se tivessem a chave da vida eterna e a porta estivesse à sua frente, pronta para ser aberta e revelar todos os segredos das eternidades, teriam coragem para destrancá-la e entrar?

– Não – respondeu Jack de modo abrupto, jogando o guardanapo para o lado. – Existem algumas coisas que não devemos saber. Certas pessoas são muito perversas, o mundo fica melhor com a morte delas.

– E se você pudesse selecionar a quem entregar o dom da imortalidade, determinando isso, digamos, pelo que se vê em seu coração?

Jack ficou paralisado. Ele *era capaz* de fazer exatamente isso.

– Não faria diferença – respondeu ele. – O dito dom da sua pesquisa me colocou em uma vida de servidão.

– Acho extraordinário que você se ressinta disso. Teria preferido morrer de doença, na forca, na guerra? Você foi poupado dessas coisas, tornou-se um guardião. Você é muito, muito mais do que a soma do que teria sido.

– Pode ser. Mas quem sabe o sentido da vida não é justamente experimentar essas coisas, por mais fugidias que sejam? Nunca vou saber como a minha vida poderia ter sido.

– Bom, então. – O doutor sorriu. – Consigo entender os seus sentimentos. Quando eu desempenhei uma ramificação pela primeira vez, eu mesmo hesitei e me fiz as mesmas perguntas que você. Mas um homem na minha posição precisa manter certa indiferença em relação às próprias criações... se não, eu ficaria louco.

Ember ficou imaginando se, por acaso, o bom doutor já não era louco.

– Tudo que eu peço – continuou o doutor – é que tenha em mente que todas as criações, todos os avanços, todas as invenções têm um preço a ser pago. Podem ser usados para o bem ou para o mal. Mas, na minha filosofia, meu papel não é determinar política nem decidir se um certo avanço *deve* ou não ser criado. Meu papel é determinar se *pode* ou não ser criado. Não adianta nada debater a moral se você nem sabe se algo vai funcionar.

O doutor se recostou na cadeira com os dedos entrelaçados em cima da barriga volumosa.

– Agora, chega de falar de coisas sérias – disse ele em tom jovial. – Yegor? Traga o chá para arrematar o jantar.

Quando os criados tiraram os pratos, o doutor colocou os cotovelos em cima da mesa, apoiou o queixo fraco sobre as mãos. Ele olhou primeiro para Delia e depois para Graydon.

– Acho que está na hora de limparmos um pouco o ar, não?

O doutor fez uma pausa e mexeu o chá. Quando estava satisfeito com a infusão, disse:

– O bom capitão anda fazendo papel de agente duplo ultimamente.

– Agente duplo? – Os olhos de Delia deram um salto. – Para quem?

O doutor pegou uma tortinha farelenta, colocou na boca e mastigou devagar enquanto todos esperavam a resposta.

– As tortinhas de limão estão excelentes! – Ele empurrou a travessa na direção de Ember. – Prove uma. O ingrediente secreto é um ovo colhido da antiga parceira de Nestor. Produzem o creme mais leve, o merengue mais delicado. Claro, ela morreu há pouco tempo, depois de uma vivissecção que deu errado. Fazer o quê?

O rosto de Ember ficou pálido e ela balançou a cabeça. O doutor pegou outra tortinha.

– Onde eu estava mesmo? Ah, sim. Capitão Graydon. Nosso bom capitão anda fazendo o papel de espião para o Senhor do Outro Mundo, quando na verdade ele é o *meu* emissário e vem fornecendo informação falsa para o homem sob minhas ordens.

– M-mas... – gaguejou Delia, confusa. – Mas por quê?

O capitão Graydon suspirou, mexeu o maxilar e disse a única palavra que o doutor queria que ele dissesse. Ergueu os olhos vermelhos para Delia e balbuciou:

– Frank.

# 31

## A MORTE LHE CAI BEM

– Frank? – repetiu Delia. – O que ele tem a ver com qualquer coisa?

Graydon jogou o guardanapo na mesa e se recostou na cadeira, obviamente pouco à vontade com o rumo da conversa.

– O bom doutor salvou a vida de Frank mais de uma vez – respondeu ele.

– Sim, é claro, mas a gente fez uma troca por isso.

Graydon balançou a cabeça.

– O custo era muito mais do que você sabia. Só o coração de Frank valia mais do que o *Phantom Airbus*. Não tinha como pagar, sobretudo depois que... – As palavras dele foram definhando.

Passando para a segunda sobremesa, o doutor enfiou na boca uma colher de cabeça para baixo e cheia de pudim consistente enquanto observava, bem contente, aquela discussão.

– Vamos. Conte o resto.

– Frank... não foi o único que o doutor consertou.

– Mas quem...?

O doutor deu risada.

Os olhos do lobisomem ficaram cor de prata e ele deu um rosnado agudo para Farragut. Quando encarou Delia mais uma vez, o brilho nos olhos dele diminuiu.

Delia parou e disse:

– Não. Diga que não é verdade.

– É, sim. Você se lembra do embate com a fragata que levava uma carga de redes e células de força? Você se machucou. – Graydon fez uma pausa. – Eu nunca lhe contei que o doutor a salvou.

– Pois é. Foi uma manobra cirúrgica um tanto brilhante da minha parte, se não se incomoda de eu me gabar. Se passar a mão com cuidado ao redor da cicatriz na base do seu crânio, minha cara, vai sentir a borda de uma pequena placa de metal mais ou menos do tamanho de uma moeda.

A mão de Delia foi até a linha do cabelo e ela prendeu a respiração quando seus dedos descobriram a plaquinha que o doutor descreveu.

– O que... O que você fez comigo? – exigiu saber.

– Bom, essa é uma resposta bastante delicada. Em resumo, eu trouxe o seu cérebro morto de volta à vida.

– Eu... Eu morri?

– Ah, morreu, sim. Para resumir, eu consegui capturar o sopro de vida que tinha sobrado nos seus ossos de vampiro com uma brasa antes que fosse embora. Então, usei minha pesquisa com Frank e as habilidades que conquistei com a criação dos lanternas, e agora, minha adorável vampira, você é a primeira criatura verdadeiramente imortal que eu construí. Parabéns!

O doutor começou a bater palmas e os criados em pé ao redor acompanharam sua atitude. Seu entusiasmo arrefeceu quando percebeu que o resto dos convivas estava lá parado, estupefato.

– Não estou entendendo – disse o doutor. – Achei que isso fosse motivo de comemoração.

– Eu... eu sou um monstro! – rebateu Delia.

O doutor largou o guardanapo quando Dev abraçou a irmã.

– Não, minha cara, de jeito nenhum – respondeu o doutor. – Você é um milagre. A união da vida com o inanimado. – Ele bateu com força na mesa. – Além do mais, eu detesto o termo "monstro". Por acaso não somos todos monstros no fundo do coração? Quem somos nós para julgar os outros com tanta rigidez? Você é, de fato, uma criatura rara, e muito querida por mim.

– Sim. Tão querida que você incluiu em mim um dispositivo de segurança para desligar – acusou Graydon, com um rosnado.

O doutor apertou os lábios, irritado.

– Isso não é nada, garanto a você. Só um pequeno interruptor para o caso de algo dar errado.

– Algo pode dar errado? – murmurou Delia com alarme renovado.

Ao mesmo tempo, Dev perguntou:

– Que interruptor?

Graydon respondeu com a expressão arrasada:

– Ele ameaçou acionar o interruptor do circuito caso eu não cooperasse, o que, efetivamente, desligaria o cérebro dela. Ela morreria no mesmo instante.

Dev se levantou em um movimento abrupto, jogando a cadeira para trás.

– Você é que é o monstro! Como ousa brincar com a vida das pessoas assim?

– Bom, tecnicamente, ela não era mais uma "pessoa", não é mesmo? Sua cara irmã era um cadáver. Talvez deva considerar tal fato antes de sair por aí fazendo acusações combativas.

Delia se recostou na cadeira com o rosto lívido. Seus olhos encontraram os de Graydon, e neles ela viu todo o desprezo que ele sentia por si mesmo, todas as concessões que ele tinha precisado fazer apenas para mantê-la viva.

O doutor empurrou a cadeira para trás.

– Sinto dizer que este tom acusatório não era exatamente o que eu estava esperando. Sendo assim, meu apetite azedou. Se me dão licença, creio que vou me recolher. Sugiro que todos façam o mesmo.

– E se formos embora? – ameaçou Dev.

– Ah, sua cooperação está garantida de um modo ou de outro. Como o capitão Graydon afirmou com tanta eloquência, meu dedo literalmente está pousado no ponto de pulsação da vida da adorável Delia. Aliás, agora que todas as cartas foram colocadas na mesa, está a cargo de vocês determinarem se vão desfrutar de sua estadia aqui ou se vão considerar que se trata de um encarceramento.

Ele fez um biquinho com os lábios.

– Nos muitos, muitos anos em que estou vivo, descobri que a felicidade costuma depender da atitude. Vocês têm até de manhã para pensar a respeito. Por favor, terminem de tomar o chá. Yegor e os outros vão acompanhá-los de volta a seus aposentos quando terminarem.

Ele passou a mão no cabelo bem penteado, deu meia-volta e se retirou, deixando o grupo estupefato e imóvel à mesa.

Foi um tanto estranho, mas a primeira pessoa a falar foi Finney. Ele coçou o nariz e pronunciou:

– Acho que devemos cooperar. Não temos nada a perder e tudo a ganhar.

Ember segurava a xícara, mas o líquido já tinha esfriado havia muito.

– Podemos... Podemos voltar para casa, Jack?

Dev não podia abandonar a irmã, mas podia ajudar Jack a fugir com Ember. Ele teria algum conforto em saber que pelo menos ela tinha escapado viva. Ele também ficou esperando para ouvir a resposta de Jack, na expectativa de que o lanterna tivesse algumas ideias.

O lanterna balançou a cabeça.

– Não tenho como nos tirar da ilha. Minha abóbora é capaz de flutuar, mas, como você viu antes, mal conseguiu aguentar o peso de Finney. – Ele se voltou para Delia: – Como estão os reparos no submersível?

Graydon respondeu porque ela parecia estupefata demais para falar:

– Achei que não chegaríamos muito longe. O doutor tem controle total sobre Nestor. Se ele não quiser que você saia da ilha, você não vai sair.

– Você... fez tudo isso, virou espião, por mim? – perguntou Delia a Graydon.

O lobisomem se levantou e se ajoelhou ao lado da cadeira de Delia, segurando o braço do assento com força.

– Começou com Frank – disse ele. – Eu já devia muito ao doutor, e a única coisa que ele pediu em troca foi que eu desempenhasse pequenas tarefas, que reunisse certas coisas que ele queria. Mas ele foi exigindo cada vez mais e, depois que ele consertou você, eu sabia que ia passar o resto da nossa vida fazendo o que ele quisesse. Achei que pelo menos poderia salvar você do meu destino se a fizesse acreditar que eu estava morto. Eu teria contado a você no submersível, mas ele... ele escuta.

– Ah, Graydon... – comentou Delia, suspirando, com os olhos marejados.

– Sinto muito por tudo que aconteceu – prosseguiu ele. – Ele só me contou do interruptor quando já era tarde demais. Eu não fazia ideia de que o doutor era capaz de uma coisa dessas. Se eu soubesse... – O homem passou a mão pelo cabelo castanho comprido. – Se eu soubesse, não posso dizer que faria algo diferente. Eu não podia perder você naquela época, e me recuso a perdê-la agora. Faço qualquer coisa por você, Del.

Delia estendeu as mãos e passou os polegares na testa larga dele, tentando amenizar as rugas. Estranhamente, naquele momento, a única coisa que ela conseguia pensar era que aquelas rugas eram um sinal de que um dia ele iria morrer, e ela, não.

Nesse ínterim, Dev se esforçava para tentar encontrar um modo de escapar da situação em que tinha metido todos eles. Como ele não percebera que o doutor tinha ficado completamente insano?

– Concordo com o garoto mortal – declarou Dev e ergueu a cabeça em um gesto cansado, como se ela pesasse 50 quilos. – Vamos cooperar com o doutor. Parece que não temos outro recurso. – Ele se levantou da cadeira. – Cavalheiros, vamos acompanhar as damas de volta ao quarto.

No quarto, Jack e Dev ouviram todo o lado de Graydon da história. Ele falou de algumas coisas estranhas que o doutor tinha pedido que ele providenciasse, tais como tônicos e elixires, cortes e plantas fora do comum do mundo mortal e também do Outro Mundo, metais de todos os tipos, várias caixas de gatinhos. A esperança dele era que o doutor não solicitasse muito mais do que isso. Então, finalmente, ele pediu:

– Ele nos enviou em uma missão suicida – contou Graydon. – O Senhor do Outro Mundo tinha roubado uma tecnologia do doutor e usado para criar um dispositivo do apocalipse. O *Phantom Airbus* tinha que distrair a nave celestial do Senhor, que carregava o dispositivo, enquanto uma das naves que pertencia ao doutor iria se aproveitar da distração e roubar a carga.

– Delia me falou sobre isso – comentou Dev. – Ela acreditava que o dispositivo fosse capaz de separar o mundo mortal do Outro Mundo. Isso é mesmo possível?

– Foi o que me disseram, mas não sei se é verdade. Depois que a nave do doutor dizimou a nave celestial do Senhor, o doutor me fez trocar de roupa com um dos oficiais e me deixou boiando no meio dos destroços. Quando chegou o resgate, fui encontrado e retirado da água. Com uma nova identidade, pude me infiltrar como espião a bordo do couraçado principal. – Graydon se voltou para Jack. – É estranho, mas outro lanterna chefiou o ataque quando fomos para cima do *Phantom Airbus*.

– Como ele era? – perguntou Jack, já com o pulso acelerado pela desconfiança.

– Nunca nos disseram o nome dele, mas ele mantinha sua brasa no brinco.

– Rune – elucidou Jack. – Eu sabia que ele trabalhava para o Senhor do Outro Mundo. Só não sabia que ele fazia algo além de recrutar novos lanternas ou conferir as encruzilhadas. Parece que ele está ainda mais envolvido do que eu pensava. – Ele fez uma pausa. – Você não trabalha para o Senhor do Outro Mundo também? – acusou Jack, referindo-se a Dev. – Não é um caçador de recompensas à procura de bruxas?

– É verdade que eu aceitei a tarefa de encontrar uma bruxa no seu território, mas não foi o Senhor do Outro Mundo que me enviou.

– Então quem foi? – perguntou Jack.

– A bruxa superior.

– E não é a mesma coisa? – acusou o lanterna.

– Confesso que não tenho tanta certeza disso – respondeu Dev. – Mas não acredito que seja. Ela parece estar interessada em Ember de seu próprio jeito.

Só que isso já não importa mais. Eu abandonei meu plano de entregar Ember pouco depois de nos conhecermos. Minha esperança era convencê-la a fugir comigo de volta para o mundo mortal.

– Certo – falou Jack, cruzando os braços. – Para passar o resto da vida sugando a energia dela?

– Não tenho intenção de fazer mal a Ember – rebateu Dev. – Eu gosto muito dela e acredito que ela pode vir a sentir o mesmo por mim.

– Não acho nada provável – resmungou Finney.

Foi quando o eco de uma música executada por um violino encheu o lugar. Primeiro, soou tranquila. Depois foi aumentando de ritmo, tornando-se assombrosa e, no fim, maluca. O rosto do capitão Graydon ficou pálido.

– Ele toca toda noite antes de uma cirurgia. – Todos os homens engoliram em seco. – Acredita que o ajuda a ficar concentrado para a tarefa que tem pela frente.

Finney pegou o caderno de anotações.

– Certo. Vamos, rapazes. Não está na hora de agir feito ovelhas a caminho do abatedouro. Independentemente de uma fuga estar nos planos ou não, precisamos nos concentrar na primeira coisa que faremos amanhã. Sugiro que façamos o que ele deseja. Está claro que o doutor gosta de falar de si mesmo e de seu trabalho. Podemos descobrir mais coisas escutando do que lutando. Se quisermos salvar Delia, precisamos saber mais sobre o interruptor que ele implantou no cérebro dela.

– Concordo – disseram Dev e Graydon ao mesmo tempo.

– Jack? – perguntou Finney.

– Não vejo outra escolha. Mas tem mais uma coisa que precisam saber a respeito do doutor – completou Jack.

– O que é? – perguntou Graydon.

– Tem algo errado com a luz interior dele. Finney também reparou. Quando a abóbora brilhou no rosto dele, a luz não revelou nada... nem aura, nem reflexo da alma dele.

– O que isso significa? – perguntou Dev.

– Significa que ou ele tem um jeito de bloquear a luz de um lanterna ou...

– Ou ele não tem alma – Finney terminou a frase.

# 32

## O BEIJO DA MORTE

Quando todos estavam dormindo, Jack deixou a abóbora protegendo Finney e se transformou em névoa. Ele flutuou escada abaixo e percorreu os corredores até encontrar o quarto trancado onde as garotas estavam. Jack deslizou pelo vão da porta e se materializou quando encontrou Ember dormindo.

– Ember? – sussurrou Jack. – Ember, está tudo bem?

– Hmm? – Ember abriu olhos sonolentos e então sorriu. – Jack. – De repente, ela se sentou ereta. – Jack? – Ela pulou da cama e deu um abraço forte nele. – Que bom que você está aqui – disse ela com a bochecha pressionada contra o peito dele. – Ah, Jack, sinto tanto... Eu devia ter escutado você. O Outro Mundo é perigoso. Muitíssimo! Minha curiosidade foi maior do que a razão... – A voz dela foi sumindo enquanto ela caminhava para longe dele e então voltava. – Eu achei que estivesse pronta. Que tinha me preparado bem o suficiente. Em vez disso, só provei como sou boba e ignorante. Eu gostaria de poder explicar por que eu precisava vir quando vim, mas simplesmente não consigo. Aquilo que me chamava para cá parece ter ido embora. E agora só me sobrou insegurança e recriminação. Isso sem falar que também arrastei Finney para esta confusão.

Jack tocou um cachinho do cabelo perto da têmpora dela.

– Tecnicamente, fui eu quem arrastei Finney para cá. E, para falar a verdade, acho que ele não está muito incomodado.

Ember ergueu os olhos brilhantes para ele.

– Mas você teve que abandonar o seu posto para vir atrás de mim. Se não fosse pela minha teimosia, estaria em casa agora, sentado no alto da sua ponte e cochilando ao sol.

Rindo baixinho, um som que fez Ember sentir um frio na barriga, Jack disse:

– Acredite se quiser, minha vida não era feita só de cochilos ao sol.

– Ah, eu sei. Seu trabalho é muito importante.

– Já não tenho mais tanta certeza a respeito disso.

O cabelo platinado dele brilhava apesar de o quarto estar escuro. A única outra luz emanava de uma lamparina a gás pequenininha que tremeluzia ali. Ember tinha vontade de colocar a mão no cabelo dele, sentir o ondulado macio dos fios na ponta dos dedos. Ela umedeceu os lábios e disse:

– Parte do seu trabalho era importante, Jack. Pelo menos para mim.

– Qual parte?

– Durante toda a minha vida, você tomou conta de mim. Até quando eu era uma criança. – Ela se virou para o outro lado. – Quando eu era pequena, desenhei o seu retrato com testa grande, nariz adunco e rosto enrugado: um homem tão intimidador que assustaria os monstros dos meus pesadelos. Então o retrato mudou. Ao longo dos anos, você se transformou em alguém bem diferente.

– Alguém com testa protuberante, queixo afundado e nariz batatudo, talvez? – brincou ele. – Se foi isso, entendo a sua decepção na primeira vez que me viu, quando já era mocinha.

Ember se virou.

– Essa é a questão. Quando vi você no espelho, quando você finalmente se revelou, eu sabia que não era minha imaginação. Eu sabia que você era real. E que era mais bonito do que eu sonhava, até nos desejos mais secretos do meu coração. Você foi meu amigo durante todos aqueles anos, tão importante para mim quanto Finney, mas era diferente. Você era secreto. E pertencia apenas a mim. Não imagina como eu precisava disso!

– Eu sabia. Você era solitária. Eu enxergava a dor no seu coração.

– Você não percebe, Jack? – continuou Ember, dando um passo mais para perto dele. – A dor continua lá. Mas é diferente. Eu achava que fosse apenas o anseio para descobrir quem eu era e de onde eu tinha vindo, e que vir ao Outro Mundo iria dar um jeito nisso. Mas as pontadas no meu coração só ficaram mais fortes. Quanto mais eu aprendo sobre o que significa ser uma bruxa, quanto mais eu uso o meu poder, mais eu vejo o que me revitaliza.

– E o que é, Ember? O que cura a sua letargia? – perguntou ele, com os cantos dos lábios virados para cima.

Ela inclinou a cabeça para fitar os olhos cor de estanho dele.

– Você não percebe, Jack? De todas as pessoas, você é quem me conhece melhor. Você é capaz de enxergar dentro da minha alma, gostaria que você só... olhasse.

Ela deu um passinho para trás e deixou os braços penderem ao lado do corpo, fechou os olhos e ficou imóvel. Jack absorveu sua silhueta de ampulheta, o rosto em forma de coração, os lábios em uma curva rubra e os cachos cor de chocolate. Então olhou mais fundo. Atrás da camisola branca limpinha e das camadas de pele, músculo e osso, ele encontrou sua luz interior. A alma quente e dourada dela era tão conhecida dele quanto os contornos da garota. Ele procurou seu coração e pela primeira vez ficou surpreso de ver algo revelador em torno dele.

O anel que o circulava estava quase completo. Tal fenômeno revelava a conexão de uma alma a outro ser. Quando Jack olhou para Graydon, ficou bem óbvio que o coração dele pertencia a Delia. O anel era grosso e vermelho, a cor que representava a capitã vampira.

Mas quando ele olhou dentro do coração de Delia, o anel cinzento era fino e estava quebrado.

– Você... você ama alguém – constatou Jack, com o próprio coração batendo igual a um passarinho preso nas vigas de sua ponte.

Os olhos dela se abriram animados.

– É. Acho que sim – disse ela, baixinho.

– E não é o vampiro – continuou ele.

– Não – admitiu Ember. – Não é.

Jack sentiu que sua mente estava flutuando em um barril de uísque. Ele se sentiu inútil, bêbado e inseguro.

– F-Finney vai ficar feliz de saber sobre sua afeição nascente – completou o lanterna, enfim.

– Jack, também não é por Finney que eu tenho sentimentos. Olhe de novo. Não consegue enxergar?

Ember pegou a mão de Jack e, nervosa, apertou-a contra seu peito. A ponta dos dedos dele roçou a clavícula e ele sentiu o pulso agitado dela. Os olhos dele brilharam prateados quando olhou de novo. Desta vez, o olhar dele ficou concentrado enquanto ele falava. Com os lábios entreabertos, o lanterna examinou o brilho dourado e a faixa que circulava o coração dela. Era... era branca. Ele nunca tinha visto uma faixa assim antes. Parecia quase... igual à luz de uma lanterna.

Os olhos dele dispararam para os dela e o brilho diminuiu.

– O que isso quer dizer? – perguntou ele.

– Quer dizer que estou me apaixonando pelo meu guardião – falou Ember.

A boca de Jack se fechou e seu maxilar se retesou, deixando os ângulos de seu rosto muito mais destacados.

– Isso não é possível, Ember – disse ele, apesar de tudo nele desejar que fosse.

– Por que não? É porque você não consegue me enxergar como mulher?

Jack se virou para o outro lado e disse:

– Acredite, esse não é o problema.

– Então por que você disse a Finney que não podia retribuir meu amor?

Jack ficou paralisado.

– Você ouviu aquela conversa?

– Uma parte.

– Ember.

Quando Jack se virou para Ember mais uma vez, os olhos dela não se encontraram com os dele.

Ouvi-lo dizer seu nome em um tom tão decepcionado foi um golpe forte o bastante para partir o coração da bruxa. Ela não conseguiu segurar as lágrimas, que encheram seus olhos.

– Então... é só esquecer que nós tivemos esta conversa – sugeriu Ember. – De qualquer modo, temos coisas mais importantes em que pensar neste momento.

Ele agarrou os braços dela e a sacudiu de leve, até que a garota o encarasse. Quando ele reparou no brilho marejado em seus olhos e uma lágrima gorda escorrendo por seu rosto, o coração dele derreteu. Enxugou a lágrima com o polegar e depois acariciou as bochechas de cetim dela.

– Minha bruxinha teimosa – falou ele, baixinho. – Não acredite nem por um minuto marcado no relógio que não é possível amar você. A culpa não é sua. De jeito nenhum. Se eu fosse mortal, um homem que não estivesse condenado a caminhar pela terra como um espectro assombrado, eu seria o primeiro pretendente da fila. Por favor, acredite nisso.

Ela soluçou.

– Você... você iria querer me cortejar?

Jack deu risada.

– Cortejar você? Eu andaria atrás de você igual ao Finney e ficaria olhando para você com olhos sonhadores. Passaria os dias derrotando os seus outros supostos pretendentes, as tardes conquistando a simpatia de Flossie e as noites roubando beijos à sua janela.

Ember dera um passo mais para perto dele e, com ousadia, encostou as mãos na barriga musculosa dele e segurou o pano da camisa larga que ele usava. Jack prendeu a respiração.

– Faria isso mesmo? – perguntou Ember.

Os cílios escuros que emolduravam os olhos arregalados dela estavam cheios de desejo.

As mãos dela eram feito espetos incandescentes em seu abdômen, algo que, tecnicamente, não deveria ser possível. Jack sentiu o fogo que vivia dentro dele ganhar vida. Isso significava que o esqueleto dele estava se tornando visível através da pele. Ele baixou os olhos para sua bruxinha, esperando encontrar medo.

O que ele viu foi muito, muito pior. Ela ergueu o queixo, olhando para ele com toda a admiração e todo o desejo de uma mulher presa nas garras de seu primeiro amor. Aquilo era inebriante e viciante. A boca de botão de rosa de Ember era a própria tentação do demônio. Os dedos dele escorregaram para o cabelo brilhante dela antes que ele pudesse se conter.

– Sim – respondeu Jack, enfim.

Cedendo um pouco, Jack beijou os olhos dela. As pálpebras finas e translúcidas eram macias feito pele de bebê. Os cílios dela se agitaram, fazendo cócegas nos lábios dele. Ela suspirou e, naquela expiração, ele pôde escutar satisfação e prazer profundo. Ele ansiava por lhe dar só mais um pouquinho e beijou as bochechas dela com ternura, devagar.

Ember nunca tinha imaginado que um beijo poderia ser tão inocente e tão libertino ao mesmo tempo. O corpo todo dela tremeu e ela sentiu como se estivesse no ápice de algo maravilhoso. Que se ela simplesmente tivesse coragem bastante para atravessar aquela barreira, iria experimentar o momento mais alegre de sua vida.

Sua luz de bruxaria invadiu cada célula do corpo de Ember, acendendo seus sentidos e tornando-a superconsciente. A aspereza da barba por fazer do lanterna, a textura de seus lábios, a sensação sedosa do cabelo dele nos lugares em que tocava a pele dela, o calor de seu corpo e suas mãos segurando os braços dela eram como pequenas explosões de reconhecimento.

Jack estava prestes a se afastar quando sentiu o sussurro da respiração dela no rosto. Ela ergueu as mãos e segurou a cabeça dele, para que ficasse imóvel, pousando beijos recíprocos nas bochechas angulosas dele. Jack sorriu com o gesto, mas, antes que pudesse recuar, a boca doce e aberta dela estava na sua. Pelo que pareceu uma eternidade, ele ficou paralisado pela indecisão, incapaz de se afastar ou de retribuir o gesto.

Então, algo dentro dele se rompeu e Jack a tomou nos braços, retribuindo o beijo com a mesma intensidade. Quando os dedos dela se enterraram nos braços dele, agitando-se impacientes, e sua boca ávida se mexeu rápido demais, ele segurou as mãos de Ember e as pressionou contra seu peito. Depois, segurou o rosto dela entre as mãos e a beijou de maneira lânguida, como se eles tivessem milhares de momentos assim para experimentar e saborear.

Ele acariciou a pele macia logo embaixo da orelha dela e sua boca percorreu o arco do pescoço dela. Quando o braço dele enlaçou a cintura dela e a puxou mais para perto, ela gemeu e procurou os lábios dele mais uma vez. Estavam se fundindo como manteiga e açúcar em uma panela quente, e Ember sentia a doce efervescência lamber sua pele de dentro para fora.

As mãos de Ember finalmente conheciam a textura do cabelo dele e a sensação da barba por fazer. Fazia cócegas na ponta de seus dedos e ela percebeu que estava gostando bastante do contraste entre os pelinhos que pinicavam e a boca dele, ah, tão suave... Ela não queria nunca mais parar de beijar Jack. Ele era viciante. Quanto mais ela o acariciava, mais queria acariciar. De repente, a mão dele segurou a dela e deteve o avanço.

Ember ergueu a cabeça e olhou para o homem em quem confiava mais do que em qualquer outra pessoa no mundo todo, o homem com quem ela queria ficar, aquele por quem faria qualquer coisa. Ambos arfavam e estavam corados, e Ember mal podia esperar pelo que ele iria dizer. Talvez quisesse expressar algo adorável e significativo. Talvez quisesse saber se estava indo rápido demais para ela. Talvez quisesse falar sobre o futuro deles juntos.

Ela esperou pelo que pareceu ser uma eternidade, olhando nos olhos dele com esperança e um amor que brotava. Por fim falou ele, com a voz rouca:

– Ember.

Ela gostou do jeito como ele pronunciou seu nome, sobretudo naquele momento.

– O que foi, Jack? – respondeu ela, as próprias palavras soando roucas, encorpadas e cheias de anseio.

– Isto foi um erro.

# 33

## UM GRITO DE BRUXA

Ember gaguejou:

– O que... o que... o que você quer dizer com "um erro"?

– Quero dizer que a gente não pode ficar junto assim. – Ele pegou as mãos dela e deu um passo para trás. – Olhe para mim, Ember. O que você vê?

– Vejo um homem. Um homem muito bonito. Um homem que eu...

Ele balançou a cabeça.

– Não. Você não está vendo tudo. Olhe de novo.

Desta vez, Jack recorreu a toda aquela luz estranha e diferente que vivia dentro dele. Seu corpo todo se encheu de uma força pulsante que iluminou seus ossos até que a camada externa quase desaparecesse. Quando ele falou, seu esqueleto se moveu, batendo os dentes de maneira assustadora. As mãos que seguravam Ember eram ossos brancos, e o coração pálido batia dentro da caixa torácica.

Ember deu um passo para trás e absorveu a aparência dele. Jack não estava se escondendo dela, não ocultou nada. Com os braços abertos, soltou as mãos dela e girou o corpo devagar. Com fascínio, ela observou o quadril ossudo e as pernas dele se moverem por baixo da pele. Quando ele terminou, deixou os braços caírem e ficou esperando o veredicto dela. Agora ela enxergava o que ele era na verdade. Agora ela saberia que era impossível ficar com ele.

– Interessante – comentou Ember.

Jack ficou tão chocado com o tom firme, levemente curioso dela, que sentiu a luz enfraquecer.

– Você consegue controlar isso? – perguntou ela, andando ao redor dele. – Finney adoraria estudar a estrutura óssea de uma pessoa sem ter que, sabe como é, matá-la.

– O quê? – balbuciou ele, chocado e confuso. – Não, Ember. Este não é o ponto.

– Então qual é o ponto? Você acha que isto – ela apontou para o corpo dele – é um motivo para a gente ficar separado? É só luz e um esqueleto, Jack. Eu também tenho essas coisas dentro de mim, está esquecendo?

– Não, eu sei disso. Mas eu sou diferente, Ember. Eu não tenho alma. Ela foi removida e colocada em uma abóbora.

– Mas o doutor não falou que foi ele que inventou os lanternas, para começo de conversa? Se a abóbora de fato abriga a sua alma, então vamos negociar para ele colocar sua alma de volta em você.

– Eu estou morto, Ember – retrucou ele, sem rodeios. – Que tipo de vida você pode ter com um homem morto?

– Delia não está tecnicamente morta? Dá para ver que Graydon não se incomoda nem um pouco com isso. Você acha que a minha afeição é mais volúvel do que a dele?

Jack suspirou.

– Não. Você é a garota mais imutável e teimosa que eu conheço.

Ele olhou para os lábios dela mais uma vez. Ember tinha gosto de fuga, e ele queria se perder nos braços dela sem nunca mais olhar para trás. A sementinha de possibilidade cresceu no coração dele, criando raízes e estendendo sua folhagem tenra e frágil. Jack tomou as mãos dela nas suas e beijou seus dedos.

– Vamos conversar sobre isto em outro momento, sim?

– Tudo bem – respondeu ela.

O sorriso dela era tão brilhante e selvagem quanto uma fogueira.

– Então, acredito que não tenha vindo aqui só para ver como eu estava ou para me beijar até meus dedos dos pés se encolherem, algo que aconteceu, aliás. É melhor me contar logo seu plano.

Jack se esgueirou de volta para o quarto com os homens algumas horas mais tarde e se acomodou em um canto na forma de uma nuvenzinha de neblina para dormir. Sonhou com encontros secretos no pequeno e sossegado oco de árvore e beijos longos e intoxicantes embaixo da ponte dele. Mas aí os pesadelos começaram. Em vez de beijar Ember pressionando as costas dela sobre a amurada da ponte, ela pendia das vigas morta, com uma corda apertada ao redor do pescoço cheio de hematomas enquanto ele uivava sua dor para a lua.

Depois, ele perseguiu Ember a cavalo enquanto ela disparava por uma pradaria, Jack evocou sua luz interna e seu rosto de esqueleto brilhou. A caveira sorridente gargalhou deliciada enquanto ele erguia a espada e decapitava Ember. Então, ele removeu a própria cabeça e colocou a abóbora no lugar. A luz dentro dela já não era mais branca, mas sim vermelha, acesa pelas chamas do Hades.

Ele ouviu uma gargalhada e penetrou na floresta, onde encontrou uma convenção de bruxas. Eram mulheres corcundas, meio vivas, meio mortas, com olhos e boca mecânicos, mexendo seu cozido infernal enquanto derramavam as almas dos mortos dentro de seus caldeirões e entoavam uma canção:

*Ratos picados e asas de morcego,*
*Minhocas ensopadas e víboras sem sossego,*
*Lã de bode e pio de coruja,*
*Língua de peixe e pata de cão suja.*
*Lá vai tudo para dentro da poção,*
*E corações mecânicos estão em posição.*
*Uma pitada de hissopo, um miado de gato,*
*Um tiquinho de cicuta, de um amante o tato,*
*Um bocadinho de tempo, um sapo mofado,*
*Um polegar de gnomo bem costurado.*
*Agora deixe ferver, cozinhar e assentar,*
*Então observe até a mistura aumentar.*
*Quando o vento é pesado*
*Debaixo de um raio branco enluarado,*
*E a lâmina de um médico*
*Corta um vapor fatídico,*
*Quando um beijo no cemitério*
*Acende o sonho de um morto, que mistério,*
*E um demônio com um truque*
*Arranca de uma bruxa um retruque,*
*Daí a poção está pronta, um feitiço perfeito.*
*E aí vai escutar um sino funesto que ecoa no peito.*
*Então está na hora de colher o brilho da lanterna,*
*Marcando o começo do Dia das Bruxas, noite eterna.*

Jack observou quando o Dr. Farragut entrou na clareira. Ele pegou a poção das bruxas e depois mandou que Jack o seguisse até seu laboratório, onde uma mesa comprida estava coberta com um lençol branco. Quando ele removeu o lençol com um floreio, Jack viu o corpo sem cabeça de Ember. Pedaços de metal haviam sido implantados na pele, como uma armadura: placas cobriam os braços, as mãos, o peito e os ombros.

O doutor abriu a placa peitoral para revelar a pele repuxada e os órgãos internos. Pegou uma faca e continuou a cortar os tecidos com cuidado, dizendo, alegre:

– Chegue mais perto, rapaz, vai querer ver isto.

Quando o coração da garota ficou exposto, o lanterna viu que a luz branca que o rodeava tinha ficado quebradiça. Os fragmentos se despedaçaram quando o doutor removeu o órgão e o substituiu por uma versão mecânica. Quando estava no lugar certo, ele despejou por cima a poção das bruxas e, a seguir, fechou a placa peitoral.

– Excelente! – exclamou o doutor enquanto enxugava as mãos no jaleco e sorria. – Está pronta!

O cavaleiro apontou para o toco do pescoço no lugar em que a cabeça fora cortada.

O sorriso do doutor se contraiu e se desfez.

– Ah, sim. Como pude esquecer?

O doutor puxou uma mesa nova e menor para perto do corpo e removeu o pano que a cobria. Ali estava a cabeça de Ember. Mas ele a tinha alterado. O cabelo castanho-chocolate agora era preto com uma mecha branca no meio que parecia a de Rune. Os cachos estavam ressecados e espetados, logo no alto da cabeça.

O doutor pegou a cabeça e a prendeu ao corpo, fixando-a com parafusos pesados no pescoço. Daí, colocou uma peça grossa de armadura no pescoço para prender.

– Agora, sim – comentou o doutor, dando os últimos retoques. – Acredito que ela esteja concluída. Vamos fazer um teste?

O doutor foi até uma parede cheia de botões e acionou uma alavanca. Luz de bruxaria faiscou e estalou nas luzes acima da mesa, nas placas metálicas que seguravam os braços dela, nos parafusos no pescoço e no painel de controle do doutor. Os olhos da mulher se abriram. Luzes elétricas zuniram em ondas de energia secundárias, criando arcos entre as placas de metal do corpo dela.

A pele exposta de Ember parecia ressecada e esverdeada. A bruxa suave e doce já não estava mais presente. Em seu lugar, havia uma boneca artificial, 15 centímetros mais alta, com pernas novas e mais compridas e botas pesadas. Ela se sentou, deixando o lençol cair, e ergueu mãos robóticas para o lanterna.

Ela inclinou a cabeça, moveu a boca redonda por cima de dentes brancos e bem alinhados e disse:

– Para mim?

– Sim – respondeu o doutor, assentindo com a cabeça em um gesto entusiasmado demais. – É para você.

A garota se aproximou de Jack aos tropeções e estendeu as mãos para a abóbora, esbarrando nela, desajeitada. A abóbora rolou do toco do pescoço e caiu com força no piso de lajotas, partindo-se ao meio e espalhando sementes e polpa cor de abóbora por todos os lados.

– Ah, nossa. – O doutor ficou olhando para a cena. – Que bagunça terrível. – Ele se voltou mais uma vez para a garota, que baixou a cabeça, envergonhada. – Não se preocupe, queridinha. Eu só vou ter que fazer outro para você. Yegor!

O criado entrou.

– Pois não, doutor? – respondeu ele, oferecendo seus préstimos.

– Traga o próximo paciente, pode ser?

Ele desapareceu por um momento e logo voltou, arrastando um garoto que gritava e chutava e tinha uma cabeleira ruiva. Quando o garoto viu a abóbora despedaçada, soltou um berro.

# 34

## A CIÊNCIA QUE CEGA

Jack acordou, surpreso de ver que estava em sua forma humana. Sua pele estava coberta de orvalho e ele respirava com rapidez. Era raro para ele sonhar, e pesadelos nunca o incomodaram. Era *ele* que assombrava os outros. Era enervante depois de tantos anos experimentar um sonho tão desconcertante e tão vívido.

Yegor bateu à porta trazendo o café da manhã deles em um carrinho barulhento que andava sozinho. Dev se apressou em lhe explicar que prefeririam permanecer como hóspedes do Dr. Farragut e não como prisioneiros. Finney perguntou se o convite do doutor para conhecer o laboratório dele ainda estava de pé.

Não demorou muito até Yegor voltar. O doutor iria lhes estender toda a sua hospitalidade desde que compreendessem que não deveriam tentar entrar em nenhum aposento trancado nem fugir. Finney e Ember seriam acompanhados ao laboratório do doutor logo antes do almoço para uma visita rápida.

Quando o criado se retirou, Dev se voltou para Jack:

– Você está parecendo o próprio diabo.

– Eu tive um pesadelo – respondeu Jack.

– Estranho. Um lanterna assombrado pelo espectro do sono. – Ele olhou feio para Jack. – Bom, como os rastros dos seus demônios ainda estão visíveis no seu rosto, sugiro uma lavada vigorosa.

Deverell, claro, já estava vestido com paletó, calça e botas de montaria. Até onde Jack sabia, não havia cavalo algum na ilha. Dev tirou o relógio de bolso do colete e consultou o mostrador.

– É melhor ir se arrumar, então. Para conseguirmos escapar desta confusão, vou precisar das habilidades de um lanterna.

Jack franziu a testa, perguntando-se quem tinha colocado o vampiro bonitão na liderança. Quando se dirigiu para o banheiro, Jack franziu o nariz de desgosto. O cômodo era tão pomposo quanto Dev, mais adequado à vista do que à função.

Ele ainda ouvia as bruxas entoando a canção em sua mente. A melodia ia se enfiando ali cada vez mais fundo, dando voltas e se contorcendo, enterrando-se e mordiscando. *Confusão, maldição, destruição, perdição*, entoavam elas enquanto ele se barbeava. As vozes foram ficando mais altas até que ele começou a sentir as paredes ao redor tremerem no ritmo da canção.

Quando ficou insuportável, ele evocou toda a luz que tinha dentro de si e a dissipou para fora de seu corpo em um arroubo, berrando:

– Chega!

De maneira abrupta, a dor desapareceu junto com o som lúgubre das bruxas. Ele ficou imaginando se beijar Ember e ter a ousadia de achar que podiam encontrar uma maneira de ficarem juntos estaria causando um desequilíbrio na ordem das coisas.

Quando estava apresentável, ele saiu do banheiro e descobriu que Finney já tinha sido levado ao laboratório e que Graydon saíra antes disso. Dev parecia contente em ficar esperando Jack e os dois foram juntos em direção à biblioteca.

Ao chegarem lá, Dev pegou um livro, examinou o título e murmurou baixinho:

– É melhor você usar o seu talento prodigioso para checar os aposentos trancados enquanto pode. Eu dou cobertura a você.

Jack grunhiu e deu uma olhada ao redor. Estava prestes a se transformar em névoa quando Dev completou:

– Não fique achando que eu não percebi que você saiu ontem à noite, nem que eu não notei quanto tempo ficou fora.

Preferindo não responder, Jack apenas se desfez, transformando-se em névoa, e se esgueirou pela casa silenciosa como uma tumba em busca de uma rota de fuga para todos eles.

Finney e Ember foram acompanhados ao laboratório do Dr. Farragut. Tiveram que descer vários lances de escada e, quanto mais fundo desciam, mais os degraus iam ficando desbotados e desiguais.

Por fim, chegaram a uma porta de ferro e Yegor inseriu uma chave cujos dentes apresentavam uma série de recortes interessantes que se pareciam com o rosto entalhado da abóbora. O globo tinha ficado com Finney, algo que não incomodava Jack, sobretudo sabendo que Ember estaria com o garoto.

O laboratório era diferente dos degraus de pedra no meio do breu, já que a luz vinha de uma tocha fumegante. O local de trabalho do doutor era imaculado e organizado de um jeito que ela nunca tinha visto. A primeira sala continha fileiras e fileiras de plantas, todas crescendo sob diferentes cores de luz. Ember reconheceu uma com o brilho azul-gélido de luz de bruxaria. Ficou achando que a luz branca devia ser de lanterna. Depois havia iluminação roxa, verde e até vermelha.

Ela franziu o nariz.

– Que cheiro é esse, Finney?

As narinas dele se abriram quando parou de fazer anotações.

– Não sei direito – disse ele –, mas me lembra chuva. Cheiro de chuva e de... café.

– Isso seria *mocha*, para ser exato, uma mistura de café, chocolate e leite – explicou uma voz atrás deles.

O doutor saiu de trás de uma cortina. Usava luvas grossas de couro, que brilhavam de tão polidas. Ele ergueu os óculos até acomodá-los na testa e ajustou o jaleco branco.

– Saudações, meus jovens amigos – continuou o doutor enquanto um segundo homem alto abria a cortina atrás dele.

O rosto de Ember se iluminou.

– Frank! – disse ela. – Que prazer ver você.

O rosto alongado do homem grandalhão ganhou cor, passando para um tom mais escuro de verde. Ele inclinou a cabeça com educação.

– Senhorita – cumprimentou ele, levando os dedos até os parafusos do pescoço.

Os dedos gorduchos saíram sujos de óleo negro e Frank os esfregou. O doutor lhe entregou uma toalha.

– Frank acabou de passar por um checkup. Fico feliz de informar que está funcionando muitíssimo bem. Mas não deve se esquecer da minha oferta de fazer algumas atualizações quando estiver pronto para elas – advertiu o doutor em tom simpático.

Ele se voltou para Finney e Ember.

– Eu sou obcecado pelo que move Frank.

– Dr. Farragut... – Ember começou a dizer.

– Por favor, pode me chamar de Monroe – pediu o doutor enquanto retirava as luvas.

Ela apontou para a variedade de plantas com um gesto.

– O senhor também é herbalista? – perguntou ela. – Com certeza tem várias plantas que são usadas em feitiços de bruxas.

– Ah, eu experimento, experimento. Na prática, trabalho mais com horologia. – Ele deu um passo mais para perto e cavou ao redor da base das plantas que eles estavam olhando, então estalou a língua. – Ah, nossa. Estas podagrárias tatuadas adoráveis estavam cheias de vitalidade ontem. Creio que foram queimadas pelo sol.

– Queimadas pelo sol? – indagou Finney. – Como pode ser se estão crescendo no subsolo?

– As coisas nem sempre são o que parecem, não é mesmo, rapaz? – Ele juntou as mãos, de repente distraído. – Agora, por onde começamos? Quais são seus interesses? Caninos? Fauna? Feitiços? Autômatos? Mecanismos de engrenagens?

– Não sei se me interesso por caninos – respondeu Finney. – A menos que você esteja se referindo a lobisomens. Tenho uma curiosidade louca por essa espécie... quero dizer, raça. Ember está aprendendo sobre feitiços e poder de bruxa e eu estou construindo um autômato.

– É, você comentou. Eu adoraria dar uma olhada nos seus esboços, por mais primários que sejam – disse o doutor.

Finney abriu uma página em seu caderno e o doutor ajustou os óculos, pousando-os de novo em cima do nariz, e deu uma olhada, então lambeu o dedo e virou para a próxima página.

– Promissor, promissor – comentou ele.

– Eu também já experimentei criar armas – acrescentou Finney, mal contendo o entusiasmo. – Tenho uma ideia para uma pistola minúscula que pode ser escondida no colete. Fica disfarçada de flor e atira um feitiço quando se aperta um botão.

– Atira um *feitiço*, foi o que disse?

– Ah, sim – interrompeu Ember, apressando-se em completar: – Ele fez um par adorável de pistolas para mim. Infelizmente, gastamos todas as nossas poções durante a tempestade de espectros.

– Está dizendo que você neutralizou os espectros usando armas?

– Não. Não foram tão eficientes quanto esperávamos – explicou Finney. – Ficamos sem munição e Ember acabou dando conta deles com seu poder de bruxa.

– Todos eles? – O doutor arregalou os olhos.

– Praticamente – respondeu Ember.

– Vai ter que me contar sobre isso, querida. Nunca ouvi falar de uma bruxa que obliterasse tantos espectros assim.

– Eles não foram bem obliterados – respondeu Ember.

– Ora, ora – disse o doutor. – Mas estamos cheios de surpresas, não é mesmo? Diga-me... Finney, certo? – O garoto assentiu. – Já ouviu falar do relógio astronômico de Praga?

Finney balançou a cabeça, fazendo com que o cabelo ruivo lhe caísse sobre os olhos.

– Ele existe no seu mundo. Certa vez, deparei com um relojoeiro brilhante e passamos longas semanas juntos, discutindo as origens do Universo, os fundamentos do tempo e os movimentos dos planetas. Ele decidiu que seria possível criar um relógio que mostrasse essas funções. Fiquei lá um tempo para ajudar com o trabalho. Tomou muitos anos da curta vida dele, e, quando terminou, voltei para comemorar a revelação da peça. Era uma obra-prima. O aparelho estava muito à frente de seu tempo, mas tinha algo faltando: o Outro Mundo. Eu adicionei um pequeno anel, uma contagem regressiva, por assim dizer.

– Uma contagem regressiva para quê? – perguntou Finney.

– Ah, você faz mesmo as perguntas certas. Infelizmente, o relojoeiro não ficou nada contente quando se deu conta do que significava. Meu nome foi amaldiçoado e, quando voltei na vez seguinte, tinham adicionado estátuas dos apóstolos e o diabo tinha a minha cara. A minha! Consegue imaginar?

Ember engoliu em seco e olhou para Finney, que estava de queixo caído.

– O que eu quero dizer com esta história, rapaz – retomou ele, colocando o braço ao redor dos ombros de Finney –, é que as pessoas mais brilhantes... os homens que têm o desejo de ajudar os outros a fazer o mundo ser um lugar melhor para os seres tristes e pequenos que o habitam... costumam ser aquelas que ou labutam despercebidas ou que são tachadas de diabólicas. O limite entre grandeza e vilania é tão tênue quanto um arame de garrote. Homens como você e eu somos bigornas. Outros homens são moldados e afiados sobre as nossas costas fortes. Não quebramos sob a marreta do ferreiro e não nos curvamos sob o bafo do fogo da forja. Vai se lembrar disso, Finney?

– V-Vou, sim, senhor – respondeu Finney.

– Muito bem. – O doutor sorriu. – Agora, eu vou lhes mostrar a planta mais extraordinária. Estou bastante orgulhoso desta aqui.

– É uma samambaia – constatou Ember.

– Precisamente – respondeu o doutor. – Leve em conta, por favor, a profusão de sementes que cresce aos montes por baixo das folhas.

Ember reagiu com ceticismo.

– Mas samambaias não têm sementes.

– Esta aqui tem. – O entusiasmo do doutor era quase contagiante. – Além do mais, as sementes dela garantem invisibilidade. Não é algo milagroso? – perguntou ele.

– Tem certeza? – indagou Finney. – Já testou?

– Ah, sim. Yegor foi o meu primeiro triunfo. Claro, foram muitos fracassos horríveis antes dele. Acredito que eu seja um tanto impulsivo no que diz respeito a experiências.

– Espere. Está dizendo que Yegor é...

O doutor assentiu.

– Ele é um homem invisível! É por isso que usa tantas camadas de roupa.

– Mas eu vi partes do rosto e os olhos dele – disse Ember.

– Ele cobre o rosto com um pó especial quando precisa interagir com outras pessoas. Yegor fica de cara amarrada quando precisa fazer isso. A substância descama à beça, e os poros dele acabam inflamando. Acredito que sua perda de visão seja um efeito colateral do elixir, por isso os olhos dele são mecânicos. Mas ele ainda tem a forma de um homem, que foi o mínimo que pude fazer em troca de sua cooperação.

Ember estendeu a mão para pegar na de Finney e o garoto aceitou na mesma hora: estava precisando tanto do conforto dela quanto ela do dele. Havia uma luz tresloucada no rosto do doutor, uma falsidade bárbara. Teriam que proceder com muito, muito cuidado.

– Doutor? – chamou Ember. – Quero dizer, Monroe?

– Pois não, minha cara?

– Será que Finney e eu podemos coletar algumas de suas plantas para preparar feitiços que vão substituir os que perdemos?

– Claro que sim – respondeu ele, com cortesia. – Aliás...

Ele foi até um canto e abriu um armário. Vários esfregões e vassouras caíram no chão. Ele empurrou tudo para o lado e tirou de lá um caldeirão de bruxa, que colocou em cima de um painel.

– É só acionar este interruptor aqui e a luz de bruxaria que circula nele vai aquecer o conteúdo das suas poções. – Ele deu uma olhada ao redor. – Apenas tenha cuidado com as plantas embaixo da luz vermelha – alertou ele. – Não estão indo tão bem quanto eu gostaria.

– Vamos tomar cuidado – prometeu Ember.

– Agora, querem conhecer o resto do laboratório?

– Sim, por favor – respondeu Finney.

O doutor mostrou a eles a área em que tinha trabalhado em Frank. Apesar de Finney ter ido direto para onde estavam os autômatos quase prontos e dado início a uma conversa animada com o doutor, Ember se retraiu ao ver ratazanas flutuando em um líquido cor-de-rosa, mãos humanas que se moviam em espasmos conectadas a fios e uma mesa cheia de ferramentas cirúrgicas reluzentes.

O Dr. Farragut se aproximou de Ember enquanto ela examinava vários objetos em uma mesa, parando em um chapéu alto e cônico.

– Faz sentido você se interessar por isso – observou ele.

– O quê? O chapéu? Não estou tão interessada, estou mais curiosa. Como você usaria uma coisa dessas em suas atividades de doutor?

– Você não reconhece? – Quando Ember fez que não com a cabeça, ele explicou: – Nossa, você é mesmo nova. É um chapéu de bruxa. A ponta no alto canaliza o poder de bruxa. Puxa a energia dela para o alto e a lança para fora feito um sifão. Hoje em dia é um pouco arcaico. Foi substituído por tecnologia mecânica, que funciona melhor, mas passei muitos anos examinando o objeto, tentando entender como as bruxas o usavam para fazer feitiços e reunir seu poder. Tome, experimente.

Ember colocou o chapéu e perguntou:

– E agora?

O doutor apertou os lábios.

– Que tal experimentar um teletransporte básico?

– Acho que não sei fazer isso.

– Não sabe fazer. Minha nossa. Então vou ensinar. Primeiro, escolha algo no ambiente que gostaria de mover. O tamanho não importa, mas eu teria cuidado em mover um objeto vivo, já que é um tanto difícil de controlar sem que o machuque.

Depois que ela escolheu algo que parecia ou um cogumelo seco ou um pedaço de coral submarino, o doutor disse:

– Agora, pense no objeto. Envolva-o com seu poder de bruxa.

– Como se fosse uma bolha?

– Ora, sim. Se isso funcionar para você. Envolva o objeto com o seu poder e então dê uma cutucada. Faça com que fique tão leve quanto o ar na sua mente.

O item se mexeu, agitando-se de um lado para outro. Ember imaginou que o segurava com uma mão invisível e o erguia no ar. A coceguinha em seu estômago mais parecia um puxão, quase como se houvesse uma linha de pesca presa ao objeto.

– Muito bem! Agora empurre o objeto para onde quiser que ele vá.

Ember usou a mente para segurá-lo e, então, puxou a linha que a conectava ao objeto. Um momento depois, ela o tinha colocado em cima de um livro.

– Excelente! – exclamou o doutor. – Você tem o dom.

Ember caminhou até o objeto e olhou bem para ele, fascinada por ter sido capaz de mover aquilo com a mente.

– O que é isso? – perguntou ela.

– Ah, isso aí? Um cérebro ressecado.

Ember engoliu em seco.

– Ah.

Ela tirou o chapéu e o devolveu para o doutor.

– Não preciso mais dele. É seu, se quiser – disse ele.

– Mesmo? – perguntou Ember. – Tem certeza?

– Absoluta. Considere um presente. Teste por si mesma. Acredito que vai ficar surpresa e contente em relação ao que é capaz de fazer.

Ember pegou o chapéu e estava passando o dedo pela aba quando o doutor proclamou:

– Ah, deve estar na hora do almoço!

Ela se virou rápido demais, sem olhar onde pisava, e tropeçou em um cabo grosso conectado ao painel de instrumentos do doutor. Um par de mãos a segurou, mas, quando ela se endireitou, não enxergou nada.

Ember engoliu em seco. O homem invisível a pegara.

# 35

## O RETRATO DE UM VAMPIRO

– Minha intenção não era assustar você – disse Yegor. – Eu estava... hm... fazendo a ronda na propriedade e alguém levou embora minha pilha de roupas. Eu não planejava alertá-los sobre a minha presença até estar propriamente vestido, mas, bom, o doutor sempre sabe quando eu estou por perto. Será que eu devia ter deixado você cair? Talvez assim tivesse ficado menos perturbada.

– Sim. Quer dizer, não – respondeu Ember, olhando para os olhos mecânicos dele, sua única parte visível. – Agradeço sua ajuda na hora certa.

O doutor, com a testa franzida, disse:

– Ela ficaria bem menos perturbada se você a soltasse e fosse vestir alguma coisa. – Pegou um jaleco branco pendurado em um gancho e o jogou na direção de Ember. Uma mão invisível o agarrou no ar e o casaco flutuante logo assumiu o formato de um homem.

Finney andava em círculos ao redor do espaço ocupado por Yegor, a boca aberta e os olhos arregalados.

– As maravilhas do seu mundo nunca terminam, não é mesmo, doutor?

– Se terminassem, seria minha deixa para ir embora – respondeu o doutor, seco. – Então, muito bem. Vamos, minha cara? – ofereceu ele, estendendo o braço para Ember. – Yegor, providencie uma bancada de trabalho para que os dois jovens possam retornar quando lhes convier para preparar seus feitiços.

– Mas, doutor – disse Yegor atrás deles –, não queremos que fiquem bisbilhotando certos lugares. Sabe que pode ser perigoso deixar...

Irritado, o doutor se virou para ele.

– Agradeço se deixar tais assuntos para mim, Yegor. Faça o que eu digo ou não vai gostar das consequências, garanto.

Houve silêncio entre eles, impalpável e intenso. Finalmente, Yegor respondeu baixinho:

– Sim, mestre.

Quando começaram a subir a escada, o doutor disse:

– Peço desculpa pelo meu comportamento rude. Tenho um armário com um estoque de conhaque especificamente por causa de Yegor. Faz anos que me abstenho de bebidas alcoólicas, mas me sinto bem só de saber que elas estão lá, caso eu não tenha outro recurso. Se existe um homem no mundo que poderia levar o próprio diabo a beber é Yegor.

Ele os acompanhou até a sala de jantar e a seguir pediu licença para se retirar, dizendo que deveriam começar sem ele.

– Preciso cuidar de uma coisa, mas prometo voltar em um momento.

Ember fez uma mesura graciosa e entrou na sala com Finney. Encontrou todos os membros do grupo deles já sentados no aposento sufocante. Um fogo que estalava estava aceso, e ela reparou que as portas em ambas as extremidades se encontravam fechadas, o que deixava a sala ainda mais quente. Todos pareciam desconfortáveis com a temperatura, à exceção de Jack.

Quando Ember tomou seu assento entre Jack e Dev, reparou que Graydon e Delia estavam de mãos dadas. Ela nunca tinha visto Delia tão relaxada. Apesar de o cabelo próximo à têmpora estar molhado de suor, a vampira parecia quase... feliz.

Já Graydon estava sentado rígido, com as mãos agitadas, esfregando os nós dos dedos de Delia. Ember estava prestes a lhe perguntar se estava tudo bem quando o doutor entrou seguido por dois criados que carregavam um objeto grande embrulhado em papel. Depois de um sinal ter sido dado, eles pegaram as pontas do embrulho e o abriram para revelar uma linda pintura do *Phantom Airbus* navegando através das nuvens.

– Que lindo! – exclamou Delia, e se levantou para inspecionar a obra.

– Gostou? – perguntou o doutor. – Fico muito contente. Encomendei especialmente para você da última vez que a nave atracou. Bom, você e o capitão Graydon, quero dizer. Está relacionado a uma nova experiência que estou conduzindo.

– Quanta generosidade! – disse Delia.

– É mesmo – concordou Graydon, abrindo o mais sutil dos sorrisos. – De fato.

– Parece tão imponente... – comentou Delia, com tristeza. – Acho que vou morrer de saudade dela.

– Então deve aceitar esta pintura como presente quando partir – rebateu o doutor. – Sempre que vocês dois olharem para ela, vai lembrá-los de seu afeto um pelo outro e do que foram capazes de conquistar juntos. O que eu mais quero é que isto sirva de inspiração para ambos.

Depois que o quadro foi colocado na mesa lateral para todos verem, o doutor fez um gesto com a cabeça e as bandejas com o almoço foram trazidas. Finney e o doutor conduziram a maior parte da conversa, prosseguindo do ponto em que tinham parado no laboratório. Comeram batatas cortadas em fatias grossas e cozidas com sidra, asas de morcego temperadas, enguia enrolada em folha de abóbora e canapés de bolsa de bruxa.

Quando o chá foi servido, foi acompanhado por um confeito branco e macio que o doutor explicou se chamar "marshmallow" e algo que ele denominou bolo de cemitério. Disse que eram feitos com a casca e o suco de frutas chamadas laranjas e um pó escuro chamado cacau, o ingrediente básico do chocolate. Ember ficou interessada na mesma hora.

Finney só estava contente por não haver abóbora alguma à vista. Ele adorava doces mais do que tudo e não queria ter que evitar nada que pudesse irritar a abóbora de Jack. Já no que diz respeito a Ember, comeu seis marshmallows e quatro bolinhos, incluindo o de Jack, fazendo o doutor prometer que lhe daria um saco de cacau e a receita.

– Minha nossa – comentou ela, recostando-se na cadeira e soltando um pouco as amarras do corselete ao passar a ponta do dedo de cima para baixo no meio da peça. – Como eu adoro chocolate! Sem dúvida é uma das minhas coisas preferidas no Outro Mundo. – Ember expirou. – Este mundo é meio extravagante, não é mesmo?

O doutor sorriu, quase com tristeza.

– É, sim.

Quando estavam todos saciados e o serviço de chá foi retirado, outro homem entrou carregando uma bandeja coberta. Ele removeu a tampa e os convidados viram um prato cheio de papéis. Havia uma engrenagem minúscula presa à lateral de cada papel. Quando Ember pegou um, as engrenagens abriram ao toque dela e a folha se separou o suficiente para que ela passasse o dedo.

– Um baile? – perguntou ela.

– É – respondeu o doutor. – Um baile à fantasia, para ser preciso. Quero que vocês todos aproveitem ao máximo o resto de tempo que têm aqui na minha adorável ilha. Eu fiquei tão satisfeito com a sua chegada que sinto que a única maneira de exprimir adequadamente a minha animação é na companhia daqueles que possam dividi-la comigo.

Dev conferiu o relógio de bolso e ajeitou o cabelo para trás.

– E quem serão os convidados? – perguntou ele.

– Ah, acredito que teremos um grupo e tanto. Uma porção de convidados estão praticamente morrendo de vontade de conhecê-los. Não vamos querer estragar a surpresa, não é mesmo? Claro que todas as providências serão tomadas. Vocês não precisarão fazer nada além de se vestir para a ocasião. Fantasias serão enviadas aos quartos. – Ele se inclinou para mais perto de Ember, agitando as sobrancelhas. – Vamos ter uma mesa inteira só de sobremesas de chocolate, que você gosta. Acredito que vá apreciar muito todas as delícias feitas de cacau.

Ele entrelaçou os dedos por cima da barriga protuberante e prosseguiu:

– Agora que a parte agradável foi revelada, acredito que eu tenha más notícias para dar também.

– É mesmo? – indagou Dev, inclinando-se para a frente.

– É. Infelizmente, parece que nem todos vocês estão cumprindo a promessa de não tentar fugir.

Todos na mesa se retesaram. O doutor empurrou a cadeira para trás, ficou de pé e caminhou até atrás de Ember, onde a pintura estava exposta.

Os olhos do doutor brilhavam um pouco demais e a pele excessivamente repuxada do rosto parecia artificial, como se fosse possível erguer a mão e retirar a parte de cima para revelar o verdadeiro homem que usava o rosto do doutor.

– É linda. – O doutor suspirou, apontando para a pintura. – Eu sabia que ia precisar dela algum dia – prosseguiu ele. – Infelizmente, o dia é hoje.

O grupo se entreolhou, cheio de incerteza.

– Ah, como vocês sabem, tenho vários animais do tipo felino na minha casa. Pode não parecer que estejam prestando atenção, mas, garanto, estão. Equipei todos os meus gatos com um aparelho minúsculo que captura todas as imagens que eles veem, que, por sua vez, são transmitidas a uma pedra preciosa que as exibe para mim. Além disso, também uso aranhas mecânicas espiãs. Da mesma maneira que os aracnídeos reais, elas constroem teias pequeninas para si no canto dos aposentos desejados e se postam ali, sem nunca se alimentar, apenas observando. Elas coletam essas imagens e as depositam em bolinhas minúsculas de luz de bruxaria que eu chamo de ovos. Em intervalos de poucos segundos, os ovos são enviados por um fio das teias metálicas para uma faceta diferente da mesma pedra preciosa.

Jack se afundou na cadeira enquanto as costas de Dev ficaram bem eretas, e Delia e Graydon se entreolharam com ar desesperançado.

– Assim sendo – prosseguiu o doutor –, eu determinei que um castigo se faz necessário.

O doutor tirou uma varinha da lateral da moldura, tocou a pintura com a ponta brilhante dela, então se virou e apontou diretamente para Delia. Energia disparou na direção da vampira e a envolveu em uma rede de luz. Delia evaporou, transformada em uma nuvem de fumaça. Ember soltou um grito, e tanto Graydon quanto Deverell se levantaram de um pulo.

Erguendo a varinha em um gesto ameaçador, ele disse:

– Ora, ora, permitam-me explicar. Sua boa capitã Delia está ilesa.

– Ilesa! – rosnou Graydon. – Você a matou!

– Não matei – insistiu o doutor, mantendo-se imperioso. – Se me concederem apenas um momento, posso provar. Olhem com muita atenção para a pintura. Diga-me, jovem Ember, o que você vê?

Ember se levantou e examinou a pintura, tomando cuidado para ficar longe da varinha. O *Phantom Airbus* parecia exatamente o mesmo que antes, com uma exceção. Agora uma mulher diminuta estava ao leme.

– Aquilo... aquilo é...?

– É, sim – disse o doutor, cheio de orgulho. – A capitã Delia está pilotando sua nave por entre as nuvens.

– Deixe-me ver – pediu Graydon, e abriu caminho entre os outros. Seus olhos se suavizaram ao vê-la. – Del? Está me escutando? Eu vou tirar você daí.

– Ela não pode escutar nada – explicou o doutor. – Está presa em uma espécie de prisão-espelho. É como se fosse uma realidade alternativa, uma bolha que se localiza na beirada do tempo, esperando para explodir. A única forma de libertá-la é revertendo a polaridade da minha varinha.

Ele enfiou a varinha no bolso do paletó.

– Ela está sofrendo? – perguntou Dev.

– Não. Pelo menos, acho que não.

– *Acha* que não? – sibilou o vampiro.

– Reconheço que esta experiência está nas últimas rodadas de testes. Achei melhor testar em uma pessoa que fosse, pelo menos em grande parte, indestrutível, antes de tentar usar em alguém mais delicado – explicou o doutor.

O ar nos pulmões de Graydon estagnou e pesou dentro dele feito chumbo derretido. E então foi preenchendo lentamente os espaços vazios até ele começar a sufocar de medo.

– Tire-a daí. Agora! – exigiu ele, soltando um rosnado através dos dentes cerrados que iam se estendendo em presas.

Pelos surgiram em suas mãos e suas unhas se transformavam em garras afiadas.

– Ora, ora, capitão Graydon. Sabe muito bem que não pode pedir isso. Também sabe de quem é a culpa por ela estar presa. Foi você quem fez planos com Frank para tirar todo mundo daqui a bordo do submersível. Eu *também* vejo tudo que Frank vê.

Graydon deu um passo para trás. O choque ficou óbvio em seu rosto enquanto seu corpo retornava lentamente à forma humana.

– Você fez de Frank um espião sem que ele soubesse? – perguntou ele.

Com uma cara azeda, o doutor respondeu:

– Era parte do contrato... que você assinou, aliás. Não existe motivo para rancores só porque você não se deu ao trabalho de ler as letras miúdas.

– Mas ela estava morrendo!

– Um contrato é um contrato. Não é sábio, capitão, desprezar o homem de quem as pessoas que você ama dependem para sobreviver.

– Dr. Farragut – disse Dev –, acredito que o senhor seria capaz de convencer um homem condenado a colocar o laço da forca ao redor do próprio pescoço e depois ainda expressar gratidão eterna a você por fornecer a corda e o banquinho.

– Ah, muito obrigado, meu bom vampiro.

– Não foi um elogio – completou Dev com repulsa.

Ember colocou a mão no braço do capitão Graydon. Ele se recompôs antes de responder a Farragut:

– Vamos ficar aqui. Eu prometo. Só... traga Delia de volta – implorou ele, com a voz falhando e rouca.

– Bom, infelizmente, as suas promessas já não significam mais tanto para mim quanto antes. Mas, claro, assim que tiver a plena cooperação de vocês, vou libertá-la. Vou até lhes dar a minha nave celestial pessoal como recompensa pelo incômodo. É uma beleza. Ainda melhor do que o seu *Phantom Airbus*, garanto.

– Não entendo, doutor – disse Ember. – O que você quer dele? De nós? – completou ela, apontando para o grupo. – Por que está mantendo a gente aqui?

– Tudo será revelado a seu tempo, minha cara. Bom, agora tenho alguns assuntos a tratar. O laboratório é seu, para que você e Finney possam preparar mais das suas poções. Devo confessar, estou extremamente curioso para ver esta arma que você criou e como vocês transformam feitiços em munição. Eu, pessoalmente, não gosto muito de armas, mas sem dúvida admiro inovações.

– Vamos ficar contentes de mostrar quando tiver tempo, doutor – prometeu Finney, em tom afável.

Estava claro que Finney era o melhor ator presente ali.

– Que maravilha. Só não se esqueçam de reservar tempo o suficiente para se vestirem para a festa. Como vai ter muita comida lá, acredito que vamos deixar de lado a hora formal do jantar. Façam o que quiserem. Espero vê-los todos no baile, menos a capitã Delia, claro.

Com isso, ele e seus criados saíram da sala, deixando todos eles lá, sentados em um silêncio estupefato, exceto o lobisomem, parado ao lado da pintura, sussurrando e com os ombros fortes curvados em sinal de derrota.

Ember se virou para Jack e abriu a boca para fazer uma pergunta, mas ele a surpreendeu ao pressionar o dedo sobre seus lábios.

– Tem uma aranha espiã ali no canto – alertou ele, com a voz tão doce quanto caramelo. – Você e Finney vão lá fazer suas poções. Podemos conversar mais tarde.

– Mas, Jack... – começou Ember.

– Nada mudou – interrompeu ele. – Só... tenha cuidado.

– Você também – respondeu ela.

Finney se levantou.

– Encontro você lá, Ember. Preciso pegar algumas coisas da sacola de viagem no meu quarto. Você leva as pistolas?

– Levo.

– Então eu a acompanho, se não se incomoda – ofereceu Dev com um galanteio. – Não custa nada ser cauteloso.

– Boa ideia – disse Jack, surpreendendo o vampiro.

Ele então sussurrou para sua abóbora, que foi atrás de Finney enquanto Jack se retirava de maneira abrupta.

Quando Ember e Dev voltavam para o quarto, ela olhou para Graydon. Dev tocou no braço dela.

– É melhor deixá-lo sozinho.

Ao chegar ao quarto, Ember disse:

– Sinto muito pela sua irmã, Dev. Você deve estar muito preocupado.

– Estou. Mas tenho certeza de que vamos encontrar um jeito de tirar Delia da pintura. Temos que encontrar.

Ele lançou um sorriso agradecido para ela e então mudou de assunto:

– Você ficou bem à vontade com Jack Impiedoso.

– Por que você o chama assim? – perguntou Ember. – Jack não me parece nem um pouco impiedoso.

– É que no Outro Mundo ele tem certa fama de ser... inflexível.

– Ah, é?

– É, sim. Ele é bom demais, na verdade. Sabe, os lanternas fazem muito mais do que só vigiar as encruzilhadas. Eles fazem a lei ser cumprida.

– Eu sei – concordou Ember. – Mas Jack não é cruel.

– Eu nunca disse que ele era cruel. Disse que ele era inflexível. Agora, se eu puder continuar... Até quem nasce no mundo mortal é alertado, desde cedo, a evitar todos os lanternas, sobretudo Jack. Dizem que ele persegue qualquer um que penetra em seu território e devolve para o Outro Mundo. Ele não escuta o outro lado da história. Não julga para depois decidir. Não faz acordos. Jack simplesmente manda toda criatura que não seja puramente animal ou mortal para o Outro Mundo. Não há misericórdia nem para os jovens que nunca conheceram outra vida.

Ember franziu a testa.

– Esse não é o Jack que eu conheço. Ele podia ter me entregado, e não entregou. Ele cuidou de mim durante todos aqueles anos e nunca falou nada.

Dev esfregou o queixo.

– É. Bom, é fácil entender por que ele protegeria você. Tenho certeza de que você já era adorável desde criança.

– E isso é tão ruim assim?

– Apenas tenha em mente, Ember, que a vida de um lanterna é sobrenatural. Se até as criaturas mais apavorantes do Outro Mundo ficam nervosas perto de lanternas, existe um bom motivo. Eu já vi com meus próprios olhos as atrocidades que ocorrem quando os lanternas exilam vampiros de sangue sujo nascidos no mundo mortal. No Outro Mundo, vampiros plenos os exterminam como se fossem vermes.

– Jack com certeza não sabe disso.

– Todos eles sabem. Como poderiam não saber? A ironia é que os lanternas já foram, eles mesmos, mortais. Talvez, se não tivessem sido, poderiam demonstrar mais tolerância com o nosso tipo. – Com ousadia, ele levou a mão aos cachos soltos dela. – Só prometa para mim que vai tomar cuidado, Ember.

A garota não pôde deixar de lembrar que Jack tinha acabado de sair de seu lado com as mesmas palavras. Ela lançou um sorrisinho para o vampiro bonito.

– Pode deixar – respondeu ela. – Posso pegar sua bengala emprestada? Tenho uma ideia que quero testar.

Dev ergueu a bengala cinza-aço e a entregou a ela, erguendo as sobrancelhas.

– Vou cuidar bem dela – disse ela. – Prometo.

– É melhor não devolvê-la estragada – rebateu ele.

– Devolvo antes do baile.

– Ah, sim. Sobre isso... espero que reserve pelo menos uma dança para mim. Quero dizer, isso se ainda suportar olhar na minha cara depois de tudo isto.

Ele fez um gesto com a mão para a casa ao redor deles.

– Eu não o culpo por nada – assegurou Ember. – Não é sua culpa, Dev. Fico contente por ter vindo ao Outro Mundo. De verdade. Conheci muitas pessoas interessantes e vi muitas coisas fantásticas. Eu ficaria feliz de reservar uma dança para você no baile, mas, Dev, eu... eu acho que você precisa saber que eu nunca poderei ser a pessoa que você quer que eu seja ou viver com você da maneira que espera. Desculpe.

Ele soltou um suspiro infeliz.

– A culpa é toda minha – falou ele. – Eu me precipitei, eu me comportei mal. Acho que não posso culpá-la por ter uma opinião desfavorável a meu respeito.

– Eu não tenho uma opinião desfavorável a seu respeito. Aliás, tenho muita consideração por você.

Dev lançou um sorriso contido para ela.

– Eu esperava um pouco mais do que consideração, Ember.

– Ainda assim, espero que possamos continuar amigos.

Ela estendeu a mão. Ele a tomou e a pressionou contra os lábios.

– Sempre – respondeu ele, e seus olhos continuavam prometendo muito mais do que simples amizade.

Ember recolheu a mão bem rápido e deixou Dev à porta, fechando-a com firmeza atrás de si. Respirou fundo e foi até a sacola de viagem, conferiu o conteúdo e a pendurou no ombro. Ela e Finney teriam que agir rápido para conseguirem fazer tudo que ela queria antes do baile.

Quando voltaram ao laboratório e depois de examinar bem a área em busca de aranhas, sem encontrar nenhuma, Finney ajeitou o caldeirão e abriu o livro de feitiços.

– Qual é o primeiro item da lista? – perguntou ele.

– Você vai fazer nossos quatro feitiços mais potentes. Não deve demorar mais do que duas horas.

– O que você vai fazer?

Ember foi até o armário e puxou a maçaneta para abri-lo. As vassouras e os esfregões caíram no chão mais uma vez. Ela respirou fundo e abriu um enorme sorriso.

– Vou descobrir como faço para estas vassouras voarem.

# 36

## VASSOURA NOVA VARRE BEM

– Voarem? Ah! – O rosto de Finney se iluminou e ele sussurrou, animado: – Está dizendo que você quer fazer as vassouras levitarem para podermos seguir Jack e a abóbora dele para fora daqui?

– Isso mesmo – respondeu ela, baixinho.

– Mas... por que vassouras?

– Bom, são as únicas coisas neste lugar que ninguém vai dar por falta, imagino. E são grandes o bastante para a gente sentar em cima. Vai ter que servir – murmurou ela em resposta, e então completou, em tom de voz normal: – Você consegue dar conta das poções?

– Consigo. Posso seguir as suas receitas. Você só vai ter que adicionar a sua fagulha de bruxa nos momentos certos.

– Ótimo. Então, vamos começar.

Ela ajudou Finney a juntar todos os ingredientes, colhendo as ervas frescas em meio às plantas do doutor só quando era absolutamente necessário.

Finney começou a criar os quatro elixires mais potentes que eles conheciam: o ácido, que eles potencializaram, já que Dev tinha se recuperado dele muito rápido; o feitiço de imobilização; um feitiço sonífero; e um que deixava a vítima cega por um tempo. Então Ember perguntou se ele podia trabalhar em mais um. Considerando o companheiro invisível do doutor, Ember folheou seu livro e encontrou um feitiço que ajudava a "revelar aquilo que estava escondido na escuridão".

Dizendo que iria tentar, Finney se debruçou no caldeirão e começou a combinar os ingredientes. Os óculos dele logo embaçaram e o cabelo cor de cobre se frisou com o vapor. O trabalho era lento, mas contínuo, e, em apenas trinta minutos, Finney já tinha três dúzias de pipetas fechadas com rolhas cheias do feitiço sonífero. Passou para o seguinte enquanto Ember bufava, frustrada.

– O que você está tentando fazer exatamente? – perguntou Finney enquanto a observava examinar a bengala de Dev e folhear o livro de feitiços.

– Preciso descobrir como a bruxa que deu a bengala para ele infundiu sua energia na pedra preciosa no topo. Eu não sei se precisa ser uma pedra preciosa ou se pode ser qualquer objeto inanimado. Não tem nada sobre armazenar poder de bruxa no livro de feitiços.

– Às vezes, a única maneira de saber é testar a sua teoria e depois ir eliminando as variáveis uma a uma. O que você viu até agora que armazena e/ou canaliza poder de bruxa?

– Meu amuleto de caldeirão armazenava uma grande quantidade de energia.

– De que era feito?

– De metal.

– Hmm. O que mais?

– Luzes. A caixa estranha que coletou a minha energia para Dev poder trocar por dinheiro. As redes nas naves celestiais. Os postes na cidade.

– O que todos eles têm em comum? – perguntou Finney.

Ember estalou os dedos.

– Condutores. Todos têm algum tipo de metal.

– Ótimo. Agora, descubra que tipo de metal é ou se qualquer metal funciona.

Ela saiu andando pelo laboratório do doutor e juntou metais de vários tipos, tentando infundi-los com energia. Logo descobriu que o cobre era o melhor condutor de luz de bruxaria.

– Agora eu só preciso achar um jeito de prender o cobre à vassoura.

Ela encontrou pedaços de fio de cobre finos e um cortador e enrolou os fios ao redor da base da vassoura, no lugar em que a palha era amarrada e então, para garantir, adicionou fios de cobre à base de palha também.

Quando terminou, ela segurou os fios e transferiu o poder para lá, como Dev tinha ensinado. Quando o cobre se encheu de energia, ela colocou o chapéu de bruxa e disse a ele que desejava que o objeto levitasse. A vassoura disparou para o alto até bater no teto.

– Isso nunca vai funcionar – constatou Ember enquanto Finney ria e passava para a poção seguinte.

Ember voltou a procurar e encontrou uma rede de cobre, uma versão mais fina e mais delicada das redes que eram usadas no *Phantom Airbus*. Com cuidado, ela enrolou a rede no comprimento da vassoura, transferiu sua energia para ela e lhe deu a mesma ordem de antes. Desta vez, a vassoura toda se ergueu do chão e ficou nivelada. Em pé, ela empurrou a vassoura para baixo usando apenas a força dos braços e o objeto não se mexeu. Mas, quando usou a mente, a vassoura baixou.

– Acho que está na hora de testar com o meu peso – anunciou Ember.

Sem jeito, ela tentou encontrar uma boa posição para sentar e descobriu que a parte mais confortável era o lugar onde tinha palha na ponta. Era isso ou se deitar em cima do cabo.

A vassoura levitou com facilidade, mas ela sentiu que ia cair a qualquer momento. Ela deu o comando para baixar outra vez e a vassoura caiu a seus pés.

Quando Finney começou a preparar a terceira poção, disse:

– Que tal adicionar uma sela? Tem certeza de que vassouras são a melhor opção?

– Provavelmente não, mas até parece que podemos sair montados em gatos por aí, não é mesmo?

– Shhh! – sibilou Finney. – Lembre-se de manter a voz baixa. A gente nunca sabe quando tem um por perto.

Ember mordeu o lábio e observou os cantos em busca de olhos brilhantes.

– Tem razão.

Ela girou a vassoura, examinando-a de todos os ângulos. Brilhava azul com a luz de bruxaria enquanto pairava no ar, fazendo com que ela pensasse no *Phantom Airbus*. Ah, se ela tivesse um balão no qual pudesse se sentar... Com as mãos entrelaçadas nas costas, ela andou de um lado para outro, pensando, e avistou o jaleco extra do doutor pendurado em um gancho. Ela se lembrou de quando Yegor o vestiu e a peça de roupa de repente se encheu.

Passando a mão pela manga do jaleco, ela refletiu por um momento e então o tirou do gancho e o amarrou à vassoura, assegurando que estava abotoado e com as mangas amarradas.

– Como o poder de bruxa enchia o balão na nave? – perguntou Ember a Finney.

– Aquilo não era magia. Era só ar quente. O poder de bruxa aquecia o ar e os ventiladores o sopravam para dentro do balão.

– Ah!

Ela pegou um fole, abriu uma das mangas e disse à rede cheia de luz de bruxaria que aquecesse o ar; então começou a bombear o fole. O jaleco começou a inflar.

– Acho que está funcionando! – exclamou Ember.

Quando o jaleco ficou tão fofinho quanto um dos marshmallows do doutor, ela amarrou a ponta e se acomodou em cima.

– É muito mais confortável assim – explicou ela a Finney enquanto flutuava pelo laboratório. – O único problema é que só temos um jaleco.

– Tenho certeza de que conseguimos arrumar mais – disse ele.

Quando Ember ficou satisfeita, rapidamente começou a trabalhar em uma vassoura ou um esfregão para cada um deles. Fugir de uma ilha no meio do oceano em uma mera vassoura era arriscado, mas ficar lá, fazendo o joguinho do doutor, também. Quem sabia quanto tempo ia demorar até que eles também estivessem aprisionados em pinturas? Quando ela terminou, voltou a guardar os esfregões e as vassouras no armário, todos amarrados juntos.

O doutor e Yegor entraram no laboratório quando Finney estava preparando a poção final.

– O que é isso? – perguntou o doutor, debruçando-se no caldeirão e sentindo o cheiro.

– Eu não faria isso se fosse o senhor – avisou Finney. – É uma poção sonífera.

– Ah, e deve funcionar bem, porque estou me sentindo meio mole agora.

– Ainda não está pronta – falou Finney.

– Sorte a minha. E as suas pistolas? Posso ter a oportunidade de examiná-las? – perguntou o doutor.

Finney deu de ombros.

– Eu preciso continuar mexendo, mas as pistolas estão na mesa.

O doutor pegou uma das pistolas e olhou dentro do cano, então carregou um cartucho, prendeu no lugar e depois o tirou.

– Muito criativo – afirmou ele, com um sorriso genuíno. – E bastante incomum. Eu francamente estou muito impressionado com você, rapaz. Para um mortal, fez grandes avanços.

– Obrigado.

– Você consideraria ficar aqui como meu aprendiz quando tudo isso terminar?

Finney pestanejou, com os olhos três vezes o tamanho normal.

– Mas... e Yegor? – perguntou ele.

– Ah, Yegor é meu assistente. É verdade. Só que ele não tem cabeça para imaginar. Na verdade, ele é mais um guarda-costas do que um verdadeiro aprendiz. Para você eu poderia transmitir minhas reservas de conhecimento, meu legado.

– Eu... eu fico honrado por me considerar para a posição – disse Finney.

O doutor sorriu.

– Então, vamos falar disso mais tarde. Hoje à noite tudo será revelado e você terá sua chance de determinar seu futuro. Espero que leve a minha oferta em consideração. Eu detestaria desperdiçar uma mente como a sua. – Como Finney apenas assentiu, o doutor perguntou: – Vocês já estão terminando? Não posso permitir que percam o baile.

– Quase – respondeu Ember, soprando para trás uma mecha do cabelo despenteado enquanto colocava rolhas em várias pipetas e depois estendia a mão com uma toalha para o caldeirão. – Só estamos esperando este aqui esfriar antes de engarrafar, mas não deve demorar mais do que meia hora.

– Excelente. Muito bem, então. Vou deixar que terminem. As fantasias estão à sua espera nos quartos.

Ember e Finney terminaram e carregaram com cuidado as malas abarrotadas de poções novas.

– Sugiro que leve as pistolas com você hoje à noite, Ember – disse Finney. – Mesmo que não combinem com a sua fantasia.

Ela olhou para o rosto sincero de Finney e sorriu ao ver as sardas que salpicavam as bochechas e o nariz do amigo. Ela deu um passo à frente e lhe deu um abraço apertado.

– Não importa o que aconteça, eu quero que saiba quão importante você é para mim. A sua amizade significa tudo.

Finney retribuiu o abraço e suspirou no cabelo dela. Sabia que ela não sentia por ele a mesma coisa que ele sentia por ela. Qualquer tolo era capaz de ver como ela se acendia perto do lanterna. Ele também sabia que Dev olhava para Ember com avidez. Como um simples garoto humano poderia competir com dois homens tão sobrenaturais e fora do comum? Até ele precisava admitir que era uma cenoura ao passo que os outros eram trufas de chocolate.

– Sua companhia também é importante para mim – comentou Finney. Ele deu um passo para trás e prosseguiu: – Vamos subir.

Deixaram uma sacola, com as vassouras dentro, escondida no armário. Finney ergueu a outra, cheia de poções, nos ombros magros. Cambaleou com o peso, mas de algum jeito conseguiu acompanhar Ember de volta ao quarto dela, onde ela pediu a ele que devolvesse a bengala de Dev.

– Vejo você no baile – falou Ember, oferecendo um sorrisinho a Finney. – Reserva uma dança para mim?

– Tenho certeza de que o meu cartão de dança vai estar vazio – respondeu Finney, com um leve tom de autodepreciação.

Ember olhou para ele, reparando nos ombros caídos e no corpo magricela.

– Obrigada por ter vindo aqui por mim, Finney – disse Ember, e deu um beijo na bochecha dele.

O rosto oval de Finney ficou vermelho até as bochechas parecerem maçãs lustrosas. Ele assentiu e deu meia-volta depois que ela fechou a porta, pensando que talvez seu coração desalentado ainda tivesse motivo para bater, no fim das contas.

# 37

## FANTASIAS OBRIGATÓRIAS

Finney estava animado quando entrou no quarto que dividia com os outros homens. Dev já estava vestido com sua fantasia, que não era muito diferente das roupas que ele usava normalmente.

– Está fantasiado de quê? – perguntou Finney.

– Parece que eu sou um conde – respondeu ele, brincando com a gravata de seda e ajustando a gola alta forrada de veludo vermelho da capa dramática.

O cabelo castanho na altura dos ombros estava solto. Caía liso e luminoso, emoldurando seu rosto e fazendo o vampiro, que já era bonito, parecer ainda mais deslumbrante.

Finney devolveu a bengala de Dev e pegou sua fantasia. Ao que parecia, Finney era algum tipo de bufão ou palhaço. A cartola dele tinha uma faixa vermelha com penas pretas e o colete era uma combinação esdrúxula de tecidos vermelhos, pretos e brancos com listras e estampas variadas. Os sapatos engraxados eram vermelhos e a bengala que lhe deram trazia no topo um rosto coberto por uma máscara. Ele também tinha potes de tinta branca, preta e vermelha.

– O que eu faço com essa tinta? – perguntou a Dev, erguendo um pote.

– Imagino que devam ser usadas para disfarçar seu rosto – respondeu Dev.

Finney fez uma careta e estava a caminho do banheiro quando Graydon apareceu. Ele vestia um paletó naval azul com dragonas douradas e um chapéu de três pontas. Os botões dourados eram engrenagens minúsculas e o debruado que se prendia ao redor do peito fazia parecer que ele estava usando placas de armadura finas. O cabelo dele estava preso em um rabo de cavalo e os olhos cinza-aço faiscaram quando ele colocou o chapéu na cabeça e se sentou para calçar um par de botas engraxadas.

Ele não havia falado nada desde que Dev o tirara da sala de jantar, e apenas a insistência de que algo pior poderia acontecer se ele desobedecesse às ordens do doutor mais uma vez fez com que Graydon saísse de perto da pintura onde Delia estava presa.

Observar Graydon contemplando um mundo sem Delia era difícil. Tais pensamentos pareciam uma mortalha no coração de Dev. Ele também não queria pensar em uma vida com qualquer outra pessoa além de Ember.

Ele deu uma olhada em Jack sem tentar esconder sua antipatia pelo lanterna e disse:

– É melhor você se vestir. Vão vir nos buscar logo.

Jack passou a mão no cabelo louro e depois foi prender os relógios de bolso. Ficou contente de ver que o relógio de fabricação humana tinha voltado a funcionar. Finney fizera uma gentileza a ele, apesar de também ter sentimentos profundos por Ember. Quando Jack fechou o relógio, percebeu que Finney o observava pelo espelho. Ele sorriu para o rapaz e assentiu. O garoto retribuiu o gesto.

Jack apontou para o tecido preto com listras brancas e disse:

– O doutor quer que eu me vista de esqueleto, mas isso me parece um tanto redundante. Tem um jeito mais fácil.

Ele evocou sua luz, fazendo sua pele ficar transparente, e Dev torceu o nariz para a caveira que olhava para ele. O lanterna ficava com uma aparência bárbara com os ossos à vista.

– É, bom, quem sabe você não possa amenizar um pouco? Ninguém aqui quer passar a noite inteira olhando para os ossos do seu quadril.

Jack deu uma olhada nos ossos de suas pernas, que estavam à vista através do tecido da calça. Ele diminuiu a luz apenas o suficiente para que os ossos das mãos e da cabeça aparecessem. Não era o que o doutor tinha em mente para ele, mas teria que servir. Ele se recusou a usar a fantasia justinha. Colocou um chapéu em forma de capacete com uma coroa redonda na cabeça e passou os dedos pela aba bem preta, puxando-a para baixo, por cima dos olhos.

– Finney, quando tiver terminado sua maquiagem, acredito que estaremos prontos – disse Dev.

– Estou quase terminando – respondeu Finney.

Ele saiu do banheiro logo depois. Tinha pintado o rosto de branco e desenhado redemoinhos pretos elaborados ao redor dos olhos e dos lábios, preenchendo alguns pontos com coraçõezinhos vermelhos.

Dev ergueu uma sobrancelha cor de ébano, pensando que talvez o jovem mortal também estivesse tentando conquistar o afeto de Ember.

Os homens, finalmente prontos, desceram. Yegor foi ao encontro deles ao pé da escada.

– Por favor, acompanhem-me, cavalheiros. Acredito que o doutor esteja esperando sua chegada com ansiedade.

Eles entraram no salão de baile espelhado e depararam com vários convidados com roupas coloridas rodopiando com a música, em movimentos tão sincronizados quanto os de peixes na lagoa. Graydon achou um lugar no canto para se postar e ficar olhando feio para os outros, seus olhos brilhando à luz fraca. Finney foi até o bufê e ficou feliz de encontrar a abóbora de Jack acomodada ali, como arranjo de centro de mesa. Ela brilhou alegre ao vê-lo.

Jack e Dev deram a volta no salão, cada um em uma direção, à procura de Ember. O lanterna franziu a testa ao ver a obstinação nos olhos do vampiro. Ele achava que, por causa dela, o vampiro agia com mais cavalheirismo do que era o seu natural.

Examinando a variedade de habitantes do Outro Mundo fantasiados, Jack franziu o cenho. Como não avistou Ember, teve um mau pressentimento. Procurou uma mulher baixinha com cabelo cacheado cor de chocolate, sorriso generoso e corpo em forma de ampulheta. Sem prestar atenção na conversa ruidosa no ambiente, ele atravessou a multidão lançando sua luz de lanterna sobre todos os presentes.

Havia algo diferente nas pessoas que ele via. Algo de incongruente na luz interna delas. As auras pulsavam em batidas de *staccato* que mudavam de cor. Ele nunca tinha visto algo assim. Era como se fossem a mistura multifacetada não de um, não de dois, mas de vários seres. Uma aura verde brilhou através da multidão. Ele conhecia aquela aura. Era Frank. Foi atrás do homem enquanto Frank se dirigia ao lobisomem no canto.

– Capitão? – indagou Frank.

Graydon aprumou o corpo.

– O que foi, Frank?

– É o submersível. Está reparado, senhor.

– E a tripulação? – perguntou Graydon.

– Não sei – respondeu Frank. – Ou foram tirados da nave antes de afundar ou naufragaram com ela.

Os ombros de Graydon caíram. Ele ficou olhando com atenção para seu amigo de longa data e antigo primeiro-imediato. Se o homem estava atuando como agente duplo, Graydon não conseguia enxergar. Ele concluiu que Frank não tinha consciência de que servia aos caprichos do doutor. Era tão vítima dele quanto Delia.

– Não é sua culpa, Frank – garantiu Graydon a ele.

– Não importa – respondeu Frank. – A nave era minha responsabilidade. Assumo toda a culpa.

– Não existe nada que possa ser feito agora.

– Onde está a capitã Delia?

– Ela... ela não pode comparecer hoje à noite – retrucou Graydon.

Ouvir Graydon falar sobre Delia fez a preocupação de Jack com Ember aumentar dez vezes. No momento em que ele se virou para olhar no meio da multidão mais uma vez, sentiu que ela estava perto. Seus olhos recaíram sobre ela imediatamente. Estava parada à porta com uma máscara de penas lhe cobrindo os olhos. O vestido roxo e preto descia a partir do corselete justo ao corpo em dobras volumosas de seda e tafetá. A anquinha e a cauda eram tão exuberantes que praticamente preenchiam a largura da porta.

Ember entrou no salão e Jack avistou um chapéu preto em forma de cone na mão dela. Uma faixa de cobre rodeava a aba. Ela também carregava algum tipo de cajado que brilhava à luz do lugar. O cabelo estava preso para cima com presilhas do mesmo metal. Dev a alcançou primeiro.

O vampiro alto se inclinou sobre ela com um sorriso conciliatório e logo a conduziu à pista de dança. Ela colocou o chapéu e ergueu a bainha das saias pesadas, mantendo o cajado na mesma mão. Jack então percebeu que era uma vassoura. Ele a examinou com sua percepção de lanterna e sorriu. Ember tinha conseguido.

Jack ficou para trás, observando os dois e esperando a chegada do doutor. Quando a dança terminou, Dev conduziu Ember até o bufê. A multidão se abria para deixá-los passar como se eles fossem da realeza. Finney serviu um prato para ela e a bruxa mordiscou a comida, mas afastava os olhos dos dois homens com frequência, como se estivesse procurando alguém. Jack torcia para que fosse ele.

Quando Ember pousou o prato, Finney lhe ofereceu o braço e eles dançaram. O garoto magricela se movia desajeitado, mas Ember só dava risada sempre que ele pisava no pé dela ou os dois batiam o nariz. No final, Finney tomou o braço dela e a levou até onde Jack estava. O garoto fez uma careta ao ver o esqueleto de Jack por baixo da pele, mas Ember agiu como se nada estivesse acontecendo.

– Dança comigo, Jack? – perguntou ela, erguendo o queixo delicado.

Jack deu uma olhada ao redor e assentiu.

– Você fica de vigia, Finney?

– Pode me considerar a postos – respondeu Finney, e pegou a vassoura de Ember para que ela não precisasse carregá-la.

Finney ficou se perguntando quando ela tivera tempo de pegar a vassoura e não gostou da ideia de que ela descera até o laboratório mais uma vez sozinha. Era doloroso ver o jeito como Ember olhava para o lanterna enquanto ele a conduzia para a pista de dança, mas Finney preferia ver Ember com Jack a com o vampiro ardiloso. Dev continuava com a testa franzida enquanto bebia devagar de uma taça dourada ao lado da mesa do bufê.

Finney tirou do bolso uma fruta com a casca roxa e áspera e deu uma mordida nela. Mastigou, apreciando bastante a textura e o sabor da fruta azeda, e tentou ignorar a maneira como a mão de Jack envolvia a cintura de Ember e como ele a segurava perto de seu corpo.

Dev também observou cada olhar e cada toque e percebeu que estava perdendo o jogo. Como diabos ele podia perder Ember para um lanterna? Um mortal, ele quase poderia entender, ou pelo menos lidar com a situação. Quando Ember ficava assim tão perto de Jack, sua luz de bruxaria diminuía a ponto de nem ele ser capaz de distinguir Ember e um mortal. O lanterna era um escudo natural para ela.

Ocorreu a Dev a ideia de que Jack poderia cuidar melhor dela do que ele. A única maneira de Dev conseguir esconder a luz de bruxaria dela era ou drenando seu sangue ou drogando-a, e nenhuma das opções era boa a longo prazo. Ele rangeu os dentes. Precisava haver um jeito. Seu sangue e seu coração lhe diziam para encontrar um jeito: insistiam para que ele tentasse uma última vez. Ele tinha ouvido ela dizer que só queria que fossem amigos, mas ele sabia que poderia haver mais entre eles, que ela podia ser feliz com ele.

Ember se inclinou para perto de Jack e sussurrou alguma coisa. Os lábios cor de morango da garota roçaram a orelha dele e sua bochecha se pressionou contra a dele. Jack a puxou bem para perto de si e os dedos de Dev se apertaram em volta da taça.

Ver a caveira sorridente se inclinando para dizer algo em resposta, com a mão ossuda apertando a de Ember, fez o coração de vampiro de Dev se apertar e seu estômago se agitar, como se ratinhos corressem em círculos lá dentro.

Já bastava, racionalizou ele. A estrada que percorria era de fato perigosa. Ele devia a Ember tentar salvá-la de si mesma. Dev pousou a taça na mesa com força e o conteúdo derramou por cima da borda. Ele nunca tinha se considerado um vampiro sanguinário, afeito a maquinações, mas, se precisasse incapacitar Ember para fazê-la enxergar a luz, então que assim fosse. Ele se afastou do bufê com os olhos fixos no troféu. Não teria paz enquanto as mãos infernais de Jack estivessem sobre sua bruxa. Dev era um caçador por natureza, buscando sangue para se sustentar. Por mais que tentasse usar a razão para guiar suas ações, seu instinto estava se manifestando. O poder que vibrava em seu sangue dizia que, além de desejar Ember, ele também precisava dela, e aquilo impulsionava seus pés.

Jack estava gostando muito de sua dança com Ember. Era muito boa a sensação de tê-la nos braços e eles se encaixavam muito bem. O cheiro do cabelo dela, o farfalhar de suas saias e o calor de seu afeto eram quase embriagantes. Cada minuto da presença dela fazia com que ele a desejasse mais. Ele tinha vontade de tirar a máscara com penas e passar a mão pelos cachos volumosos do seu cabelo, removendo as presilhas uma por uma até as mechas da garota caírem pelas costas dela em ondas suaves.

Ele avistou o vampiro se dirigindo até eles e suspirou, ciente de que um confronto estava por vir e desejando estar enganado. Foi bem aí que uma luz que zunia disparou pelo salão. Ele conhecia aquela luz. Franziu a testa quando o vaga-lume deu uma volta nele e saiu pela porta. Jack deu um passo para trás exatamente quando o vampiro se aproximou.

– Ember, preciso conversar com você – disse Dev. – É de extrema importância.

– Ah, bom, suponho que Jack não se incomode...

As palavras dela foram sumindo quando ela encarou o lanterna com esperança de que ele reclamasse.

– Não – respondeu Jack, distraído. – Vá conversar com Dev. Eu já volto.

Jack saiu apressado do salão de baile.

Dev agradeceu ao Criador por sua sorte e tomou o braço de Ember, colocando a mão dela na dobra do cotovelo.

– Podemos conversar lá fora? – sugeriu ele.

Ela suspirou, ficou observando Jack se retirar e então assentiu. Dev a acompanhou até a varanda. Encontrou um lugar afastado de olhares curiosos e a puxou para um canto.

– O que foi? – perguntou Ember. – Aconteceu alguma coisa?

Ember tirou o chapéu que tinha prendido à cabeça e também a máscara com penas e pousou ambos na mureta de pedra.

– Não, não. Está tudo bem inclusive com a pintura da minha irmã, até onde eu sei. Quero conversar sobre a sua fuga.

– Shhh! – sibilou Ember, apertando os dedos contra o lábio dele. – Tem um gato na mureta.

– Certo.

Ele hesitou e então disse a única coisa que sabia que ia funcionar. A única coisa que realmente serviria para evitar que ela cometesse um erro com o lanterna seria lhe lembrar o que ele podia oferecer. Aproveitando-se do coração mole dela, ele murmurou:

– Eu sei que este não é o momento adequado, mas preciso pedir sua permissão para tirar mais um pouco do seu sangue.

– Por quê? – perguntou ela. – Tem alguma coisa errada?

Dev balançou a cabeça.

– Em relação àquele... hm... assunto sobre o qual não estamos falando, aquele que pode ser captado por ouvidos intrometidos e olhos observadores?

– Então?

– Eu estava pensando se não seria o caso de você e Finney produzirem mais munição para as pistolas. Se eu tivesse um pouco de poder de bruxa no meu sistema, ficaria bem mais forte. Já em relação à minha situação atual, acredito que eu esteja um tanto fraco. Todas as batalhas a bordo da nave celestial me deixaram exausto e não há um doador por aqui que esteja disposto a me sustentar ou que seja capaz disso. Suponho que eu poderia...

– Não diga mais nenhuma palavra – interrompeu Ember, tocando os lábios dele com os dedos. – Claro que pode tomar mais do meu sangue. Nem precisa pedir.

Ember não fazia ideia do que tinha acabado de prometer a ele. Era perigoso dizer algo assim a um vampiro. Significava que as proteções naturais de bruxa que Ember possuía contra ele agora tinham sido anuladas e inutilizadas. Dev fez uma pausa, lembrando a si mesmo que aquilo era para o próprio bem dela. Só estava fazendo aquilo porque ela era teimosa demais e estava se deixando convencer pelo lanterna com muita facilidade.

– Ah, Ember – disse Dev, pegando a mão dela e dando-lhe um beijo caloroso. – Obrigado.

– De nada.

Ele beijou o pulso dela de maneira bem recatada a princípio, então puxou devagar a luva comprida. A boca dele ficou suave e os beijos se tornaram lentos e intoxicantes à medida que iam subindo pela dobra do cotovelo de veias delicadas dela.

– Eu... eu não consigo parar de pensar em você, Ember – murmurou Dev, pontuando cada palavra com um toque da boca no braço delicioso dela.

– Ah, Dev. Nós já conversamos sobre isto.

– Eu sei. Mas dói, Ember. Meu coração... dói.

A ponta dos caninos dele rasparam a pele macia dela, arranhando. Ele xingou seu mau jeito. Tal movimento causava um tipo de efeito prazeroso, inebriante no doador. Era típico de um vampiro sem instrução ou desesperado, e Dev não era nenhum dos dois. Ainda assim, o corpo todo de Ember se relaxou contra o dele e Dev não pôde negar o efeito que aquilo surtiu nele.

– Dev? – indagou Ember.

– Pois não, meu amor?

– Isso é gostoso.

Ele sorriu, sentindo-se um pouco culpado, mas também querendo deixar Ember feliz.

– Vou me esforçar ao máximo para que essa sensação continue.

Agora que ela estava em seus braços, com o sangue pulsando nas veias, Dev sabia que não podia, não iria permitir que ela fosse embora. Ele subiu do braço dela para o ombro, puxando a manga curta do vestido para baixo, revelando uma ampla extensão de pele macia.

Ele provou o sabor da bruxa dando mordidinhas na pele dela até chegar ao pescoço. Ela gemeu de ansiedade, os beijos de vampiro que ele dava já surtindo efeito sobre seu corpo.

– Diga que você me deseja tanto quanto eu desejo você – pediu ele com a voz rouca enquanto os dedos dela agarravam as lapelas dele e ela deixava a cabeça cair para o lado, exibindo a extensão elegante de seu pescoço.

Ela umedeceu os lábios.

– Eu quero... eu quero...

Dev enfiou os dentes no pescoço dela e bebeu profundamente. Segurou a cabeça dela com firmeza enquanto a outra mão acariciava seu braço nu, a curva de sua cintura e depois seu quadril. Ele apertou a carne que encontrou ali. O corpo dela era exuberante e adorável; seu gosto, único. Dev se perdeu no prazer e nem percebeu quando sua boca cruzou a linha do maxilar de Ember e encontrou seus lábios.

Ele a ergueu e a colocou em cima da mureta, abraçando-a com força enquanto se beijavam.

Foi quando ele foi afastado com força de Ember, que quase caiu da mureta.

Finney a segurou e a puxou. O corpo dela caiu com força contra o corpo magro dele e os dois se estatelaram no piso de pedra. A abóbora flutuou para perto dele com uma expressão ameaçadora no rosto entalhado.

– Ember? Ember? – chamou Finney, manobrando o corpo para sair de debaixo dela e dando tapinhas em suas bochechas.

Como ela não reagiu, ele olhou feio para Dev e berrou:

– Seu demônio desprezível! O que você fez com ela?

Ela desmaiou contra o peito de Finney. Apressado, ele tirou a gravata e secou o pescoço ensanguentado da amiga. Dev, que estava impressionado, em primeiro lugar, com o fato de o jovem humano ter conseguido puxá-lo para trás, enxugou a boca com as costas da mão e suspirou. Quando estava prestes a responder, sua cabeça foi jogada para o lado. Ele tinha levado um soco. Forte.

Deu um passo cambaleante e então ergueu os olhos para ver um lanterna furioso.

# 38

## SEGREDO REVELADO

Dev levou a mão ao queixo e massageou o local enquanto o sangue saía de seus ossos e começava a curá-lo imediatamente. Olhou feio para Jack através do cabelo que caía sobre seu rosto.

– Por que bateu em mim? – provocou ele. – Por que não usou um dos seus muitos poderes para me detonar aqui mesmo onde estou?

– Simples – respondeu Jack. – Com Ember inconsciente, não posso lhe perguntar se ela queria ou não os seus avanços.

– E se ela queria?

– Se ela queria, dou meia-volta e vou embora.

– E se não queria?

– Vamos só torcer, para o seu bem, para que ela tenha querido. Eu nunca voltei toda a fúria da minha luz de lanterna a ninguém, mas fiquei sabendo que consigo fazer um ser como você sofrer por muito, muito tempo.

Os olhos de Dev tinham um ar selvagem e brilhavam enquanto ele encarava o lanterna.

– Para sua informação, Ember acabou de me dizer que eu posso beber dela sempre que quiser.

– Como eu falei, vou ter que confirmar isso.

Jack estremeceu com a vontade de acertar Dev mais uma vez por ter tido a ousadia de tocar em Ember, mas estava determinado a não tirar qualquer conclusão precipitada em nome dela, mesmo que isso significasse perdê-la para outro.

Com uma risada sarcástica, Dev apontou para si mesmo com um floreio.

– Você sabe como isso funciona, lanterna. Se ela não quisesse, se não *me* quisesse, eu estaria morto agora mesmo. Por isso, se me dá licença, eu gostaria de ver como ela está.

Ele se inclinou por cima de Ember e foi jogado para trás mais uma vez. Jack lhe deu um soco no estômago e depois um golpe no pescoço, esquecendo-se, naquele momento, de sua determinação de refrear as emoções. Agarrou as lapelas de Dev com tanta força que elas rasgaram, e disse:

– Vou avisar de novo, vampiro: não toque nela!

Dev mostrou os dentes, empurrou Jack para longe e então partiu para cima dele com uma velocidade sobrenatural, jogando-o contra a mureta. As pedras da mureta se despedaçaram, mas o lanterna não pareceu afetado.

– Então você quer brigar igual aos mortais ridículos por causa de uma mulher? – provocou Dev. – Bom, escolheu o vampiro certo.

Ele deixou de lado o paletó, desabotoou o colete, tirou as abotoaduras para arregaçar as mangas e depois colocou de lado, com cuidado, a bengala e o relógio de bolso.

Aquilo era tudo de que Jack precisava para avançar com a consciência limpa. Se era briga o que Dev queria, era o que iria ter. Jack seguiu o exemplo de Dev, arregaçando as mangas da camisa antes de erguer os punhos e agitá-los no ar.

– Este é mesmo o melhor momento para vocês dois trocarem socos? – perguntou Finney. – E obrigado por falar mal dos mortais, aliás.

Dev era alto e forte, mesmo sem o sangue de vampiro para ajudar, mas Jack era firme e robusto. Finney não sabia em quem apostaria. Os dois começaram a se provocar, dando socos, empurrões e chutes. Dev até prendeu o lanterna em uma chave de braço.

Finney teria apreciado assistir à luta se não fosse por Ember. Ela ainda não tinha acordado, apesar de as mordidas em seus lábios e pescoço já terem sarado. Um vaga-lume voou ao redor da cabeça dele e ele espantou o inseto com a mão, mas ele voltava, persistente. Chegou até mesmo a pousar no nariz de Ember.

Foi quando ele escutou uma voz masculina.

– Parem já com isso!

Os dois homens que trocavam socos se afastaram no mesmo instante. Dev caiu com tudo em cima da mureta, destruindo mais um pouco da casa do doutor, enquanto Jack foi de encontro à casa. Os dois arfavam, respirando com dificuldade, com hematomas profundos escurecendo a pele e os nós dos dedos em carne viva, vermelhos.

Eles se aprumaram e Jack falou primeiro.

– Eu estava mesmo imaginando quando você ia aparecer.

– Um bom lanterna observa e não se envolve, a menos que seja necessário. Você obviamente não anda seguindo esse código, Jack. Achei que eu tinha ensinado direitinho a você. Por que abandonou seu posto?

Dev observou com desgosto enquanto Jack endireitava os ombros e começava a fazer seu relatório, como um bom soldado.

– Finney e Ember são da pequena cidade que eu vigio. Este *vampiro* – Jack praticamente cuspiu a palavra – entrou lá e me atraiu para longe com um rolo de vapor. Daí, ele sequestrou Ember e a trouxe para o Outro Mundo. Eu vim atrás dele e trouxe Finney comigo para seguir o rastro dela. Quando eu a encontrei, minha intenção era fazê-la voltar para o reino mortal.

Rune ergueu as sobrancelhas enquanto examinava Jack com seus olhos penetrantes, absorvendo muito mais do que o lanterna dizia em voz alta. O vaga-lume disparou até Rune e, quando ele estalou os dedos, encaixou-se em seu brinco. Rune cofiou a barba elegante e andou ao redor de Finney e Ember, encarando cada um deles por um longo momento.

– Por que não me contou sobre a bruxa? – perguntou ele a Jack. – Você sabia que eu estava procurando por ela.

– Eu não queria que você a encontrasse – respondeu Jack, sem rodeios. – A última vez que você deparou com um grupo delas, tanto humanos quanto bruxas acabaram na fogueira.

Dev assobiou, agora com o cabelo desgrenhado caindo em cima do rosto. Ele pareceu bestial naquele momento.

– Você é desses que queimam bruxas?

Ele cuspiu no chão, perto do pé de Rune. O lanterna ignorou o insulto.

– Por mais que eu esteja decepcionado com a sua traição – disse Rune a Jack –, eu compreendo. Você sempre foi sensível em relação a bruxas e feiticeiros. Sempre preferiu espantar as criaturas em vez de entregá-las às autoridades. Vou cuidar de você mais tarde. Vai ser bem fácil me livrar do humano e da bruxa. Com isso, sobra *você*. – Ele apontou para Dev. – Quem mandou você ir atrás dela? A menos que prefira fingir ter feito isso sozinho. – Examinou Dev de cima a baixo. – Você bem que parece ser desse tipo.

Os lábios de Dev se retesaram e suas mãos se fecharam em punhos.

– Um silêncio teimoso não vai me fazer gostar de você, vampiro – desafiou Rune. – Aqueles que se recusam a cooperar devem se preparar para o túmulo. Acredito que o doutor tenha um caixão importado bem refinado, feito com madeira de bordo guardado em um armário em algum lugar. Acho que a peça ia combinar muito bem com você.

– O que está fazendo aqui? – perguntou Jack. – Como nos encontrou?

– Ora, ora, Jack. Vamos lembrar quem é o mais poderoso entre nós. Você já está metido em confusão demais do jeito que as coisas estão. – Ele deu uma olhada em Ember. – Ela até que é bem bonitinha. Um pouco cheinha demais para o meu gosto, mas o poder que sai dela em ondas meio que compensa, não é mesmo? Consigo entender por que vocês dois estão brigando por ela.

– Somos três – observou Finney, aprumando o corpo magricela e ajeitando os óculos em cima do nariz. – Vai ter que passar por todos nós para chegar até Ember.

Rune se inclinou para perto dele e deu um peteleco na lente dos óculos de Finney.

– Por mais divertido que isso possa ser, quem disse que eu quero a garota?

– Não é por isso que você está aqui? – indagou Jack. – Para levar Ember à capital ou para matá-la?

– Digamos que a minha função seja conferir o que o bom doutor está aprontando. O fato de vocês todos estarem aqui é um golpe de sorte, uma recompensa pela dor de cabeça que me deram, me obrigando a perseguir vocês para lá e para cá no Outro Mundo. Agora, vampiro, vou perguntar mais uma vez: quem contratou você para caçar esta bruxa?

Rune se virou para Dev e estreitou os olhos quando ele se manteve em silêncio.

– Tudo bem. Se não vai cooperar, vou fazer com que coopere.

A luz do brinco dele caiu sobre Dev e mudou de amarelo para vermelho. O vampiro berrou quando sua pele começou a fumegar e enrugar.

Jack observou horrorizado enquanto a pele de Dev queimava. A camisa dele pegou fogo e as cinzas escuras se grudaram à pele chamuscada. Nunca, em toda a sua vida de lanterna, Jack tinha visto o poder total de sua luz. O fato de que ele também seria capaz de infligir tanto sofrimento assim o deixou enjoado. Ela sabia que podia deixar vampiros muito desconfortáveis, e já tinha feito isso antes, mas as ondas de poder que Rune enviava estavam além de sua experiência.

Dev caiu de joelhos, seu cabelo começou a se desprender da cabeça em chumaços e as partes expostas do couro cabeludo explodiram em bolhas. Jack via que o corpo do vampiro tentava se curar, mas, assim que conseguia, a luz destruidora de Rune dava início a seu trabalho mais uma vez.

Depois de vários minutos agonizantes, Rune parou. Examinando as unhas como se tivesse ficado entediado com o procedimento, ele pediu mais uma vez:

– Diga para quem você trabalha, vampiro. Posso fazer isto durante semanas sem me cansar, mas acho que o seu sangue não vai manter você vivo durante tanto tempo assim. É só me contar quem foi e você poderá seguir o seu caminho com alegria. Eu de fato tenho autoridade para exonerar você, sabia?

Dev se contorceu em agonia, mas ficou de quatro no chão, apesar de seus braços e pernas tremerem de dor e exaustão. Apenas farrapos queimados cobriam seu corpo e, por mais que Jack não confiasse no vampiro e às vezes até o odiasse, tudo o que sentia por ele naquele momento era compaixão.

Jack se colocou entre os dois bem quando Rune estava prestes a fazer o vampiro agonizar mais uma vez.

– Ele mal consegue se mexer, quanto menos falar – argumentou Jack. – Dê uma chance para que eu possa trabalhar com ele.

Com um sorriso sarcástico, Rune falou:

– Quer dizer que vai trabalhar com ele como estavam fazendo antes?

– Vou. Se chegar a tanto. Vai ser o meu modo de compensar você. Eu não devia ter abandonado o meu posto. Agora sei disso. Só estava tentando consertar tudo.

Rune suspirou.

– E não está indo muito bem nisso também.

Ember gemeu e Finney se agachou ao lado dela.

– O que... O que aconteceu? – perguntou ela, piscando várias vezes para abrir os olhos.

Ela viu Jack e lhe abriu um sorriso embriagado, então deu alguns tapinhas de leve na bochecha de Finney. Em seguida, ela olhou além dele, para Rune, e seus olhos se arregalaram.

– Preciso de ajuda para me levantar, Finney.

Ele a ajudou, e, quando aprumou o corpo, ela avistou Dev e soltou um grito, enterrando o rosto nas mãos. O vampiro estava se curando devagar, mas ainda tinha uma aparência monstruosa. Parecia uma criatura que havia acabado de se arrastar para fora de um túmulo.

– Dev? – chamou ela, hesitante, dando um passo à frente. – Quem fez isso com ele?

– Parece que foi você, minha cara – respondeu Rune.

– Eu? Eu fiz isso com ele? – repetiu ela, engolindo em seco.

– Não, não fez – disse Jack, baixinho, e se virou para Rune. – Deixe que eu cuido disso.

Rune suspirou.

– Muito bem. Mas tenha em mente que só vou confiar em você porque nos conhecemos há muito tempo. Sugiro que não abuse da minha confiança mais uma vez.

Jack inclinou a cabeça em um gesto rígido e observou Rune dando meia--volta para se retirar, dizendo baixinho:

– Eu espero o mesmo.

– Então, tenho outros assuntos de que cuidar.

Assobiando, Rune segurou as mãos atrás das costas e se transformou em névoa, desaparecendo através das portas que levavam de volta à festa.

Rune deslizou pelo salão de baile e encontrou o doutor e seu fiel escudeiro invisível servindo bebidas. Ele flutuou aos pés deles e ficou escutando.

– Aí, depois que forem contidos, deve carregar todos na nave. Você sabe o que fazer.

– Sim, doutor.

*Isso parece um agouro*. Tinha ficado bem claro para Rune que havia muito mais coisa acontecendo do que a simples proteção de uma bruxa fugitiva. Depois da batalha com a outra nave e sem receber qualquer mensagem do Senhor do Outro Mundo, Rune começou a fazer uma busca nas águas. Sem a tempestade de espectros, sua luz de vaga-lume era capaz de enxergar a uma boa distância. Para sua grande surpresa, quando deparou com a ilha do doutor, não só encontrou a luz de um lanterna muito conhecido, como também a de uma bruxa muito poderosa.

Ele tinha disparado pela água e ficou chocado de também encontrar o metalúrgico que abandonara o Senhor do Outro Mundo. Esgueirando-se por baixo de portas e se escondendo em armários, Rune logo descobriu uma porção de coisas. Jack, o vampiro e o mortal estavam apaixonados pela bruxa. Ela não tinha qualquer atrativo para ele pessoalmente (pelo menos, não até ela se afastar de Jack). Ondas de seu poder disparavam em um amplo arco. Ele nunca sentira algo assim antes. Não era para menos que o Senhor do Outro Mundo estivesse atrás dela.

Bom, aquilo não iria acontecer. Uma bruxa como aquela iria garantir o reinado do Senhor do Outro Mundo durante muito tempo ainda. Mas se Rune pudesse ficar com a bruxa para si... Ele se materializou no telhado da casa depois de ter certeza de que não havia gatos ali para entregá-lo. Passando a mão na barba, considerou suas opções. Não tinha qualquer ilusão de que a jovem bruxa pudesse ser atraída com promessas românticas. Era óbvio, pelo anel revelador ao redor de seu coração, que ela amava Jack.

Mas Rune poderia usar isso a seu favor.

Com cuidado, ele tinha observado e esperado seu momento. Enviou seu vaga-lume para que Jack soubesse que ele estava lá. Não queria surpreender o lanterna, mas também não interagiu com ele. Enquanto Jack ia atrás da luz de Rune, ele seguiu Ember até o lado de fora em forma de névoa.

No começo, ele ia intervir quando o vampiro mordeu Ember, mas então o garoto humano foi atrás deles. Rune estava meio que torcendo para que o vampiro matasse o mortal, assim ele mesmo não precisaria fazer isso, mas, por algum motivo, o vampiro se conteve. Finalmente, estava na hora de fazer algo. Rune não só saiu em defesa de Jack e exibiu o alcance de seu próprio poder, mas também demonstrou misericórdia.

Agora ele só precisava descobrir o que o doutor estava aprontando, acabar com o Senhor do Outro Mundo com a ajuda de Jack e da bruxa e fazer o papel de um bom companheiro de equipe. Rune suspirou. O trabalho de um homem ambicioso nunca terminava.

– Aquele é o seu chefe? – perguntou Finney quando Rune se foi em forma de névoa. – Ele também é um lanterna?

Jack assentiu e segurou Ember pelos ombros.

– Está tudo bem com você? – perguntou ele.

– Não se preocupe comigo – respondeu Ember. – Ajude Dev, por favor.

Jack colocou o paletó abandonado sobre os ombros do vampiro e o ajudou a se levantar. Finney pegou a bengala e o relógio de bolso e entregou o sobretudo a Jack.

– Dê aqui a bengala – pediu Dev, com a voz tão rouca e áspera quanto uma lixa.

Eles o ajeitaram sentado em um banco de pedra e Dev abriu o alto da bengala, estendendo a pedra preciosa a todo o seu comprimento. Ember nem sabia que dava para fazer aquilo. Na sequência, ele segurou a pedra nas mãos em concha. A pedra brilhou azul e, quando isso aconteceu, o rosto dele relaxou. Todos observaram maravilhados enquanto a pele de suas mãos e de seu rosto se curava com rapidez. Um tanto recuperado, Dev abotoou o colete por cima do peito nu, depois vestiu o paletó e passou a mão pela careca com uma careta. Ia demorar mais para o cabelo voltar a crescer, pelo menos algumas horas.

Ele deu uma olhada na mão de Ember em seu braço e depois para o lanterna, que estava ao lado dela em uma atitude protetora. O que tinha acontecido com ele não era nada mais do que merecia. Percebeu que não conseguia encarar Ember. Não depois do que ele fizera por causa de seu ciúme, e de maneira mesquinha. Ele tinha sido o pior tipo de vilão: daqueles que atacavam pessoas inocentes e de bom coração.

– Eu nunca menti para Ember. Foi *mesmo* a bruxa superior que me contratou – disse ele baixinho. – Ela queria que eu encontrasse Ember e providenciasse um encontro. Tirem suas próprias conclusões.

Jack franziu a testa.

– Por que ela faria isso se não fosse para entregar Ember ao marido?

Dev crispou os lábios.

– Não acho que o plano dela seja esse. Minha impressão é de que não existe amor entre o Senhor do Outro Mundo e a bruxa dele. Se tivesse sido ideia dele, ele próprio teria mandado me chamar. Em vez disso, ela me abordou em segredo, sozinha. Talvez ela confiasse em mim. Talvez ela achasse que eu seria capaz de me aproximar, afinal já tinha feito isso antes.

– A sua bruxa – falou Ember. – Ela curou você agora mesmo. Como? Achei que você estivesse morrendo.

– Meu sangue ajudou, mas o poder dela ainda me sustenta. É assim há décadas.

– Então você estava mentindo quando disse que precisava do meu sangue – argumentou Ember.

– Estava.

– Por quê?

– Não é óbvio?

– Ele estava com ciúme – concluiu Finney.

– E você não está? – retrucou Dev.

Finney puxou a gola da camisa, sem jeito.

– Então agora estamos colocando todas as cartas na mesa, para todo mundo ver?

– Finney? – Ember olhou para ele, surpresa.

– Tudo bem. Eu amo Ember desde que éramos crianças. Pronto. Está feliz agora?

– Ah, Finney... – disse Ember. – Você nunca falou nada.

– Eu sabia o que você achava de rapazes que andavam atrás de você. Eu não queria ser dispensado como eles. Confesso que vir aqui foi a minha tentativa de convencer você a me aceitar como pretendente, mas, para ser sincero, Ember, não importa o que aconteça, eu vou sempre ser seu amigo. – Ele pegou as pequenas mãos dela e as apertou.

– Ah, encontrei todos vocês! – A voz do doutor soou e sobressaltou o grupo. Ele parou quando viu o estado em que se encontravam. – Minha nossa. Creio que tenham levado a sugestão de virem fantasiados um pouco a sério demais. Vocês todos parecem ter sido atropelados por uma carroça velha puxada por cavalos selvagens. – O rosto redondo dele brilhava de suor, coisa que fez Ember se perguntar o que ele devia estar fazendo. – Venham, venham – chamou ele. – A festa já vai começar.

# 39

## DOCE É BOM, MAS ÁLCOOL FUNCIONA MELHOR

O grupo o seguiu até o salão de baile. Ember pegou o chapéu, mas deixou a máscara com penas do lado de fora, na mureta. O cabelo dela caía pelos ombros. Ela ergueu a mão e tirou uma presilha de cobre. *Que diabos aconteceu?*, ficou se perguntando. Ember se lembrava de Dev ter pedido para beber seu sangue e, em seguida, ter levado os lábios ao seu pulso. Depois disso, não se lembrava de mais nada até acordar e ver todo mundo esfarrapado.

Graydon se aproximou deles imediatamente.

– O que aconteceu? – perguntou ele.

– É uma longa história – respondeu Jack, olhando ao redor em busca de Rune e reparando que tanto ele quanto sua *abóbora* estavam ausentes.

Estranho. Ele estendeu seus sentidos, mas nem assim conseguiu localizar a abóbora. Isso era algo tão assustador que ele só podia ficar ali, parado, com o queixo caído. Por que Rune estava ali? Será que ele ia entregar todos eles ao Senhor do Outro Mundo? Jack precisava encontrar Rune e pedir explicações.

Estava prestes a pedir a Graydon e Frank que ajudassem Dev a voltar para o quarto quando o Dr. Farragut bateu de leve com a faca em sua taça de cristal. A dança e a música cessaram na mesma hora e inúmeros convivas passaram para a beirada da pista de dança, deixando o grupo exposto no meio do piso lustroso do salão de baile.

O doutor ergueu a taça e disse:

– Um brinde aos meus convidados tão especiais. Cavalheiros, podem fazer a gentileza de distribuir as bebidas?

Criados começaram a circular pelo salão, garantindo que todos os presentes recebessem uma taça.

– Acalmem-se, acalmem-se – falou ele, erguendo a mão. – Esperei muito tempo para terminar a minha invenção mais fantástica... Mais de um século.

Seu início pode ser retraçado a milhares de anos, mais ou menos. E, agora, está completa. Por favor, me ajudem a comemorar juntando-se a mim neste brinde pelo sucesso do meu projeto, algo que vai mudar o curso do nosso futuro!

Os presentes festejaram de modo mecânico e ergueram as taças. O doutor deu um gole, exibindo o pescoço grosso enquanto a garganta se movia sorvendo todo o conteúdo da taça. Um pouco do líquido derramou no colete branco dele.

Graydon ficou olhando para a bebida, então virou tudo bem rápido e pousou a taça vazia com força na bandeja do criado. Finney, Dev e Jack estavam ansiosos para se retirar e beberam tudo só por cortesia. Jack pegou o cotovelo de Ember e, logo antes de ela fazer o mesmo que os demais, ergueu a taça para o doutor, que sorriu para ela da plataforma em que se encontrava. Ela levou os lábios à borda do copo e bebeu o líquido borbulhante com cuidado. Tinha gosto de pêssego e algo mais... alguma erva.

Os pensamentos dela se embaralharam enquanto o grupo avançava, impelindo-a para a frente, mas então ela se sentiu tonta e sua boca ficou dormente. O chão se inclinou e os outros convivas se aglomeraram em cima dela. Braços molengas a seguraram, sacudindo seu corpo. Ela achou que iria desmaiar pela segunda vez em uma hora, o que era um pouco excessivo, na opinião dela.

Tentou tirar os braços que a agarravam. As vozes se tornaram indiscerníveis e suas palavras pareceram arrastadas aos próprios ouvidos. Finney estava estirado no chão, imóvel. Ember deu uma olhada no doutor, que os observava com um sorriso satisfeito. Jack e Dev também tinham caído e até Graydon cambaleava. As bochechas dele estavam cobertas de pelos, mas então seu rosto perdeu a expressão e ele desmaiou. Ember tentou acessar seu poder de bruxa para limpar a mente e expelir qualquer que fosse o entorpecente que o doutor tivesse colocado na bebida, mas não funcionou.

Apenas Frank continuava de pé, mas olhava para o nada, com o corpo hercúleo imóvel. Ela ergueu a mão para ele, então seu braço ficou pesado demais e caiu por cima do peito. Seu último pensamento antes de fechar os olhos foi que as roupas de Frank pareciam muito desgastadas; a barra da calça e as botas estavam escuras de lama.

Uma picadinha a acordou do sono. Então ela sentiu algo frio passar por seu cotovelo. Ouvia um líquido pingando em um frasco, e gemeu e tentou abrir os olhos.

– Bem-vinda de volta à terra dos vivos, continua tudo igual – saudou o doutor, todo alegre.

Ele vestia seu jaleco com um par de visores no alto da cabeça e estava debruçado em um aparelho, enchendo com cuidado uma dúzia de recipientes com um líquido vermelho.

Ember olhou para seu corpo. Ela estava presa a uma cama inclinada quase a 90 graus. Havia uma agulha em seu braço, presa a um tubo comprido. Seu sangue estava sendo drenado a um béquer, pingando bem devagar, gota a gota. Ela olhou ao redor e viu Finney, Graydon, Jack e Dev também presos com amarras. Todos estavam começando a voltar a si, menos Finney. Ele ainda roncava de leve. A abóbora flutuou para perto dele com uma expressão preocupada.

– O que você fez? – indagou Ember.

– Não quer dizer o que eu estou fazendo? – corrigiu o doutor, todo animado. – Ainda não fiz nada.

Ember observou os dedos dele manchados de tinta enquanto percorriam um papel com uma fórmula e se estendiam para um novo frasco.

– Para que precisa do nosso sangue? – perguntou ela. – É um feitiço?

O doutor deu uma risadinha.

– Um feitiço? O que eu fiz é muito maior do que qualquer um dos seus feitiços bobos.

Uma agulha se ergueu no ar com uma mão invisível e se fincou no braço de Finney.

– Yegor? – perguntou Ember.

– Sim, ele está aqui – respondeu o doutor, então completou: – Não machuque o garoto. Falei a sério quando disse que queria que ele fosse meu aprendiz.

– Sim, doutor – concordou o homem invisível.

– Dev? Jack? – chamou Ember.

Os dois olharam para ela, entorpecidos. O cabelo de Dev tinha crescido, atingindo quase o comprimento normal, e o corpo dele parecia saudável e robusto outra vez.

– Eles não vão poder ajudar você, minha cara – disse o doutor. – Nem eles conseguem neutralizar o efeito do meu tranquilizante assim com tanta rapidez, principalmente porque adaptei a substância.

– Não estou entendendo – afirmou Ember. – O que você quer de nós?

– Yegor, puxe a alavanca, por favor.

Uma alavanca próxima baixou com força e um jorro de vapor saiu de um cano no alto. Ember ouviu um rangido e a parede atrás do doutor, que ela acreditava ser sólida, recuou, painel a painel, revelando dois cilindros grandes.

– O que é isso? – perguntou ela.

Ele voltou a colocar os óculos de proteção, pegou uma ferramenta que disparava uma chama azul e soldou um pedaço de metal sobre a seção que tinha acabado de preencher.

– Creio que o Senhor do Outro Mundo chamava isso de "dispositivos do apocalipse". A intenção dele era detonar em um lugar específico, resultando na separação do Outro Mundo do mundo humano.

– Por que ele queria fazer isso? – indagou Ember.

O doutor ergueu os olhos.

– Não posso fingir que sei a resposta. Isso acabaria exatamente com os recursos de que ele precisa para fazer o Outro Mundo funcionar. Eu não posso aceitar isso. – Ele fez uma pausa, observando com olhos sonhadores algo que ela não conseguia enxergar. – Eu realmente adoro a minha pequena ilha não mapeada localizada no mundo mortal. Então, roubei o equipamento.

– E me usou para isso – concluiu Graydon, voltando os olhos de platina para o doutor.

Pelos nasceram em suas mãos, suas unhas se alongaram por um instante e quase imediatamente se retraíram.

– Usei. Você e Delia. Não perca tempo tentando se transformar – avisou o doutor. – A droga que estou injetando em você agora impede que se transforme. – Ele caminhou até a enorme arma e deu tapinhas quase carinhosos nela. – Agora que é minha, eu a modifiquei para atender aos meus objetivos.

O laboratório chacoalhou, tombando para o lado. O doutor se agarrou à mesa e segurou um béquer logo antes de o recipiente emborcar.

– Onde nós estamos? – perguntou Dev.

– Na minha nave celestial particular. Graças a Ember, agora eu sou capaz de fugir da tempestade de espectros que me prendia aqui.

– Prendia? – repetiu Dev. – Eu achava que você gostava de se esconder atrás dela e que queria usar a tempestade para fazer experiências.

– Ah, eu usei, meu garoto. Aprendi muito. Mas aqueles espectros irritantes assombram a minha ilha por um motivo. Eu fui o responsável pela criação deles, sabe?

Ember engoliu em seco.

– A criação deles? Está dizendo que você os matou?

– Ora, claro que sim. Achei que isso estava óbvio.

Um frasco de sangue se moveu pelo ar. O doutor o pegou.

– Obrigado, Yegor. Agora, o lobo.

– O que está fazendo com o nosso sangue? – indagou Graydon. – Eu consigo entender por que iria querer sangue de bruxa, mas sangue de lobisomem não serve para quase nada, e sangue de mortal, menos ainda.

O doutor suspirou.

– É tão cansativo para um gênio ter que ficar se explicando para aqueles que possuem mentes diminutas... Estou reequipando as bombas para que elas não separem os dois mundos. Em vez disso, quando detonadas, vão separar a alma de cada um dos mortais. Os frascos com o sangue de vocês vão servir como marcador para que os dispositivos não atinjam o seu tipo. Serão capazes de viver como sempre viveram. Pensando melhor, vocês deveriam me agradecer.

– Agradecer por você destruir uma raça inteira?

– Não vão ser destruídos, tecnicamente. As almas desencarnadas vão se juntar em uma grande tempestade no Outro Mundo. Como elas sempre se materializam em cima da água, vão se dirigir para lá. É possível que atrapalhem a vida daqueles que vão ao mar. Sou o primeiro a reconhecer que esta é uma espécie de vitória de Pirro, pelo menos para o Outro Mundo.

"Pelo lado positivo, o mundo mortal vai passar por uma limpeza e vai ser todo meu. Os corpos vazios que as almas mortais deixarem para trás vão ser bem fáceis de comandar, sobretudo com a minha tecnologia mecânica para ajudar. Sem nenhuma alma para me assombrar daquele lado, vai ser mesmo um lugar maravilhoso, principalmente sabendo que vou ter minha própria bruxa adorável ao meu lado."

– Um mundo cheio de autômatos prestando reverência a você como se fosse a um rei – proclamou Jack, com um sorrisinho de desdém.

– Você considera Frank um autômato? – questionou o doutor, ríspido, fazendo um gesto para o homem verde e grande no canto. – Você viu como ele é. Ele tem coração, tem vontade própria.

– Não quando você não quer que ele tenha – respondeu Graydon. – Mas não pode fazer isso com Delia.

O doutor bateu a ferramenta na mesa.

– Não por causa de qualquer força especial da parte dela, garanto. Delia não é separada da alma dela como os lanternas. Eu só devolvi a alma dela ao corpo porque não tinha ido longe.

– Você consegue colocar uma alma *de volta* no corpo? Isso significa que o processo de criação de um lanterna é reversível? – perguntou Ember.

– Claro que é. Se a alma está isolada, então, sim, pode ser recolocada.

– Então poderia colocar a alma de Jack de volta no corpo dele – concluiu Ember.

O doutor ergueu os olhos rápido. Ele olhou para a abóbora e depois para Jack. Deu de ombros.

– É possível. O negócio com os lanternas é que a alma deles está presa a uma brasa. Ela mantém a alma no lugar, impede que ela se afaste. No caso de Jack, não importa. Eu não vou fazer a fusão da alma mais uma vez. Para este trabalho, eu também precisaria do sangue de um lanterna. Se eu colocasse a alma dele de volta, iria se tornar humano de novo. – Ele deu uma olhada em Ember. – Além do mais, o destino dele não vai fazer muita diferença para você, minha cara. Não depois que este dispositivo for detonado.

A voz de Ember endureceu.

– Eu não vou ser a sua bruxa.

O doutor riu tanto que lágrimas escorreram dos cantos de seus olhos.

– Não – falou ele, finalmente. – Nunca pensei nisso. – Ele pegou o frasco de sangue seguinte e derramou com cuidado na abertura feita para ele. – Demorei muito tempo para juntar tudo – prosseguiu ele. – E você, Ember, foi a parte mais vital. Eu tive que esperar até que você amadurecesse, até seu sangue ficar no ponto. Finalmente, ficou. De todas as bruxas que se escondem no mundo mortal, só você tinha força suficiente para ouvir o chamado e vir me ajudar a realizar meu sonho. Por que isso, eu me pergunto?

– Foi você – murmurou Ember. – Você que me atraiu para o Outro Mundo.

– Claro. Se eu não tivesse subornado vários indivíduos inescrupulosos como seu bom amigo Payne e sugerido a ele que talvez fosse bom adicionar bafo de demônio ao seu chá para que você ficasse mais complacente, talvez você nunca tivesse chegado até aqui. E, mais uma vez, se eu não tivesse mandado uma mensagem para Frank fugir do couraçado usando o submersível, talvez tivesse sido capturada ali também. Teria sido mesmo muito lamentável se você tivesse sido presa pelo desprezível Senhor do Outro Mundo. Talvez nem Graydon tivesse conseguido salvar você a tempo. Fazer

Dev levar você à minha ilha foi um jeito muito mais simples de resolver as coisas.

– Mas você não me contratou – reclamou Dev.

– Não contratei?

O doutor baixou os óculos de proteção e agitou as sobrancelhas em um gesto dramático. Ele fechou e selou a seção que estava pronta. Quando terminou, conferiu o relógio de bolso.

– Ora! Estou me distraindo com minúcias. – Ele apontou para Dev. – O vampiro agora, por favor, Yegor.

Uma agulha afiada espetou o braço de Dev.

Um vaga-lume minúsculo desceu do teto quando o doutor deu as costas. Lançou sua luz sobre as amarras de Ember e a tira na cintura dela caiu. Ela ergueu os olhos com rapidez. O doutor não podia vê-la, mas um gato preto a observava, sonolento, com o rabo agitado. Como o gato não se moveu e nada aconteceu, ela arrancou a agulha do braço e ergueu a saia para alcançar o coldre na coxa. Aliviada por ver que as pistolas ainda estavam ali, ela pegou as duas, mirou as costas do doutor e atirou.

# 40

## UM ESQUELETO NO ARMÁRIO

Os tiros de Ember (um feitiço ácido e um sonífero) acertaram o alvo. Então, com o poder da mente, ela ergueu um bisturi e o fincou na mão do doutor, prendendo-o à parede.

O avental do doutor começou a se dissolver na mesma hora e ele urrou de dor. Ele arrancou a lâmina da mão e se virou, agarrando-se à mesa enquanto o feitiço sonífero surtia efeito. Os olhos dele se fecharam e ele cambaleou. Antes que Ember pudesse atirar pela segunda vez, a pistola de sua mão esquerda foi arrancada por uma força invisível: Yegor.

Ele apontou a outra pistola ao espaço vazio próximo e ajustou a arma, carregando-a com o novo feitiço, aquele que revelava coisas escondidas. Ember apertou o gatilho várias vezes. Enfim, acertou Yegor, e o peito nu, os braços e metade de seu rosto se materializaram. Aquilo surpreendeu tanto a ele quanto a ela, mas então o feitiço perdeu o poder e ele desapareceu de novo. Ela só teve tempo de pensar que da próxima vez a poção teria que ser mais forte, antes de alguém agarrar seus braços.

Ember sibilou e se agitou, tentando acessar seu poder de bruxa para deter o fiel escudeiro do doutor. A pele dela fervilhava de energia, e um arroubo de luz disparou do corpo dela em um arco amplo. Ele se afunilou sobre o corpo de Yegor, empurrando-o para trás, e ele apareceu novamente por mais um instante, mas, quando a onda passou, voltou a desaparecer.

O doutor se aprumou. Sua pele estava se curando nos lugares atingidos pelo ácido.

– Chega! – berrou ele e ergueu a mão no ar.

A segunda arma de Ember foi tirada de sua mão e flutuou na direção dele. Por mais que ela tentasse, não conseguia pegar de volta.

O doutor colocou a pistola na mesa com força.

– Que esperteza, combinar esses dois feitiços – disse ele. – Ambos ao mesmo tempo se mostraram mais difíceis de superar do que eu tinha apostado. Você é mesmo uma bruxa e tanto. Muito potencial. – Ele suspirou. – Achei que, se eu a deixasse com as suas armas, isso faria com que se sentisse mais segura. Faria com que você escutasse e compreendesse. Que pena, bruxinha. Eu até trouxe uma caixa de chocolate para lhe dar como uma espécie de recompensa, já que perdeu a sobremesa ontem à noite. Agora acho que não vou dar mais.

A nave pareceu se estabilizar e ouviu-se um rangido.

– Ah, acho que chegamos. – O doutor se aproximou de Ember e fez um gesto a Yegor para que a soltasse. – Você vem comigo. Frank, vou precisar de você e de Yegor para colocar um dispositivo de cada lado da encruzilhada. Quando estiverem posicionados, vão embora rápido com esta nave.

– Sim, doutor – disseram Frank e Yegor ao mesmo tempo.

– Já em relação ao resto de vocês, adeus. Venha comigo, Ember.

Desesperado e tão incapaz de se transformar quanto Graydon, Jack convocou sua abóbora errante e banhou o doutor com uma luz tão forte que deveria tê-lo destruído em um instante. Mas o doutor só olhou feio para o lanterna e deu um peteleco no globo, para tirá-lo de seu caminho.

– Tentar queimar a mão do seu criador é falta de educação.

Quando Ember passou pelos homens, todos eles se agitaram e se debateram na tentativa de escapar e ajudá-la, mas estavam todos bem presos. Ela viu que havia uma solução diferente na infusão de cada homem, impedindo que eles usassem suas diversas habilidades, bem como o doutor tinha dito.

Ember tentou acessar seu poder de bruxa interno e atacar o doutor, como tinha feito com Yegor. Ela mandou choque atrás de choque para cima do doutor, mas ele nem se abalou.

– Não desperdice a sua força, minha cara – alertou ele ao puxar Ember porta afora e através de uma passagem, seguindo Frank e Yegor, que carregavam um cilindro cada um. – Ninguém... nem um lobisomem, nem um vampiro, nem um lanterna, nem mesmo uma bruxa tão poderosa quanto você... é capaz de me afetar. Além do mais, vou precisar de toda a sua energia para a transferência.

Assim que Ember e o doutor desapareceram, Rune entrou em ação. Ele assumiu sua forma humana e libertou todos os outros, removendo as amarras e arrancando as agulhas das veias deles. Em seguida, conduziu os homens que ainda estavam se recuperando para o lugar onde tinha escondido todas as vassouras que Ember enfeitiçara com tanta esperteza.

– Preciso ir embora agora – explicou ele a Jack. – O Senhor do Outro Mundo está me convocando por meio da bruxa dele. Não posso ignorar o chamado, mas saiba que estou do seu lado. A última coisa que quero é deixar que a sua Ember caia nas mãos dele. Vou ajudar como puder.

Jack colocou a mão no ombro de seu mentor e deu um sorriso caloroso.

– Obrigado. Eu sempre soube que havia um homem nobre escondido debaixo do seu exterior durão.

Rune soltou um gemido, assentiu com a cabeça para o vampiro e o garoto humano, então se transformou em névoa e saiu da nave celestial. Enquanto se apressava rumo ao seu líder, ficou se perguntando se Jack tinha dito aquilo a ele por desejar que fosse verdade ou porque tinha usado sua habilidade para olhar dentro da alma de Rune.

*Transferência?*, pensou Ember.

– O que você é? – indagou ela, enquanto tropeçava atrás dele.

– Ah, finalmente mais uma boa pergunta. Tudo será revelado na hora certa, jovem bruxa.

– Você fica dizendo isso, mas nunca explica nada – argumentou Ember.

– Ora, isso não é verdade – respondeu o Dr. Farragut. – Eu já falei mais do que deveria, aliás. Não é minha culpa se você não é inteligente o bastante para ligar os pontos.

Algo roçou a perna de Ember e ela olhou para baixo. O gato preto a seguia. Logo se juntaram a ele um gato cor de laranja e um branco malhado. Então ela avistou mais seis, depois mais uma dúzia. Ao reparar nos felinos, o doutor franziu a testa.

– Acho que não convidei todos vocês para a minha nave – disse ele. – Não preciso mais de vocês agora. Vão embora.

Ouviu-se um sibilo e um miado, mas nenhum deles obedeceu. O doutor suspirou. Os gatos continuaram caminhando atrás dele em silêncio quando saíram à luz do dia.

A rampa estava estendida e o grupo se dirigiu a uma caverna, uma abertura escura que parecia um bocejo na montanha de outra ilha.

– Venha, garota – ordenou o Dr. Farragut a Ember. – Não fique molengando.

Quando entraram na caverna, uma série de luzes embutidas se acendeu, alimentada pela presença de Ember. Da mesma maneira que tinha acontecido na outra encruzilhada, havia uma barreira parecida com uma membrana separando o Outro Mundo do mundo mortal. O doutor se virou.

– Frank, coloque o seu dispositivo do lado do Outro Mundo da barreira. Quando estiver pronto, volte e destrua a nave. Salve o garoto e a pintura. Eu detestaria desperdiçar a tecnologia que usei para prender a boa capitã. Yegor, você fica comigo.

Quando atravessaram para o outro lado, o do reino mortal, as luzes desapareceram. A única iluminação vinha da abertura à frente. Uma luz amarela suave os atraía adiante.

Eles continuaram avançando, com o dispositivo flutuando misteriosamente ao lado deles enquanto saíam da caverna. Os gatos, para o desânimo do doutor, continuavam a segui-los, passando para o outro lado com a mesma facilidade que eles. Mantinham os olhos fixos em Ember de um jeito que a deixava nervosa.

Quando chegaram à abertura, Ember notou que estavam na praia. Um vasto oceano se estendia à sua frente. Yegor fincou o dispositivo na areia, virando de um lado para outro até ficar firme, com a extremidade pontuda apontando para o céu. Quando estava seguro, ele se moveu para segurar Ember enquanto o doutor ajustava o dispositivo.

Ele acionou alguns botões, pressionou uma barra e depois levou a mão a uma alavanca. Então, abriu a parte de baixo do tubo. Dúzias de pequenos compartimentos saltaram para fora com um chiado pneumático, a maior parte deles cheia de frascos. Nos vazios, ele inseriu os frascos que continham as amostras de sangue que coletara recentemente. Ember viu que cada um deles fora rotulado com cuidado: *gnomo, troll, gremlin* e assim por diante. Ele adicionou os que estavam rotulados como *bruxa, vampiro, lobisomem, lanterna* e, por fim, *Finney*.

Ele apertou um botão e todos os compartimentos se fecharam até estarem dentro da arma.

– Pronto. Agora esperamos – anunciou ele, com um sorriso satisfeito no rosto.

– Esperamos o quê? – perguntou Ember.

– Você vai ver.

Logo o solo começou a tremer. A areia se moveu e um cone largo rotatório despontou a 100 metros de onde eles estavam, seguido por um veículo.

Quando se acomodou em cima da areia, o cone parou de girar e saiu vapor das laterais. Uma escotilha se abriu e um homem saiu dali, conduzindo uma mulher magra e frágil pelo braço, seguido pelo chefe de Jack.

Rune vinha atrás do casal. A mulher estava tão magra que parecia à beira da morte. O cabelo sem vida dela, que batia na cintura, era tão ressecado e fino que Ember enxergava o couro cabeludo através dos fios. O braço fininho se agarrava ao homem que a conduzia à frente.

Quanto mais eles se aproximavam, mais Ember notava os olhos amarronzados da mulher, revelando que sua mente continuava muito alerta apesar da decrepitude de seu corpo. O doutor, nervoso, agitava os pés na areia.

– Monroe, seu desertor, o que significa isso? – indagou o homem.

– Ember, eu gostaria de lhe apresentar Melichor Lockett, também conhecido como o Senhor do Outro Mundo. E esta dama adorável ao lado dele é Loren, a bruxa superior e... sua esposa – concluiu ele, com uma careta de desgosto. – O homem parado atrás deles é Rune. O primeiro lanterna que eu criei.

O rosto do lanterna-chefe demonstrou choque, mas ele logo escondeu a surpresa.

– Doutor.

Rune inclinou a cabeça em um gesto de respeito.

– Recebemos o seu convite enigmático – observou o Senhor do Outro Mundo. – Por que nos chamou aqui, Monroe? Pretende cair nas minhas graças outra vez por roubar justamente a bruxa que eu ando procurando?

Melichor voltou os olhos febris a Ember. Ela recuou e se colocou um pouco atrás do doutor.

– Posso garantir que não tenho a intenção de voltar a cair nas suas graças, Melichor. Aliás, é você que deveria cair nas minhas – disse Farragut.

O Senhor do Outro Mundo soltou uma risada.

– Talvez tenha se esquecido de quem abrigou e alimentou você quando vagava como um pobre metalúrgico – respondeu Melichor. – Roubar o meu dispositivo e abandonar o seu posto, sem mencionar o rapto desta jovem bruxa, são maneiras vergonhosas de retribuir a bondade que lhe dediquei ao longo dos anos.

– Bondade? Seu corpo só está sobre o solo neste momento porque *eu* tenho sustentado a mulher que sustenta você!

Com a testa franzida, o Senhor do Outro Mundo encarou sua esposa envelhecida. Os olhos dela não estavam baixos como de costume, mas sim fixos na garota parada ao lado do metalúrgico.

– O que tudo isso tem a ver com a bruxa superior? – disparou ele.

– Vou lhe dizer exatamente o que tem a ver! – prosseguiu Monroe. – Durante todos estes séculos, você a aprisionou e a usou. – Ele apontou para a bruxa superior. – Você a chamou de Loren Lockett, sendo que esse nem é o nome verdadeiro dela. Você não lhe dá a menor importância, nem mesmo depois de tudo que ela lhe deu. Neste exato momento, a sua mente maligna está tramando um plano para roubar a pequena bruxa ao meu lado e forçá-la a se casar com você, finalmente permitindo que você dispense sua antiga esposa.

Ember prendeu a respiração, surpresa com a revelação, e examinou a coitada da bruxa. A boca fina e enrugada dela se curvou em um sorriso, mas não era malicioso, o que surpreendeu Ember, levando em conta que a bruxa superior tinha enviado Dev para buscá-la. Em vez disso, era um sorriso cansado e cheio de gentileza e calor.

Um gato roçou nas pernas de Ember, miando, então trotou para perto da bruxa superior e afofou com as patas a areia próxima aos pés dela. Ele rolou de lado e começou a ronronar.

– Por que você estava me procurando? – perguntou Ember à bruxa, mas o Senhor do Outro Mundo respondeu, com frieza, achando que ela se dirigira a ele:

– Monroe tem razão. Ela está ficando velha. Não sobrou muita vida nela para me manter jovem, quanto menos para alimentar o Outro Mundo. Meu povo tem necessidades. Uma vez que você aceitar a tarefa de reabastecer os estoques de luz de bruxaria e tudo se estabilizar, eu executarei o feitiço para nos conectar enquanto estivermos vivos e vamos drenar o resto da energia dela, permitindo que finalmente se esvaia, como ela sempre quis durante todos estes anos.

A bruxa superior se arrastou para mais perto e colocou a mão na bochecha de Ember.

– Eu esperei tanto tempo para encontrar você... – disse ela.

Ember sentiu o zunido do poder da mulher, que ia se esvaindo, sob a ponta de seus dedos. Ondas de tristeza e exaustão estavam enterradas sob sua pele.

– Você é um amor – completou a mulher.

Monroe franziu a testa, confuso, enquanto observava a bruxa superior e Ember.

– Ela até que é bem bonita – observou o Senhor do Outro Mundo, pensando que a esposa moribunda estava perdendo o que restava de suas faculdades mentais. – Não que isso realmente faça alguma diferença. Agora entregue a bruxa, Monroe. Ou quer causar mais problemas?

– Ah, não tem nenhum problema – respondeu o doutor. – Aliás, tudo está indo de acordo com o meu plano. Yegor, ajuste o botão para o nível um e inicie um pulso. Esta deve ser uma frequência de banda ampla o suficiente por ora.

A máquina zuniu e ganhou vida. Imediatamente, o Senhor do Outro Mundo começou a tremer. Sua pele ficou cor-de-rosa, e o tom foi escurecendo cada vez mais até seu rosto ficar roxo. Os olhos dele se reviraram, ele estendeu os braços e jogou a cabeça para trás.

– Você deveria se sentir honrado – caçoou o doutor. – Sua morte vai ser a primeira de muitas.

– Mas eu achei que seu alvo não eram os habitantes do Outro Mundo! – exclamou Ember.

O doutor soltou uma gargalhada de desdém.

– Ele não é habitante do Outro Mundo. Ele é um humano, um humano cuja existência prolongada, distorcida e sobrenatural, ocorreu ao custo de muitas vidas no Outro Mundo. Por que você acha que ele queria proibir a entrada de mortais? Ele se enxerga como um ser acima de todo o resto. As bruxas o viam pelo que ele era, mas não tinham como deter este homem. – Farragut deu uma risada. – Humanos que entram no Outro Mundo estão à mercê de todos os habitantes, Melichor, não lembra? Acho que chegou a hora de sua própria lei funcionar contra você.

Ember observou horrorizada enquanto a alma do homem era arrancada de seu corpo e se materializava na frente dela. Foi só então que o corpo relaxou. Ficou lá, em pé e sem vida, com os olhos ainda abertos.

# 41

## O BICHO-PAPÃO

Rune deu um passo para mais perto da bruxa superior, oferecendo o braço para ela se apoiar. *Finalmente!*, pensou ele. *Acabou. O Senhor do Outro Mundo se foi.*

O Dr. Farragut tirou uma faca da bota, foi até o corpo e cuspiu a seus pés enquanto o espectro observava.

– Fui seu escravo durante anos. Preso pelo acordo que fizemos. Foi só quando você criou o dispositivo do apocalipse que eu consegui encontrar um jeito de me libertar.

– Não estou entendendo – interveio Ember. – Que acordo? Como é possível que um simples humano tenha poder sobre o senhor se nenhum de nós foi capaz de detê-lo?

– Você me perguntou antes o que eu sou. – Ele se virou para Ember e sorriu. – Para responder de maneira sucinta, eu sou o bicho-papão, o único do meu tipo, e este homem... bom, o que um dia foi um homem... me enganou. Agora eu vou me vingar. – Ao dizer isso, o Dr. Farragut apunhalou o Senhor do Outro Mundo no coração. – Adeus, Melichor. Já vai tarde.

O corpo desabou na areia e os olhos permaneceram abertos enquanto o sangue escorria da ferida. O espectro que flutuava soltou um berro e puxou os próprios cabelos enquanto o doutor ria até lágrimas escorrerem por seu rosto.

– O... o bicho-papão? – disse Rune. – Você... você foi meu criador?

Como é que Rune não sabia disso? Será que ele tinha sido uma experiência nos laboratórios do doutor, igual ao coitado do criado invisível dele? Rune engoliu em seco. Manipular os outros era possível, mas lutar contra o próprio bicho-papão? O homem poderia estraçalhar a alma dele sem pensar duas vezes. Ele mexeu no brinco, nervoso.

– Fui, sim – respondeu o doutor, distraído, enquanto se inclinava para recuperar a faca. – Aquilo me deu uma satisfação imensa. – Ele enxugou uma lágrima. Virando-se para o espectro, completou: – A ironia é que eu não tinha problema algum com a raça humana. Mas viver como seu escravo todos estes anos transformou meu coração, que antes só continha uma perversidade agradável, em um órgão de vingança obscura. Agora vou destruir toda a humanidade, e você pode culpar a si mesmo, Melichor. Não que vá chorar por causa dos humanos. Eu sei que não se importa nem um pouco com eles.

– Já conseguiu sua vingança agora – disse Ember. – Pode parar com isso. Pode libertar todos os outros.

– Parar com isso? – O bicho-papão se virou para ela e a bruxinha se encolheu ao enxergar a fagulha de poder desenfreado nos olhos dele. – Não tem como parar com isso. Não agora. Há muito tempo Melichor poderia ter feito com que parasse. Ele teve muitas oportunidades para isso, aliás. Ele fez um pacto com o diabo, entende, e eu fui enviado para coletar a alma dele. A maior parte dos homens sabe que não tem como escapar e se entrega em silêncio. Não Melichor. Ele concordou em me acompanhar, mas expressou sua mágoa em deixar para trás uma viúva que limpava sua casa sem recompensa. Eu sempre tive o coração mole em relação a mulheres, viúvas em especial, por isso me transformei em uma moeda para que ele pudesse pagar a viúva. Depois que ela comprasse seu pão, eu voltaria para buscar Melichor e nós poderíamos partir. Quando eu mudei de forma, ele me pegou e me colocou em uma bolsa forrada com um pó de ônix moído. Ele me manteve prisioneiro durante muitos anos. Então, quando começou a envelhecer, pensou em me usar para preservar sua vida.

– Ele o obrigou a trazê-lo para o Outro Mundo? – perguntou Ember.

– Sim. Além de eu ter que transformá-lo em governante, tive que contar a ele o segredo para manter a longevidade, que era, infelizmente, conectar-se a uma bruxa. Fui libertado, mas o acordo impedia que eu lhe fizesse mal. A única exceção era que, se ele fizesse algo para prejudicar a si mesmo, como uma facada acidental ou se bebesse até morrer, então eu não teria obrigação de salvá-lo.

Rune guardou a informação de que ônix era a fraqueza do bicho-papão.

– Então como o dispositivo possibilitou que você o matasse? – indagou Ember.

– Foi Melichor quem criou o dispositivo – respondeu o doutor. – Quando eu lhe contei que existia um jeito de separar o mundo mortal do Outro

Mundo, ele ficou obcecado com a ideia. Eu desenhei os planos e Graydon roubou os esquemas e os entregou ao Senhor do Outro Mundo. Como ele montou o dispositivo, fui capaz de usar contra ele. Eu só tinha que esperar pela oportunidade de roubar dele. É isso mesmo! – disse o doutor, bem alto, para o espectro. – A culpa é toda sua, Melichor. Eu nunca teria sido capaz de separar a sua alma desprezível do seu corpo ou de salvar minha bruxa adorável se você não tivesse tanta cobiça. Agora que vocês dois não estão mais conectados, posso curá-la e, finalmente, vamos ficar juntos.

– E-Espere um minuto – gaguejou Ember. – Esta... esta é a bruxa com quem você vai reinar sobre o mundo mortal? Achei que estivesse falando de mim.

– Por que eu estaria falando de você?

O Dr. Farragut, o bicho-papão, virou-se para ela.

– Bom, todos os *outros* estavam tentando me sequestrar... – explicou Ember.

Ele se retesou e ergueu o queixo com orgulho.

– Ela nem sempre teve esta aparência, sabe? – explicou o doutor. Ele acariciou a bochecha da mulher. – Uma vez, há muito tempo, o marido dela a deixou sozinha em uma colônia enquanto voltava de navio à Inglaterra. Ele morreu no mar, sem que ela soubesse, e ela implorou para que eu lhe informasse se ele estava vivo ou morto. Eu lhe dei a notícia e a abracei enquanto ela chorava. O cabelo solto dela era basto e grosso, como mel dourado, sua pele era firme e radiante. E o poder dela... Sua luz de bruxaria me atraiu, me cativou.

A bruxa pousou a mão na do doutor e a apertou. Ele prosseguiu, olhando para ela com óbvia afeição.

– Logo eu fiquei totalmente apaixonado pela jovem bruxa viúva. Então descobri que Melichor estava à procura de uma bruxa nova. De todas as bruxas no mundo, ele resolveu fazer a minha de alvo. Eu não ia permitir que ele ficasse com ela. – Os dois trocaram um sorriso e Ember ficou surpresa de ver amor nos olhos da bruxa superior. – Eu fiz o que pude para escondê-la. Ela conseguiu evitar a atenção dele durante um tempo, graças aos meus esforços e ao seu lanterna de coração bondoso, mas azarado. Acontece que Melichor estava desesperado. Não era qualquer bruxa que serviria. Ele precisava de uma poderosa.

Os olhos dele brilhavam com lágrimas.

– Ele enviou habitantes do Outro Mundo para atacar a colônia dela, depois usou feitiços de transformação para atraí-la, exaurindo a então esposa. Eu não pude intervir por causa do meu acordo com Melichor. Quando ele finalmente a encontrou e a levou, eu escolhi aceitar, assumi esta forma de carne e a segui até o Outro Mundo. Tive que abrir mão de uma parte de mim, a parte mais importante, secreta, para tanto. Eu, um dos seres mais majestosos de ambos os reinos, de repente me transformei quase em um mortal, em um mero criado. De lá para cá, só compartilhamos momentos roubados. Durante décadas, eu tramei, planejei e sonhei com uma maneira de roubá-la do verdadeiro homem que devia ser chamado de monstro. Eu observei enquanto ele tirava a energia dela, gota a gota, abusando dela até que mal conseguisse ficar de pé.

– Você não pode se culpar, Monroe – consolou a bruxa superior, trêmula.

O Dr. Farragut pegou a mão dela.

– Eu a abandonei, apesar de isso quase ter me matado. Para fugir do alcance do Senhor do Outro Mundo, eu atravessei o mar e ali me encontrei rodeado por espectros que queriam me destruir. Eles eram o acúmulo de almas que eu tinha coletado ao longo de milhares de anos, e a minha presença lhes deu a força de que precisavam para se juntarem. Eu estava preso na forma que tinha adotado e não podia lutar contra eles. Afundaram o meu navio, quase me afogaram, quando Nestor apareceu para me ajudar. Ele me depositou em uma ilha que por acaso tinha alguns gatos selvagens, mas fiquei preso lá pela tempestade. Com o tempo, Nestor foi trazendo visitantes e arrastou naves e tecnologia que tinham se perdido no mar. Eu fui modificando as máquinas quebradas durante anos, sempre pensando na minha bruxa e me perguntando como ela devia estar.

Ember deu uma olhada no espectro de Melichor. Ele ia lentamente se dirigindo para a caverna. Ela pensou na tempestade de espectros e em como todas aquelas pobres almas só queriam ser libertadas.

– Espere – disse ela ao espectro que ia se retirando. – Posso ajudar você a seguir em frente.

– Deixe este espectro para lá! – exclamou o Dr. Farragut, e agarrou o braço dela. – Ele precisa sofrer pelo que fez!

– Você se esquece, bom doutor, que as centenas de espectros que flutuavam acima da sua ilha estavam lá porque você os colocou. Você é tão culpado quanto ele.

– Não está entendendo, bruxinha. Eu sou um cobrador. Não fui eu quem fiz os acordos perigosos. Minha obrigação era apenas dispensar os castigos que aquelas almas mereceram pelas próprias ações.

– Seja como for, prefiro distribuir misericórdia.

Ember se desvencilhou da mão dele e correu até o espectro flutuante, que fez uma pausa e ficou esperando por ela.

Puxando o poder de dentro de seu corpo, Ember sentiu os braços formigarem. Colocou a mão no ombro do espectro, e a expressão dele assumiu um ar de contentamento. Ele assentiu para ela e se dissolveu na frente dos olhos de todos. Quando ela se virou para trás, todos olhavam fixo para ela. O gato preto pulou em seus braços e miou, roçando a pele dela com o focinho.

– Então é verdade – disse o doutor. – Você tem um tipo estranho de poder. Bruxas não têm a capacidade de ajudar os espectros a fazer a passagem. Durante todo este tempo, achei que você só tinha dissipado a tempestade de espectros.

A bruxa superior colocou a mão no ombro do doutor.

– Monroe – falou ela. – Ela consegue fazer isso porque...

Antes que ela pudesse terminar, houve um movimento na entrada da caverna e Ember soltou uma exclamação de surpresa. Graydon, Dev e Finney saíram voando em alta velocidade, montados nas vassouras e nos esfregões enfeitiçados, fizeram uma volta no alto e pousaram ao lado de Ember. Uma nuvem de névoa pairou até o dispositivo e revelou a localização do contorno invisível de Yegor ao lado dele.

– Obrigado, Jack – agradeceu Graydon, e largou a vassoura. – Acho que posso assumir a partir de agora.

Os dentes e o rosto do lobisomem se alongaram e o corpo dele se cobriu de pelos quando ele saltou na direção do contorno sombrio do homem. Rosnando, ele mordeu o braço de Yegor. Sangue espirrou do homem invisível e areia se grudou às gotas, tornando-o parcialmente visível. Finney atirou uma dúzia de feitiços reveladores para cima do homem enquanto Graydon continuava seu ataque.

Ember observou Jack se materializar e pensou que ele era uma visão tão adorável que ela moraria embaixo da ponte dele com muita alegria só para poder observar o lanterna todos os dias e se lembrar de como tinha chegado perto de perdê-lo.

Jack vacilou com a visão do corpo sem vida do Senhor do Outro Mundo, mas logo se recuperou e foi para cima do doutor. Rune e Dev foram atrás dele, mas o doutor bateu palmas e todos os homens, assim como a abóbora de Jack, foram lançados para trás. Dev foi o primeiro a se recuperar, mas, quando lançou o corpo para a frente em velocidade sobrenatural, sua pele fumegou e ficou vermelha. Ele berrou e caiu de joelhos com as mãos na cabeça.

Finney foi até o dispositivo e começou a acionar alavancas e apertar botões furiosamente.

– Não! – berrou o doutor e saiu correndo atrás dele, empurrando o garoto para o lado e rapidamente ajustando um interruptor antes de baixar com força uma alavanca.

– O que aconteceu? – perguntou Jack a Ember, logo emendando: – Você está machucada?

– Não, está tudo bem. Jack... O doutor... Ele é o bicho-papão!

– O quê? – Jack deu uma olhada em Rune, que confirmou. Ele respirou fundo. – Então precisamos agir com cuidado.

Um contador no dispositivo começou a se mover e a máquina zumbiu, concentrando força. O doutor lançou um olhar satisfeito para sua bruxa enquanto os gatos se esfregavam nela.

– Agora não pode mais ser detida – afirmou ele. – Em cinco minutos, teremos a nossa paz, minha cara.

– Mas os dois não devem detonar juntos? – perguntou Finney, levantando-se desajeitado.

– Bom, sim – respondeu Farragut. – Este aqui é o gatilho, e o outro bloqueia o sinal que afetaria os habitantes do Outro Mundo.

– Frank destruiu o outro – declarou Finney.

O doutor torceu o rosto em frustração, mas logo relaxou.

– Ah, bom, então, se vocês destruíram o outro dispositivo, suponho que todos no Outro Mundo também vão se separar da própria alma. Frank, foi o que disse? Como conseguiram libertá-lo do meu poder?

– Isso não parece ter a menor importância no momento, doutor – retrucou Graydon, passando de lobisomem para homem, com o rosto sujo de sangue –, já que estamos todos prestes a morrer.

Ember examinou a areia e encontrou um calombo estranho, que tinha certeza de que era Yegor. O calombo se ergueu e caiu, e ela presumiu que o homem ferido ainda estivesse vivo.

– Eu descobri como reiniciar o coração de Frank! – avisou Finney.

– Esperto. Eu realmente gosto de você, rapaz. Mas, capitão, está falando de "vocês". *Vocês* estão todos prestes a morrer. Eu posso conectar a minha bruxa a mim do mesmo jeito que um lanterna está conectado à sua brasa, e poderemos partir deste reino... Só precisamos do seu poder, Ember. Venha aqui, jovem bruxa, chegou a hora. O dispositivo neste momento está em contagem regressiva.

Tanto Jack quanto Rune se colocaram entre eles.

– Vai ter que passar por nós para chegar até ela – disse Jack, desafiador.

– Se é isso que vocês querem... – rebateu o doutor, com um sorriso.

Ele acenou com a mão e os dois lanternas foram lançados para o lado.

– Ember!

Graydon tirou algo de sua vassoura: a outra pistola dela. Jogou para a jovem bruxa. Ela ergueu a arma.

O doutor deu risada.

– Não funcionou em mim antes e não vai funcionar em mim agora.

– Não estou mirando você – falou Ember, e atirou.

Desta vez, o feitiço usado foi o da imobilidade. O doutor engoliu em seco quando sua bruxa frágil caiu em seus braços. Ela pareceu imediatamente morta.

– Não deveria ter feito isso – ameaçou ele, com uma expressão obscura.

# 42

## O GATO COMEU A SUA LÍNGUA?

Com cuidado, o doutor deitou a bruxa superior e bateu com o punho na areia. Gatos a rodearam, ronronando e cutucando seu corpo com o focinho. Parecia que estavam anulando o feitiço.

*Interessante!*, pensou Ember.

O doutor pareceu não notar. Quando levantou, os olhos dele faiscavam e o ar zumbia. As nuvens lá no alto se afastaram, como se fossem as únicas com o bom senso de sair de perto. O sol se pôs, como se também quisesse esconder o rosto, e o solo vibrou com os passos de Farragut enquanto ele se aproximava de Ember com as mãos erguidas.

Ela tentou atacá-lo usando seu poder, lançando-o contra ele em enormes explosões que faziam seu estômago dar um nó, mas feitiços ricocheteavam nele feito bolhas delicadas e se desintegravam. Graydon também atacou, mas bateu em algum tipo de barreira invisível que o derrubou, inconsciente. Obviamente, o doutor não era tão fraco e mortal quanto parecia.

Enquanto Finney continuava tentando desligar o dispositivo em gestos frenéticos, Jack e sua abóbora e Rune e seu vaga-lume tentavam usar sua luz para acertar o doutor, mas ele caminhava através da luz de lanterna deles, como se aquilo não fosse nada, apesar de destruir toda a vegetação ao redor. Quando a abóbora de Jack fez uma careta e atacou o bicho-papão sozinha, foi lançada para trás. Ela rolou pela areia e cuspiu os grãos incômodos. Ember tentou fugir, mas o doutor ergueu a mão e ela foi atraída de volta a ele contra sua vontade.

– Chega de briga – disse o Dr. Farragut, e prendeu todos os homens ao chão com um pensamento. – Admiro o seu espírito, Ember, mas está na hora de se render. Você não tem como vencer. – Ele pegou um cronômetro e conferiu o tempo. – Está faltando menos de um minuto, e vocês todos estarão mortos daqui a pouco, de qualquer jeito. Tenho certeza de que vão desejar que sua vida tenha tido algum significado. Não é verdade, jovem bruxa?

Ember não poderia ter respondido nem que quisesse. Seu corpo estava rígido, dobrando-se à vontade do doutor. Ele a arrastou até a bruxa superior, que agora se mexia, graças à ajuda dos gatos.

– M-Monroe? – chamou ela.

– Shhh, minha cara. O fim está próximo. Logo estaremos juntos e nada nunca mais vai nos separar.

Finney desistiu.

– A única maneira de deter o processo é explodir o dispositivo antes que o catalisador detone o poder de bruxa e cause uma reação em cadeia!

Ignorando Finney, o doutor jogou Ember na areia ao lado da bruxa superior. Do outro lado dela, Jack se esforçava para se mexer, mas mal conseguia erguer o braço.

O doutor colocou uma das mãos na testa de Ember e a outra, na bruxa frágil.

– Não, Monroe – falou a bruxa superior, tentando se desvencilhar da mão dele.

– Vai acabar logo – garantiu ele. – Prometo. Não se mexa.

Nem Ember nem a bruxa superior podiam se mexer com Farragut as controlando.

Jack se esforçou e conseguiu estender os dedos para tocar nos de Ember. Ela olhou para ele com medo nos olhos. A abóbora de Jack foi até onde eles estavam e lançou sua luz, primeiro nela e depois em Jack.

– Eu... eu te amo, Ember – disse Jack.

Então seus olhos se desviaram para a abóbora. A luz dentro dela faiscou e estalou, ficando vermelha, depois branca e, finalmente, azul-gelo. Finney foi lançado para longe do dispositivo por um golpe de magia e caiu com tudo na areia. De repente, a abóbora disparou direto para cima da máquina. Ela continuava na contagem regressiva, as pequenas engrenagens se movendo para cinco, quatro, três... Foi quando a abóbora a atingiu e a luz lá de dentro entrou em rápida erupção.

Luz envolveu o mecanismo, brilhando ao redor dele e ficando cada vez mais forte.

O Dr. Farragut ergueu os olhos.

– Não! – exclamou ele enquanto tentava deter a abóbora, mas era tarde demais.

A máquina explodiu com força suficiente para fazer com que todos fossem erguidos do solo e lançados para trás.

Ember olhou para Jack e soltou um grito. O corpo dele jazia sem vida, seus olhos vidrados a encaravam e o cabelo cor de luar caía pesado em seu rosto. Com dedos trêmulos, ela tocou os lábios carnudos dele para ver se estava respirando. Não sentiu nada.

Ember começou a chorar de maneira incontrolável. Sentiu que seu futuro lhe tinha sido arrancado e toda a força abandonou seu corpo. Ela mal reparou na mão fraca que segurava seu braço. Por trás das lágrimas, viu o rosto bondoso da bruxa superior.

– Não se desespere – disse ela, com a voz fraca.

– Ele salvou o mundo – respondeu Ember. – Os dois mundos.

– Jack foi muito corajoso – afirmou a bruxa. – Eu não poderia ter escolhido um homem melhor para a minha filha.

Tanto Ember quanto o doutor ficaram paralisados.

– F-Filha? – indagou Ember, engolindo em seco.

– Filha? – repetiu o doutor, com o rosto incrédulo.

A bruxa superior assentiu e sua boca se curvou com suavidade.

– Percebe agora, Monroe? Isto precisa parar.

Ela finalmente tinha conseguido a atenção dele. Colocou a mão em seu peito corpulento e ele a ajudou a se levantar. E, a seguir, continuou:

– Você não se perguntou por que Ember tem o poder de libertar espectros... os *seus* espectros? Nenhuma outra bruxa conseguiu fazer isso.

Ember se levantou com pernas bambas e os olhos arregalados enquanto examinava a bruxa superior, tentando se encontrar na silhueta da mulher. Achou que o nariz podia ser o mesmo, mas o corpo dela estava tão desgastado e a pele, tão enrugada e flácida que era difícil distinguir o formato de seu rosto. Então ela olhou para o doutor e não viu absolutamente nenhuma semelhança. Talvez a bruxa estivesse enganada.

– O poder dela é comparável ao seu – explicou a bruxa. – Você tem a capacidade de separar e de aprisionar, de fadar espectros a se reunirem em tempestades colossais, de roubar almas que abriram mão de seu direito de existir por meio das próprias ações nocivas. – Ela apontou para a bruxinha. – Ember escolheu usar o poder dela para unir, curar e enviar as almas para o lugar a que pertencem. Não enxerga isso?

– Não – confessou o doutor. – Sinceramente, não enxergo. – Ele tomou nas suas as mãos da bruxa superior. – Eleanor, tem certeza disto?

– Eleanor? – indagou Ember. – Achei que o seu nome fosse Loren.

Ela balançou a cabeça.

– Loren era o nome que Melichor tinha me dado. Ele chamava todas as bruxas dele de Loren. Dizia que assim seria mais fácil lembrar o nome das esposas se fosse sempre o mesmo, e ele gosta do som de Loren Lockett. – Ela se voltou para o doutor. – Enquanto explico, acredito que Ember precisa capturar o lanterna dela antes que ele se afaste. Deixe que ela salve Jack, Monroe. Você, mais do que ninguém, sabe como é estar separado da pessoa que ama.

O doutor assentiu, distraído.

Rune também tinha se levantado e olhava para o corpo de Jack. *Bom*, pensou ele. *Esta é certamente uma reviravolta interessante.* Explicava muita coisa. Ember era filha de uma bruxa poderosa com o bicho-papão. Quem poderia saber que poderes ocultos a garota possuía? Ele determinou que a ação mais sábia seria esperar para ver como as coisas se desdobrariam.

Ao longe, mais adiante na praia, Ember avistou um espectro se afastando devagar.

– Jack! – gritou ela.

O espectro fez uma pausa.

– Jack! Volte!

Ela disparou pelo meio dos outros e saiu correndo pela praia. Ele se virou e a encarou com tristeza. Quando ela o alcançou, ficou com medo de tocar nele, temerosa de que o lanterna fizesse a passagem como os outros.

– Você pode, por favor, me seguir? – implorou ela. – Precisa escutar o que a bruxa superior está dizendo.

Jack ergueu a mão como se fosse acariciar o rosto dela, mas ela recuou com rapidez porque não queria que ele desaparecesse de vez. A boca de Jack se curvou em uma péssima imitação de sorriso.

– Eu sigo você desde que era uma garotinha – disse ele. – Não quero assombrar sua existência, Ember O'Dare. Por mais que eu queira ficar ao seu lado, você merece ter uma vida. Eu só iria atrapalhar.

Ele se virou e começou a se afastar mais uma vez e, quando ela correu atrás dele, Jack saiu flutuando, alto demais para que ela o alcançasse.

– Jack! – gritou ela. – Jack, volte aqui agora mesmo! – Desesperada, ela correu pela praia e pegou a vassoura mais próxima. O gato preto estava enrolado, como se fosse uma bolinha, em cima da palha. Ember tentou espantá-lo, mas ele se recusou a se mexer. – Tudo bem – disse ela. – Mas, se você cair, não vai ser minha culpa.

Ela subiu na vassoura e a dirigiu, usando seu poder de bruxa, para subir ao céu, voando atrás de Jack. O gato atrás dela sibilava e arqueava as costas com as unhas fincadas na palha para não cair.

Quando Ember o alcançou e Jack continuou se recusando a se virar, o rosto dela escureceu quando novas habilidades, pertencentes a um bicho--papão, ganharam vida. Fagulhas se acenderam por baixo da pele e o tempo se acelerou ao redor deles enquanto ela acessava poderes que nem sabia que possuía. O sol tinha ido embora e a lua se ergueu rapidamente até emoldurar Jack e Ember em sua luz fantasmagórica. Ember fez um gesto com a mão e o espectro de Jack foi retornando devagar, lutando para se afastar dela e do gato que sibilava na vassoura.

– Não adianta nada – disse ele quando ela o fez se virar no ar, ligando a alma dele à sua. – Minha abóbora se foi. Eu perdi a minha brasa.

– Não – respondeu a bruxa com uma voz grave e ressoante, em cima de sua vassoura. – Não perdeu.

# 43

## BRASAS

O mais rápido possível, o Dr. Farragut (ou o bicho-papão, ou o pai de Ember) fez todos retornarem a salvo à sua ilha. Agora que ele sabia que não era o único de seu tipo, que ele tinha uma filha, não podia imaginar destruí-la, mesmo que isso significasse salvar o amor dele. O doutor esperava poder ensinar a Ember os modos de um bicho-papão com rapidez suficiente para que ela pudesse ajudar a salvar a mãe. Com generosidade, ele soltou Delia, que estava bem irritada. Então foi a vez de Jack.

O doutor tirou todos os gatos do aposento, e o espectro de Jack entrou pela janela aberta. Farragut ajudou a filha, ensinando-a a canalizar sua energia de modo que *ela* pudesse conectar a alma de Jack ao corpo dele, revertendo o que tinha sido feito ao lanterna e aprendendo no processo um dos maiores poderes de criação de seu pai. Fazer aquilo deixou os dois exauridos.

– Sempre exige mais energia para unir e construir do que para destruir, minha cara – explicou ele, mais tarde.

Nos dias que se seguiram, Rune permaneceu por perto, observando tudo. Ele acreditava que havia muito a aprender com o bicho-papão.

Assumiu o papel de guarda-costas de Ember para que pudesse estar presente em todas as lições.

Durante dias, Jack dormiu. O doutor disse a ela que desconfiava que essa fosse uma reação normal. Jack era humano agora, afinal de contas, e não dormia direito havia séculos. Ela segurava a mão dele e rezava para que o bicho-papão estivesse certo.

Enfim, ele de fato começou a acordar, levantando-se apenas por tempo suficiente para beber um pouco de água e comer qualquer coisa antes de voltar a dormir. Enquanto isso, Ember aproveitou para conhecer a mãe. A bruxinha descobriu que, quando o vilarejo da mãe fora atacado, ela havia salvado Ember ao entregá-la a um fogo-fátuo que lhe devia um favor. Então, enviou seus animais familiares, seus gatos, para tomar conta da filha conforme os anos passavam.

O espírito cuidou do bebê, desacelerando sua idade durante décadas, até que não podia fazer mais nada pela criança. Ember tinha ficado grande demais para ser mantida na floresta, e atrasar ainda mais o desenvolvimento dela só iria prejudicar a garota. Então, o fogo-fátuo encontrou uma mulher de idade sem filhos, que tinha sentimentos bondosos em relação a bruxas e afinidade por gatos, e lançou um feitiço.

Os gatos que tomavam conta de Ember enviavam relatórios para a mãe dela, atravessando a barreira e transmitindo as notícias discretamente.

Tudo ia bem para Ember no mundo mortal até que Monroe ficou sabendo da existência dela. Ele usou seus poderes para atraí-la, uma compulsão forte para qualquer bruxa, mas irrefutável à própria filha. Era verdade que Eleanor tinha enviado Dev atrás da filha. Ela queria conhecer Ember, mas também estava desesperada para mantê-la distante de Melichor, o Senhor do Outro Mundo. Quando Ember chegou ao Outro Mundo, os espiões de Melichor ficaram sabendo dela, e Eleanor precisou avisar Dev para mantê-la longe.

Enquanto isso, Farragut também estava manipulando os acontecimentos para que tudo acontecesse do jeito que ele queria. Ele subornou Payne para enviar o vampiro e sua protegida na direção da ilha dele. Na época, não sabia que a bruxa era sua filha. Aliás, não sabia sequer que tinha uma filha.

Ember não se lembrava das décadas passadas na floresta nem do fogo-fátuo, mas jurou que, quando a mãe estivesse forte o bastante, as duas iriam procurar o espírito, além de Flossie, a senhora doce que a tinha criado, e agradecer juntas às duas criaturas. Eleanor sorriu com tristeza, mas Ember não podia pensar em um lugar melhor para sua tia curtir a aposentadoria do que em uma ilha tropical paradisíaca rodeada por dezenas de gatos.

Logo Delia, Graydon e Dev partiram na nave celestial que o doutor lhes dera de presente. Dev tinha, enfim, desistido de tentar fazer Ember mudar de ideia em relação a terem um romance, embora seu sangue ainda cantasse, pedindo que ele localizasse a mulher que poderia amar e a quem entregar seu coração por inteiro. Ele jurou com uma promessa de vampiro que iria deixar Ember em paz de vez, para que ela criasse o próprio final feliz. Desta vez, Ember não provou o sangue dele. Ela deu um abraço no vampiro, depois outro em Delia e Graydon. Eles foram embora antes de Jack poder se despedir.

Tinha ficado óbvio para todos que não havia jeito de separar Ember de seu guardião, apesar de, tecnicamente, Jack não ser mais um lanterna. Ele tinha voltado a ser um mortal e descobriu que não se incomodava muito, sobretudo quando tinha Ember para cuidar dele. Ainda assim, admitiu ele, sentia muita saudade de sua abóbora.

O poder no Outro Mundo estava se esvaindo com rapidez e, com o Senhor do Outro Mundo morto, as pessoas procuraram a bruxa superior para pedir ajuda, por isso Ember foi para a capital com a mãe. Depois que se instalaram, elas conseguiram reforçar os estoques de combustível durante um tempo, mas a falta de energia parecia ser irremediável. Uma nova solução precisava ser descoberta, e logo. Precisavam que as bruxas voltassem.

Finney se ofereceu para retornar ao mundo mortal e enviar para o Outro Mundo todas as bruxas que pudesse encontrar. Ember ficou quase destruída ao vê-lo partir e chorou durante uma hora inteira. Mas Finney prometeu cruzar a barreira de vez em quando para longas visitas, agora que ela e a mãe tinham diminuído as restrições de passagem entre os dois reinos.

Quando ele partiu e tudo se assentou, Ember tentou mais uma vez curar a mãe. Anos se apagavam de seu rosto, mas, assim que as mãos de Ember se afastavam, eles voltavam a pesar. Ember enxugou uma lágrima da bochecha.

– Eu não consigo.

– Tente outra vez – falou Jack, baixinho.

– Não adianta – disse o Dr. Farragut. – O corpo dela passou por provações demais. Ah, se eu não estivesse limitado a esta forma, poderia libertá-la destas amarras e ir embora com ela.

A bruxa superior deu tapinhas carinhosos na mão do doutor.

– Já me basta estar reunida com você e com a minha filha – declarou ela. – Este tempo que passamos juntos tem sido maravilhoso.

– O que prende você a esta forma, doutor? – perguntou Jack.

– Meu nome – respondeu ele. – Quando eu me transformei nisto... neste corpo flácido, perdi meu nome. Eu o escrevi antes de aceitar, abrindo mão dele para que eu não fosse descoberto, mas não me lembro de onde coloquei.

Determinada, Ember começou mais uma vez, agora dedicando o máximo de energia possível à mãe. As luzes no alto enfraqueceram e piscaram, e o cabelo seco e quebradiço da mulher passou de grisalho para platinado, depois para louro-areia. A pele dela se firmou e seus lábios ficaram brilhantes e rosados, suas bochechas reluziram. Ember continuou se esforçando, seus braços esbeltos tremiam enquanto a mãe ia ficando ágil e linda.

Jack engoliu em seco ao reconhecer o rosto jovem dela.

– Eleanor?

Os olhos de Ember se abriram de supetão e ela recolheu as mãos. Por um instante, Ember achou que tinha vencido, que sua mãe estava curada, mas, para seu desalento, os anos voltaram, mais devagar agora. Mas era óbvio que ela tinha falhado mais uma vez.

– Você não sabia que Eleanor era a mãe de Ember? – perguntou o doutor a Jack.

– Eu sabia que ela era bruxa, mas você nunca a tinha chamado de Eleanor, e o sobrenome de Ember é O'Dare, não apenas Dare.

– Achei que você tinha se esquecido de mim – comentou a bruxa. – E eu não queria sobrecarregar a sua mente ainda mais. Mantivemos o nome Loren para não confundir as pessoas aqui. Você passou inconsciente a maior parte do tempo em que ficamos na ilha. Foi o fogo-fátuo inconsciente que colocou o "O" com apóstrofo no sobrenome de Ember. – Ela sorriu com suavidade enquanto o cabelo brilhante ficava ralo e quebradiço mais uma vez. – Ele queria colocar um pouquinho de si em Ember.

– Doutor – disse Jack. – Por acaso deixou o seu nome perto de um esqueleto?

Os olhos dele se arregalaram de esperança.

– Ora, deixei, sim. Era perto do vilarejo de Eleanor. Eu formei o meu corpo do osso do dedinho de um homem que tinha sido assassinado.

– Então... então acho que sei o seu nome! – exclamou Jack, animado.

– Qual é? – perguntou Ember.

– É Croatoan.

– Croatoan – repetiu o doutor, com o nome ecoando pelas paredes do aposento.

De repente, um vento forte atingiu o grupo.

Ouviram um rugido e, perante seus olhos, o corpo do doutor derreteu e sumiu. Fagulhas de energia rodopiaram e se acomodaram, e então uma criatura grande surgiu diante deles. A pele dela era vermelha, os braços e o peito eram grossos e robustos.

O homem gorducho de pernas arqueadas e cabelo penteado para trás não estava mais lá. Em seu lugar, havia um ser que mais parecia uma montanha com cabelo da cor da meia-noite que caía em camadas longas de cachos reluzentes. O cabelo fazia um V no meio de sua testa e seus olhos escuros brilhavam travessos.

Jack enxergava o mesmo queixo desafiador em Ember e o mesmo brilho duro em seus olhos quando ela se irritava. Croatoan pegou Eleanor pela mão e os anos a abandonaram feito penas que caíam. Ela respirou fundo e jogou o cabelo basto por cima do ombro. O casal se beijou e o bicho-papão apertou a mão diminuta da bruxa, envolvendo-a por completo.

O pai de Ember era assustador, mas ele sorriu para Jack, e o ex-lanterna quase se encolheu com a brancura de seus dentes. O fato de um ser assim ter ficado preso no corpo do doutor durante tantos anos era um feito e tanto.

– Você me libertou – falou ele, a voz ribombante. – Em troca, vou lhe dar um presente. Diga qual é o seu desejo mais profundo e ele será seu.

– Eu... – Jack engoliu em seco, nervoso. – Acho que o desejo do fundo do meu coração é ficar para sempre com Ember, e que vocês dois nos deem sua bênção.

– Claro que vocês têm a nossa bênção – disse a linda mãe de Ember.

– Claro – concordou Croatoan. – Mas, em relação a ficar com ela para sempre, acredito que seja impossível. Eu contei a vocês que tenho quase 5 mil anos. Ember está destinada a viver pelo menos a metade desse tempo. E você é um ser mortal, então longos anos de solidão se estendem à frente dela. A menos que...

– A menos que o quê? – indagou Jack.

– A menos que você esteja disposto a se transformar em um lanterna mais uma vez.

– Eu estou disposto – afirmou Jack. – Só que perdi a minha abóbora.

– Você não precisa de uma abóbora – respondeu Croatoan dando uma risada. – Precisa apenas de uma brasa. Felizmente, você já tem uma: Ember. E, desta vez, você só estará preso a ela. – O homem de pele vermelha se inclinou para a frente e deu um tapa nas costas dele. – Tem certeza de que é o que você quer? Pode ser que ela seja uma mestra muito mais rígida do que Rune e eu jamais fomos.

Jack se virou para Ember com um sorriso suave e se ajoelhou na frente dela. Pegou as mãos da bruxinha e disse:

– Não posso pensar em ninguém melhor a quem estar preso por toda a eternidade.

– Então, que assim seja.

O bicho-papão bateu palmas e uma porção da alma de Jack saltou para fora de seu corpo, transformou-se em uma esfera de luz branca e se afundou no coração de Ember, onde permaneceria durante todo o tempo que os dois vivessem.

# EPÍLOGO

## DIA DAS BRUXAS

Foi Finney quem deu início à tradição. Ele compartilhou muitas histórias sobre seus amigos com os aldeões e eles foram recebidos de braços abertos.

Naquele primeiro ano, ele escolheu um dia em que as folhas de outono varriam o chão e os espantalhos sacudiam nas plantações. Aquela sempre foi a época do ano preferida de Ember. Finney recebeu Dev, Delia, Graydon, Frank, Ember e Jack no vilarejo com um banquete e uma fogueira para comemorar o fato de que eles tinham salvado o mundo mortal e o Outro Mundo do dispositivo que quase os destruiu.

Ember veio em sua vassoura, trazendo para a tia um gatinho novo, que tremia na parte de trás, onde ficava a palha. Jack chamou Sombra e cavalgou com ele pela rua principal, com as narinas do garanhão soltando vapor. Quando Frank percebeu que assustava as crianças, tentou conquistá-las colocando-as em cima dos ombros largos e as levando para passear. Ember lhes deu alguns dos chocolates que sempre carregava nos bolsos, enquanto Jack exibia seu esqueleto. Graydon se transformou em lobo e uivou para a lua, e Delia e Dev mostraram os dentes caninos.

No ano seguinte, as pessoas esperaram por eles com pequenas cestas de guloseimas e usando fantasias para que se parecessem com os habitantes do Outro Mundo. Ember e Jack soltaram gritos de alegria quando viram que Finney tinha pedido a todos que entalhassem abóboras e as acendessem para marcar o caminho da encruzilhada até a cidadezinha. A tradição pegou e logo encruzilhadas no mundo todo passaram a se abrir naquela noite e o reino mortal, a ser assombrado por espectros, gnomos, bruxas, lobisomens e vampiros.

Jack ficou conhecido como o pai das luzes, apesar de ter deixado o posto de lanterna-chefe para Rune, que finalmente desistiu de tentar dominar o Outro Mundo depois que Jack o pegou tentando colocar um anel de ônix no dedo de

Ember. Jack deu uma olhada na alma de seu antigo mentor e estalou os dedos. O brinco de vaga-lume onde Rune guardava sua brasa voou até a mão de Jack.

– O bicho-papão me deu um dom extra quando me transformou em lanterna outra vez – disse Jack. – Eu consigo ler pensamentos além de almas. Você sabe que Ember tem poder para destruir você, mas nós concordamos que, se você for sempre sincero conosco, pode ficar. Mas, a partir do momento em que conspirar, eu vou chamar a sua luz e Ember vai mandá-la embora. Entendeu?

– Entendi.

Rune se ajoelhou na mesma hora, concordando com os termos, e se transformou no mais leal dos lanternas. Pelo menos era o que ele queria que todos acreditassem.

Estranhamente, Rune era lembrado mais como pirata do que como lanterna. Ainda assim, ele adorava ver crianças fantasiadas de piratas no feriado. Havia boatos de que Yegor tinha sobrevivido e fugido para o mundo humano, mas ninguém mais ouvira falar dele. Delia e Graydon acabaram mesmo se firmando quando ficaram mais velhos. Graydon se tornou mestre chocolateiro, para a alegria de Ember.

Finney virou, de fato, aprendiz do bicho-papão, que ficou contente de ensinar ao garoto tudo que sabia, muito embora Croatoan só aparecesse nos sonhos de Finney. Juntos, trabalhavam em uma tecnologia muito promissora que seria capaz de capturar energia do éter das reservas naturais que existiam ao redor da ilha do Outro Mundo, a mesma ilha que fora o lar do doutor.

Frank se tornou capitão da nave celestial que o Dr. Farragut deu a Graydon. O próprio Finney desenvolveu várias melhorias para ele e até apresentou Frank para a criatura meio mulher, meio autômato que ele tinha criado, e o veículo acabou se tornando sua noiva. Juntos, eles voaram na nave celestial até o veículo não ser mais capaz de sair do solo.

Dev acabou indo para o mundo mortal à procura daquilo que achava estar faltando em sua vida. Ember ouviu dizer que ele finalmente tinha se estabelecido em um lugar chamado Transilvânia.

Já no que diz respeito a Ember, ela mantinha sua vassoura, seu gato preto e seu chapéu pontudo por perto – e seu lanterna, mais perto ainda.

Ember e Jack continuam vivos até hoje e, de vez em quando, aparecem por aí. Se você olhar com cuidado para a lua da colheita na noite de Dia das Bruxas, talvez veja a sombra de uma bruxa sendo perseguida por uma abóbora bem entusiasmada.

LEIA UM TRECHO DE OUTRO LIVRO DA AUTORA

*A maldição do tigre*

## PRÓLOGO

# A maldição

O prisioneiro estava com as mãos amarradas diante do corpo, cansado, subjugado e imundo, mas com uma postura altiva digna de sua herança indiana real. Seu captor, Lokesh, olhava-o com desdém, sentado em um trono dourado, luxuosamente esculpido. Pilares brancos e altos erguiam-se como sentinelas em torno do salão. Nem sequer um murmúrio de brisa da selva passava pelas cortinas transparentes. Tudo o que o prisioneiro podia ouvir era o tilintar rítmico dos anéis ornados com pedras preciosas de Lokesh batendo na lateral do trono dourado. Lokesh olhava-o de cima, os olhos estreitados, insolentes e triunfantes.

O homem preso era o príncipe de um reino indiano chamado Mujulaain. Oficialmente, seu título atual era Príncipe e Sumo Protetor do Império de Mujulaain, mas ele ainda preferia pensar em si mesmo apenas como o filho de seu pai.

O fato de Lokesh, o rajá de um pequeno reino vizinho chamado Bhreenam, ter sequestrado o príncipe não era tão surpreendente quanto saber quem se encontrava sentado ao lado de Lokesh: Yesubai, a filha do rajá e noiva do prisioneiro, e o irmão mais jovem do príncipe, Kishan. O cativo estudou os três, mas somente Lokesh sustentou seu olhar determinado. Sob a camisa, o amuleto de pedra do príncipe repousava frio sobre sua pele, enquanto a ira percorria-lhe o corpo.

O prisioneiro falou primeiro, lutando para manter longe de sua voz o sentimento de traição:

– Por que meu futuro pai me trata com tamanha *falta de hospitalidade*?

Indiferente, Lokesh fixou um sorriso deliberado em seu rosto.

– Meu caro príncipe, você tem algo que eu desejo.

– *Nada* que você pudesse querer justifica isto. Nossos reinos não estão prestes a se unir? Tudo o que tenho está à sua disposição. Você só precisava pedir. Por que fez isso?

Lokesh esfregou o maxilar, os olhos brilhando.

– Planos mudam. Parece que seu irmão gostaria de tomar minha filha como noiva. Ele me prometeu certas recompensas se eu o ajudar a alcançar esse objetivo.

O príncipe voltou sua atenção para Yesubai, que, com o rosto ruborizado, exibia uma pose submissa e recatada, com a cabeça baixa. Esperava-se que seu casamento arranjado com a moça desse início a uma era de paz entre os dois reinos. Ele estivera ausente pelos últimos quatro meses, supervisionando operações militares numa região distante, e deixara ao irmão a incumbência de cuidar do reino.

*Então Kishan estava cuidando de outras coisas além do reino.*

O prisioneiro avançou, destemido, encarou Lokesh e o desafiou:

– Você enganou a todos nós. É como uma cobra enrodilhada, escondida em um cesto esperando o momento de dar o bote.

Ele alargou o olhar para incluir o irmão e a noiva.

– Vocês não percebem? Suas ações libertaram a víbora e nós fomos picados. Seu veneno agora corre pelo nosso sangue, destruindo tudo.

Lokesh riu, desdenhoso, e falou:

– Se você concordar em entregar sua parte do Amuleto de Damon, talvez eu o deixe viver.

– Viver? Pensei que estivéssemos negociando minha noiva.

– Receio que seus direitos de noivo tenham sido usurpados. Talvez eu não tenha sido claro. Seu irmão terá Yesubai.

O prisioneiro cerrou o maxilar e disse apenas:

– Os exércitos do meu pai o destruirão se você me matar.

Lokesh riu.

– Ele não destruirá a nova família de Kishan. Nós vamos apaziguar seu querido pai e informá-lo de que você foi vítima de um infeliz acidente.

O homem afagou a barba curta e então esclareceu:

– Entenda que, mesmo que lhe permita viver, eu governarei *ambos* os reinos. – Lokesh sorriu. – Se me desafiar, serei obrigado a pegar sua parte do amuleto à força.

Kishan se inclinou na direção de Lokesh e protestou com firmeza:

– Pensei que tivéssemos um acordo. Eu só lhe trouxe meu irmão porque você jurou que *não* o mataria! Apenas pegaria o amuleto.

Lokesh estendeu a mão rápido como uma cobra e agarrou o pulso de Kishan.

– A essa altura você já deveria ter aprendido que eu *pego* o que eu quiser. Se preferir a visão de onde seu irmão se encontra, ficarei feliz em satisfazê-lo.

Kishan se remexeu na cadeira, mas manteve-se calado.

Lokesh prosseguiu:

– Não quer? Muito bem, estou alterando nosso acordo anterior. Seu irmão *será* morto se não ceder aos meus desejos e *você* nunca se casará com minha filha, a menos que entregue sua parte do amuleto a mim também. Esse nosso acordo particular pode ser facilmente revogado e eu posso casar Yesubai com outro homem... um homem da *minha* escolha. Talvez um sultão velho lhe esfriasse o sangue. Se você quiser permanecer perto de Yesubai, terá que aprender a se submeter.

Lokesh comprimiu o pulso de Kishan até que ele estalou ruidosamente. Kishan não reagiu.

Flexionando os dedos e girando lentamente o pulso, Kishan se recostou, ergueu a mão para tocar o pedaço do amuleto, oculto sob sua camisa, e fez contato visual com o irmão. Uma mensagem silenciosa foi trocada entre eles.

Os irmãos lidariam um com o outro mais tarde, mas as atitudes de Lokesh significavam guerra e as necessidades do reino eram prioridade para ambos.

A obsessão subiu pelo pescoço de Lokesh, latejou em sua têmpora e se assentou atrás de seus olhos negros e peçonhentos. Aqueles mesmos olhos dissecaram o rosto do prisioneiro, sondando, avaliando-o em busca de fraqueza. Encolerizado, Lokesh pôs-se de pé num salto.

– Que assim seja!

Ele puxou de sua túnica uma reluzente faca de cabo adornado com pedras preciosas e rudemente arrancou a manga do casaco *jodhpuri* do prisioneiro, antes branco, mas agora imundo. As cordas se enroscaram em seus pulsos e ele grunhiu de dor quando Lokesh correu-lhe a faca pelo braço. O corte foi fundo o bastante para que o sangue aflorasse, vertesse e pingasse no chão de ladrilhos.

Lokesh arrancou um talismã de madeira de seu pescoço e o colocou debaixo do braço do prisioneiro. O sangue gotejou da faca para o amuleto e o símbolo ali gravado fulgurou com um vermelho abrasador antes de pulsar com uma luz branca estranha.

A luz disparou na direção do príncipe com dedos tateantes que perfuraram seu peito e atravessaram-lhe todo o corpo, dilacerando-o. Embora fosse forte, ele não estava preparado para a dor. O prisioneiro gritou quando seu corpo de repente se inflamou com uma erupção que lhe queimava a pele. Ele desabou no chão.

Estendeu as mãos para se proteger, mas só conseguiu arranhar debilmente os ladrilhos brancos e frios do piso. O príncipe viu, indefeso, quando tanto Yesubai quanto seu irmão atacaram Lokesh, que empurrou ambos com violência. Yesubai caiu no chão, batendo a cabeça com força no tablado sobre o qual se achava o trono. O príncipe tinha consciência de que o irmão estava ali perto, tomado pela tristeza à medida que a vida se esvaía do corpo mole de Yesubai. Em seguida, não teve mais consciência de nada que não fosse a dor.

# 1

# Kelsey

Eu me encontrava à beira de um precipício. Quer dizer, eu estava apenas na fila de uma agência de empregos temporários no Oregon, mas a sensação era a de me aproximar de um despenhadeiro. A infância, a escola e a ilusão de que a vida era boa e fácil tinham ficado para trás. À frente, o futuro se delineava: a faculdade, uma variedade de empregos de verão para custear os estudos e a alta probabilidade de uma vida solitária.

A fila avançava. Parecia que eu já estava esperando ali havia horas, tentando garantir uma vaga para trabalhar durante o verão. Quando finalmente chegou a minha vez, aproximei-me da mesa de uma funcionária cansada e entediada, que falava ao telefone. A mulher fez um gesto para que eu me sentasse. Depois que ela desligou, entreguei-lhe alguns formulários e ela mecanicamente deu início à entrevista:

– Nome, por favor.

– Kelsey. Kelsey Hayes.

– Idade?

– Dezessete, quase 18. Meu aniversário está chegando.

Ela carimbou os formulários.

– Já completou o ensino médio?

– Já. A formatura foi há duas semanas. Pretendo estudar na Chemeketa no próximo semestre.

– Nome dos pais?

– Madison e Joshua Hayes, mas meus tutores são Sarah e Michael Neilson.

– Tutores?

*Lá vamos nós outra vez*, pensei. Por algum motivo, explicar a minha vida nunca ficava mais fácil.

– Sim. Meus pais estão... mortos. Morreram em um acidente de carro quando eu estava no primeiro ano do ensino médio.

Ela se inclinou sobre alguns papéis e escreveu por um longo tempo. Fiz uma careta, me perguntando o que ela poderia estar escrevendo.

– Srta. Hayes, gosta de animais?

– Claro. É... eu sei como alimentá-los... – *Existe alguém mais sem jeito do que eu? Ótima maneira de não conseguir um emprego.* Pigarreei. – Quero dizer, claro, eu adoro animais.

A mulher não pareceu nem um pouco interessada na minha resposta e me entregou o anúncio de um emprego.

**PRECISA-SE DE<br>TRABALHADOR TEMPORÁRIO PARA<br>APENAS DUAS SEMANAS**

**ATRIBUIÇÕES: VENDA DE INGRESSOS,<br>ALIMENTAÇÃO DOS ANIMAIS E<br>LIMPEZA DEPOIS DAS APRESENTAÇÕES.**

Observação: Como o tigre e os cães precisam de cuidados 24 horas por dia, fornecemos alojamento e refeições.

O emprego era no Circo Maurizio, um pequeno circo montado no parque de exposições. Eu me lembrei de que ganhara um cupom de desconto para ele no mercado e até havia pensado em me oferecer para levar os filhos dos meus pais adotivos, Rebecca, de 6 anos, e Samuel, de 4, para que Sarah e Mike tivessem algum tempo a sós. Mas acabei perdendo o cupom e esquecendo o assunto.

– E então: quer o emprego ou não? – perguntou a mulher, impaciente.

– Um tigre, é? Parece interessante! Tem elefantes também? Porque recolher cocô de elefante seria um pouco demais.

Ri baixinho de minha piada, mas a mulher não fez mais do que esboçar um sorriso sem graça. Como eu não tinha outras opções, disse a ela que aceitava. Ela me deu um cartão com um endereço e me instruiu a comparecer lá às seis da manhã.

– Eles precisam de mim às seis da manhã?

A funcionária simplesmente me olhou e gritou "Próximo!" para a fila atrás de mim.

*No que eu fui me meter?*, pensei enquanto entrava no carro emprestado de Sarah e seguia para casa. Suspirei. *Podia ser pior. Eu poderia ter que fritar hambúrgueres. Circos são divertidos. Só espero que não haja elefantes.*

## CONHEÇA OS LIVROS DE COLLEEN HOUCK

A chama de Ember

### Série A Maldição do Tigre

A maldição do tigre

O resgate do tigre

O destino do tigre

O sonho do tigre

A promessa do tigre

### Série Deuses do Egito

O despertar do príncipe

O coração da esfinge

A coroa da vingança

O duelo dos imortais